KB236733

순금전연구

金光淳

國學資料院

머 리 말

한국 고소설은 작금까지도 계속 새로운 작품이 발굴되고 있다. 귀중본이라고 세상에 내어 놓지 않고 소장자만 가지고 있으면 귀한 자료가 死藏될 우려가 없지 않다.

필자도 500여 종에 달하는 고소설을 소장하고 있었는데, 1993년부터 해제를 붙여 1차, 2차, 3차에 걸쳐 『金光淳所藏 筆寫本 韓國古小說全集』 50권을 간행한 바 있다. 아직도 4차, 5차에 걸쳐 계속 간행할 계획으로 자료를 정리하고 있는 중이다.

이미 간행된 전집 50권 중에서 30여 종류의 소설은 학계에 처음 공개되는 귀중한 자료들이다. 「순금전」이 바로 그 가운데 한 작품이다.

「순금전」은 현재까지 유일본으로 알려진 고소설이다. 그래서 「순금전 연구」를 출판함으로써 고소설을 연구하는 사람들에게 다소의 도움이 되었으면 하는 바람을 가지고 있다.

「순금전 연구」의 체재는 모두 4부로 나누어 편집되었다.

제 1부는 순금전에 대한 연구부분이다.

이것은 「古小說硏究」 제 6집에 수록되어 있는 원고를 수정 보완한 것이다. 그래서 제 1장에서는 「순금전」의 서지적 고찰이고, 제 2장에서는 「순금전」이 형성된 배경으로서 4편의 근원설화를 게재

하였는데, 이들 4편이 「순금전」형성에 끼친 영향을 고찰하였다. 제3장에서는 「순금전」이 기존 계모형소설과 다른 특이한 구조를 지녔다는 점을 부각시켜 구조적 특징을 논하였다.

제 2부에서는 「순금전」을 누구나 쉽게 읽을 수 있도록 원문과 번역문을 양면에 나열 편집했다. 왼쪽 면은 「순금전」원문을 게재하면서 어려운 어휘나 고사성어를 풀어 각주로 처리하였고, 오른쪽 면은 현대어로 「순금전」을 번역하면서 난삽한 한자어는 이해를 돕기 위해 괄호안에 한자를 병기하였다. 그리고 원문과 현대역문의 문장 중간에 삽입되어 있는 숫자는 「순금전」영인본의 쪽수를 의미함인데 원문과 대조할 때 쉽게 찾을 수 있도록 표시한 것이다.

제 3부에서는 순금전과 관계되는 구전설화 4편을 수록했다. 이들 4편은 구전되어 오던 설화를 문자로 정착시킨 것인데 채록자, 채록문헌, 채록 일자를 함께 밝혀두었다.

제 4부에서는 순금전 원본을 영인하여 첨부해 둠으로써 연구자들에게 도움이 될 수 있게 하였다.

유일본 고소설일수록 개인 소장의 손에서 벗어나 누구나 읽고 연구할 수 있도록 공개되어야 할 것이다. 그런 맥락에서 「순금전연구」와 같은 귀중본의 간행이 계속 이어지기를 기대하는 바이다.

끝으로 이 작업이 완성되기까지 교정부터 여러 가지로 도와준 경북대학교 대학원 국어국문학과 박사과정의 백운용, 오희정, 김민숙 학생들과 영문과 방동수 학생에게 고마운 뜻을 표하고, 출판 사정이 어려운 현실 속에서도 이를 간행해 준 국학자료원 정찬용사장과 관계직원들에게 심심한 사의를 표하는 바이다.

1999년 10월 1일

金 光 淳 謹識

목 차

제1부 『순금전』 연구

들어가는 말

「순금전」은 최근까지 알려지지 않았던 신자료로서 학계에 처음으로 소개되는 고소설이다. 이 작품은 「金光淳所藏 筆寫本 韓國古小說全集」 32권[1]에 수록되어 있으며 창작연대와 작자는 미상이다. 때문에 전집 해제[2] 외에는 기존 연구를 찾아 볼 수 없다. 그래서 본 연구는 먼저 간단한 서지학적인 고찰을 거쳐 이 작품의 형성 배경을 자세하게 밝히고 작품의 구조적인 특징을 검토하는 것을 목적으로 삼는다.

서지학적인 고찰에서는 이 작품의 창작 연대를 추정하고 창작 동기 등을 고구하며, 형성 배경에서는 근원설화가 「순금전」에 끼친 영향 관계를 구체적으로 밝히고자 한다. 마지막으로 「순금전」의 구조적인 특징을 검토함으로써 소설사적인 위상이 밝혀질 것이다.

---

1) 金光淳所藏 筆寫本 韓國古小說全集 32卷, 景仁文化史, 1995.

2) 上同 解題.

제1장. 순금전의 서지학적 검토

「순금전」은 앞에서 서술한 바와 같이 『金光淳所藏 筆寫本 韓國古小說全集』 32권에서 처음으로 학계에 소개된 계모형 가정소설로서 작자와 창작연대는 미상이다. 「순금전」은 세로 29㎝, 가로 18㎝의 韓紙에 총 59면으로, 각면 12行, 各行 평균 35字로서 흘림체로 쓴 한글본이다.[3] 이것을 200자 원고지에 띄어쓰기하여 환산하면 약 150매의 분량이 된다. 이 작품의 창작연대는 미상이지만 작품 가운데 다음과 같은 부분을 통해 짐작할 수 있다.

> 옛적의슉향이다섯번쥭을ᄋᆡᆨ을지ᄂᆡ여남양옥즁의갓쳘제의청조나라와구슬푸게울더니옥갓튼다리의즁장을당ᄒᆞ여스니 ......[4]

"옛적에 숙향이 다섯 번 죽을 액을 지내여"라는 부분에서 창작연대를 짐작해 볼 수 있다. 앞의 '숙향'은 「숙향전」의 주인공인 숙

---

3) 上同 解題.
4) 上同, p.197.

향일 것으로 생각되는데 그렇다면 「숙향전」보다는 후대의 작품임을 알 수 있다. 또한 인용문에서 「숙향전」의 숙향의 일을 '옛적'이라 하였으니 「순금전」은 「숙향전」이 널리 읽힌 시점에서부터 훨씬 후대에 창작된 소설이라 할 수 있다.

그리고 「순금전」의 말미에 필사 연대와 필사자를 밝히고 있으니,

> 광고
> 본인이필진가업ᄉᆞ와글시도흉ᄒᆞ옵고오ᄌᆞ낙서만ᄉᆞ오니보시는쳠위는눌러보시와본인의무진허물흉보시지마옵시기를바라옵나이다
> 김시현
> Kim Si Hyun 고빅
> 융희ᄉᆞ년 원월 일 등서 종[5]

이라 하였다. 위에서 보면 "필사자의 필재가 없어서 글씨도 흉하고 오자 낙서가 많으니 보시는 사람들은 헤아려 보시고 필자의 무재 허물을 흉보지 마시기를 바란다"는 필사자의 겸손한 생각을 적고 있다. 그리고 「순금전」의 필사 연대는 뒷표지 말미에 "융희ᄉᆞ년 원월 일 등서"로 기록되어 있으니 1910년 1월임을 알 수 있고, 필사자는 '김시현 Kim Si Hyun'인데 영문명을 병기하고 있어 그의 교육수준을 짐작할 수 있다.

또한 창작 동기는 작품 말미에 있는 다음 부분에서 알 수 있다.

> 슬푸다ᄉᆞ람이세상의나서착ᄒᆞᆫ일만ᄒᆞ여다못헐지어던이다지악한일을허고야엇지천도무심허리요이낭ᄌᆞ로볼진ᄃᆡ초년고싱을한탄허리요옛글의이로ᄃᆡ고진감ᄂᆡ홍진비ᄅᆡ라ᄒᆞ엿스니이후ᄉᆞ람들은일장고싱을슬허마시고락으로아시고착한일만ᄒᆞ시면필연후년의는복을ᄐᆡ산갓치

5) 上同, p.252.

> 밧ᄉᆞ올니다대져ᄉᆞ람이라칭ᄒᆞ고는인의예지을항상잇지말지여다엇세상의불칙ᄒᆞ고간교헌마음을쥬리요세상의녀ᄌᆞ로나서남의집ᄉᆞ는ᄉᆞ람이이러헌불힝실을ᄒᆞ여집을망케ᄒᆞ고부모ᄌᆞ식동싱을멸망케허리요몰논하허녀인이든지몸이세상의녀ᄌᆞ로낫거던부모을효향ᄒᆞ고가장을위ᄃᆡᄒᆞ고동긔을위ᄒᆞ고ᄌᆞ식을착헌도로교훈ᄒᆞ며궁빈제족을구제ᄒᆞ고타인에게도이와갓치선심으로지닐지어다[6]

소설을 마무리하면서 서술자의 입을 빌어 창작동기를 밝히고 있는 부분이다. "착한 일만 하여도 다 못할지어니 다시 악한 일을 하고야 어찌 천도 무심하리요. …… 옛글에 이르되 고진감래 홍진비래라 하였으니 이후 사람들은 일장 고생을 싫어 마시고 고락으로 아시고 착한 일만 하시면 필연 후년에는 복을 태산같이 받을 것입니다. …… 몸이 세상에 여자로 났거든 부모를 효양하고 가장을 위대하고 동기를 위하고 자식을 착한 길로 교훈하며 궁빈제족을 구제하고 타인에게도 이와 같이 선심으로 지낼지어다."라고 한 데서 보면 작자가 본 작품을 통해 독자에게 전달하고자 했던 바가 구체적으로 드러나고 있다. 이와 같은 부분은 여러 곳에서 노출되고 있으니, 이러한 예를 더 들어 보면,

> 목ᄌᆞᆼ지볼ᄂᆡ어려셔부터남의게죠흔일을마니ᄒᆞ엿난고로상제긔특이여기ᄉᆞ남ᄌᆞ을졈지ᄒᆞ고며나리일순금소제로졈지ᄒᆞ여난지라일로볼진ᄃᆡ엇지불상ᄒᆞᆫᄉᆞᄅᆞᆷ를구제치안니ᄒᆞ리요[7]

라고 하여 "목장자가 본래 어릴 때부터 남에게 좋은 일을 많이 하였기 때문에 상제가 기특히 여겨 남자를 점지하고 며느리를 순금

6) 上同. pp.250-251.
7) 上同, pp.227-228.

소저로 점지한지라. 이로 볼진대 어찌 불쌍한 사람을 구제하지 아니 하리요" 라는 등 여러 곳에서 찾아볼 수 있는데, 여기서는 좋은 일을 많이 하면 반드시 좋은 일이 많이 생긴다는 의미를 강조하고 있다. 이는 곧 역경에 직면해도 좌절하지 말고 인의예지로 婦德을 쌓으며 선심을 갖고 근면 성실하게 살아가면 천우신조하여 반드시 행복한 내일을 기약할 수 있다는 작자의 가치관이 드러난 것이다. 또한 서술자가 이 작품의 주된 독자층인 부녀자들에게 당부하고 있어 더욱 주목된다.

제2장. 순금전의 형성 배경

계모와 전실 자식 간의 갈등은 어느 특정 시대에 한정되지 않고 나타나는 것이 보편적인 현상이다. 계모와 전실 자식 간에는 갈등의 소지가 항시 잠재해 있다. 이들의 갈등에서 빚어지는 가정불화가 사회에 현실적으로 존재하고 있는 만큼 계모 이야기는 흥미있는 이야기거리였을 것이고 계모형 소설의 창작에 중요한 배경이 되기도 했을 것이다.

계모형 가정소설의 일종인 「순금전」의 형성에도 이와 같은 배경이 있었으리라 생각된다. 특히 「손 없는 색시」설화가 「순금전」의 형성 배경으로 추정되는데, 설화를 소설에 대응시킴에 있어 소설 「순금전」보다 「손 없는 색시」설화가 훨씬 후대에 채록되었기 때문에 설화의 소설화인가 소설의 설화화인가를 판단하기가 어렵다. 또한 계모형소설인 「순금전」의 원형이 기존 계모형 소설과 크게 다를 바는 없지만 「손 없는 색시」 설화의 모티프가 삽입된 점에서 설화의 소설화인지 소설의 설화화인지를 쉽게 판별하기가 쉽지 않기 때문이다.

계모가 새로 들어옴으로 해서 갈등이 야기되는 일은 실제로 흔

한 일이었다. 「장화홍련전」이 鐵山 지방에 있었던 實話의 소설화임은[8] 널리 알려진 사실이다. 따라서 「순금전」은 설화의 소설화일 가능성이 높다. 실제로 흔히 있을 수 있는 일이며 이를 다룬 설화가 풍부하게 전승되고 있어서[9] 「순금전」도 이들 설화를 토대로 생성되었을 가능성이 높기 때문이다. 특히 계모 설화 가운데는 「순금전」과 직접적인 관련이 있을 듯한 설화가 네 편이나 전해 오고 있다.

전처 자식이 계모에게 학대받는 설화야말로 매우 흔한 이야기지만 특히 「손 없는 색시」 모티프가 수용된 설화로서 『韓國口碑文學大系』의 「손 없는 색시」[10], 「전처딸 모해한 악독한 계모」[11], 「계모에게 쫓겨난 손 없는 처녀」[12] 등과 임석재가 1937년에서 1938년 2년간에 걸쳐 수집한 자료를 1987년에 비로소 간행한 『韓國口傳說話』 평안북도 I 의 「계모가 팔을 자르고 내쫓은 처녀」[13] 등은 본고에서 논의하고자 하는 「순금전」의 구조와 매우 흡사하다. 이들 설화가 구전되다가 비록 늦게 활자화되었지만 구전되는 과정에서 「순금전」 형성의 서사문학적 배경으로서 일역을 담당했으리라 생각된다.

지금까지 발굴된 「손 없는 색시」 설화는 전술한 바와 같이 4편

---

8) 金台俊, 朝鮮小說史, 학예사, 1939, p.181.
李秉岐, 國文學概論, 一志社, p.200.
朴晟義, 韓國古代小說論史과 史, 日新社, 1958, p.364.
金起東, 韓國古代小說概論, 精研社, 1959, p.303.

9) 최운식은 35편의 계모형설화를 대상으로 그 유형을 정리한 바 있다. (최운식, 「계모설화의 전승양상 및 구조와 의미」, 집문당, 1991.)

10) 曺喜雄, 「韓國口碑文學大系」 1-9(京畿 龍仁郡), 한국정신문화연구원 1984, pp.252-257.

11) 崔正如 · 千惠淑, 위의 책(慶北 大邱市), 上同, 1985, pp.332-347.

12) 崔正如, 위의 책(경북 달성군), 上同, 1985, pp.684-697.

13) 任晳宰, 「韓國口傳說話 平安北道」 I , 서울 平民社, 1987, pp.131-133.

이 채록되어 있지만 모두가 채록된 지 오래되지 않은 점이 문제이다. 그러나 채록이 후대에 되었다 해서 소설 「순금전」보다 뒤에 나온 것이라 할 수는 없다. 채록되기 전에 얼마나 오랜 세월 동안 구전되어 왔는지는 알 수 없기 때문이다.

「손 없는 색시」 설화는 우리 나라 뿐만 아니라 동서양에서 오래 전부터 널리 전해 오는 유형의 이야기로 알려져 있다. 「손 없는 색시」 유형의 설화가 기록과 구전을 통하여 세계 각처에서 매우 폭넓게 전승되고 있는 것을 보면 우리 나라에서도 오래 전부터 구전되어 오던 이야기라고 볼 수 있다. 현재까지 학계에 보고된 이 유형의 자료는 평북 1편, 경기 1편, 경북 2편으로 모두 4편에 지나지 않지만 조사 작업을 확대해 보면 이 밖의 지역에서도 상당수가 추가될 수 있을 것이며 시간적으로도 오래 전부터 구전되어 왔음도 함께 상정해 볼 수 있다. 왜냐하면 「손 없는 색시」 유형의 설화는 11세기의 유명한 『千一夜話』에도 이 유형과 근접되어 있는 이야기가 포함되어 있으며 그 이후 17세기에 이르기까지 서구에서는 20여 종에 달하는 확실한 문헌자료가 나타나고 있기 때문이다.[14] 이 중에서도 가장 오랜 작품은 200년 경에 씌여진 것으로 알려진 「오쾌왕의 생애」(Vita Offace Primi)란 영웅시이다. 이 작품 외에도 중세 서구에서는 이와 유사한 이야기가 擬似歷史로서 상당수 기록되어 있다.[15] 예컨대 12세기 알렉산더 Alexsander의 「콘스탄티노플의 미녀 헬레네」(La belle Héléne de Constantinople), 13세기 「마이와 베와플로르」(Mai und Béaflŏr), 「마네킨」(La Manekine), 14세기 알라르 Jeha Alart의 「안주백작부인」(La comtesse d'Anjou, 1316), 15세기

---

14) M.R. Cox, Cinderella, *op.cit.*, pp. XⅣⅡ-XⅣⅢ(曺喜雄, 손 없는 색시 攷, 成耆說 還甲紀念論文集, 1989, 참조).

15) 上揭書, p.36, 참조.

「에마레」(Emare), 16세기 스트라파롤라 Straparola의 「즐거운 밤」(Facetieuses Nuits), 17세기 가우어 Gower의 「연인의 고백」(Confessio Amantis, 1)[16] 등 이와 관련된 매우 많은 작품이 전하고 있다. 또한 독일 그림형제의 「아동과 가정을 위한 설화」 제 31화 「손 없는 색시」(Das Mădchen ohne Hände)[17] 등도 있다. 또한 일본에서도 이와 유사한 이야기가 있는데 보통 「테나시무스메」(手無し娘)로 불리우고 있는데, 세끼 關敬吾의 「日本昔話大成」에 의하면 1976년까지 총 37편이 채록되었다고 한다.[18]

이처럼 「손 없는 색시」 설화가 우리 나라는 물론, 동서양을 막론하고 널리 분포되어 있는 것을 보면 우리 나라에서도 이와 같은 설화가 오래 전부터 구전되어 온 것으로 간주할 수 있으며 이와 같은 구전설화가 소설 「순금전」에 끼친 영향을 생각해 볼 수 있다. 한국 고래로부터 구전되어 온 이들 설화는 주인공이 계모에게 손목을 잘려 쫓겨나는 것과 남편을 가르쳐서 과거에 급제시킨 후 본가를 찾아가 사건을 해결하는 부분이 「순금전」의 서사전개와 거의 일치하고 있다. 그렇다면 한국 전래의 「손 없는 색시」 설화 네 편을 요약하여 「순금전」의 구조와 대응시켜 봄으로써 「손없는 색시」 설화가 소설 「순금전」 형성에 끼친 영향을 살펴볼 수 있고, 구전설화의 소설화 양상도[19] 엿볼 수 있을 것이다. 아래에서는 「손 없는 색시」설화 네 편의 경개를 요약하여 「순금전」이 형성되기까지

16) 上揭書, pp.36-37, 참조.
17) 그림兄弟, 金昌浩 譯(獨逸民譚說話集, 世界文學全集 100), 乙酉文化社, 1975, pp.253-258. 독일 구전 채록은 K. Ranke, ed., Folktales of Germany (Chicago : The university of Chicago, 1966) pp.84-89에 있다.
18) 曺喜雄, 上揭書, p.44 참조.
19) 네 편의 설화는 「순금전」보다 후대에 채록되었지만 채록되기 오래전부터 구전되어 왔던 것으로 보고 이들 구전되어 온 네 편의 이야기가 소설 「순금전」에 끼친 영향을 고찰하고자 한다.

에 어떤 영향을 끼치고 있는지를 살펴보기 위해 「손없는 색시」 說話群과 「순금전」을 대응시켜 보고자 한다.

한국정신문화연구원이 오래 전부터 이 땅에서 구비 전승되던 「손 없는 색시」 설화 세 편을 발굴했다. 언제부터 구전되어 왔는지는 알 수 없으나 최근에 문자화한 것은 만시지탄이 있지만 매우 큰 수확이었다. 1982년 경기도 용인 지역의 Field work에서 70세를 바라보는 한 촌부로부터 曺喜雄이 채록한 「손 없는 색시」[20] 설화의 경개를 보면 아래와 같다.

(Ⅰ)

① 전처 소생인 과년한 딸이 부엌 수채구멍으로 드나드는 쥐한테 음식 찌꺼기를 주어 적선하다.
② 쥐는 강아지만큼 자라다.
③ 계모가 돌메밀로 묵을 만들어 처녀에게 밤참으로 먹이다.
④ 처녀의 얼굴에 기미가 끼고 노래지며 밤낮으로 잠만 자다.
⑤ 계모는 그 쥐를 잡아 껍질을 벗겨 치마 속에 넣고 유산된 태아처럼 속여 모함하다.
⑥ 진노한 아버지는 불륜을 저지른 딸을 작두로 손을 자르고 집에서 좇아내다.
⑦ 잘린 바른손은 망모의 도움으로 하늘로 날아가다.
⑧ 처녀는 어느 부잣집 뜨락의 배나무에 올라가 배를 한 입씩 물어 떨어뜨리다.
⑨ 부잣집 외아들이 배나무 위의 처녀를 발견하다.
⑩ 부모는 외아들과 손 없는 처녀와 결혼시켜 훗날 잘난 아들을 낳다.
⑪ 색시는 아들을 들쳐 업고 인사차 친정으로 떠나다.

20) 曺喜雄, 韓國口碑文學大系 1-9(京畿 龍仁郡), 한국정신문화연구원, 1984, pp.252-257.

⑫ 목이 말라 샘물에 엎드려 물을 마시다가 갑자기 손이 재생되다.
⑬ 색시는 친정에 돌아와 아버지를 기쁘게 만나다.
⑭ 진실을 알아낸 아버지는 후실을 쫓아내고 다시 새 장가를 들다.
⑮ 색시는 부자집 며느리로 행복하게 잘 살다.

위의 설화는 민담 자체가 최소한 필요로 하는 인과관계로 이루어져 있어 대체적인 구성이 엉성한 것이 흠이다. 예컨대 시집갈 때가 된 전실 딸이 공부만 열심히 하였다든가, 진노한 아버지가 작두로 바른손만 자른 부분이나, 샘물에 엎드려 물을 마시다가 잘린 손이 다시 붙는 부분은 단순한 口演者의 미숙에서 기인한 것만도 아닌 것 같다. 이와 같이 엉성한 이야기의 짜임새는 살아서 숨쉬는 민담이라기보다 오랜 세월동안 구전되어 오면서 어딘가 퇴색되고 퇴화되어 사라져 가다가 재구된 듯한 느낌을 들게 한다.[21] 이처럼 이 설화가 구전되어 오다가 인멸되기 직전의 형태나마 채록자에게 발굴된 것은 매우 다행스런 것으로 생각된다.

다음으로 「전처 딸 모해한 악독한 계모」[22] 설화를 보자. 이 작품은 마치 이야기의 주제를 요약한 것 같은 긴 제목으로 세련미를 상실한 듯도 하지만 민담에는 원래 제목이 없는 것이 보통이니 채록자가 의도적으로 붙인 것 같다.[23] 1983년 崔正如·千惠淑 등이 경북 대구지방에서 고희를 바라보는 김은전 노파로부터 얻어낸 자료인데 채록자의 주석처럼 "과장된 표현 장황한 감이 있지만 여성시련 모티프와 천태산 마고할미의 원조 모티프 등이 삽입되어 있

21) 朱鐘演, 「韓國古典文學 장르硏究」, 한신문화사, 1993, pp.218-219, 참조.
22) 崔正如·千惠淑, 前揭書 7-13, pp.332-347.
23) 朱鐘演, 「韓國古典文學 장르硏究」, 한신문화사, 1993, p.218.

는 대체적인 완결형"[24)]에 가깝다. 경개를 보면 다음과 같다.

(Ⅱ)

① 딸이 세 살 때 부인은 죽고 2년 뒤 부친은 후실을 얻다.
② 딸은 계모로부터 박해를 받지만 총명한 처녀로 성장하다.
③ 가정불화를 내세운 계모의 성화에 부친은 작두로 딸의 손목을 자르고 집 밖으로 쫓아내다.
④ 처녀는 깊은 밤 어느 집 뜨락의 배나무에 올라가 앉다.
⑤ 글 공부하던 총각이 처녀를 발견하고 방안 벽장 속에 숨겨 두고 동거하다.
⑥ 처녀는 총각 부모에게 발각되고 총각과 처녀는 결혼하다.
⑦ 해산을 앞둔 색시를 두고 서방은 과거보러 서울로 떠나다.
⑧ 그 후 색시는 잘난 아들을 낳다.
⑨ 서울로 득남 소식을 전하러 편지를 갖고 가던 전령이 주막에서 하룻밤을 머물다.
⑩ 주막집 여자가 된 계모가 몰래 편지를 훔쳐보고 병신 아들을 낳았다는 내용으로 바꿔치다.
⑪ 서울서 편지를 받아 본 서방은 병신 아들을 낳았어도 그대로 있게 하라는 답장을 써 보내다.
⑫ 귀로에 주막에 들른 전령이 잠든 사이 계모는 모자를 함께 내쫓으라는 내용으로 바꾸어 놓다.
⑬ 어머니가 서울로 아들에게 편지를 보냈으나 추방하라는 답신만 받다.
⑭ 시부모는 할 수 없이 등에 아이를 업혀 색시를 내쫓다.
⑮ 색시는 목이 말라 우물가에 서성대다.
⑯ 뇌성벽력이 치더니 초인적인 힘이 색시를 우물 속으로 넣다.
⑰ 죽은 어머니의 도움으로 잘린 손이 재생되고 우물 밖으로 구출되다.

---

24) 崔正如 · 千惠淑, 前揭書 7-13, pp.332.

⑱ 색시는 정처없이 떠돌다가 천태산 마고할미를 만나다.
⑲ 마고할미는 색시를 수양딸로 삼다.
⑳ 색시의 기지와 근면으로 농사 대신 베짜기로 생계를 윤택하게 꾸려 나가다.
㉑ 길에서 놀던 다섯 살 난 아들이 수상히 여기는 과객을 만나다.
㉒ 아이의 인도로 과거급제하고 돌아오던 서방과 색시가 다시 만나다.
㉓ 서방은 처자와 더불어 금의환향하고 오래도록 잘 살다.

앞의 이야기에서 여주인공이 세 살 때 생모가 죽자 다섯 살 때에 부친이 계실을 맞고, 색시의 아들이 다섯 살 되던 해 과거에 급제하고 귀향하는 아버지와의 만남 등은 이야기의 실록적 혹은 사실담같은 효과를 드높이기 위하여 특정인의 연령에 맞춰 사건을 口演한 것 같다. 어떤 초인적인 힘에 의해 여주인공이 우물 속에 빠져 들어가는 따위에 못지 않게 손의 재생 또한 어설픈 느낌이 든다. 초월적 힘의 과시를 위해 뇌성벽력의 동원은 신비성을 제고하는 데 도리어 적절치 못한 것 같고, 괴력에 의한 양손의 접합 또한 우물에 빠진 아들을 건지려고 내뻗는 모성애만큼 절실하거나 애틋하지도 못하다. 무릇 이야기 속의 괴력이란 종교의 구원처럼 어떤 절실한 기도의 효험이나 절망적 순간에 기적처럼 나타나는 초월적 장치로 보인다. 이 작품에서 악역을 맡은 계모에 대한 응징은 필연적으로나 초월적으로나 그 어느 쪽으로도 분명히 매듭을 맺지 못했기에 깨끗한 끝마무리를 남기지 못한 아쉬움도 남아 있다.[25)]

「계모에게 쫓겨난 손 없는 처녀」[26)] 설화는 한국정신문화연구원

---

25) 朱鐘演, 前揭書, pp.220-222 참조.

의 후원으로 경북 달성군 지역에서 崔正如가 1984년에 발굴한 자료이다. 제보자인 김옥련은 50세의 중년 나이로 근대교육을 받았던 것 같으나 촌로 못지 않은 口演 솜씨가 있음이 자료에서 감지된다. 80년대 중반까지도 전승 자료를 口演하고 그것을 홍겹게 귀담아 듣고 호흡을 맞추는 청중이 같은 지역에 있다 함은 무척 놀랍고도 대견한 일이다. 이런 면에서 영남지방은 풍부한 "이바구"의 전통이 아직도 살아 있는 곳[27]이라 할 수 있다. 달성군지역에서 얻어낸 「계모에게 쫓겨난 손 없는 처녀」 이야기의 경개는 다음과 같다.

(Ⅲ)

① 정승의 아내가 남매를 남기고 저승객이 되다.
② 정승은 과년한 딸이 있는 것을 숨기고 후처를 맞다.
③ 전실 아들을 앞세워 계모는 숨겨 놓은 딸의 거처를 알아내다.
④ 계모는 떡장수로부터 치명적 독약인 돌메밀묵 제조를 의뢰하여 구입하다.
⑤ 돌메밀묵을 전실 자식에게 먹여 복통이 일어나게 하다.
⑥ 복통으로 혼수상태인 처녀의 속옷에 껍질을 벗긴 쥐를 넣고 계모는 처녀가 유산한 것으로 모함하다.
⑦ 정승은 불륜을 저지른 딸의 손목을 작두로 자르고 강에 처넣으라고 아들에게 명하다.
⑧ 아들은 부친의 엄명을 어기고 누이를 방면하다.
⑨ 방황하던 처녀는 어느 정승집 배나무에 올라가 배를 한 입씩 물어 떨어뜨리다.
⑩ 과거 공부하던 정승집 총각이 배나무 위의 처녀를 발견하고 방안 궤 속에 숨겨 두고 동거하다.
⑪ 총각은 모든 것을 부모에게 고백하고 서울로 과거보러 떠나며

26) 崔正如, 前揭書 7-14, pp.684-694.
27) 朱鐘演, 前揭書, p.223.

처녀를 부탁하다.

⑫ 색시는 아들을 낳고 정승집으로부터 쫓겨나다.

⑬ 샘에 엎드려 물을 마시다가 등에 업은 아이가 샘물 속에 빠지려 함에 두 팔을 뻗어 건지려는 순간 두 손이 재생되다.

⑭ 색시는 어린 아들과 함께 정착하여 길쌈도 하며 품앗을 팔아 살아가다.

⑮ 과거 급제한 정승집 총각이 변장하고 처자를 찾아 방방곡곡을 헤매다.

⑯ 우여곡절 끝에 처자를 찾아 함께 귀향하다.

⑰ 훗날 장성한 아들이 외가에 찾아가 그 옛날 어미가 당한 억울한 누명을 밝혀 내고 악인을 처단하다.

이 이야기에는 (Ⅱ)에서처럼 전령을 시켜 서울 간 아들에게 편지를 보내는 대목이 없기에 악인에 의해 편지가 바꿔지는 극적 장치가 없다. 특히 이야기의 후반부에서 서울로 과거보러 간 정승집 총각이 7·8년만에 급제하고 귀향한다든가, 훗날 장성한 아들이 외가에 찾아가 옛날 어미가 받은 억울한 누명을 벗겨주는 것은 전반부와 호흡이 전혀 맞지 않는 것으로 설화의 차원을 넘어선, 장구한 시간 속에 전개되는 어떤 대하소설의 대목과 접목된 것이 아닌가 의심이 갈[28] 만큼 설화로서는 퇴색된 듯한 이야기로 남아 있다.

다음으로는 任晳宰가 『韓國口傳說話』 평안북도 Ⅰ에 수록한 「계모가 팔을 자르고 내쫓은 처녀」[29] 이야기가 있다. 이 설화는 그가 1930년대 평안북도에서 세 명이 각기 다른 곳에서 채집한 것[30]이라 밝혀 고담으로서의 연륜과 순수성을 은근히 비친다.[31] 任晳宰

28) 朱鐘演, 前揭書, pp.222-224 참조.

29) 任晳宰, 前揭書, pp.131-133.

30) 1937년 1월 宣川郡 新府面 大曉里, 金信永
1937년 7월 鐵山郡 扶西面 石山洞, 鄭聖則
1938년 1월 龍川郡 東下面 三仁洞, 文信珏.

는 1971년 교학사에서 간행한 어린이 독서물 『옛날 이야기 선집』 3에 「손을 잘린 처녀」 이야기를 수록한 바 있으나 이는 어린이 구미에 맞게 구상한 것으로 보인다. 임석재가 평안북도에서 채취한 「계모가 팔을 자르고 내쫓은 처녀」의 줄거리를 요약해 보면 다음과 같다.

(Ⅳ)

① 아들을 데리고 개가한 계모가 전처 소생인 처녀를 구박하다.
② 아들과 합세하여 처녀의 손을 문턱에 올려 놓고 도끼로 절단한 후 집에서 내쫓다.
③ 잘려진 바른손은 독수리가, 왼손은 새매가 물어가다.
④ 굶주림에 지친 처녀는 감을 따먹으려고 부자집 담장에 올라가다 낙담하여 더욱 허기지다.
⑤ 부자집 외아들이 처녀를 공부방에 데려다가 병풍 뒤에 숨겨놓고 동거하다.
⑥ 수상히 여긴 부모에게 발각되고 처녀는 외아들과 결혼하다.
⑦ 남편은 과거보러 서울로 떠나다.
⑧ 남편이 떠난 후 색시는 잘난 아들을 낳다.
⑨ 득남 소식 편지를 전하러 서울로 가던 전령은 우연히 색시의 계모 집에서 하루 밤을 유하다.
⑩ 편지를 몰래 훔쳐 본 계모는 괴상한 아이를 낳았으니 내쫓아야 한다는 내용으로 바꿔놓다.
⑪ 신랑은 본인이 귀가할 때까지 색시의 추방을 보류시켜 달라는 당부의 답장을 보내다.
⑫ 전령은 귀로에도 색시의 계모 집에서 하루 밤을 유하다.
⑬ 다시 답장을 훔쳐본 계모는 병신 아이와 색시를 당장 내쫓으

31) 任晳宰, 前揭書의 책머리에서 편자인 임석재는 저간의 채록 경위를 간단히 밝히고 있다.

라는 내용으로 바꿔 보내다.

⑭ 아들의 답신을 읽은 시부모는 할 수 없이 아이를 업혀 색시를 내쫓다.

⑮ 재차 추방당한 색시는 정처 없이 방황하다가 심한 기갈로 샘에 엎드려 물을 마시다.

⑯ 순간 샘물 속으로 거꾸로 떨어진 아이를 잡으러 양팔을 뻗다가 물 속으로부터 양손이 재생되다.

⑰ 모자는 어떤 주막집에서 기식하다.

⑱ 귀가한 신랑은 모함에 의해 추방된 처자를 찾아 엿장수로 변장하고 길을 떠나다.

⑲ 우연히 주막에 이르러서 색시와 아들을 다시 만나다.

⑳ 편지를 바꿔서 모함한 색시의 계모를 살해하고 신랑은 가족을 데리고 귀가하여 잘 살다.

위 설화는 1937년 1월, 7월, 1938년 1월에 당시 중학생 세 명이 채록했던 것[32]으로 보아 동류의 설화 세 편이 채취되었으며 그 시기와 장소 그리고 무엇보다 제보자의 이름이 각각 다른 것으로 보아 서로 유사한 세 편의 이야기였던 것이 분명하다. 이 중 어느 것을 주자료로 택하였는지는 알 수 없지만 이들 세 이야기를 토대로 한 편의 이야기를 다시 엮은 것[33]으로 생각된다.

이상의 네 편 설화의 기본 골격은 매우 유사하다. 다만 앞의 (I)(II) (III)[34] 세 편은 최근에 채록한 것이고 마지막 (IV)는 (I) (II) (III)보다는 반세기 먼저 채록된 자료이다. (IV)는 평안북도에서 채

32) 前註 22번 참조.

33) 朱鐘演, 前揭書, pp.215-217 참조.

34) (I)은 경기도에서 曺喜雄이 채록한 것(한국구비문학대계 1-9), (II)는 崔正如, 千惠淑이 채록한 것(한국구비문학대계 7-13), (III)은 崔正如가 채록한 것(한국구비문학대계 7-13), (IV)는 任晳宰가 채록한 자료(한국구전설화)를 지칭한다.

록한 데 비해 (Ⅱ) (Ⅲ)은 대구 · 경상북도에서 채록되었고 (Ⅰ)은 경기도에서 채록된 자료이다. 네 편의 골격은 크게 차이는 없지만 처녀가 배가 고파서 올라간 나무가 (Ⅰ) (Ⅱ) (Ⅲ)은 모두 배나무였으나 (Ⅳ)는 감나무로 구전되고 있음이 다르다. (Ⅰ) (Ⅱ) (Ⅲ)은 남한에서 (Ⅳ)는 북한에서 전해오던 이야기를 기술한 것이어서, 서로 멀리 떨어진 지역에 구전되면서 다르게 전해진 것으로 사료된다. 이들 네 편 모두는 오래 전부터 구전되다가 최근에 문자로 정착되었기에 전체적인 골격은 유사하나 서술 방법이 약간씩 다를 뿐이다. 이러한 상이점은 「손 없는 색시」 설화가 오래전부터 구전되면서 전국적인 분포양상을 나타내고 있기 때문이라고 생각된다. 따라서 「손 없는 색시」 설화는 전국을 대상으로 확대 조사하면 전체적인 골격이 이들 네 편과 비슷한 설화가 많이 채록될 수 있을 것이라 생각된다. 뿐만 아니라 몇 세기 전에 「손 없는 색시」 설화를 채록했다면 보다 사실적이며 원시적인 설화를 채록할 수 있었을 것으로 사료된다. 이들 네 편의 구조가 유사하므로 이들 네 편의 설화 개요를 한데 묶어서 요약 정리해 보면 다음과 같다.

(A)

1. 아내가 죽고 계모가 들어오다(①②③④)[35]
2. 계모가 전처의 딸을 미워하여 해치려 하다(①②③④)
3. 계모가 껍질 벗긴 쥐를 전처 딸의 이불 속에 넣고 처녀가 낙태했다고 모함하다(①③)

35) 개요 괄호 안의 ①은 한국구비문학대계 1-9 曺喜雄 채록본인 「손 없는 색시」를 지칭하고, ②는 上同 7-13, 崔正如 · 千惠淑이 채록한 「전처 딸 모해한 악독한 계모」를 지칭하고, ③은 上同 7-14, 崔正如가 채록한 「계모에게 쫓겨난 손 없는 처녀」를 지칭하고, ④는 任晳宰의 「韓國口傳說話」에 수록된 「계모가 팔을 자르고 내 쫓은 처녀」를 지칭한다.

4. 계모의 强請으로 親父가 딸의 손목을 자르다(①②③④)
5. (A) 잘려진 손이 어디론가 날아가다(②)
(B) 잘려진 손을 새가 물어가다(④)
(C) 잘려진 손을 강물에 띄워보내다(③)
(D) 잘린 손은 하늘로 날아가다(①)
6. (A) 이복누이를 강물 속에 넣게 하나 차마 넣지 못하고 떠나보내다(③)
(B) 쫓겨난 딸이 산골짝을 헤매다(②)
7. 주림에 못이겨 부자집 배(감)나무에 올라가 배(감)를 따 먹다(①②③④)
8. 부자집 아들이 처녀를 숨겨주다(①②③④)
9. 식구들에게 발각되어 처녀와 결혼하다(①②③④)
10. 남편이 과거 보러 간 후 색시가 잘난 아들을 낳다(①②③④)
11. 전령이 계모집에 유숙하자 색시가 보낸 편지를 계모가 고쳐 괴물을 낳았다고 신랑에게 전하고, 신랑 답장도 계모가 고쳐 시댁 부모에게 쫓으라고 하다(②④)
12. (A) 시부모가 며느리에게 아이를 업혀 내쫓다(②③④)
(B) 며느리가 친정으로 나서다(①)
13. 길을 가던 색시가 목이 말라 샘물에 엎드려 물을 마시려 하다(①②③④)
14. 떨어지려는 아이를 잡으려는 순간 손이 재생되다(①②③④)
15. 모자가 어떤 사람(마고할미, 친정아버지)의 집에 기식하게 되다(①②③④)
16. 귀가한 남편이 색시를 찾아 나서다(①②③④)
17. 남편이 자신을 아버지라 하는(자신을 닮은) 아이를 만나다(②③④)
18. 부부가 다시 만나다(①②③④)
19. 계모를 처벌하다(①②③④)
20. 부부는 오래도록 잘 살다(①②③④)

앞의 줄거리를 다시 요약 정리해 보면, 계모의 박해를 받던 의붓 딸이 계모의 모함으로 손이 잘린 채 집에서 쫓겨나게 되고 정처 없이 헤매다가 우연히 부자집 배우자를 만나 결혼하고 아들까지 낳는다. 다시 계모의 음모로 아들과 함께 시가에서 쫓겨나면서 목이 말라 샘물을 먹으려다 손이 재생 내지 회복되고 남편을 만나 재회한다는 이야기이다. 이 가운데 잘려나간 손이 재생 혹은 회복된다는 것은 주술성이 강한 神異談으로 간주되며, 주인공의 승리는 선악에 따른 인과응보의 결과임을 알 수 있다. 이러한 구조의 이야기는 민담에서 흔히 볼 수 있는 구조이다. 이와 같은 「손 없는 색시」 설화의 공통적인 구조가 소설 「순금전」에 어느 정도의 영향을 미쳤는지를 알아보기 위해 「순금전」의 의미 기능 단락을 살펴보자.

(B)

1. 세조대왕 즉위 초에 닐늬리골에 황공이라는 재상의 부인 최씨가 딸 순금을 낳고 세상을 떠나다.
2. 순금이 부친에게 권하여 정순욱의 딸 정씨와 재혼하게 하다.
3. 정씨는 노비를 인의로 부리고 가사를 정성으로 다스려 조정에까지 칭찬이 자자하다.
4. 정씨가 아들을 낳자 마음이 차차 교만방자해지다.
5. 계모의 아들 황생은 순금에게 글을 배우며 둘은 같이 죽기로 맹세하고 친형제처럼 지내다.
6. 승상이 순금을 더 귀히 여기자 정씨가 순금을 없앨 마음을 먹다.
7. 무녀가 길흉을 가리던 중 정씨가 허리 굵어지며 얼굴에 새알기름이 끼게 할 방법을 묻다.
8. 돌메물쌀 서 되와 촉새알 서 되로 범벅 세 덩이를 만들어 먹이면 된다고 일러주다.
9. 처방대로 만들어 순금에게 먹게 하니 순금이 허리가 굵어지고 기름이 끼며 몸을 가누지 못하게 되다.

10. 유모 들어와 보고는 대성통곡하며 나가더니 죽다.
11. 정씨가 쥐를 잡아 튀겨 낙태한 아이 같이 만들어 순금의 방 이불 밑에 몰래 넣어두다.
12. 정씨가 방에 들어와 이불 밑을 들여다 보고는 크게 꾸짖으며 황생의 만류를 뿌리치고 승상에게 일러바치다.
13. 승상이 참토장에게 순금의 목을 베라 하나, 참토장은 간밤의 꿈을 생각하고 거부하다가 승상의 엄명에 응하다.
14. 황생이 극력 간하여 순금의 오른 손목을 자르게 하다.
15. 황생이 잘린 손목을 수습하여 비단으로 싸고 몰래 집을 빠져 나오다.
16. 순금이 황생으로 하여금 집으로 돌아가 효를 다하라 하여 황생이 만날 것을 기약하고 헤어지다.
17. 천보사 화주승이 시주를 권하자 순금은 황금을 내어주고 중은 홍도 세 개를 순금에게 주다.
18. 순금이 먹으니 몸이 가벼워짐을 느끼나 갑자기 광풍을 맞고 쓰러진 후 한쪽 눈을 뜨지 못하고 한쪽 다리가 잘리우고 온몸은 병신이 되다.
19. 순금이 자면 날짐승이 와 덮어주고, 나물과 과일을 놓고 가는데 이것을 먹으면 배가 고프지 않고 아픔도 없어지게 되다.
20. 경상도 언양의 미천한 장자 목기람의 집에 구걸하러 갔다가 쫓겨나다.
21. 호랑이가 선녀로 변하여 약과 물을 주어 마시니 다리가 완전해지고 옛 모습으로 되돌아오다.
22. 선녀가 주는 옷을 입고 목장자의 집을 찾아가 극진한 대접을 받다.
23. 목장자가 바보 천치인 아들과 혼인하길 청함에 순금은 숙명으로 받아들이며 승낙하다.
24. 순금이 목선에게 글을 가르치기 시작한 지 수년만에 목선이 천하의 문장이 되다.
25. 목선이 과거에 응시하려 숙소를 황정승댁 근처 정서원 집에 정함에, 서원은 옛날 순금 유모의 남편이다.

26. 목선의 꿈에 한 여인이 나타나 처부모를 찾아 보지 않는 것이 무례하다고 말하다.
27. 꿈이야기를 주인에게 하는 과정에 자기 아내가 황정승의 딸과 관련이 있을 것이라는 생각하다.
28. 목선이 과거에 응시하여 장원 급제하고 황생은 이등을 하여 각각 양주목사와 한림학사를 제수받다.
29. 목선이 장원급제했다는 기별은 받은 순금과 시부모는 기뻐하다.
30. 목선과 순금이 황정승댁에 숙소를 정하려 함에 황생이 황정승을 설득하여 영춘당에 들게 하다.
31. 정씨가 순금을 만나고 크게 놀라나 순금의 손이 완연함을 보고 마음을 놓다.
32. 순금은 본색을 숨기고 꿈에 손목이 잘린 처녀가 안부를 전하라 했다고 하다.
33. 순금이 벽에다 글을 한 장 지어 붙여 두고 양주로 떠나다.
34. 황생이 이 글을 보고 급히 양주로 달려가 오누이가 상봉하다.
35. 순금과 목선과 황생이 황정승에게 사건의 전말을 아뢰니 황정승이 황상에게 표를 올리다.
36. 황상이 보고 정씨를 불러 문초하자 정씨는 튀긴 쥐를 증거로 내놓다.
37. 쥐의 배를 갈라 보니 쥐똥이 나와 낙태한 아이가 아님이 밝혀지다.
38. 황상은 참토장에게 정씨의 목을 치게 하다.
39. 순금이 황생의 복직을 간하는 원정을 지어 황상께 올리니 이를 보고 황생을 예부상서에 임명하다.
40. 순금은 아들 육형제와 딸 삼형제를 낳고 복록을 누리다가 구십세에 옥황상제 앞으로 올라가다.

앞의 경개에서 보인 바와 같이 「손 없는 색시」 설화의 구조와 「순금전」의 서사구조는 매우 흡사하여 설화 「손 없는 색시」가 소설 「순금전」의 형성 배경에 주요한 영향을 미쳤다는 것을 쉽게 알 수 있다. 그러나 「손 없는 색시」 설화와 「순금전」의 골격은 거의 같지만 손목이 잘린 후에 이어지는 고행담이 다르고, 남편과 헤어진 후 재회하는 과정이 크게 다르다. 또한 「손 없는 색시」 설화는 신이한 이야기로 전개되는 데에 비해 「순금전」은 보다 가능한 세계, 사실적인 세계로 변모된 점이 다르다. 그렇다면 소설 「순금전」에서 설화 「손 없는 색시」가 구전되었을 가능성은 거의 없을 것으로 사료된다. 또한 「손 없는 색시」 설화는 구전되던 민간 이야기의 정착이란 점을 느낄 수 있다.

이야기의 冒頭부터 「손 없는 색시」 설화 네 편은 '옛날 옛적에 누가 …… 라고 하더라'로 시종하는데 비해, 「순금전」은 고소설 서두의 전형적인 수법인 '각셜세조대왕직위초에경성닐니리골에한지상이잇스되셩은황이요명은공이라'로 시작하는 데서 보면, 전자는 전형적인 민담구조, 후자는 전형적인 소설로서의 서사구조임을 서술한 문체에서도 확인할 수 있다. (A)는 의미 기능 단락이 20개이고 (B)는 40개 단락인 점도 주시할 필요가 있다.[36] (A)는 설화로서 그 줄거리만 전해오고 있는 데 비해, (B)는 소설로서 허구적인 의미 기능 단락이 많이 첨가 서술되어 있기 때문이다.

서사구조에 있어서도 (A)의 (13) (14)에 보면 색시가 목이 말라 샘물에 엎드려 물을 마시려 하다가 등에 업고 있던 아이가 샘에 떨어지려는 순간 아이를 잡으려다가 잘린 손이 재생(회복)되었다는 것으로 처리된 것은 앞에서 말한 것처럼 神異談으로서 주술성이 강한 민담구조의 성향을 느낄 수 있다. 더구나 억울하게 모함을 당해 쫓겨난 처녀의 절박한 처지를 반전시키기 위해 부득이하게 인

36) 이하부터 (A)는 「손 없는 색시」설화를 지칭하고, (B)는 「순금전」소설을 지칭한다. 1, 2, 3, …, 40은 (A) (B) 각 작품의 의미 기능 단락을 지칭한다.

과응보로 결구를 처리한 것으로 보인다. (B)의 (21)에서는 호랑이가 나타나 선녀로 변하여 약과 물을 준다. 순금이 받아 마시고 잠들었다가 깨어 보니 다리가 완전해지고 예전의 모습으로 되돌아와 있는 것으로 처리되고 있다. 결손된 손의 재생 과정에서 호랑이가 선녀로 변하는 신이한 부분도 있지만 (A)에 비하면 (B)가 보다 사실적이며 소설로서의 허구적인 양상으로 전개되고 있어서 설화의 소설화라는 변모 양상을 엿볼 수 있다.

이를 좀더 구체적으로 입증하기 위해 (A)와 (B)의 각 단락을 서로 대응시켜 보자. (A)의 (1)은 (B)의 (1) (2)에, (A)의 (2)는 (B)의 (6)에, (A)의 (3)은 (B)의 (11) (12)에 대응되고, (A)의 (4)는 (B)의 (13) (14)에 대응되지만 서술구조가 거의 다르게 변모되어 나타나고 있다. (A)의 (4)는 親父가 손을 자르는 데 비해, (B)의 (13) (14)에서는 부친의 엄명에 참토장이가 손목을 자르는 것으로 변모 서술되어 있다. (A)의 (5)는 (B)의 (15)에, (A)의 (6)은 (B)의 (16)에 변모된 채로 나타나고 있다. (A)의 (7) (8) (9)는 (B)의 (20) (21) (22) (23)에 대응되지만 전혀 다른 모티프로 변형 서술되고 있다. (A)의 (7) (8) (9)에서는 처녀가 배가 고파서 배(감)나무에 올라가 배(감)를 따먹다가 부자집 아들과 인연을 맺어 동거하다가 식구들에게 발각되어 결혼하게 되는 단락인데 비해서 (B)의 (20) (21) (22) (23)에서는 목기람 집에 구걸하러 갔다가 쫓겨나오고 선녀가 주는 옷을 입고 다시 목장자의 집을 찾아가서는 대접을 받으며 지내다가 목장자가 바보 천치인 자신의 아들과 혼인하길 청하니 이에 순금은 숙명으로 받아들이며 승낙하게 된다. 빌어 먹으며 누추한 옷을 입고 불구의 몸으로 경상도 언양땅에 사는 목기람의 집에 갔다가 쫓겨나오는 박대를 받았지만, 선녀가 주는 약으로 완치된 모습에 좋은 옷을 입고 목장자 집을 찾았을 때는 극진한 대접에다가 청혼까지 받게 되는데 이는 평범한 사고로 보면 사실적이고 상식적인 구상으로 (B)는 (A)와 완전히 다른 서사구조로 나타나고 있음을 보여주는 것이다. 따라서 (A)의 (7) (8) (9)보다 사실적인 서사구조로 변형묘사 되어 전자가 설화적인 서사구조라 한다면 후자는 소설적인 구조로 변모 발전된 것으로 볼 수 있다. 그리고 (A)의 (10) (11) (12) (13) (14)는 (B)에서는 전혀 다른 서사구조로 바뀌져 아예 대응될 만한 것이 전혀 없다. 그런데 (B)는 보다 사실적이고 가능한 세계를 그려서 소설적인 면모를 보이고 있다. (A)의 (10) (11) (12) (13) (14)의, 남편이 과거보러 간 후 색시가 잘난 아들을 낳고 소식을 전하러 보낸 전령이 계모집에 유숙하자 편지 내용을 몰래 바꿔서 색시가 아이를 업고 시가에서 쫓겨나오도록 한 구상은 설화에서나 볼 수 있는 지나친 우연성의 답습이다. 목이 말라 샘물을 마시러 엎드리다가 떨어지려는 아이를 잡으려는 순간에 결실된 손이 재생된다는 것은 신이담 설화에서 흔히 볼 수 있는 민담 모티프이다. 이러한 모티프는 우리 나라의 신이담류 민담구조에서 간혹 보이는 것으로 우리 나라는 물론이고 동서양의 민담구조에서도 찾아볼 수 있다. 또한 (B)의 (21)에서 선녀가 주는 약과 물을 받아 마시고 깨어 보니 다리가 완전해지고 예전 모습으로 바꿔지는 단락은 신선소설 등에서 볼 수 있는 구조로 변모되고 있어 이 부분에서도 민담과 소설의 차이점을 느낄 수 있게 한다. (A)의 (15)에서는 쫓겨난 모자가 마고할미 혹은 친정아버지 집에 기식하는데 (B)에서는 이와 유사한 모티프가 없다. 다만 (B)의 (30)에서는 목선과 순금이 양주로 가는 중에 황정승댁에 숙소를 정하고 황정승이 거절하는 것을 황생이 설득하여 영춘당에 들게 하는 것으로 나타나는 등 내용이 다르다. (A)의 (16)과 (17)은 남편이 색시를 찾아 나선다든가 남편이 자신을 아버지(자신을 닮은)라 하는 아이를 만나는 구조도 (B)에서는 전혀 대응될 만한 것이 없다. (A)의 (18)도 (B)에는 대응될만한 단락이 없다. (A)의 (19)는 (B)의 (38)로 변형되어 나타난다. (A)의 (20)은 (B)의 (40)으로서 행복한 결말을 맺게 되는 것으로 (A)(B)가 공히 일치한다.

이렇게 본다면 (A)의 (1)부터 (20)까지의 의미 기능 단락 가운데 (A)의 (10) (11) (12) (13) (14) (15) (18)을 (B)에서는 유사 단락마저도 보이지 않지만, 나머지 (A)의 모든 의미 기능 단락이 (B)에서 그대로 나타나거나 아니면 다소 변형되어 나타나고 있다. 그런데 (A)의 의미 기능 단락 65%가 (B)에서 나타나고 있지만, (B)의 의미 기능 단락과 유사한 모티프는 (A)에서는 27.5%밖에 보이고 있지 않다. 이는 설화 (A)가 소설 (B)로 확대 서술되었다는 증거로 받아들일 수 있다. 그러나 의미 기능단락의 대응도 중요하지만, 더욱 중요한 것은 작품 전체의 구조이다. 이야기의 전체 서술구조는 시종일관 (A)와 (B)가 대동소이함이 줄거리에서 입증된다. 따라서 설화(A)가 소설(B)로 허구화되면서 흥미와 교훈 위주의 이야기에서 보다 사실적인 구상으로 변모 발전된 서사구조로 확대되어 소설화된 것이라 할 수 있다.

따라서 「손 없는 색시」 설화가 「순금전」이란 소설로 확대 발전된 것으로 간주할 수 있다. 지금까지의 논의 결과 설화의 소설화 양상의 면모가 일목요연하게 드러나므로 이를 도시해 보이면 다음과 같다.

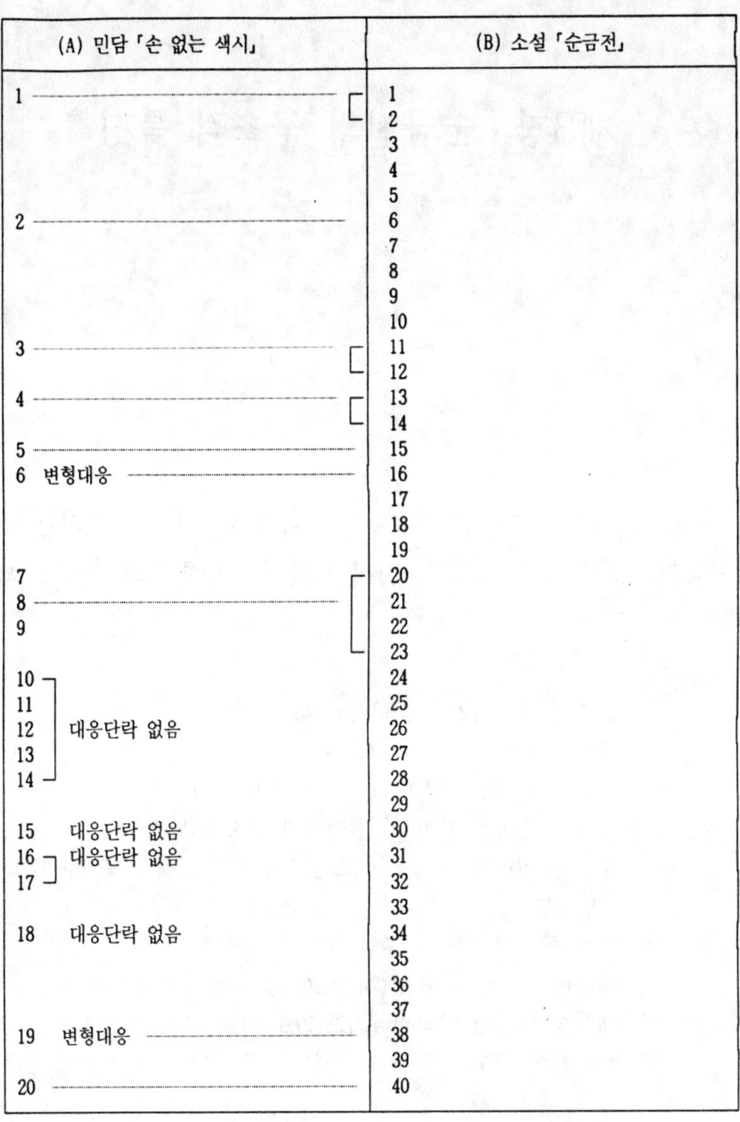
(A) 민담「손 없는 색시」
(B) 소설「순금전」
1
2
3
4
5
6 변형대응
7
8
9
10
11
12 대응단락 없음
13
14
15 대응단락 없음
16 대응단락 없음
17
18 대응단락 없음
19 변형대응
20
1
2
3
4
5
6
7
8
9
10
11
12
13
14
15
16
17
18
19
20
21
22
23
24
25
26
27
28
29
30
31
32
33
34
35
36
37
38
39
40

제3장. 순금전의 구조적 특징

「순금전」의 구조적 특징을 밝히기 위해 앞 장에서 제시한 40개 「순금전」의 의미기능 단락을 다시 10개의 대단락으로 축약해 보면 다음과 같다.

(가) 순금이 출생하자 어머니가 죽다. (1)[37]
(나) 계모 정씨가 들어오다. (2,3,4,5)
(다) 순금은 낙태로 모함받다. (6,7,8,9,10,11,12)
(라) 순금은 손목이 잘린 채 쫓겨나다. (13,14,15,16)
(마) 순금은 어려운 역경을 맞으면서 신이한 도움을 받다. (17,18,19,20,21,22)
(바) 바보 천치인 목선과 혼인하다. (23)
(사) 목선이 과거급제하다. (24,25,26,27)
(아) 계모의 모함이 밝혀지다. (28,29,30,31,32,33,34,35,36,37)
(자) 황승상이 계모 목을 치다. (38)

37) (가)(나) …… (차)는 앞 장 「순금전」의 40개의 의미기능 단락을 10개의 단락으로 나눈 것이고 괄호안의 1, 2, 3, …… 40은 앞 장 「순금전」 40개의 의미기능 단락의 번호임.

(차) 순금은 복록을 누리며 행복하게 잘 살다. (39,40)

앞의 10개 대단락을 소설 전개 五分法에 의하여 다시 나누어 보면, 도입<(가)>, 전개<(나) (다) (라)>, 갈등<(마) (바) (사)>, 절정<(아) (자)>, 결말<(차)>의 다섯 단계로 나누어진다. 도입부는 다음과 같이 시작하고 있다.

> "각셜죠선국셰조ᄃᆡ왕직위쵸의경셩닐늬리골한직상이잇스되성은황이요명은공이라"[38)]

이는 고소설 冒頭에서 흔히 보이는 전형적인 서술방법이다. (가)는 이 작품의 주인공인 순금을 낳고는 황공의 부인이 세상을 떠남으로써 불행의 씨앗이 싹틈을 암시하는 도입부로, 고소설 도입부 전개의 전형적인 수법을 사용하고 있다.

전개부 <(나) (다) (라)>는 의미기능 단락 (2)부터 (16)까지로 계모 영입부터 시작한다. 처음에는 계모 정씨가 노비를 인의로 부리고 가사를 정성으로 다스려 조정에까지 칭찬이 자자했으나, 아들을 낳은 정씨가 교만방자해지면서 순금과의 갈등이 시작된다. 갈등의 가장 근본적인 원인은 자신이 낳은 자식을 남이 낳은 자식보다 더 사랑하게 되는 인간의 보편적인 심성에서 기인된다. 즉, 전처 자식과 계모간의 일차적 갈등의 원인은 계모가 자기 몸을 빌어 사내아이를 낳았기 때문이다. 계모 정씨는

> "인물이비상ᄒᆞ고슈질침선방젹을무불겸비ᄒᆞᆫ지라승상이친이정싱원을청하여정혼후"[39)]

---

38) 金光淳, 前揭書, p.194.

에서 보듯이 인물도 비상하고 수질 침선 방적도 뛰어났음을 알 수 있다. 황생을 낳기 전까지는

"노비를인의로부리고가사를정성으로다ᄉᆞ리고져어진일홈이조정의가득ᄒᆞ니듸안니칭찬허리요."40)

라 하여 노비를 인의로 부리고 가사를 정성으로 다스리고 어진 이름이 조정에까지 가득하여 칭찬이 자자할 정도로 착한 부인이었다. 정씨가 득남하여 딸 하나뿐인 승상에게 대를 잇게 해 주었으니 황씨 문중에서도 크게 치하받을 만했다. 계모 자신도 이러한 자부심 때문에 차차로 교만방자해져 간 것이다. 따라서 정씨의 경우 처음에는 악인이 아닌데 그가 처한 환경이 점차로 악인형 인물로 변하게 했다. 자기 몸에서 난 아들을 가지게 됨으로 점차 교만방자해져 간다는 서술의식도 조선시대 남아로 대를 잇게 되는 유교적 사고를 생각하면 충분히 납득될 법한 일이다.

계모 정씨와 순금과의 갈등에 있어서 이차적 원인 제공자는 황공이다. 그 근거를 찾아 보면,

"순금소져의방의들어와어로만지며어미업스믈불상이여계황싱보다더귀희여기시니정씨이러허물불셩통분ᄒᆞ여수제를업시고져ᄒᆞ더라"41)

에서처럼, 황공이 순금의 방에 들어가 어루만지면서 어미 없이 자란 순금을 더 귀하게 여기며 편애한 것이 이차적 원인이다. 승상의

39) 上同, p.195.
40) 上同, p.195.
41) 上同, p.196.

이러한 행동거지가 교만방자해져 가는 계모를 자극하여 갈등을 더욱 증폭시키게 만든 것이다. 그래서 계모는 순금을 없애고자 하는 마음을 갖게 되고 마침내 순금을 모함하는 사건으로 전개된다. 여기서 한 가지 특기할 만한 것은 계모의 자식과 순금과의 관계이다. 「콩쥐팥쥐전」에서 계모 소생인 팥쥐는 계모와 합세하여 전처 소생 콩쥐를 학대하는 악인이며, 「장화홍련전」의 계모 소생 장쇠도 전처 소생 장화를 물에 떠밀어 죽이는 악인이다. 이에 반해 「순금전」의 계모 소생인 황생은 순금과 생사를 같이 할 정도로 우애가 돈독함이 일반 계모형 소설의 구조와 다른 점이라 할 수 있다.[42)]

계모가 순금을 모함하는 방법은 다른 계모형 소설과 유사하다. 「순금전」에서는 쥐를 잡아 이불 밑에 넣어두고 낙태했다고 모함한다. 그래서 계모는 순금을 죽이려 했지만 황생의 돈독한 형제애로 순금의 손목만 자르고 죽지 않고 쫓겨 나가도록 한 것은 「순금전」이 지닌 구조적 특징의 하나라고 할 수 있다.

계모형 소설은 크게 두 가지의 유형적 구조로 분류된다. 하나는 작품 내용 전체가 계모의 잔혹성 및 이로 인한 가정파탄에 초점을 맞추고 있는 것이고, 다른 하나는 군담·쟁총 소설 속의 주인공들의 고난 극복을 돋보이게 하기 위하여 계모의 학대를 폭로하는 데 초점을 맞추고 있는 것이다. 이러한 양상을 두고 우쾌재는 「한국가정소설연구」에서 계모형 가정소설을 전자는 正格, 후자는 非正格으로 나누었고, 이원수는 두 유형 사이의 차이를 유형의 고착화와 변모[43)]로 설명하였다.

우선 우쾌재는 「장화홍련전」, 「김인향전」, 「콩쥐팥쥐전」을 正格

42) 계모 소생과 전처 자식간의 형제애가 돈독한 경우는 「순금전」이외에도 「黃月仙傳」 등이 있다.

43) 이원수, 고전소설 작품세계의 실상, 경남대학교출판부, 1996.

繼母型 小說이라 하고, 「정을선전」, 「어룡전」, 「양풍운전」, 「김취경전」, 「황월선전」, 「음양옥지환」, 「현수문전」, 「장풍운전」, 「임호은전」을 非正格 繼母型 小說이라[44]고 분류했다. 정격 계모형 소설의 구성적 특징은 사건 전개에 生→死→生의 3단계적 幻生構造와 深層構造 분석에서 볼 수 있었던 悲劇美가 중심을 이룬 悲核的 구조를 형성하고 있는 점을 들 수 있다고 한다.[45] 비정격 계모형 소설은 정격 계모형 소설에 대응하는 개념으로 작품 내에 계모가 등장하되 계모와 전실 자식과의 갈등에서 빚어지는 悲核的 구조를 볼 수 없고, 주인공의 일대기적 서술로 되어 있어, 정격 계모형 소설에서 볼 수 있었던 三段階的 幻生構造도 또한 볼 수 없으므로, 비정격 계모형 소설의 구성적 특징은 階層分析에서도 뚜렷한 核이 없는 重核(雙核)構造로 형성되어진 점을 들 수 있다고 하였다.[46]

이원수는 계모형 소설의 유형이 이분됨을 두고 「장화홍련전」, 「김인향전」 등의 작품이 동일한 서사구조로 이루어져 있으며 강한 유형성을 지니고 있음에 착안하여, 이러한 작품들은 유형구조의 고착화에 의해 이루어진 작품이라고 하였다. 그리고 유형의 고착화는 필연적으로 개별작품의 몰개성화와 독자들의 작품에 대한 흥미를 감소시키는 역기능을 초래하므로 작품에 새로운 개성을 부여할 필요가 있어 유형구조의 변형을 일으켰다고 하였다. 즉 계모형 소설의 유형구조에 인기 있는 다른 소설 유형을 복합시킨 것이라 하였다.

계모형 가정소설의 변모 과정은 김재용에 의해서 다시 한번 폭넓게 연구되었다. 김재용은 「장화홍련전」이 내적 변이를 거듭하면

44) 禹快濟, 韓國家庭小說研~究, 高麗大民族文化研究所, 1988, pp.37-38 참조.
45) 禹快濟, 前揭書, p.287.
46) 禹快濟, 前揭書, p.288.

서 유포되고 대중적 인기를 얻게 되자 그 인기에 편승하여 그 유형구조의 서사적 국면을 계승하면서도 변별성을 갖는 작품이 나타나기 시작한 것이라 했다. 그리고 그 변별성을 유형적으로 정리하면, 「장화홍련전」과 같은 유형적 특성을 지닌 초기 유형의 소설과 「황월선전」이나 「김취경전」과 같은 유형적 특성을 지닌 후기 유형의 소설로 대별된다고 하였다. 또한 후기 유형의 소설은 초기 유형 소설의 유형적 서사 진행은 이어받되, 세부 전개 및 주제의식의 표출에서 새로운 방향을 모색하였다고 하였다.[47]

이번에 처음 공개되는 신자료 「순금전」은 앞에서 밝힌 우쾌재의 유형 분류인 정격 계모형 소설과 비정격계모형 소설 어디에도 속하지 않는다. 다시 말하면 「순금전」은 정격 계모형 소설처럼 주인공 순금이 죽지 않고 손목만 잘려 추방되어 죽음을 겪지 않았고, 비정격 계모형 소설처럼 계모담이 주인공의 출세담이나 군담에 삽입된 형태인 重核(雙核)구조도 아니다. 물론 순금이 미천한 신분인데다가 어리석기까지 한 목선과 결혼하여 그를 공부시켜 급제하도록 함으로써 간접적인 출세를 이룬다고 할 수도 있겠으나 이것을 순금의 출세담으로 보기에는 부당한 감이 없지 않다. 무엇보다 「순금전」은 계모와 전실 자식 간의 갈등과 그로 인해 빚어지는 가정적 비극 그리고 그 해결과정이 중심이 되고 있다. 이 점은 「정을선전」이나 「어룡전」같은 비정격 계모형 소설에서 계모담이 주인공의 일대기를 그리면서 그 주인공의 고난과 극복을 돋보이게 하기 위해 첨가되고 있는 것과는 다른 양상이라 보아진다. 그러므로 「순금전」은 비정격 계모형소설에 포함시키기가 어렵다.

이를 좀 더 자세하게 파악하기 위해 「순금전」의 기본 골격을 다

---

47) 김재용, 계모형 고소설의 시학, 집문당,1996, p.117.

시 축약시켜 보면

㉠ 계모영입→㉡ 계모모함→㉢ 순금의 역경→㉣ 순금의 해원→㉤ 순금의 회운

으로 요약된다. ㉠에서 ㉤까지를 두고 자세히 검토해 보면 정격 계모형 소설과 비정격 계모형 소설 사이에서 일치되지 않는 부분이 바로 ㉡과 ㉢단락이다. ㉡에서 순금이 계모에게 모함을 당하지만 죽음에까지 이르지 않고 손목만 잘리고 추방당하는 것이 다르고, ㉢에서는 순금이 겪는 역경은 주인공의 출세담이거나 군담류가 아닌 주인공의 원한을 푸는 단락, 곧 해원을 위한 과정의 단락에 불과하기 때문에 비정격 계모형 소설과도 일치하지 않는다.

따라서 「순금전」의 유형구조를 설정하는 데 있어 다른 시도가 필요하지 않을까 한다. 「순금전」과 유사한 작품으로 「황월선전」이 있는데, 이들 작품은 초기 계모형 소설인 「장화홍련전」이나 「콩쥐팥쥐전」이 죽음과 재생이라는 초경험적이고 유형화된 구조로 고착되자 새로운 변모를 기대하는 독자들의 요구에 부응하기 위하여 등장한 작품이라 생각한다. 즉, 「장화홍련전」이나 「콩쥐팥쥐전」에서 빈번하게 나타나는 신이한 요소들이 많이 제거되고, 제3자에 의한 신원이 아닌 주인공의 주체적인 노력에 의한 신원이라는 새로운 이야기 방법이 도입된 것이다. 이러한 서사 진행은 군담이나 쟁총담을 계모담과 결합시켜 새로운 이야기를 만들어 낸 것과는 다른 방향의 변모이다. 다시 말하면 전자 곧 「순금전」과 「황월선전」이 계모형 가정소설 내에서의 변모라면, 후자 곧 「어룡전」, 「김취경전」, 「현수문전」, 「임호은전」, 「정을선전」, 「양풍운전」 등과 같은

것은 군담이나 쟁총형 가정소설과의 교섭을 통한 변모의 결과이기 때문이다.

그렇다면 계모형 가정소설은 초기 계모형 가정소설 곧 정격 계모형 가정소설의 고착형에서 후기 계모형 가정소설 곧 비정격 계모형소설로 변모된다고 할 수 있다. 이때 후기 계모형 가정소설은 다시 초기 계모형 가정 소설을 이어받아 변모한 유형과 군담이나 쟁총형 가정소설과의 교섭을 통해 변모된 유형의 두 가지로 나누어 지는데, 「순금전」은 후기 계모형 가정소설 가운데 초기 계모형 가정소설을 이어받은 유형구조의 특징을 지닌 소설이라 할 수 있다.

또 다른 「순금전」의 구조적 특징은 갈등부분 <(마) (바) (사)>에서 나타나고 있다. 즉, (17) (18)에서 보면 황생 덕분으로 계모로부터 죽음을 면하고 쫓겨난 순금이 겪는 참담한 고통이 기존 계모형 소설과 다른 점이다. 순금이 울고 있을 때 천보사 화주승이 시주를 권하자 순금이 가지고 있던 황금을 모두 내어 주고 중은 홍도 세 개를 순금에게 준다. 순금이 그것을 하나 먹으니 몸이 가벼워짐을 느끼나 광풍을 맞고 쓰러진 후 한 쪽 눈을 뜨지 못하고 한 쪽 다리가 잘리우고 온몸이 병신이 되어 구걸도 못하는 참담한 지경에 이른 것이 다른 계모형 소설과 다른 점이다.

그리고 갈등 부분 (19)에서 보면 역경에 처해 자고 있을 때 날짐승이 내려와 덮어 주고 날이 밝으면 나물과 과일을 놓고 가는데 이것을 먹으면 배가 고프지 않고 아픔도 사라지게 된다. (21)에서는 호랑이가 나타나 선녀로 변하여 약과 물을 주니, 이를 마신 순금은 잠이 들고 깨어 보니 다리가 완전해지고 예전의 모습으로 되돌아오는 신이함을 보이고 있다. 이는 신이한 민담류에서 흔히 볼 수 있는 것으로 「순금전」이 설화에서 소설화된 것으로 유추되는 증거가 되기도 한다. (26) (27) 단락에서 꿈에 한 여인이 나타나 처부모를 찾아보도록 하는 瑞夢 모티프도 신이한 민담류에서 흔히 볼 수 있는 것으로 보아 「순금전」이 설화의 소설화임을 방증할 수 있는 단락으로 이 또한 기존 계모형 소설과는 다소 다른 구조를 지닌 것이라 할 수 있다.

절정 <(아) (자)>의 대단락의 (37)을 보면 계모가 증거로 제시한 쥐의 배를 갈라보니 쥐똥이 나와 낙태한 아이가 아님이 밝혀지는 모티프도 기존 계모형 소설의 그것과는 다소 다른 점이라 할 수 있다. 이러한 구조는 「삼국유사」 金庾信條의 楸南의 이야기 속에서도 유사한 설화가[48] 보이고 있는 점 등으로 보면 「순금전」이 설화의 소설화임을 방증해 주는 것이라 할 수 있다.

「순금전」의 (30)에서 (38)까지의 부분을 자세히 고구해 보면 순금이 역경에서 벗어난 결정적인 계기는 신이한 존재의 도움에서가 아니고 순금 자신의 혼인과 남편의 장원급제이다. 다른 계모형 소설의 경우는 죽은 자의 혼이 환생하여 원한을 호소함으로써 解寃하는 것으로 설정하고 있어 초경험적 비현실적인 차원에서 문제를 해결하는데 반해, 「순금전」은 경험적이고 현실적인 차원에서 문제를 풀어가고 있어서 다른 계모형 소설의 구조와 다소 다른 특징을 지녔다고 할 수 있다.

또한 정격 계모형 소설은 관청의 힘을 빌어 억울한 문제를 해결한다는 점에서 공안소설적 경향이 짙은 데 반해, 「순금전」은 절정

48) 쥐 한 마리를 합 속에 감추고 무엇이냐고 楸南에게 물으니 쥐인데 여덟 마리라 하여 틀렸다고 죽이고 난 뒤 쥐의 배를 갈라보니 새끼가 일곱 마리였다는 이야기(三國遺事 卷一 金庾信條)와 유사한 발상이다. 「순금전」에서 쥐의 배를 갈라보니 쥐똥이 나와서 단죄했다는 구조와 상통한다.

중 (35) (36) (37) (38)에서 보듯이 승상이 해결할 수 있는 문제를 국가적인 문제로 확대시켜 官이 개입하게 된다는 점에서 공안소설적 특성과도 다른 면모를 보이고 있는 구조적 특징을 함께 지니고 있다.

마무리

이상으로 본론에서 천착한 바를 결론적으로 요약 정리해 보면 다음과 같다.

첫째, 「순금전」은 학계에 처음 소개되는 계모형 가정 소설로서 「숙향전」이 널리 읽혔던 시점에서 훨씬 후대에 창작된 조선 후기 계모형 가정 소설이다.

둘째, 본연구의 텍스트인 「순금전」의 필사 연대는 1910년 1월로서 필사자는 김시현(Kim Si Hyun)이며, 동시에 필사자의 주관을 첨부하고 있어 그의 문화수준을 헤아릴 수 있음을 함께 고구했다.

셋째, 「순금전」의 창작동기는 좋은 일을 많이 하면 천우신조하여 반드시 좋은 일이 많이 생길지니 고진감래요 흥진비래란 말대로 착한 일만 하면 후년에는 복을 많이 받을 것이라 하고, 세상에 여자로 태어나서 부모께 효도하고 가장을 위대하고 동기를 위하고 자식을 착한 길로 교훈하며 타인에게 선심으로 지내도록 주독자층인 여성층에게 작자가 강조하고자 이 작품을 창작했음을 밝혔다.

넷째, 「순금전」의 형성은 오래 전부터 구전되어온 「손 없는 색시」설화에서 소설화되었음을 밝히면서 동시에 설화의 소설화 양상을 일목요연하게 볼 수 있는 작품이라고 했다.

다섯째, 「순금전」은 도입부의 전개 방식이 일반 고소설의 冒頭와 유사하며, 「순금전」의 일차적인 갈등의 원인은 계모이고, 이차적 원인 제공자는 황공인 점도 타 계모형 가정소설의 경우와 유사하나 전실의 자식과 계모가 낳은 자식간의 우애가 돈독한 점이 다른 계모형 소설과 다른 점이다.

여섯째, 「순금전」은 후기 계모형 가정소설에 속하는데, 후기 계모형 가정소설은 다시 두 유형으로 나누어 진다. 하나는 초기 계모형 가정소설을 이어받아 변모된 유형 구조이고, 다른 하나는 군담이나 쟁총형 가정소설과의 교섭을 통해 변모된 유형 구조가 그것이다. 이렇게 나누어 볼 때, 「순금전」은 전자의 유형인 초기 계모형 가정소설을 이어받아 변모된 유형에 속하는 구조적인 특징을 지녔음을 밝혔다.

일곱번째, 「순금전」의 갈등부분에서 다른 계모형 소설보다 주인공에 대해 참담함을 서술한 것이나 절정부분에서 쥐의 배를 갈라 진실을 밝히는 점 등은 설화의 소설화 양상을 방증하는 구조적인 특징을 지녔음을 고구했다.

마지막으로 「순금전」은 경험적이고 현실적인 차원에서 문제를 풀어가는 것이 다른 계모형 소설과 다른 점이라 할 수 있다. 그리고 다른 계모형 소설은 공안 소설적인 경향이 짙은 데 반해, 「순금전」은 승상이 해결할 수 있는 문제를 국가적인 문제로 확대시켜 官이 개입하게 되는 점이 공안소설적 특성과는 다른 면모를 보이는 구조적 특징을 지녔음을 밝혔다.

따라서 이 작품은 특이한 구조를 지닌 계모형 고소설의 하나로 그 가치가 높이 평가된다.

참고문헌

그림형제(김창호역), 독일민담설화집, 을유문화사, 1975

김광순, 한국고소설사와 론, 새문사, 1990

______, 김광순소장필사본 한국고소설전집1-50, 경인문화사, 1993-5

______, 천군소설연구, 형설출판사, 1980

______, 한국의인소설연구, 새문사, 1988

김기동, 한국고대소설개론, 정연사, 1959

______, 한국고전소설연구, 교학사연구, 1985

______, 이조시대소설론, 정연사, 1958

김재용, 계모형 고소설의 시학, 집문당, 1996

김태준, 조선소설사, 학예사, 1939

박성의, 한국고대소설사, 일신사, 1958

소재영, 한국고소설통론, 이우출판사, 1980

우쾌재, 한국가정소설연구, 고려대 민족문화연구소, 1988

이병기 · 백철, 국문학전사, 신구문사, 1957

이원수, 고전소설 작품세계의 실상, 경남대학출판부, 1996

일　연, 삼국유사, 동국문화사, 1958

임석재, 한국구전설화(평안북도 1), 서울 평민사, 1987

정규복 · 소재영 · 김광순, 한국고소설연구, 이우출판사, 1983
정주동, 고대소설론,형설출판사, 1966
조희웅, 손 없는 색시고, 성기열교수환갑기념논문집, 1989
조희웅, 한국구비문학대계 1-9(경기 · 용인편), 한국정신문화연구원,1984
주종연, 한국고전문학장르연구, 한신문화사, 1993
최운식, 계모설화의 전승양상 및 구조와 의미, 집문당, 1991
최정여 · 천혜숙, 한국구비문학대계7-13(경북 대구시), 한국정신문화연구원, 1985
최정여, 한국구비문학대계7-14(경북 달성군), 한국정신문화연구원, 1985

제2부 『순금전』 원문 및 현대역

순금전 권지단

〈1〉

각설[1] 조선국 셰조디왕 직위초의 경성 늘늬리골 한 지상이 잇스되 성은 황이요, 명은 공이라. 일즉 벼살ᄒᆞ여 명망과 부귀지덕이 장안의 웃듬이요, 벼살이 승상[2]의 잇시미 문무제신이 절 안니리 업더라. 부인 최씨 다만 한 ᄯᆞᆯ을 두고 쥭으니 명은 순금이라. 세월이 여류ᄒᆞ여 순금 소져의 나히 십 세되미 ᄒᆞ난[3] 힝실과 인물이 비범ᄒᆞ고 슈질침션[4]이 당셰의[5] 제일이라. 승상이 후정의[6] 영츈당 별당을 짓고 유모와 한가지로 유ᄒᆞ계[7] 허고 승상이 미일 어미옵스믈 한탄허더니 일일은 승상이 입조허엿다가 바로 영츈당으로 드러가 순금을 어로만지며 왈, "순금아 네 모 곳 살앗드면 오자히 질거으랴? 세상의 너갓튼 비필을 조상향화와 가산을 다 네게 권헐가 허노라."

---

1) 각설(却說) : 화제를 돌림. 소설 따위에서 화제를 돌려 다른 줄거리로 접어들려고 할 때 그 첫머리에 쓰는 말. 차설(且說). 화설(話說).

2) 승상(丞相) : 옛 중국의 벼슬 이름. 우리 나라의 정승(政丞)과 같음. 전국시대(戰國時代) 진(秦)의 무왕(武王) 2(기원전 309)년에 처음으로 두었다가 명(明)나라 홍무(洪武) 13년에 없앰.

3) ᄒᆞ난 : 하는.

4) 슈(繡)질 침선(針線) : 수(繡)질과 침선(針線). 수(繡)는 헝겊에다 색실로 그림이나 글자 따위를 바늘로 떠서 놓는 일, 또는 그 그림이나 글자. 침선(針線)은 바늘과 실. 곧 바느질하는 일.

5) 당셰(當世)의 : 당대(當代)에.

6) 후정(後庭)의 : 뒤뜰에.

7) 유(留)ᄒᆞ계 : 머물게.

순금전 권지단

〈1〉

각설(却說) 조선국(朝鮮國) 세조대왕(世祖大王) 즉위초(卽位初)에 경성(京城) 늴늬리골 한 재상(宰相)이 있으되 성(姓)은 황(黃)이요, 명(名)은 공이라. 일찍 벼슬하여 명망(名望)과 부귀재덕(富貴才德)이 장안의 으뜸이요, 벼슬이 승상(丞相)에 있으매 문무제신(文武諸臣)이 절 않는 이가 없더라. 부인(夫人) 최씨 다만 한 딸을 두고 죽으니 명(名)은 순금이라. 세월(歲月)이 여류(如流)하여 순금 소저(小姐)의 나이 십 세(歲) 되매 하는 행실(行實)과 인물(人物)이 비범(非凡)하고 수(繡)질 침선(針線)이 당세(當世)에 제일(第一)이라. 승상(丞相)이 후정(後庭)에 영춘당(迎春堂) 별당(別堂)을 짓고 유모(乳母)와 한가지로 유(留)하게 하고 승상(丞相)이 매일 어미 없음을 한탄(恨歎)하더니, 일일(一日)은 승상(丞相)이 입조(入朝)하였다가 바로 영춘당(迎春堂)으로 들어가 순금을 어루만지며 왈(曰),

"순금아, 네 모(母) 곧 살았으면 오죽 즐거우랴? 세상(世上)에 너 같은 배필(配匹)을 조상향화(祖上香火)와 가산(家産)을 다 네게 권(勸)할까 하노라."

소져 이 말슴을 듯고 고ᄀᆡ을 슉이고 별갓튼 눈의서 쥰쥬갓튼 눈물이 쌍쌍이 홀르며 고 왈, "손녀는 유모을 친모로 아랏더니 이제 교훈을 듯ᄌᆞ오니 친모는 쥭엇다 ᄒᆞ오니 엇지 슬푸지 안니 허올잇가? 녀ᄌᆞ은 열 슈물이라도 쓸 ᄃᆡ 업ᄉᆞ오니 부친은 쓸 ᄃᆡ 업는 여식을 생각ᄒᆞ지 말으시고 어진 가문을 가리여 계모을 정허ᄋᆞᆸ소서." 승상이 창안ᄇᆡᆨ슈[8] 눈물을 먹음고 가로되, "네 말이

〈2〉

가상을 흐나 네 빙옥갓튼 몸의 ᄋᆡᆨ회[9] 잇슬가 ᄌᆞ저ᄒᆞ노라[10]." ᄒᆞ신ᄃᆡ 소제[11] ᄇᆡᆨ번 ᄉᆞ례ᄒᆞ고 계모어드시물 강권ᄒᆞᆫ니 승상이 어린 소제의 말이라도 올흐의[12] 여긔ᄉᆞ ᄆᆡ파을 노와 어진 문호로 가리더라. 광쥬 ᄯᅡᆼ의 정슌옥이란 양반이 잇서 한 ᄯᆞᆯ을 두어시되 인물이 비상ᄒᆞ고 슈질침선방적[13]을 무불겸비ᄒᆞᆫ지라[14] 승상이 친이 정ᄉᆡᆼ원을 청ᄒᆞ여 정혼 후 어언지간의 길일이 다달으ᄆᆡ ᄉᆡ로이 호ᄉᆞ은 더되나 망처 최씨와 소제 슌금의 외로음을 ᄉᆡᆼ각ᄒᆞ고 늣기믈 마지 안니허더라. 정씨 들어와 노비[15]을 인의로 부리고 가ᄉᆞ을 정성으로 다ᄉᆞ리고져 어진 일홈이 조정의 가득ᄒᆞ 뉘 안니 칭찬허리요.

---

8) 창안ᄇᆡᆨ슈(蒼顔白首) : 창백한 얼굴과 흰 머리. 곧 늙은이의 여윈 얼굴빛과 센 머리. 창안백두(蒼顔白頭), 창안백발(蒼顔白髮)과 같은 말.

9) ᄋᆡᆨ회(厄會) : 재앙이 닥치는 불행한 고비.

10) ᄌᆞ저(趑趄)ᄒᆞ노라 : 주저(躊躇)하노라. 'ᄌᆞ저(趑趄)'는 머뭇거림, 망설임을 뜻함.

11) 소제(小姐) : 소저. 아가씨, 젊은 여자를 대접하여 일컫는 말.

12) 올흐의 : 옳게.

13) 슈(繡)질 침선(針線) 방적(紡績) : 수놓기와 바느질과 길쌈.

14) 무불겸비(無不兼備)ᄒᆞᆫ지라 : 겸(兼)하여 갖추지 않은 것이 없더라.

15) 노비(奴婢) : 사내종과 계집종을 통털어 일컫는 말. 비복(婢僕).

소저(小姐) 이 말씀을 듣고 고개를 숙이고 별같은 눈에서 진주 같은 눈물이 쌍쌍(雙雙)이 흐르며 고(告) 왈(曰),

"소녀(小女)는 유모(乳母)를 친모(親母)로 알았더니 이제 교훈(教訓)을 듣자오니 친모(親母)는 죽었다 하오니 어찌 슬프지 아니하오리까? 여자(女子)는 열 스물이라도 쓸 데 없사오니 부친(父親)은 쓸 데 없는 여식(女息)을 생각하지 마시고 어진 가문(家門)을 가리어 계모(繼母)를 정(定)하옵소서."

승상(丞相)이 창안백수(蒼顔白首) 눈물을 머금고 가로되,

"네 말이

〈2〉

가상(嘉尙)하나 네 빙옥(氷玉)같은 몸에 액회(厄會) 있을까 주저(躊躇)하노라."

하신대 소저(小姐) 백 번 사례(謝禮)하고 계모(繼母) 얻으심을 강권(强勸)하니 승상(丞相)이 어린 소저(小姐)의 말이라도 옳게 여기사 매파(媒婆)를 놓아 어진 문호(門戶)로 가리더라.

광주 땅에 정순옥이란 양반(兩班)이 있어 한 딸을 두었으되 인물이 비상(非常)하고 수(繡)질 침선(針線) 방적(紡績)을 무불겸비(無不兼備)한지라. 승상(丞相)이 친(親)히 정생원을 청(請)하여 정혼(定婚) 후 어언지간(於焉之間)에 길일(吉日)이 다다르매 새로이 호사(好事)는 더 되나 망처(亡妻) 최씨와 소저(小姐) 순금의 외로움을 생각하고 느낌을 마지 아니하더라. 정씨 들어와 노비(奴婢)를 인의(仁義)로 부리고 가사(家事)를 정성(精誠)으로 다스리니 어진 이름이 조정(朝廷)에 가득하니 뉘 아니 칭찬하리오.

이ᄯᅴ 슌금 소제의 나히 십오 셰라. 옥빙홍안[16]의 아리ᄯᅡ은 ᄌᆞ품과 비범ᄒᆞᆫ 긔상이 츈ᄉᆞᆷ월 ᄉᆞᆷ딕도화[17]도 오희려 밋지 못 헐더라. 승상과 정씨가 쇼제을 치여가치[18] 여기며 소졔은 친모료 섬기여 셰월을 보니던이 정씨 온지 ᄉᆞᆷ연이라. 잉터 십 삭만의 일ᄀᆡ 옥동을 싱ᄒᆞ니 소졔며 모든 비복 등이 두 숀으로 무슈히 치하허더라. 승상이 그 아회 긔상을 보이 광한젼[19] 신션이 인간의 하강ᄒᆞᆫ 듯 소릭난 쇄옥[20]갓고, 긔골이 장대ᄒᆞ니 승상이 무슈히 깃거ᄒᆞ며 정씨을 경딕[21]ᄒᆞ니 일어ᄒᆞ무로 정씨 ᄯᅩ

〈3〉

ᄒᆞᆫ 마음이 교만방ᄌᆞ허더라. 셰월이 여류하여 소제 나히 십팔 세라. 정씨 소싱에 일홈은 황싱이요, ᄌᆞ는 틱성이라허다. 점점 ᄌᆞ라 황싱의 나히 십 세 되믹 슌금 소제에계 글을 빅오니 옛날 문장 리틱빅[22]과 명필 왕희지[23] 도 이에서 밋지 못헐너라. 저의 남믹 화순

16) 옥빙홍안(玉鬢紅顔):아름다운 귓머리와 붉은 얼굴. 곧 아름다운 젊은이의 얼굴.
17) ᄉᆞᆷ딕도화(三色桃花) : 세 가지 색의 복숭화 꽃.
18) 치여(親女)가치 : 친딸같이.
19) 광한젼(廣寒殿) : 달 속에 있다고 전하는 항아(姮娥)가 사는 전각(殿閣). 광한궁(廣寒宮). 광한부(廣寒府).
20) 쇄옥(碎玉) : '옥을 깨뜨린다'는 뜻으로 아름다운 목소리를 이르는 말.
21) 경대(敬待) : 공경하여 대접함.
22) 리틱빅(李太白, 701~762) : 이백(李伯). 중국 당나라 중엽의 시인. 자(字)는 태백(太白), 호(號)는 청련거사(靑蓮居士). 촉(蜀)나라 사람 또는 농서(隴西) 사람이라고도 함. 천성이 호방하고 술을 좋아하여 홍이 나면 곧 시를 쓸 수 있는 천재시인으로 육조풍(六朝風)의 시를 물리치고 한(漢)·위(魏)의 호방함을 본떠 자유분방한 감정을 발산시켰음. 두보(杜甫)와 아울러 중국 최대의 시인으로 시선(詩仙)이라 함.
23) 왕희지(王羲之, 307?~365?) : 중국 동진(東晋)의 서가(書家). 자(字)는 일소(逸少). 그의 해서(楷書)·행서(行書)·초서(草書)는 전아(典雅)하고 힘차며, 품위있는 서풍은 일찍부터 서성(書聖)으로서 안팎의 존경을 받았음.

이때 순금 소저(小姐)의 나이 십오 세라. 옥빈홍안(玉鬢紅顔)의 아리따운 자품(資稟)과 비범(非凡)한 기상(氣像)이 춘삼월(春三月) 삼색(三色) 도화(桃花)도 오히려 미치지 못하더라.

승상(丞相)과 정씨가 소저(小姐)를 친녀(親女)같이 여기며 소저(小姐)는 친모(親母)로 섬기어 세월(歲月)을 보내더니 정씨 온지 삼 년(年)이라. 잉태(孕胎) 십삭(十朔)만에 일개(一介) 옥동(玉童)을 생(生)하니 소저(小姐)며 모든 비복(婢僕) 등이 두 손으로 무수히 치하(致賀)하더라. 승상(丞相)이 그 아이 기상(氣像)을 보니 광한전(廣寒殿) 신선(神仙)이 인간(人間)에 하강(下降)한 듯 소리는 쇄옥(碎玉)같고, 기골(氣骨)이 장대(長大)하니 승상(丞相)이 무수히 기뻐하며 정씨를 경대(敬待)하니 이러하므로 정씨 또

〈3〉

한 마음이 교만방자(驕慢放恣)하더라.

세월이 여류(如流)하여 소저(小姐) 나이 십팔 세라. 정씨 소생(所生)의 이름은 황생(黃生)이요, 자(字)는 태성(太星)이라 하다. 점점 자라 황생(黃生)의 나이 십 세 되매 순금 소저(小姐)에게 글을 배우니 옛날 문장(文章) 이태백(李太白)과 명필(名筆) 왕희지(王羲之)도 이에 미치지 못할러라. 저의 남매(男妹) 화순(和順)

허여 학업을 심씨니 엇지 니복동싱 갓트리요 ᄉᆞ싱을 한 가지로 정ᄒᆞ고 지닉니 노복 등이며 유모가 칭찬불니허더라.[24] 승산이 소제 장성ᄒᆞ미 어진 문호을 가리여 영웅쥰걸을 어더 비필을 삼의리라 ᄒᆞ더라. 승상이 궐닉의 입시헐식 슌금 소제의 방의 들어가 어로만지며 어미 업스믈 불상이 여계 황싱보덤 더 귀희 여기시니 정씨 이러허믈 불셩통분ᄒᆞ여 소제을 업시고저 허더라. 소제 연긔 장성허미 옥안화틱의 아리짜은 긔상이 슈양벼들나무가 바람의 휜들녀 노난 듯, 광풍[25]을 못 이긔여 넘노난 듯, 모란쏫시 아츰이실을 머금은 듯, 삼식도화 반만된 듯, 무산션네[26] 천궁을 써나 인간의 하강ᄒᆞᆫ 듯 눈이 부시여 츰아 바로 보지 못헐너라. 소제 황싱으로 더부러 글도 짓고 학업도 의논ᄒᆞ더니, 일일은 청조[27]가 남편으로[28] 나려와 소제의 머리의 안저 슬피

〈4〉

울고 옥난간의 안거늘 소제 고히[29] 여계 황싱다려 그 연고을 무른딕 싱이 즉시 깁흔 글을 싱각ᄒᆞ여 지여닉니 그 글의 ᄒᆞ엿시딕, "남으로 오은 쥬작[30]은 이 불근 긔운이요, 나라오는 식은 푸르니 청홍을 겸ᄒᆞ엿는지라.

---

24) 칭찬불니(稱讚不已)허더라 : 칭찬(稱讚)을 그치지 않더라.
25) 광풍(光風) : 비 끝의 맑은 날씨에 시원스럽게 부는 바람.
26) 무산션네(巫山仙女) : 무산(巫山)은 중국 사천성(四川省) 무산현의 동쪽에 있는 명산(名山)으로 산 위에는 무산십이봉(巫山十二峰)이 있어 고래(古來)로 한문시가(漢文詩歌)에 많이 나타남. 무산선녀(巫山仙女)는 전설에서의 얼굴이 몹시 예쁘고 아름답다는 선녀.
27) 청조(青鳥) : 고지새. 파랑새. 푸른 새가 온 것을 보고 동방삭(東方朔)이 서왕모(西王母)의 심부름꾼이라고 한 한무(漢武)의 옛일에서 반가운 사자(使者) 또는 편지의 뜻으로 쓰는 말.
28) 남편(南便)으로 : 남쪽으로.
29) 고(怪)히 : 괴이하게.
30) 주작(朱雀) : 예로부터 남쪽 방위를 맡고 있다는 신을 나타낸 짐승. 옛날 무

하여 학업(學業)을 힘쓰니 어찌 이복(異腹)동생 같으리오. 사생(死生)을 한 가지로 정(定)하고 지내니 노복(奴僕) 등이며 유모(乳母)가 칭찬불이(稱讚不已)하더라.

승상(丞相)이 소저(小姐) 장성(長成)하매 어진 문호(門戶)를 가리어 영웅준걸(英雄俊傑)을 얻어 배필(配匹)을 삼으리라 하더라. 승상(丞相)이 궐내(闕內)에 입직(入直)할 때 순금 소저(小姐)의 방에 들어가 어루만지며 어미 없음을 불쌍히 여겨 황생(黃生)보다 더 귀(貴)히 여기시니 정씨 이러함을 불승통분(不勝痛忿)하여 소저(小姐)를 없애고자 하더라.

소저(小姐) 연기(年紀) 장성(長成)하매 옥안화태(玉顏花態)의 아리따운 기상(氣像)이 수양버들나무가 바람에 흔들려 노는 듯, 광풍(光風)을 못 이기어 넘노는 듯, 모란꽃이 아침이슬을 머금은 듯, 삼색도화(三色桃花) 만발(滿發)한 듯, 무산선녀(巫山仙女) 천궁(天宮)을 떠나 인간에 하강(下降)한 듯 눈이 부시어 차마 바로 보지 못할러라. 소저(小姐) 황생(黃生)으로 더불어 글도 짓고 학업(學業)도 의논하더니, 일일(一日)은 청조(靑鳥)가 남편(南便)으로 날아와 소저(小姐)의 머리에 앉아 슬피

〈4〉

울고 옥난간(玉欄干)에 앉거늘 소저(小姐) 괴(怪)히 여겨 황생(黃生)에게 그 연고(緣故)를 물은대 생이 즉시 깊은 글을 생각하여 지어내니 그 글에 하였으되, "남(南)으로 오는 주작(朱雀)은 붉은 기운(氣運)이요, 날아오는 새는 푸르니 청홍(靑紅)을 겸(兼)하였는지라.

덤의 남쪽벽에 그렸는데 붉은 봉황을 형상화 하였음.

오라지 안니ᄒᆞ여 ᄆᆡ부을 볼 징조라 엇지 누의님계 ᄒᆡ로미 잇슬이요 조혼 경ᄉᆞ 미구의[31] 볼이로다." ᄒᆞ니 순금 소제 아미을 슈기고서 서을 베푸러 글을 지으니 그 글의 허엿시되, "옛적의 슉향[32]이 다섯 번 쥭을 읙을 지너여 남앙옥즁의 갓설제의 청조 나라와 구슬푸게 울더니 옥갓튼 다리의 즁장[33]을 당ᄒᆞ여스니 슬푸다! 순금의 약헌 몸의 읙이 도라오리로다." ᄒᆞ엿더라. 언파의[34] 승상이 궐너의 들어가 계시다가 바로 영춘당으로 드러가시니 황싱과 소제 밋처 그 글을 감초지 못ᄒᆞ여 승상이 보시고 최씨을 싱각ᄒᆞ여 황싱과 소제의 손을 잡고 눈물을 금치 못ᄒᆞ시니 황싱의 글은 비점[35]을 쥬시고 소제의 글은 보시고 비감허물[36] 마지 안니허시더라. 슬푸다 순금 소제 빙옥갓튼 몸의 누덕 잇기도다. 정씨 이러헌 일을 더욱 혐의허여[37] 소제을 업시코저 ᄒᆞ던니, 일일은 한 무녀 들어와 길흉을 가리던니 정씨 한 계고을 싱각ᄒᆞ여 가

〈5〉

만니 일으되, "ᄉᆞ람이 무어슬 먹으면 가는 허리 부ᄃᆡᄒᆞ고[38] 고은 상의 ᄉᆡ알기름이 씨고 몸 츌입을 임의로[39] 못ᄒᆞ는다?" ᄒᆞ니 그 무녀 아라듯고 엿ᄌᆞ오되, "돌메물 쌀 세 되와 측ᄉᆡ알 세 되을 한ᄃᆡ 작말ᄒᆞ여 범벅 세 덩이을 밍그러 메기면 숨 삭이 못 되여 얼골의 것기름이 씨고

31) 미구(未久)의 : 미구(未久)에. 곧 '오래되지 아니하여'의 뜻임.

32) 슉향(淑香) : 조선조 후기의 한글소설 <숙향전(淑香傳)>에 나오는 여주인공.

33) 즁장(重杖) : 몹시 치는 장형(杖刑).

34) 언파(言罷)의 : 말을 끝냄에.

35) 비점(批點) : 한문으로 지은 시가(詩歌)·문장(文章) 따위를 평(評)할 때에 아주 잘 된 것에 찍는 둥근 점.

36) 비감허믈 : 비감(悲感)함을. 슬픈 느낌을.

37) 혐의(嫌疑)허여 : 꺼리고 싫어하여.

38) 부ᄃᆡ(富大)ᄒᆞ고 : 살이 쪄서 뚱뚱해지고.

39) 임의(任意)로 : 마음대로.

오래지 아니하여 매부(妹夫)를 볼 징조(徵兆)라 어찌 누이님께 해로움이 있으리오? 좋은 경사(慶事) 미구(未久)에 보리로다."
하니 순금 소저(小姐) 아미(蛾眉)를 숙이고서 서(書)를 베풀어 글을 지으니 그 글에 하였으되,

"옛적에 숙향(淑香)이 다섯 번 죽을 액(厄)을 지내어 남양 옥중(獄中)에 갔을 때에 청조(靑鳥) 날아와 구슬프게 울더니 옥(玉)같은 다리에 중장(重杖)을 당하였으니, 슬프다! 순금의 약한 몸에 액(厄)이 돌아오리로다."
하였더라. 언파(言罷)에 승상(丞相)이 궐내(闕內)에 들어가 계시다가 바로 영춘당(迎春堂)으로 들어가시니 황생(黃生)과 소저(小姐) 미처 그 글을 감추지 못하여 승상(丞相)이 보시고 최씨를 생각하여 황생(黃生)과 소저(小姐)의 손을 잡고 눈물을 금(禁)치 못하시니 황생(黃生)의 글은 비점(批點)을 주시고, 소저(小姐)의 글은 보시고 비감(悲感)함을 마지 아니하시더라. 슬프다! 순금 소저(小姐) 빙옥(氷玉)같은 몸에 누덕(累德)이 있겠도다.

정씨 이러한 일을 더욱 혐의(嫌疑)하여 소저(小姐)를 없애고자 하더니, 일일(一日)은 한 무녀(巫女) 들어와 길흉(吉凶)을 가리더니 정씨 한 계교(計巧)를 생각하여 가

〈5〉

만히 이르되,

"사람이 무엇을 먹으면 가는 허리 부대(富大)하고 고운 상(相)에 새알기름이 끼고 몸 출입(出入)을 임의(任意)로 못하는가?"
하니 그 무녀(巫女) 알아듣고 여쭈오되,

"돌메물 쌀 세 되와 촉새알 세 되를 한데 장만하여 범벅 세 덩이를 만들어 먹이면 삼삭(三朔)이 못 되어 얼굴에 겉기름이 끼고

안동허리되고 비불너 저근 문의는 임의로 츄립지 못ᄒᆞᄂᆞ다.” ᄒᆞ거늘 정씨 이 말을 듯고 크게 깃거 왈, “이졔는 계교올 이르리라.” ᄒᆞ고 은ᄌᆞ 오십 냥을 쥰ᄃᆡ 무녀 깃거 하직ᄒᆞ고 가니라. 이ᄯᅢ 정씨 무녀을 보ᄂᆡ고 굴지ᄃᆡ일[40]ᄒᆞ던니, 일일은 무녀 왓는지라. 정씨 반가온즁 손을 잡고 당의 올아 좌를 정ᄒᆞ고 후ᄃᆡ로 즁상ᄒᆞ니, 과연 그 쇼임[41]을 드리거날 정시 ᄃᆡ희ᄒᆞ여 ᄯᅩ 은자 오십 냥을 쥬어 보ᄂᆡ니라. 그날 황혼의 그 쇼임을 장만ᄒᆞ여 범벅 셰 덩이을 만들어 밤들기을 기다리니, 잇ᄯᅢ 소제의 유모는 아비 병들기로 나가고, 승상은 궐ᄂᆡ의 번드르시고[42], 황싱은 학당의 가고 집안니 종용ᄒᆞᆫ지라. 순금 소제 이날 황혼붓터 긔운이 황홀ᄒᆞ여 등촉을 발키고 바나질허던니 문득 광풍이 촉불을 ᄭᅳ거늘 고히 여계 촉을 다시 발키고

〈6〉

ᄉᆞ서숨경 풀어서 점괘을 보니 영츈당의 외청조[43] 나라와 머리의 안저 울고 옥난간의 안진 쾌라. 슬푸다! 슌금 소제의 몸의 ᄋᆡᆨ회 도라오는도다. 필목ᄂᆡ여 ᄒᆞᆫ 글을 지은 후의 망모 최씨을 ᄉᆡᆼ각ᄒᆞ고 슬푸물 먹음으니 ᄉᆡᆺ별갓튼 눈의 쥰쥬갓튼 눈물이 흘너 옷깃슬 젓시더라. 문득 문이 열니며 정씨 들어와 소제을 향ᄒᆞ여 이르되, “슬푸다! ᄂᆡ ᄯᅡᆯ이야. 네 무어시 부족ᄒᆞ관ᄃᆡ 밤이 깁도록 ᄌᆞ지 안니ᄒᆞ나야? 밤이 깁허시니 오작 비곱푸랴.” ᄒᆞ고 장반의 범벅 세 덩이을

40) 굴지ᄃᆡ일(屈指待日)ᄒᆞ던니 : 손가락을 꼽으며 날을 기다리더니.
41) 쇼임(所任) : 맡은 바 직책, 또는 임무.
42) 번(番)드르시고 : 입직(入直)하시고. 번(番)은 차례로 숙직(宿直)·당직(堂直)을 하는 일.
43) 외청조(倭靑鳥) : 검푸른 빛깔의 새.

안동허리되고 배불러 작은 문(門)에는 임의(任意)로 출입치 못하나이다."

하거늘 정씨 이 말을 듣고 크게 기뻐 왈(曰),

"이제는 계교(計巧)를 이루리라."

하고 은자(銀子) 오십 냥을 주되 무녀 기뻐 하직(下直)하고 가니라.

이때 정씨 무녀(巫女)를 보내고 굴지대일(屈指待日)하더니, 일일(一日)은 무녀(巫女) 왔는지라. 정씨 반가운 중 손을 잡고 당(堂)에 올라 좌(坐)를 정(定)하고 후대(厚待)로 중상(重賞)하니, 과연 그 소임(所任)을 드리거늘 정씨 대희(大喜)하여 또 은자(銀子) 오십 냥을 주어 보내니라.

그날 황혼(黃昏)에 그 소임(所任)을 장만하여 범벅 세 덩이를 만들어 밤들기를 기다리니, 이때 소저(小姐)의 유모(乳母)는 아비 병(病)들기로 나가고, 승상(丞相)은 궐내(闕內)에 번(番)드시고, 황생(黃生)은 학당(學堂)에 가고 집안이 조용한지라. 순금 소저(小姐) 이날 황혼(黃昏)부터 기운(氣運)이 황홀(恍惚)하여 등촉(燈燭)을 밝히고 바느질하더니 문득 광풍(狂風)이 촛불을 끄거늘 괴(怪)히 여겨 촛불을 다시 밝히고

〈6〉

사서삼경(四書三經) 풀어서 점괘(占卦)를 보니 영춘당(迎春堂)에 왜청조(倭青鳥) 날아와 머리에 앉아 울고 옥난간(玉欄干)에 앉은 괘(卦)라. 슬프다! 순금 소저(小姐)의 몸에 액회(厄會) 돌아오는도다. 필묵(筆墨) 내여 한 글을 지은 후(後)에 망모(亡母) 최씨를 생각하고 슬픔을 머금으니 샛별같은 눈에 진주같은 눈물이 흘러 옷깃을 적시더라. 문득 문이 열리며 정씨 들어와 소저(小姐)를 향하여 이르되, "슬프다! 내 딸이야, 네 무엇이 부족(不足)하건대 밤이 깊도록 자지 아니하느냐? 밤이 깊었으니 오죽 배고프랴." 하고 쟁반에 범벅 세 덩이를

ᄂᆡ여 쥬ᄃᆡ 소제 감격ᄒᆞ여 바라보니 검은 음식이 비치 슈상ᄒᆞᆫ지라. 것ᄐᆡ 놋코 안니 먹으니 정씨 ᄃᆡ로ᄒᆞ여 이러나며 ᄭᅮ지저 왈, “ᄂᆡ 너을 위ᄒᆞ여 잠ᄌᆞ지 안니ᄒᆞ고 범벅을 ᄒᆞ엿거던 너는 어미 공을 모로고 안니 먹으니 어인 ᄒᆡᆼ실인고” ᄒᆞ며 ᄃᆡ단니 ᄭᅮ지즈니 소제 이 말을 듯고 ᄃᆡ경ᄒᆞ여 이러나 두 번 절ᄒᆞ고 엿ᄌᆞ오ᄃᆡ, “어마님 분부 이러틋 ᄒᆞ시니 ᄇᆡᆨ 번 쥭사와도 감슈기ᄎᆡᆨ[44]이로소이다. 엇지 츄호들 그런 ᄒᆡᆼ실허리요. 침선을 거의 맛치게 되오니 마ᄌᆞ 맛숩고 먹으리이라.” ᄒᆞ고 소언의[45] 먹은ᄃᆡ 흉격[46]이 막히여 쌍안홍협의[47] 눈물이 흐르난 쥴 ᄭᆡ닷지 못ᄒᆞ더라. 계우 두 덩이을 먹고 노으며 엿ᄌᆞ오ᄃᆡ, “졔

〈7〉

역밤[48]이 표복[49]ᄒᆞ와 다 먹지 못ᄒᆞ옵고, 다만 한 덩이가 남아ᄉᆞ오니 잇다 먹으려 ᄒᆞ나니다.” 허니 정씨 그졔야 소제의 등을 두다리며 가로ᄃᆡ, “어여ᄲᅳᆯᄉᆞ ᄂᆡ ᄯᆞᆯ아야, ᄂᆡ 엇지 너을 ᄭᅮ지질이요. 너 허난 거동을 보ᄌᆞ고 악가[50] 과이[51] 말을 허엿스니 이후의야 너을 조금치나 남의 ᄌᆞ식으로 알니요. 너 약헌 몸의 너무 과이 안졋지 말고 누어ᄌᆞ거라. 너와 갓튼 쌍을 어더 귀험을 보ᄌᆞ ᄒᆞ여시니 너는 몰나도 ᄂᆡ 마음은 전혀 네게 잇스니 조금도 설어말고 엄식이나 마ᄌᆞ

---

44) 감슈기ᄎᆡᆨ(甘受其責) : 꾸짖음을 달게 받아들이다.
45) 소언(少焉)의 : 소언(少焉)에. 잠깐 동안.
46) 흉격(胸膈) : 심장과 비장(脾臟) 사이의 가슴 부분. 마음 속. 가슴 속.
47) 쌍안홍협(雙眼紅頰)의 : 두 눈과 붉은 뺨에.
48) 졔역밤 : 저녁 밥. p.29에는 '제녁밥'이라고 표기되어 있음.
49) 표복(飽腹): 음식을 많이 먹어 배를 불림. 또는 부른 배.
50) 악가 : 아까.
51) 과(過)이 : 지나치게.

내여 주되 소저(小姐) 감격(感激)하여 바라보니 검은 음식이 빛이 수상(殊常)한지라. 곁에 놓고 아니 먹으니 정씨 대노(大怒)하여 일어나며 꾸짖어 왈(曰),

"내 너를 위하여 잠자지 아니하고 범벅을 하였거늘 너는 어미 공(功)을 모르고 아니 먹으니 어인 행실(行實)인고."

하며 대단히 꾸짖으니 소저(小姐) 이 말을 듣고 대경(大驚)하여 일어나 두 번 절하고 여쭈오되,

"어마님 분부(分付) 이렇듯 하시니 백 번 죽사와도 감수기책(甘受其責)이로소이다. 어찌 추호(秋毫)인들 그런 행실(行實)하리오. 침선(針線)을 거의 마치게 되오니 마저 마치고 먹으리이다."

하고 소언(少焉)에 먹은대 흉격(胸膈)이 막히어 쌍안(雙眼) 홍협(紅頰)에 눈물이 흐르는 줄 깨닫지 못하더라. 겨우 두 덩이를 먹고 놓으며 여쭈오되,

"저

〈7〉

녁밥이 포복(飽腹)하여 다 먹지 못하옵고, 다만 한 덩이가 남았사오니 있다 먹으려 하나이다."

하니 정씨 그제야 소저(小姐)의 등을 두드리며 가로되,

"어여쁠사 내 딸아야, 내 어찌 너를 꾸짖으리오. 너 하는 거동(擧動)을 보자고 아까 과(過)히 말을 하였으니 이후(以後)에야 너를 조금이나 남의 자식(子息)으로 알리오. 너 약한 몸에 너무 과(過)히 앉았지 말고 누워자거라. 너와 같은 쌍을 얻어 귀(貴)함을 보자 하였으니 너는 몰라도 내 마음은 전혀 네게 있으니 조금도 서러워 말고 음식이나 마저

먹고 ᄌᆞ라." ᄒᆞ고 나가거늘 소제 검은 음식 먹은 후로 마음이 불평ᄒᆞ여 허더라. 망모 최씨 신위을 소제방 협실[52]의 모선난지라. 기인 슈건을 손의 들고 협방의 들어가 묘친신영전의 부복[53]ᄒᆞ여 ᄃᆡ성통곡 왈, "황천[54]지ᄒᆞ의 가신 최씨 어마님은 신령이 미멸ᄒᆞ엿거던 감동ᄒᆞ옵소서. 이 몸을 ᄉᆡᆼ산헐 제 원슈을 ᄶᅵ쳐시니 슬푸다! 슌금 소제야, 그 자리의서 쥬거쓰면 이런 경상[55]을 안니 보련만는 하날이 정ᄒᆞ신 ᄇᆡ런가. 모진 목슘이 굿텨여 ᄉᆞ라다가 이런 악ᄉᆡᆨ[56]ᄒᆞᆫ 일을 면치 못ᄒᆞ엿도다." 슬푸다! 슌금 소제 일장 ᄋᆡ통의 기인 슈건으로 목을 ᄆᆡ이니 엇지 불상치 안니헐리요 아모리 목을 ᄆᆡᆫ들 하

〈8〉

날이 정ᄒᆞ신 ᄇᆡ라 엇지 죽을리요. ᄇᆡᆨ번 재비ᄒᆞ고 침실의 나와 ᄯᅩ ᄌᆞ결코저 ᄒᆞ여도 죽지 못ᄒᆞ난지라. 인하여 머리을 ᄊᆞ고 검침의[57] 누어 눈물만 흘니더라. 이런고로 날이 장찻 발가시ᄆᆡ 유모 들어오거늘 소제 ᄉᆡᆨ별갓튼 눈의서 눈물을 흘니며, "유부의 병세 엇더ᄒᆞ더요? 나는 밤의 홀로 슈질ᄒᆞ노러니 계모 어마님계읍소 별식음식을 ᄒᆞ여 왓습기로 두 덩이는 먹고 한 덩이는 어미을 ᄉᆡᆼ각ᄒᆞ고 두어시니 먹어보오." ᄒᆞ고 ᄂᆡ여 쥬거늘 유모 바라본 즉, 과연 흉ᄒᆞᆫ 음식이라 ᄯᅡ의 던지며 ᄃᆡ성통곡 왈, "슬푸다! 소제야, 이 음식을 잡ᄉᆞ와 계시닛가?"

---

52) 협실(夾室) : 곁방.
53) 부복(俯伏) : 고개를 숙이고 엎드림.
54) 황천(黃泉) : 중국 오행(五行)에서 땅빛을 노랑으로 한 데서 나온 말로 지하(地下)의 샘, 또는 사람이 죽어서 간다는 곳을 말함. 저승. 황토(黃土).
55) 경상(景象) : 광경이나 또는 정경. 경색(景色).
56) 악색(惡色) : 간악함.
57) 검침(衾枕)의 : 이불과 베개에.

먹고 자라."
하고 나가거늘 소저(小姐) 검은 음식 먹은 후(後)로 마음이 불평(不平)하여 하더라. 망모(亡母) 최씨 신위(神位)를 소저(小姐)방 협실(夾室)에 모셨는지라. 긴 수건을 손에 들고 협방(夾房)에 들어가 모친(母親) 신령전(神靈前)에 부복(俯伏)하여 대성통곡(大聲痛哭) 왈(曰),
"황천지하(黃泉地下)에 가신 최씨 어마님은 신령(神靈)이 미멸(未滅)하였거든 감동(感動)하옵소서. 이 몸을 생산(生産)할 제 원수(怨讐)를 끼쳤으니 슬프다! 순금 소저(小姐)야, 그 자리에서 죽었으면 이런 경상(景象)을 아니 보련마는 하늘이 정하신 바련가. 모진 목숨이 구태여 살았다가 이런 간악(惡色)한 일을 면(免)치 못하였도다."
슬프다! 순금 소저(小姐) 일장(一場) 애통(哀痛)에 긴 수건으로 목을 매이니 어찌 불쌍치 아니하리오. 아무리 목을 맨들 하

〈8〉

늘이 정(定)하신 바라 어찌 죽으리오. 백 번 재배(再拜)하고 침실(寢室)에 나와 또 자결(自決)하고자 하여도 죽지 못하는지라. 인(因)하여 머리를 싸고 금침(衾枕)에 누워 눈물만 흘리더라. 이런 고(故)로 날이 장차 밝았으매 유모(乳母) 들어오거늘 소저(小姐) 샛별 같은 눈에서 눈물을 흘리며,
"유부(乳父)의 병세(病勢) 어떠하더뇨? 나는 밤에 홀로 수(繡)질 하노라니 계모(繼母) 어마님께옵서 별식(別食)음식을 하여 왔삽기로 두 덩이는 먹고 한 덩이는 어미를 생각하고 두었으니 먹어 보오."
하고 내어 주거늘 유모(乳母) 바라본 즉 과연 흉한 음식이라 땅에 던지며 대성통곡(大聲痛哭) 왈(曰),
"슬프다! 소저(小姐)야, 이 음식을 잡사와 계시니이까?"

손을 잡고 이통 왈, "미구[58]의 디변을 볼 거시니 너 스라 쓸디업 스오니 죽기는 악갑지 안컨만는 슬푸다! 소제은 엇지 헐고?" 흐며 스스로 나가니라. 승상이 드러오시다가 소제의 방으로 들어가시더니 소제 머리을 쓰고 금침의 누엇는지라 보시고 디경 왈, "어디가 압푸관디 날이 늣도록 엇지 이지 안니흐난요?" 소제 눈물을 먹음고 계오 일어나 엿즈오되, "밤부터 몸이 편치 못흐여 누엇나니다." 허더라. 이윽고 유모 죽엇다 흐니 승상이며 소제 디경흐여 죽은 연고을

〈9〉

물으니 모다 일으되, 무단니[59] 죽엇다 헌니 승상이야 엇지 그 곡절을 알니요. 치단[60]을 쥬어 영장[61]허라 흐신디 황싱이 들어와 소제의 병상을 보고 위로 왈, "미형이 어디가 압푸신니잇가? 날이 반일이느 되온디 소세[62] 안니흐고 금침의 누엇나닛가?" 흐니 소제 왈, "즈연 몸이 편치 못흐여습더니 지금은 조금 낫스오니다. 오라반니 학당의 간 후의 나 홀로 잇서 심심흐기로 글 한 귀을 지어시니 보옵소서" 흐고 너여 노으니 그 글의 흐엿시되, "스람의 방의 틈이 읍는디 밋친 바람이 들어와 말근 촉불을 쓰고 간디 업도다. 너 중규[63] 라 밋친 바람인들 제 엇지 드러왓난요?

---

58) 미구(未久) : 얼마 오래지 않아.
59) 무단(無端)니 : 아무 까닭없이.
60) 치단(綵緞) : 온갖 비단을 통털어 일컬음.
61) 영장(殮葬) : 시체를 염습(殮襲)하여 장사지냄.
62) 소세(梳洗) : 머리 빗고 낯 씻는 일.
63) 중규(中閨) : 규중(閨中).

손을 잡고 애통(哀痛) 왈(曰),

"미구(未久)에 대변(大變)을 볼 것이니 내 살아 쓸 데 없사오니 죽기는 아깝지 않건마는 슬프다! 소저(小姐)는 어찌 할꼬?"

하며 스스로 나가니라. 승상(丞相)이 들어오시다가 소저(小姐)의 방으로 들어가시더니 소저(小姐) 머리를 싸고 금침(衾枕)에 누었는지라 보시고 대경(大驚) 왈(曰),

"어디가 아프건대 날이 늦도록 어찌 일어나지 아니하느뇨?"

소저(小姐) 눈물을 머금고 겨우 일어나 여쭈오되,

"밤부터 몸이 편(便)치 못하여 누웠나이다."

하더라. 이윽고 유모(乳母) 죽었다 하니 승상(丞相)이며 소저(小姐) 대경(大驚)하여 죽은 연고(緣故)를

〈9〉

물으니 모두 이르되, 무단(無端)히 죽었다 하니 승상(丞相)이야 어찌 그 곡절(曲折)을 알리오. 채단(綵緞)를 주어 염장(殮葬)하라 하신대 황생(黃生)이 들어와 소저(小姐)의 병상(病狀)을 보고 위로(慰勞) 왈(曰),

"매형(妹兄)이 어디가 아프시니까? 날이 반일(半日)이나 되온대 소세(梳洗) 아니하고 금침(衾枕)에 누웠나니까?"

하니 소저(小姐) 왈(曰),

"자연 몸이 편치 못 하였삽더니 지금은 조금 낫사옵니다. 오라버니 학당(學堂)에 간 후에 나 홀로 있어 심심하기로 글 한 귀(句)를 지었으니 보옵소서."

하고 내어놓으니 그 글에 하였으되,

'사람의 방에 틈이 없는데 미친 바람이 들어와 밝은 촛불을 끄고 간 데 없도다. 내 중규(中閨)라 미친 바람인들 제 어찌 들어왔느뇨?

반다시 슌금의 몸의 큰 익이 도라오난도다." ᄒᆞ엿더라. 싱이 보기을 마치고 위로 왈, "광풍이 틈 읍는 방의 이러나리잇가? 날짐싱이 발근 촉불을 쓰난지라 이로 엇지 미형의 몸의 히잇슬이요." ᄒᆞ고 연ᄒᆞ여 글을 니여 보미, 황싱의 글은 왕희지 니티빅이라도 당치 못헐너라. 소제의 마음이 깃거 왈, "장ᄒᆞ도다." ᄒᆞ더라. 승상과 정씨 전의 그 글을 감허는지라 싱이 엿ᄌᆞ오ᄃᆡ "소제 글시을 보오니 과거ᄒᆞ기 어렵지 안니헐지라. 황싱은 부친계 엿

〈10〉

잡고 슈이 과거을 허계 ᄒᆞ옵소서." 알윈ᄃᆡ 정씨 노식[64] 왈, "규즁천여[65]는 학업의 버서나고 여ᄌᆞ지도[66]을 닥금이 웃듬이여늘 너는 무삼 말을 ᄒᆞ나요" ᄒᆞ고 ᄭᅮ짓더라. 이ᄯᅢ 소제 그 범벅 먹은 후로는 가는 허리 굴거지고, 옥갓튼 얼골의 시알기름이 ᄭᅵ고, 촌보[67]출닙을 님의로 못ᄒᆞ니 그 참혹허물 엇지 보리요. 일일은 정씨 압히 쥐가 기어가거늘 침척[68]으로 치니 그 쥐 쥭난지라. 정씨 크게 깃거ᄒᆞ여 즉시 물을 쓰려 쥐을 튀ᄒᆞ여[69] 노흐니 과연 낙티ᄒᆞᆫ 아희갓더라. 이ᄯᅢ의 정씨 간교[70] ᄒᆞ물 뉘 알니요, 가낙ᄒᆞᆫ 정씨 소원은 ᄎᆞᄎᆞ 슈이[71] 되난지라. 각설 이ᄯᅢ 승상은 궐ᄂᆡ의 번드르시고[72],

64) 노색(怒色) : 노한 기색을 띠고.
65) 규중천여(閨中處女) : 집안에 들어 앉아서 자란 처녀.
66) 여ᄌᆞ지도(女子之道) : 여자의 도리(道理).
67) 촌보(寸步) : 몇 발자국 안 되는 걸음. 조금 걷는 걸음. '아주 가까운 거리'를 비유하여 이르는 말.
68) 침척(針尺) : 바느질 자.
69) 튀ᄒᆞ여:삶아.
70) 간교(奸巧) : 간사하고 교활함.
71) 슈이 : 쉽게.

반드시 순금의 몸에 큰 액(厄)이 돌아오는도다.'
하였더라. 생이 보기를 마치고 위로(慰勞) 왈(曰),
"광풍(狂風)이 틈 없는 방에 일어나리까? 날짐승이 밝은 촛불을 끄는지라 이로 어찌 매형(妹兄)의 몸에 해(害) 있으리오."
하고 연(連)하여 글을 내어 보매, 황생(黃生)의 글은 왕희지(王羲之) 이태백(李太白)이라도 당(當)치 못할러라. 소저(小姐)의 마음이 기뻐 왈(曰),
"장하도다."
하더라. 승상(丞相)과 정씨 전(前)에 그 글을 감(監)하는지라 생(生)이 여쭈오되,
"소저(小姐) 글씨를 보오니 과거(科擧)하기 어렵지 아니할지라. 황생(黃生)은 부친께 엿

〈10〉

잡고 수이 과거(科擧)를 하게 하옵소서."
아뢴대 정씨 노색(怒色) 왈(曰),
"규중처녀(閨中處女)는 학업(學業)에 벗어나고 여자지도(女子之道)를 닦음이 으뜸이거늘 너는 무슨 말을 하느뇨?"
하고 꾸짖더라.
이때 소저(小姐) 그 범벅 먹은 후로는 가는 허리 굵어지고, 옥(玉)같은 얼굴에 새알기름이 끼고, 촌보(寸步) 출입(出入)을 임의(任意)로 못하니 그 참혹(慘酷)함을 어찌 보리오.
일일(一日)은 정씨 앞에 쥐가 기어가거늘 침척(針尺)으로 치니 그 쥐 죽는지라. 정씨 크게 기뻐하여 즉시 물을 끓여 쥐를 삶아 놓으니 과연 낙태(落胎)한 아이같더라. 이때에 정씨 간교(奸巧)함을 뉘 알리오, 간악(奸惡)한 정씨 소원(所願)은 차차 쉽게 되는지라.
각설(却說) 이때 승상(丞相)은 궐내(闕內)에 번(番)드시고,

---

72) 번드르시고 : 번(番) 드시고. 註 42)번 참조.

황싱은 학당의 갓는지라. 집안이 종요ᄒᆞ거늘 잇ᄯᅢ 소제 병이 점점 깁허는지라. 가는 허리가 한 아람이ᄂᆞ 되고, 옥갓튼 곤 얼골은 장반만ᄒᆞ고, ᄇᆡ가 남산만허더라. 머리을 ᄊᆞ고 검침의 의지ᄒᆞ여 슈야로 하날과 모친신령을 부르지지며 아모리 ᄌᆞ슈[73]코ᄌᆞ ᄒᆞ되 모진 목심이 죽지 못ᄒᆞ여 침석의 누엇더니, 일일은 정씨 튀ᄒᆞᆫ 쥐을 옷깃 속의 ᄊᆞ고 영츈당으로 와 소제을 어로만지며 왈, "슬푸다! ᄂᆡ ᄯᅡᆯ이야, 어ᄃᆡ 그리 아

〈11〉

푼야? 별갓튼 ᄂᆡ ᄯᅡᆯ야, 이ᄃᆡ도록 부ᄒᆞ엿ᄂᆞᆫ다?[74] 나는 너을 친녀갓치 세건마는[75] 네 쓰지야 날과 갓틀소야, 방이나 칩지 안니허냐?" ᄒᆞ며 잘이 밋칠 들고 그 쥐을 너흐며 손으로 ᄇᆡ을 만져 왈, "ᄇᆡ외무어시 이ᄃᆡ도록 쑴작야 노니나냐?" ᄒᆞ며 위로허여 가로ᄃᆡ, "네 귀ᄒᆞᆫ 몸을 도라보아 음식이나 잘 먹고 방을 더웁게 ᄒᆞ고 취한[76]이나 슈이 ᄒᆞ여 낫게 허여라. 만일 네 곳 죽으면 ᄂᆡ 엇지 일신들 살니요." ᄒᆞ며 온갓 간특ᄒᆞᆫ 말노 이르고 나오니라. 소제 쌍안의 쥰쥬갓튼 눈물을 흘니며 가로ᄃᆡ, "전싱의 무숨 죄로 이싱의 나와 이ᄃᆡ도록 슬니된고. 모친이 즉시 죽엇다 ᄒᆞ니 그 ᄯᅢ의 엇지 ᄉᆞ랏난고. 슬푸다! 계모 정씨의 은혜야 엇지 이싱의서 다 갑푸리요. ᄂᆡ 친모라도 이에서 더허리요. 이 몸이 병을 눗코 나으면 계모의 은혜와 황싱의 은혜을 갑푸리라." ᄒᆞ며 밤을 지ᄂᆡ도록 통곡ᄒᆞ여 가로ᄃᆡ,

---

73) 자슈(自手) : 자기 손으로 목을 매거나 멱을 따서 자살함.

74) 부(富)ᄒᆞ엿ᄂᆞᆫ다 : 몸이 뚱뚱해졌느냐. 여기서 '부(富)하다'는 '살이 쪄서 몸이 뚱뚱해지다'의 뜻임.

75) 세건마는 : 여겼건만.

76) 취한(取汗) : 병을 치료하려고 몸에 땀을 내어서 그 기운을 발산시킴. 발한(發汗).

황생(黃生)은 학당(學堂)에 갔는지라. 집안이 조용하거늘 이때 소저(小姐) 병이 점점 깊었는지라. 가는 허리가 한 아람이나 되고, 옥(玉)같은 고운 얼굴은 쟁반만하고, 배가 남산만하더라. 머리를 싸고 금침(衾枕)에 의지(依支)하여 주야(晝夜)로 하늘과 모친신령(母親神靈)을 부르짖으며 아무리 자수(自手)하고자 하되 모진 목숨이 죽지 못하여 침석(寢席)에 누었더니, 일일(一日)은 정씨 튀한 쥐를 옷깃 속에 싸고 영춘당(迎春堂)으로 와 소저(小姐)를 어루만지며 왈(曰),

"슬프다! 내 딸이야, 어디 그리 아

〈11〉

프냐? 별같은 내 딸아, 이렇도록 부하였느냐? 나는 너를 친녀(親女)같이 여겼건만 네 뜻이야 나와 같을소냐, 방이나 춥지 아니하냐?"
하며 자리 밑을 들고 그 쥐를 넣으며 손으로 배를 만져 왈(曰),

"배에 무엇이 이렇도록 꼼작여 노니나냐?"
하며 위로(慰勞)하여 가로되,

"네 귀(貴)한 몸을 돌아보아 음식(飮食)이나 잘 먹고 방을 덥게 하고 취한(取汗)이나 수이 하여 낫게 하여라. 만일 네 곧 죽으면 내 어찌 일시(一時)인들 살리오."
하며 온갖 간특(姦慝)한 말로 이르고 나오니라. 소저(小姐) 쌍안(雙眼)에 진주같은 눈물을 흘리며 가로되,

"전생(前生)에 무슨 죄(罪)로 이생에 나와 이렇도록 슬피된고. 모친(母親)이 즉시 죽었다 하니 그 때에 어찌 살았는고. 슬프다! 계모(繼母) 정씨의 은혜(恩惠)야 어찌 이생에서 다 갚으리오. 내 친모(親母)라도 이보다 더하리오. 이 몸이 병을 놓고 나으면 계모(繼母)의 은혜(恩惠)와 황생(黃生)의 은혜(恩惠)를 갚으리라."
하며 밤을 지내도록 통곡(痛哭)하여 가로되,

"슬푸다! 유모 죽음은 무숨 일노 ᄌᆞ슈ᄒᆞ여 죽엇ᄂᆞᆫ고. 십팔 년 길너 ᄂᆡ인 은공은 ᄐᆡ산이 이예서 더 놉흐리요. 엇지 이 몸이 죽어 모친과 유모을 만나보리요." 천지일월셩신계 발원ᄒᆞ며 통곡ᄒᆞ기을

〈12〉

마지 안니ᄒᆞ더라. 문득 동창이 발그며 정씨 드러와 거짓 눈물을 ᄲᅮ리며 어로만지는 체 달ᄂᆡ여 왈, "옥갓튼 ᄂᆡ ᄯᆞᆯ이야, 지금ᄶᅥ지 낫지 못ᄒᆞ냐? 네 운신ᄒᆞ기 어려을지라도 이러안지면 ᄂᆡ 잘이을[77] 고처 ᄶᅡ라쥬마." ᄒᆞ고 안나 이르키니 소제 불승황공[78]ᄒᆞ여 을나 안지니 정씨 금침을 ᄎᆞ레로 들치던니 놀나 질식하는 체 ᄒᆞ고 손벽을 치며 긔절ᄒᆞ여 말도 못ᄒᆞ는 체 ᄒᆞ다가 ᄃᆡ경실식[79]ᄒᆞ여 왈, "이연아, 이연아, 네 듯거라. 네 부친이 ᄃᆡ승상이요, 네 조부도 보국판서[80]여늘 네 나히 이십 안이여든 규즁공궐[81]의 이런 불칙[82]ᄒᆞᆫ 흉변을 뵈ᄂᆞᆫ다? 네 이럿틋 ᄒᆞ기로 유모 자슈ᄒᆞ여 죽어도다. 네 발로[83] 일디라. 엇더 놈을 통간ᄒᆞ여 이러텃시 힝실을 ᄒᆞ엿나요? 네의 가는 허리 굴거지고 ᄇᆡ도 부르며 얼골이 장반만ᄒᆞ고 몸 츄립을 임의로 못헐 제의 ᄂᆡ 고히 여겻든니 이런 불칙ᄒᆞᆫ ᄃᆡ욕을 보논도다. 슬푸다! 나는 황싱을 다리고 본가로 가련이와 네의 부친은 소안ᄇᆡᆨ슈[84]

---

77) 잘이을 : 자리를.
78) 불승황공(不勝惶恐) : 황공함을 이기지 못해.
79) ᄃᆡ경실식(大驚失色) : 크게 놀라서 얼굴 빛을 잃음.
80) 보국판서(輔國判書) : 충성을 다하여 나라 일을 도운 육조(六曹)의 벼슬. 정2품.
81) 규즁공궐(閨中空闕) : 부녀자가 사는 빈 집.
82) 불칙(不測) : 헤아리지 못한.
83) 발로 : 바로. 똑바로.
84) 소안ᄇᆡᆨ슈(素顔白首) : 창백한 얼굴과 흰 머리. 곧 늙은이의 여윈 얼굴빛과 센 머리. 창안백수(蒼顔白首), 창안백발(蒼顔白髮)과 같은 말.

"슬프다! 유모(乳母) 죽음은 무슨 일로 자수(自手)하여 죽었는고. 십팔 년 길러 낸 은공(恩功)은 태산(泰山)이 이보다 더 높으리오. 어찌 이 몸이 죽어 모친(母親)과 유모(乳母)를 만나보리오."

천지(天地) 일월성신(日月星辰)께 발원(發願)하며 통곡(痛哭)하기를

〈12〉

마지 아니하더라. 문득 동창(東窓)이 밝으며 정씨 들어와 거짓 눈물을 뿌리며 어루만지는 체 달래여 왈(曰),

"옥(玉)같은 내 딸이야, 지금까지 낫지 못하느냐? 네 운신(運身)하기 어려울지라도 일어앉으면 내 자리를 고쳐 깔아주마."

하고 안아 일으키니 소저(小姐) 불승황공(不勝惶恐)하여 올라 앉으니 정씨 금침(衾枕)을 차례로 들추더니 놀라 질색(窒塞)하는 체 하고 손뼉을 치며 기절(氣絶)하여 말도 못하는 체 하다가 대경실색(大驚失色)하여 왈(曰),

"이년아, 이년아, 네 듣거라. 네 부친(父親)이 대승상(大丞相)이요, 네 조부(祖父)도 보국판서(輔國判書)거늘 네 나이 이십 안이거든 규중공궐(閨中空闕)에 이런 불측(不測)한 흉변(凶變)을 뵈느냐? 네 이렇듯 하기로 유모(乳母) 자수(自手)하여 죽었도다. 네 바로 일러라. 어떤 놈을 통간(通姦)하여 이렇듯이 행실(行實)을 하였나뇨? 너의 가는 허리 굵어지고 배도 부르며 얼굴이 쟁반만하고 몸 출입(出入)을 임의(任意)로 못할 제에 내 괴(怪)히 여겼더니 이런 불측(不測)한 대욕(大辱)을 보는도다. 슬프다! 나는 황생(黃生)을 데리고 본가(本家)로 가려니와 너의 부친(父親)은 소안백수(素顔白首)

의 ᄯᅩᆼ칠을 ᄒᆞ여나니 무ᄉᆞᆷ 면목으로 세상의 나서리요.” 욕질을 무슈이 ᄒᆞ며 낙텨헌 거슬 가지고 나가난지라. 소제 천만 몽ᄆᆡ지외의[85] 이런 난세을 만나ᄆᆡ

〈13〉

흉격이 막켜 반싱반ᄉᆞᄒᆞ여 명이 진케 되엿난지라. 이ᄯᆡ 황싱이 학당의 갓더니 이날 밤 ᄭᅮᆷ을 이르니 염나ᄉᆞ제 소제을 결박ᄒᆞ여 가던니 문득 그 뒤의서 옥저 소ᄅᆡ나며 ᄒᆞᆫ덩이 구름의 올녀 안치고 옥정[86]을 불며 남편으로 가거늘 싱이 놀나 ᄭᆡ다르니 남가일몽[87]이라. 놀나며 직시 학당을 ᄒᆞ직ᄒᆞ고 도라와 바로 소제의 침소로 드러가니 소제 금침속에서 쥭것거늘 싱이 ᄃᆡ경질ᄉᆡᆨᄒᆞ여 통곡ᄒᆞ여, “소제야, 소제야, 이 어인 일고? 영츈당의 청조 ᄂᆡ려와 울고 갈 제 ᄆᆡ형이 글을 지어 놋코 놀난ᄒᆞ던니 이제 보건ᄃᆡ 소제 오날날 쥭을 쥴 엇지 알라시리요. 남ᄆᆡ 한날 쥭기로 ᄆᆡᆼ세ᄒᆞ엿던니 소제 엇지 세상을 바리신고?” ᄒᆞ며 통곡허니 산천초목과 금슈 다 슬허ᄒᆞ는 듯 ᄒᆞ더니 이윽고 소제 ᄭᆡ여 ᄭᅮᆷ작이며 눈을 반ᄀᆡᄒᆞ고 진쥬갓튼 눈물을 흘니며 말을 이르지 못 ᄒᆞ다가 계오 인ᄉᆞ을 ᄎᆞ려 왈, “엇그제붓터 몸이 압푸며 인ᄉᆞ을 찰이지 못ᄒᆞ엿던니 이러ᄒᆞᆫ 일이 여ᄎᆞ여ᄎᆞ ᄒᆞ기로 어마님계도 득죄ᄒᆞ여시니 엇지 살기을 바라리요. 불효녀 슌금이 ᄂᆡ제 더러은 누덕[88]을 씨고 쥭ᄉᆞ오니

---

85) 몽미지외(夢寐之外)의 : 꿈에도 생각지 않았던 터에. 천만 뜻밖에.
86) 옥정(玉笛) : 청옥이나 황옥으로 만들며 모양이 대금(大笒)과 비슷한 피리.
87) 남가일몽(南柯一夢) : 중국 당나라의 소설 <남가기(南柯記)>에서 유래한 말로 '덧없이 지나간 한때의 행복한 부귀와 영화'를 꿈과 같다는 뜻으로 이르는 말, 또는 깨고 난 후 섭섭한 허황된 꿈. 여기서는 두 번째의 뜻. 괴몽(槐夢).

에 똥칠을 하였나니 무슨 면목(面目)으로 세상에 나서리오."

욕질을 무수(無數)히 하며 낙태(落胎)한 것을 가지고 나가는지라. 소저(小姐) 천만(千萬) 몽매지외(夢寐之外)에 이런 난세(亂世)를 만나매

〈13〉

흉격(胸膈)이 막혀 반생반사(半生半死)하여 명(命)이 진(盡)케 되었는지라.

이때 황생(黃生)이 학당(學堂)에 갔더니 이날 밤 꿈을 이루니 염라사자(閻羅使者) 소저(小姐)를 결박(結縛)하여 가더니 문득 그 뒤에서 옥적(玉笛) 소리나며 한 덩이 구름에 올라 앉히고 옥적(玉笛)을 불며 남편(南便)으로 가거늘 생이 놀라 깨달으니 남가일몽(南柯一夢)이라. 놀라며 즉시 학당(學堂)을 하직(下直)하고 돌아와 바로 소저(小姐)의 침소(寢所)로 들어가니 소저(小姐) 금침(衾枕) 속에서 죽었거늘 생이 대경실색(大驚失色)하여 통곡(痛哭)하여,

"소저(小姐)야, 소저(小姐)야, 이 어인 일인고? 영춘당(迎春堂)에 청조(青鳥) 내려와 울고 갈 제 매형(妹兄)이 글을 지어 놓고 놀라 하더니 이제 보건대 소저(小姐) 오늘날 죽을 줄 어찌 알았으리오. 남매(男妹) 한날 죽기로 맹서(盟誓)하였더니 소저(小姐) 어찌 세상을 버리신고?"

하며 통곡(痛哭)하니 산천초목(山川草木)과 금수(禽獸) 다 슬퍼하는 듯 하더니 이윽고 소저(小姐) 깨여 꿈적이며 눈을 반개(半開)하고 진주같은 눈물을 흘리며 말을 이루지 못하다가 겨우 인사(人事)를 차려 왈(曰),

"엊그제부터 몸이 아프며 인사(人事)를 차리지 못 하였더니 이러한 일이 여차여차(如此如此) 하기로 어마님께도 득죄(得罪)하였으니 어찌 살기를 바라리오. 불효녀(不孝女) 순금이 이제 더러운 누덕(累德)을 쓰고 죽사오니

88) 누덕(累德) : 선행에 방해가 되는 악행.

〈14〉

오라반님은 부친을 모시고 세상이 맛도록 뫼시다가 황천구토의[89] 다시 만나오리이다." ᄒᆞ고 ᄯᅩ 긔절ᄒᆞ니 황싱 망극ᄒᆞ여[90] 소제의 슈족을 쥬믈너 위로ᄒᆞ미 계우 인ᄉᆞ을 ᄎᆞ려 빅번 기유[91] 왈, "너 죄 곳 업시면 하날이 승인[92]이라 엇지 두려오미 잇ᄉᆞ오리요? 너 이제 어마님계 알외여 무ᄉᆞ케 ᄒᆞ오리다."ᄒᆞ고 너당으로 더러가 묘친 압히 업더여 통곡지비ᄒᆞ여 엿ᄌᆞ오ᄃᆡ, "어마님은 분로ᄒᆞ시믈 춤으시고 소ᄌᆞ의 말숨을 깁피 싱각ᄒᆞ옵소서. 누의님 악명을 친이 보아 계시옵나닛가? 죄는 지은 ᄃᆡ로 간다 ᄒᆞ옵고 공덕은 히로온 니계 간다[93] ᄒᆞ온니 ᄉᆞ람 모흠ᄒᆞᆫ 죄는 천벌을 입는다 ᄒᆞ오니 어마님 넝덕ᄒᆞ신 도량의[94] 노ᄒᆞ시믈 춤으시고 부친계 이러허온 누덕[95]을 고치[96] 마르소서. 그러오나 누의님 쥭ᄉᆞ오면 소ᄌᆞ ᄯᅡ라 쥭으려 ᄒᆞ오니 어마님 널부신 도량으로 지숨 싱각ᄒᆞ시와 춤으시옵소서." 알외온ᄃᆡ 정씨 이 말을 듯고 발을 구르며 ᄃᆡ칙[97] 왈, "너 무숨 철이 잇노라고 이런 말을 ᄒᆞ난다? 너의 부친 오시면 나는 너을 달이고 본가로 가련이와 네 부친은 어닉 면목으로 세상의 용납ᄒᆞ리요.[98]

---

89) 황천구토(黃泉舊土)의 : 황천구토(黃泉舊土)에서. 황천(黃泉)은 사람이 죽어서 간다는 곳이고, 구토(舊土)는 이전의 영지, 구지(舊地)를 말함. 곧 '황천구토(黃泉舊土)의'는 '저승에서'란 뜻임.

90) 망극(罔極)ᄒᆞ여 : (은혜 · 슬픔의 정도가) 그지없어.

91) 기유(開諭) : 사물의 이치를 깨우쳐 알아듣도록 타이름.

92) 승인(承認) : 인정하여 들어줌. 지위를 인정함.

93) 죄는 지은ᄃᆡ로…간다 : '죄는 지은 데로 가고 공덕은 닦은 데로 간다'는 속담. 나쁜 짓을 하면 반드시 벌을 받게 되고 좋은 일을 한 사람은 그만큼 좋은 결과가 있다는 말. 원문의 '해로운 이에게'를 빼야만 문맥이 자연스럽다. 잘못 삽입된 듯함.

94) 도량(度量)의 : 너그러운 마음에. 도량(度量)은 사물을 잘 다룰 수 있는 너그러운 마음.

95) 누덕(累德) : 선행(善行)에 방해가 되는 악행(惡行).

96) 고(告)치 : 고(告)하지. 알리지.

97) ᄃᆡ칙(大責) : 몹시 꾸짖음.

〈14〉

오라버님은 부친(父親)을 모시고 세상(世上)이 마치도록 뫼시다가 황천구토(黃泉舊土)에 다시 만나오리이다."
하고 또 기절(氣絶)하니 황생(黃生) 망극(罔極)하여 소저(小姐)의 수족(手足)을 주물러 위로(慰勞)하매 겨우 인사(人事)를 차려 백번 개유(開諭) 왈(曰),
"네 죄(罪) 곧 없으면 하늘이 승인(承認)이라. 어찌 두려움이 있으리오? 내 이제 어마님께 아뢰어 무사(無事)하게 하오리다."
하고 내당(內堂)으로 들어가 모친(母親) 앞에 엎드려 통곡재배(痛哭再拜)하여 여쭈오되,
"어마님은 분노(忿怒)하심을 참으시고 소자(小子)의 말씀을 깊이 생각하옵소서. 누이님 악명(惡名)을 친히 보아 계시옵나이까? 죄(罪)는 지은 데로 간다 하옵고 공덕(功德)은 닦은 데로 간다 하오니 사람 모함(謀陷)한 죄는 천벌(天罰)을 입는다 하오니 어마님 넉넉하신 도량(度量)에 노하심을 참으시고 부친(父親)께 이러하온 누덕(累德)를 고(告)치 말으소서.
그러오나 누이님 죽사오면 소자(小子)따라 죽으려 하오니 어마님 넉넉하신 도량(度量)에 재삼(再三) 생각하시와 참으시옵소서."
아뢰온대 정씨 이 말을 듣고 발을 구르며 대책(大責) 왈(曰),
"너 무슨 철이 있노라고 이런 말을 하느냐?
너의 부친(父親) 오시면 나는 너를 데리고 본가(本家)로 가려니와 네 부친(父親)은 어느 면목(面目)으로 세상에 용납(容納)하리오.

98) 용납(容納)ᄒᆞ리요 : 받아들이겠는가.

규즁천여의 힝실이 일조의 변ᄒᆞ여 노류장화99)을 겸ᄒᆞ엿시니

〈15〉

엇지 살여두리요. 저을 친여갓치 여겟던니 그 ᄯᅳᆺ슬 모르고 이런 계교을 품어 가문을 망케 ᄒᆞ여시니 ᄇᆡᆨ 번 쥭은들 엇지 앗가오리요." ᄒᆞ고 직승 ᄭᅮ짓고 ᄃᆡ로허니 ᄉᆡᆼ이 엄슉ᄒᆞ여 한 말도 못허더라. 이러허니 상하노복이 뉘 안니 더러허리요.

슬푸다! 소제의 빙설갓튼 몸의 더러은 누덕을 ᄭᅵ치니 엇지 하날이 두렵지 안니허리요. 잇ᄯᅢ의 승상이 궐너로 오시다가 바로 영츈당으로 드러가신ᄃᆡ 정씨 비복을 보ᄂᆡ여 전달ᄒᆞ되, "영츈당으로 가시지 말고 ᄂᆡ당으로 드러오소서." ᄒᆞᆫᄃᆡ 승상이 고히 여계이 익히 ᄉᆡᆼ각ᄒᆞ시다가 ᄂᆡ당으로 오시며 직시 전갈헌 연고을 무르신ᄃᆡ, 정씨 낙틱헌거슬 웃기세 쓴 치로 승상 관ᄃᆡ100)의 더지며 왈,

"ᄃᆡ감 귀야ᄒᆞ시는 ᄯᆞᆯ의 지조을 보옵소서." ᄒᆞ고 전후ᄉᆞ연을 낫낫치 고ᄒᆞ되, "나는 황싱을 다리고 본가로 가려이와 ᄃᆡ감은 어ᄂᆡ 면목으로 조정만조을 ᄃᆡ허리요?" 무슈ᄒᆞᆫ 간교로 온갓 말을 ᄒᆞᆫᄃᆡ 승상이 드르시고 ᄃᆡ경실식ᄒᆞ여 분을 이긔지 못ᄒᆞ더라. 정씨 노ᄒᆞ여 왈,

"ᄃᆡ감은 처치ᄒᆞ기을 근심ᄒᆞ시난닛가? 나는 본가로 가려ᄒᆞ나니다."

ᄒᆞ거늘 승상이 말유ᄒᆞ여 왈, "그ᄃᆡ은 노ᄒᆞ물 춤고 ᄂᆡ 말을 드르소서.

---

99) 노류장화(路柳墻花) : 누구든지 꺾을 수 있는 길가의 버들과 담 밑의 꽃이라는 뜻으로 '노는 계집', 또는 '창부(娼婦)'를 가리키는 말.

100) 관ᄃᆡ(冠帶) : 벼슬아치들이 입던 관복.

규중처녀(閨中處女)의 행실(行實)이 일조(一朝)에 변(變)하여 노류장화(路柳墻花)를 겸(兼)하였으니

〈15〉

어찌 살려두리오. 저를 친녀(親女)같이 여겼더니 그 뜻을 모르고 이런 계교(計巧)를 품어 가문(家門)을 망(亡)하게 하였으니 백 번 죽은들 어찌 아까우리오."
하고 재삼(再三) 꾸짖고 대노(大怒)하니 생이 엄숙(嚴肅)하여 한 말도 못하더라. 이러하니 상하노복(上下奴僕)이 뉘 아니 저러하리오. 슬프다! 소저(小姐)의 빙설(氷雪)같은 몸에 더러운 누덕(累德)을 끼치니 어찌 하늘이 두렵지 아니하리오.

이때에 승상(丞相)이 궐내(闕內)로 오시다가 바로 영춘당(迎春堂)으로 들어가신대 정씨 비복(婢僕)을 보내여 전달(傳達)하되,

"영춘당(迎春堂)으로 가시지 말고 내당(內堂)으로 들어오소서."
한대 승상(丞相)이 괴(怪)히 여겨 익숙히 생각하시다가 내당(內堂)으로 오시며 즉시 전갈(傳喝)한 연고(緣故)를 물으신대, 정씨 낙태(落胎)한 것을 옷깃에 싼 채로 승상(丞相) 관대(冠帶)에 던지며 왈(曰),

"대감 귀(貴)야하시는 딸의 재주를 보옵소서."
하고 전후사연(前後事緣)을 낱낱이 고(告)하되,

"나는 황생(黃生)을 데리고 본가(本家)로 가려니와 대감은 어느 면목(面目)으로 조정만조(朝廷滿朝)를 대(對)하리오?"

무수(無數)한 간교(奸巧)로 온갖 말을 한대 승상(丞相)이 들으시고 대경실색(大驚失色)하여 분(憤)을 이기지 못하더라. 정씨 노(怒)하여 왈(曰),

"대감은 처치(處置)하기를 근심하시나이까? 나는 본가(本家)로 가려하나이다." 하거늘 승상(丞相)이 만류(挽留)하여 왈(曰),

"그대는 노(怒)함을 참고 내 말을 들으소서.

〈16〉

이제 이 말을 너지 말고 오날밤 삼경[101]의 목을 베허여 강슈의 쓰여 고기밥이 되게 ᄒᆞ리라.” ᄒᆞ고 춤토장[102]을 부러 분부ᄒᆞ시되, “오날밤의 흉헌 죄인을 베이기시니 비슈을 잘 닷가다가 일합의[103] 베희게 ᄒᆞ라. 만일 영을 어기면 죄을 면치 못ᄒᆞ리라” ᄒᆞ신ᄃᆡ 참도장이 분부을 듯고 크게 놀나 가로ᄃᆡ, “엇더ᄒᆞᆫ 죄인을 쥭기려 ᄒᆞ나닛가?” ᄒᆞ고 그 즁 잘 드난 비슈을 가지고 안의서 영너리기을 긔다리던니 호련[104] 눈이 감기고 ᄒᆞᆫ ᄉᆞ직 와 가로되, “최씨게옵서 너을 부려오라 ᄒᆞ여 게시이 밧비 가ᄌᆞ.” ᄒᆞ거늘 춤도장이 가로ᄃᆡ, “너 뉘시며 최씨부인은 어ᄃᆡ 게시요? 뉘시완ᄃᆡ 나을 불너계신고?” 즉시 ᄉᆞᄌᆞ을 짜라가니 일위[105] 부인이 좌긔[106]ᄒᆞ시고 불러드리라 ᄒᆞ시거늘 드러보니 익은 음식을 만니 쥬시거늘 바다먹은 후의 ᄌᆞ서이[107] 보니 망당의 거적을 쌀고, 거적우히 도마 놋코, 도마 우희 소제 업더여 놋코, 그 겻티 한 놈이 비슈을 들고 소제을 썩그려 ᄒᆞ고, 쏘 한 소년은 머리을 소제의 머리우의 언고 ᄃᆡ성통곡 ᄒᆞ거늘 춤토장이 그 형상을 보고 춤목ᄒᆞ고 잔잉ᄒᆞᆫ지라.

---

101) 삼경(三更) : 하룻밤을 다섯으로 나눈 세째 부분. 곧 밤 11시부터 새벽 1시까지의 동안. 병야(丙夜).
102) 춤토장(斬頭長) : 참수(斬首)하는 사람.
103) 일합(一合)의 : 한 칼에.
104) 호련(忽然) : 뜻하지 않게 갑자기.
105) 일위(一位) : 한 분. 한 사람.
106) 좌긔(坐起) : 관청의 으뜸 벼슬에 있는 이가 출근하여 일을 맡아 봄.
107) ᄌᆞ서이 : 자세히.

〈16〉

이제 이 말을 내지 말고 오늘밤 삼경(三更)에 목을 베어 강수(江水)에 뜨여 고기밥이 되게 하리라."
하고 참두장(斬頭長)을 불러 분부(分付)하시되,
"오늘밤에 흉(凶)한 죄인(罪人)을 베이겠으니 비수(匕首)를 잘 닦았다가 일합(一合)에 베이게 하라. 만일 영(令)을 어기면 죄(罪)를 면(免)치 못하리라."
하신대 참두장(斬頭長)이 분부를 듣고 크게 놀라 가로되,
"어떠한 죄인(罪人)을 죽이려 하나이까?"
하고 그 중 잘 드는 비수(匕首)를 가지고 안에서 영(令)내리기를 기다리더니 홀연(忽然) 눈이 감기고 한 사자(使者) 와 가로되,
"최씨께옵서 너를 불러 오라 하여 계시니 바삐 가자."
하거늘 참두장(斬頭長)이 가로되,
"너 뉘시며 최씨 부인(夫人)은 어디 계시오? 뉘시건대 나를 불러 계신고?"
즉시 사자(使者)를 따라가니 일위(一位) 부인(夫人)이 좌기(座起)하시고 불러들이라 하시거늘 들어가 보니 익은 음식을 많이 주시거늘 받아 먹은 후에 자세히 보니 마당에 거적을 깔고, 거적 위에 도마 놓고, 도마 위에 소저(小姐) 엎드려 놓고, 그 곁에 한 놈이 비수(匕首)를 들고 소저(小姐)를 찍으려 하고, 또 한 소년(少年)은 머리를 소저(小姐)의 머리 위에 얹고 대성통곡(大聲痛哭)하거늘 참두장(斬頭長)이 그 형상(形狀)을 보고 참혹(慘酷)하고 잔인(殘忍)한지라.

〈17〉

비슈을 들고 찌그려 ᄒᆞ는 놈을 보니 극히 흉악ᄒᆞᆫ지라. 춤도장이 그 놈을 ᄭᅮ지저 왈, "네가 곳 죽을지언정 춤아 엇지 저런 소제을 찌그려 ᄒᆞ난고?" ᄒᆞ고 그 놈의 상토을[108] ᄭᅳᆯ고 방황헐 지음의[109] 잇ᄯᅢ 장춧 밤이 깁허난지라. 승상이 ᄂᆡ당의 좌긔허시고 동홰[110]을 뭇거 세우고 거적을 ᄭᅡᆯ고, 거적 우희 도마 놋코, 좌우의 모단 노비을 ᄎᆞ레로 세우고 호령ᄒᆞ여 춤도장을 불너 분부ᄒᆞ라 허신ᄃᆡ 춤도장이 잠을 깁의 드러난지라. 무슈이 몸을 흘드러 ᄭᅵ오ᄃᆡ 슘기는[111] 비록 잇스나 ᄭᅵ지 안니허난지라. 노복 등이 다 민망이 여기든니 문득 춤도장이 눈을 ᄯᅥ보니 모든 ᄉᆞ람이 좌우의 버러서서 갈오ᄃᆡ, "네 엇지 잠을 그ᄃᆡ도록 오러 드럿는가? 밧비 드러가ᄌᆞ." ᄒᆞᆫᄃᆡ 춤도장이 전의 ᄉᆞ람 죽이든 일을 ᄉᆡᆼ각지 못허리요. 어진 혼이 들어가로ᄃᆡ, "승상은 뉘시며 무숨 일노 날을 이닥지 괴로이 구난요? 나는 ᄉᆞ람 죽여본 ᄇᆡ 업고 악가 엇더 놈이 비슈을 들고 뉘집 아희을 죽기려 ᄒᆞ미 그 놈이 흉칙ᄒᆞ물 보니 그런 무거ᄒᆞᆫ 일이 어ᄃᆡ 잇슬이요. 그 놈의 머리을 풀어 ᄂᆡ 손의 쥐고 오다가 그ᄌᆡ 날을 ᄭᅵ오기로 이러버려건니와 무숨 일노 나을 불느시난고? 안니 잡히여 가로라." ᄒᆞ니

---

108) 상토을 : 상투를.
109) 지음의 : 즈음에.
110) 동홰 : 큰 횃불.
111) 슘기는 : 숨기는, 숨쉬는 기운은.

〈17〉

비수(匕首)를 들고 찍으려 하는 놈을 보니 극히 흉악(凶惡)한지라. 참두장(斬頭長)이 그 놈을 꾸짖어 왈(曰),

"네가 곧 죽을지언정 차마 어찌 저런 소저(小姐)를 찍으려 하는고?" 하고 그 놈의 상투를 끌고 방황(彷徨)할 즈음에 이때 장차 밤이 깊었는지라. 승상(丞相)이 내당(內堂)에 좌기(坐起)하시고 동홰를 묶어 세우고 거적을 깔고, 거적 위에 도마 놓고, 좌우(左右)에 모든 노비(奴婢)를 차례로 세우고 호령(號令)하여 참두장(斬頭長)을 불러 분부(分付)하라 하신대 참두장(斬頭長)이 잠을 깊게 들었는지라. 무수히 몸을 흔들어 깨우되 숨기는 비록 있으나 깨지 아니하는지라. 노복(奴僕) 등이 다 민망(憫惘)히 여기더니 문득 참두장(斬頭長)이 눈를 떠보니 모든 사람이 좌우(左右)에 벌려서서 가로되,

"네 어찌 잠을 그렇도록 오래 들었는가? 바삐 들어가자."

한대 참두장(斬頭長)이 전(前)에 사람 죽이든 일을 생각지 못하리오. 어진 혼(魂)이 들어 가로되,

"승상(丞相)은 뉘시며 무슨 일로 나를 이다지 괴로이 구느뇨? 나는 사람 죽여본 바 없고 아까 어떤 놈이 비수(匕首)를 들고 뉘 집 아이를 죽이려 하매 그 놈의 흉측(凶測)함을 보니 그런 무고(無辜)한 일이 어이 있으리오. 그 놈의 머리를 풀어 내 손에 쥐고 오다가 그제 나를 깨우기로 잃어버렸거니와 무슨 일로 나를 부르시는고? 아니 잡히여 가리라."

하니

〈18〉

노복이 혈일업서[112] 그디로 승상게 알왼디 승상이 디로ᄒᆞ여 왈, "ᄌᆞ바드리라." ᄒᆞ니 노복 등이 일시의 족불이지[113]ᄒᆞ여 가니 승상이 디로ᄒᆞ여 계하의[114] 쑬니고 슘모장[115]으로 처쥬며, "네 진정 춤토을 못헐소냐?" ᄒᆞ시니 춤토장이 통곡ᄒᆞ여 엿ᄌᆞ오디, "소인이 본디 ᄉᆞ람 죽기지 못ᄒᆞ엿습기로 돌연 춤토을 허라 하옵시니 소인은 만번 쥭ᄉᆞ와도 영을 거힝치 못ᄒᆞ리로소이다." 승상이 더욱 분노허시물 이긔지 못ᄒᆞ여 좌우노복을 ᄭᅮ지저 "그 놈을 저 처미여 처죽이라." ᄒᆞ시니 언니[116] 분부라 거역허리요. 춤토장이 혈일업서 승상게 왈외되, "이디도록 ᄒᆞ시니 영디로 ᄒᆞ오리이다." 왈왼디 그제야 성을 풀고 "네 그리ᄒᆞ면 밧비 너여 죽이라." 지촉ᄒᆞ시니 역ᄉᆞ 혈일업서 거문 옷슬 입고 비슈을 들고 섯는 그동은 흉악ᄒᆞ여 바로 보지 못헐너라. 승상이 크게 소리ᄒᆞ여 왈, "황싱아, 네 누의넌 ᄌᆞ바너리라." 호령ᄒᆞ니 황싱이 망극ᄒᆞ여 영츈당의 드러가니 소제는 죽어 침석의 걱구러젓거늘 싱이 소제의 손을 잡고 왈, "누의님아, 누의님아, 아바님이 지금 좌긔ᄒᆞ시고 누의님을 ᄌᆞ바너리라 ᄒᆞ시니 이제는 헐일업시 죽계 되엿ᄉᆞ오니 누의와 한

---

112) 헐일업서 : '하릴없어'의 고어. 어떻게 할 도리가 없어.

113) 족불이지(足不履地) : 발이 땅에 닿지 않는다는 뜻으로 '썩 급히 걸어감'을 비유함.

114) 계하(階下)의 : 섬돌 아래에.

115) 슘모장 : 세 모가 진 방망이. 전날에 역졸·포졸들이 가지고 다녔던 육모 방망이와 비슷한 방망이의 일종.

116) 언니 : 어느.

〈18〉

노복(奴僕)이 할 수 없어 그대로 승상(丞相)께 아뢰니 승상(丞相)이 대노(大怒)하여 왈(曰), "잡아들이라."
하니 노복(奴僕) 등이 일시(一時)에 족불리지(足不履地)하여 가니 승상(丞相)이 대노(大怒)하여 계하(階下)에 꿀리고 삼모장으로 쳐주며,
"네 진정 참두(斬頭)를 못할쏘냐?"
하시니 참두장(斬頭長)이 통곡(痛哭)하여 여쭈오되,
"소인(小人)이 본디 사람 죽이지 못하였삽기로 돌연(突然) 참두(斬頭)를 하라 하옵시니 소인(小人)은 만(萬) 번 죽사와도 영(令)을 거행(擧行)치 못하리로소이다." 승상(丞相)이 더욱 분노(忿怒)하심을 이기지 못하여 좌우(左右) 노복(奴僕)을 꾸짖어, "그 놈을 저 쳐매여 쳐죽이라."
하시니 어느 분부(分付)라 거역(拒逆)하리오. 참두장(斬頭長)이 할 수 없어 승상(丞相)께 아뢰되,
"이렇도록 하시니 영(令)대로 하오리다."
아뢴대 그제야 성을 풀고
"네 그리하면 바삐 내여 죽이라."
재촉하시니 역사(力士) 할 수 없어 검은 옷을 입고 비수(匕首)를 들고 섰는 거동(擧動)은 흉악(凶惡)하여 바로 보지 못할러라. 승상(丞相)이 크게 소리하여 왈(曰), "황생(黃生)아, 네 누이는 잡아내리라." 호령(號令)하니 황생(黃生)이 망극(罔極)하여 영춘당(迎春堂)에 들어가니 소저(小姐)는 죽어 침석(寢席)에 꺼꾸러졌거늘 생(生)이 소저(小姐)의 손을 잡고 왈(曰),
"누이님아, 누이님아, 아버님이 지금 좌기(坐起)하시고 누이님을 잡아내리라 하시니 이제는 할 일 없이 죽게 되였사오니 누이와 한

〈19〉

가지 쥭고저 ᄒᆞ오니 누의님은 쥭기을 두려워 마옵소서. 닉계 의지ᄒᆞ여 나가ᄌᆞ." 헌니 소제 이 말을 둣고 황망실쇡ᄒᆞ여 도화갓튼 얼골의 진쥬갓튼 눈물만 흘일 ᄯᅡ름이러라. 소제 협실문을 열고 드러가 모친ᄉᆞ당압헤 업듸여 딗성통곡 왈, "황천지ᄒᆞ의 가오신 어마님 신영이야 이 몸이 세상의 나서 모친의 얼골도 모로오니 황천지ᄒᆞ의 가서 만난들 엇지 아을낫가? 어마님 신위을 누가 밧들고? ᄉᆞ람의 목심 끈키 어렵도다. 석ᄌᆞ 슈건이 몃 번이ᄂᆞ 목의 미엿든고 슈건는 날가도 이닉 목슘은 끈지 안니허엿다가 굿틔여 오날 숨경의 촘토장 칼익 릐외[117] 놀난 혼빅이 될 쥴 아랏시리요 쥭난 거슨 슬지 안니 허거니와 빙설갓튼 몸의 누덕을 씨고 쥭으니 귀신인들 어듸 가 의지허리요." 듸성통곡ᄒᆞ며 황싱을 붓들고 나오니 그 형상을 엇지 바로 보리요. 석 ᄌᆞ 머리가 옷갓튼[118] 귀 밋헤 홋터저 옥안[119]을 가리난듸 분결갓튼 옥슈[120]로 머리을 휘여잡고 능슈버들갓튼 허리을 쌍쌍쥬름으로 잔둑 졸나믹고 외씨갓튼[121] 발의 분통갓튼[122] 신을 끌며 오면 왈, "오라바님 갓치 가ᄌᆞ." ᄒᆞ고 나와 거젹의 걱구러저 토막 우의 오금갓튼[123] 목을 언고 구름갓튼 머리을 도마 우의

---

117) 릐외(內外) : 안팎으로.

118) 옷(玉)갓튼 : 옥같은.

119) 옥안(玉顔) : 옥과 같은 얼굴이라는 뜻으로 임금의 얼굴, 또는 미인의 얼굴을 가리킴.

120) 옥슈(玉手) : 임금의 손, 또는 아름답고 고운 손. 섬섬옥수(纖纖玉手).

121) 외씨갓튼 : 오이씨같은. 버선을 신은 여자의 발이 '맵씨있게 갈쭉하고 통통함'을 비유하여 이르는 말.

122) 분통(粉桶)갓튼 : 분통같은. 도배를 새로 하여 '아주 깨끗함'을 비유하여 이르는 말.

123) 오금갓튼 : 미상(未詳).

〈19〉

가지 죽고자 하오니 누이님은 죽기를 두려워 마옵소서. 내게 의지(依支)하여 나가자."

하니 소저(小姐) 이 말을 듣고 황망실색(荒忙失色)하여 도화(桃花) 같은 얼굴에 진주 같은 눈물만 흘릴 따름이러라. 소저(小姐) 협실문(夾室門)을 열고 들어가 모친(母親) 사당(祠堂) 앞에 엎드려 대성통곡(大聲痛哭) 왈(曰),

"황천지하(黃泉地下)에 가오신 어마님 신령(神靈)이야 이 몸이 세상에 나서 모친(母親)의 얼굴도 모르오니 황천지하(黃泉地下)에 가서 만난들 어찌 알런가? 어마님 신위(神位)를 누가 받들꼬? 사람의 목숨 끊기 어렵도다. 석 자 수건이 몇 번이나 목에 매였던고. 수건은 낡아도 이내 목숨은 끊지 아니하였다가 구태여 오늘 삼경(三更)에 참두장(斬頭長) 칼에 내외(內外)에 놀란 혼백(魂魄)이 될 줄 알았으리오. 죽는 것은 슬프지 아니 하거니와 빙설(氷雪)같은 몸에 누덕(累德)을 쓰고 죽으니 귀신(鬼神)인들 어디 가 의지(依支)하리오."

대성통곡(大聲痛哭)하며 황생(黃生)을 붙들고 나오니 그 형상(形狀)을 어찌 바로 보리오. 석 자 머리가 옥(玉)같은 귀 밑에 흩어져 옥안(玉顔)을 가리는데 분결같은 옥수(玉手)로 머리를 휘여잡고 능수버들 같은 허리를 쌍쌍주름으로 잔뜩 졸라매고 외씨같은 발에 분통 같은 신을 끌며 오며 왈(曰),

"오라버님, 같이 가자."

하고 나와 거적에 꺼꾸러져 토막 위에 오금같은 목을 얹고 구름같은 머리를 도마 위에

〈20〉

서려는듸 이연이 통곡ᄒᆞ더니 이윽고 긋치며 긔절ᄒᆞ여 인ᄉᆞ을 바리니 그 형상을 뉘 안니 이통이 여기리요 모다 일시의 통곡ᄒᆞ니 산천초목이며 녹양방초[124]의 슬피 우는 접동신들 이예서[125] 더헐쇼냐. 좌우의 촉불을 발키고 승상이 일어헌[126] 형상을 보고 소안빅슈[127]의 눈물을 금치 못ᄒᆞ여 슬피 늑기며 ᄎᆞ마 목전의 죽길 쓧시 업시나 정씨 크게 소릐ᄒᆞ여 춤토장을 호령ᄒᆞ여 급히 죽이라 직촉ᄒᆞ니 춤토장이 악가 쑴의 보든 소제갓고, 황싱을 보니 그 거동갓고, 승상을 보니 더욱 명명헌지라 크게 씌다라 허오듸, "니 비록 춤토장인들 선경음식[128]을 머건는지라. 엇지 칼을 들어서 저 소제의 목을 씩으리요?" 허더라. 승상이 지금 ᄒᆞ기로 마지못ᄒᆞ여 눈을 감고 비슈을 놉게 들고 씩그려 할 싀 황싱이 누의을 아코[129] 엿ᄌᆞ오듸, "부친은 우리 남미을 한 칼노 죽기소서. 하나님, 하나님, 우리 남미 한칼의 죽계 점지ᄒᆞ여 쥬시옵소서." ᄒᆞ니 춤토장이 씩지 못ᄒᆞ여 칼을 더지고 물너 업듸여 두 손을 뭇고 승상게 비러 엿ᄌᆞ오듸, "소인은 죽ᄉᆞ와도 이 죄인을 춤아 죽기지 못 ᄒᆞ기ᄉᆞ오니 덕분의 소인을 죽이시옵소서." ᄒᆞ고 통곡ᄒᆞ니 이 형상이

---

124) 녹양방초(綠楊芳草) : 푸른 버들과 아름다운 풀.
125) 이예서 : 이보다.
126) 일어헌 : 이러한.
127) 소안빅슈(素顔白首) : 흰얼굴에 하얀 머리.
128) 선경(仙境)음식 : 선계(仙界)의 음식.
129) 아코 : 안고.

〈20〉

서려는데 애연(哀然)히 통곡하더니 이윽고 그치며 기절(氣絶)하여 인사(人事)를 버리니 그 형상(形狀)을 뉘 아니 애통(哀痛)히 여기리오. 모두 일시(一時)에 통곡(痛哭)하니 산천초목(山川草木)이며 녹양방초(綠楊芳草)에 슬피 우는 접동새들 이보다 더할소냐. 좌우(左右)에 촛불을 밝히고 승상(丞相)이 이러한 형상(形狀)을 보고 소안백수(素顔白首)에 눈물을 금(禁)치 못하여 슬피 흐느끼며 차마 목전(目前)에 죽일 뜻이 없으나 정씨 크게 소리하여 참두장(斬頭長)을 호령(號令)하여 급히 죽이라 재촉하니 참두장(斬頭長)이 아까 꿈에 보던 소저(小姐)같고, 황생(黃生)을 보니 그 거동(擧動)같고, 승상(丞相)을 보니 더욱 명명(明明)한지라 크게 깨달아 하오되,

"내 비록 참두장(斬頭長)인들 선경(仙境) 음식을 먹었는지라. 어찌 칼을 들어서 저 소저(小姐)의 목을 찍으리오?"

하더라.

승상(丞相)이 지금 하기로 마지 못하여 눈을 감고 비수(匕首)를 높게 들고 찍으려 할 때 황생(黃生)이 누이를 안고 여쭈오되,

"부친은 우리 남매(男妹)를 한 칼로 죽이소서. 하나님, 하나님, 우리 남매(男妹) 한 칼에 죽게 점지(點指)하여 주시옵소서."

하니 참두장(斬頭長)이 찍지 못하여 칼을 던지고 물러 엎드려 두 손을 묶고 승상(丞相)께 빌어 여쭈오되,

"소인(小人)은 죽사와도 이 죄인(罪人)을 차마 죽이지 못하겠사오니 덕분에 소인(小人)을 죽이시옵소서."

하고 통곡(痛哭)하니 이 형상(形狀)이

〈21〉

더욱 차목허더라. 이쩍 정씨 승상 겻틔 안젓다가 되로허여 왈, "저 놈의 거동보소서. 소제 인물이 절색이미[130] 죽이지 안니허고 닉치면 제가 다려다가 제 계집을 삼으려고 쥭기지 안니ᄒᆞ니 승상은 죽이거나 살니거나 아물이나 하옵소서. 나는 이제 황싱을 다리고 본가로 가노라." 하고 이러나니 승상이 붓드러 안치고 크게 호령하여 "밧비 죽이라" 하니 그 소릭가 골이 터지는 듯 허더라. 슬푸다! 슌금 소제 죽는지라. 춤토장[131]이 승상의 위염을 거역지 못ᄒᆞ여 ᄯᅩ 눈을 감고 칼을 놉피 들어 죽이려 ᄒᆞ더니 문득 선경의 ᄎᆞ목허던 일을 싱각하고 ᄎᆞ마 찍지 못ᄒᆞ고 눈을 쩌보니 황싱이 통곡ᄒᆞ며 소제의 머리 우의 제 머리을 언코 엿ᄌᆞ오딕, "부친은 소제을 살녀주옵소서. 엇지 인정이 니저도록 박절[132]ᄒᆞ신고? 옛 글의 일너시되, '남의 눈의 눈물이 나면 닉 눈의 비가 난다' 허오니 살녀 쥬옵소서." ᄒᆞ며 슬피 울거늘 정씨 딕로ᄒᆞ여 왈 황싱을 ᄭᅮ저[133] 왈, "너는 어린 거시 무숨 철[134] 아노라고 저죄허는다[135]? 네 누의 연을 잇써가지 살녀들진딘[136] 닉 이제 본가로 가련이요. 승상과 너는 어딕가 의지허리요. 찰아리 닉 먼저 죽어 뉘 취ᄒᆞ물 보지 안니ᄒᆞ

---

130) 절색(絶色)이미 : 뛰어난 미인(美人)이므로.
131) 참토장 : 참수(斬首)하는 사람. 註 83) 참조.
132) 박절(迫切) : 인정이 없고 매몰스러움.
133) 정씨…ᄭᅮ저 : 정씨가 크게 화를 내며 황생을 꾸짖어.
134) 철 : 사리를 분별할 줄 아는 힘.
135) 저죄(抵罪)허는다 : 벌주는 것을 막으려 하는가.
136) 살녀들진딘 : 살려둔다면.

〈21〉

더욱 참혹(慘酷)하더라. 이때 정씨가 승상(丞相) 곁에 앉아 있다가 대노(大怒)하여 왈(曰),

"저 놈의 거동(擧動) 보소서. 소저(小姐) 인물(人物)이 절색(絶色)이매 죽이지 아니 하고 내치면 제가 데려다가 제 계집을 삼으려고 죽이지 아니 하니 승상(丞相)은 죽이거나 살리거나 아무렇게나 하옵소서. 나는 이제 황생(黃生)을 데리고 본가(本家)로 가노라."

하고 일어나니 승상(丞相)이 붙들어 앉히고 크게 호령(號令)하여,

"바삐 죽이라."

하니 그 소리가 골이 터지는 듯 하더라. 슬프다! 순금 소저(小姐)가 죽는지라. 참두장(斬頭長)이 승상(丞相)의 위엄(威嚴)을 거역(拒逆)하지 못하여 또 눈을 감고 칼을 높이 들어 죽이려 하더니 문득 선경(仙境)의 참혹(慘酷)하던 일을 생각하고 차마 찍지 못하고 눈을 떠보니 황생(黃生)이 통곡(痛哭)하며 소저(小姐)의 머리 위에 제 머리를 얹고 여쭈오되,

"부친은 소저(小姐)를 살려주옵소서. 어찌 인정(人情)이 이토록 박절(迫切)하신고? 옛 글에 이르되, '남의 눈에 눈물이 나면 내 눈에 피가 난다' 하였으니 살려 주옵소서."

하며 슬피 울거늘 정씨 대노(大怒)하여 왈(曰) 황생(黃生)을 꾸짖어 왈(曰),

"너는 어린 것이 무슨 철 아노라고 저죄(抵罪)하는가? 네 누이의 연(緣)을 이때까지 살려둔다면 나는 이제 본가(本家)로 갈 것이요. 승상(丞相)과 너는 어디에 가서 의지(依支)하리오. 차라리 내가 먼저 죽어 누가 취하는 것을 보지 아니하

〈22〉

리라."[137] ᄒᆞ고 기인 슈건을 손의 들고 어ᄂᆡ덧 이러나 목을 ᄆᆡ거늘 승상이 ᄃᆡ경ᄒᆞ여 ᄆᆡᆫ 거슬 글으고 일변 위로ᄒᆞ며 ᄯᅩ 호령ᄒᆞ여 황싱의 슈족을 동여 ᄆᆡ고 역ᄉᆞ[138]을 지촉ᄒᆞ여 속히 쥭이라 ᄒᆞ시니 언니 분부라 거역ᄒᆞ리요. 호령이 츄상[139] 갓튼지라. 츔토장니 그 위엄을 보고 넉슬 일코 다시 비슈을 들어 눈을 감코 찍으니 그 칼니 변ᄒᆞ여 간 ᄃᆡ 업고 다만 칼ᄃᆡ로[140]만 쇼졔 머리 위의 뇌여난지라. 황싱은 수족을 ᄆᆡ얏기로 용납지 못ᄒᆞ고 다만 볼 ᄯᅡ름일더라. 칼니 변듯ᄒᆞ여 쇼졔 머리 위의 ᄂᆡ려지는지라. 크게 쇼ᄅᆡ 질너 한 변 ᄯᅱ구쳐 누의 겻티 안거며 졔 머리로 칼을 바드니 공교ᄒᆞ도다.[141] 그 칼니 변ᄒᆞ여 지가 되여 바슬러져 간 ᄃᆡ 업거늘 황싱이 크게 통곡ᄒᆞ고 여ᄌᆞ오되, "인후ᄒᆞ신 아바님은 널부신 도량으로 노을 좀싼 푸시압고, 쇼ᄌᆞ의 이졍[142]를 싱각ᄒᆞ와 쇼져을 목젼의 쥭기지 마르시고 올은[143] 숀목을 버히여 멀리 ᄂᆡ치쇼셔. ᄌᆞ연 쥭ᄉᆞ올거시니 불호자 황싱의 인졍[144]을 싱각ᄒᆞᆸ셔.

---

137) 찰아리…안니ᄒᆞ리라 : 차라리 내가 먼저 죽어 누구를 취(聚)함을 보지 아니 하리라.

138) 역ᄉᆞ(力士) : 힘이 센 사람.

139) 추상(秋霜) : 가을의 찬서리. 서슬이 퍼런 위엄이나 엄한 형벌의 비유.

140) 칼ᄃᆡ로 : 칼자루.

141) 공교(工巧)ᄒᆞ도다 : 때・기회가 우연히도 좋거나 나쁘도다.

142) 이정(異情) : 다른 정. 특별한 정.

143) 올은 : 오른.

144) 인정(人情) : 사람의 정.

〈22〉

리라"

하고 긴 수건을 손에 들고 어느덧 일어나 목을 매거늘 승상이 대경(大驚)하여 맨 것을 끄르고 일변(一邊) 위로(慰勞)하며 또 호령(號令)하여 황생(黃生)의 수족(手足)을 동여매고 역사(力士)를 재촉하여 속히 죽이라 하시니 어느 분부(分付)라 거역하리오. 호령이 추상(秋霜)같은지라. 참두장(斬頭長)이 그 위엄(威嚴)을 보고 넋을 잃고 다시 비수(匕首)를 들어 눈을 감고 찍으니 그 칼이 변하여 간데 없고 다만 칼자루만 소저(小姐)의 머리 위에 놓였는지라.

황생(黃生)은 수족(手足)을 매었기에 용납(容納)지 못하고 다만 볼 따름이더라. 칼이 번뜻하여 소저(小姐)의 머리 위에 내려지는지라. 크게 소리 질러 한 번 솟구쳐 누이 곁에 앉으며 제 머리로 칼을 받으니 공교(工巧)하도다. 그 칼이 변하여 재가 되어 바스러져 간 데 없거늘 황생(黃生)이 크게 통곡(痛哭)하고 여쭈오되,

"인후(仁厚)하신 아버님은 넓으신 도량(度量)으로 노(怒)를 잠깐 푸시옵고, 소자(小子)의 특별한 정을 생각하와 소저(小姐)를 목전(目前)에서 죽이지 마시고 오른 손목을 베어 멀리 내치소서. 자연(自然) 죽을 것이니 불효자(不孝子) 황생(黃生)의 인정(人情)을 생각하옵소서.

〈23〉

노ᄒᆞ심을 춤의시고 지삼 싱각ᄒᆞ옵쇼셔." ᄒᆞᄃᆡ 승상이 싱의 간ᄒᆞ물[145] 올흐히 드르시고 즉시 역ᄉᆞ[146]을 지촉ᄒᆞ여 쇼졔의 올은 손목을 밧비 찍어 닉치라 ᄒᆞ시니 정씨 ᄯᅩ 싱각ᄒᆞ되 "압히셔 쥭난 양을 보지 못ᄒᆞ오미 원통ᄒᆞ거니와 손목을 찍어 닉치면 셜마 졔 쥭지 살야?" ᄒᆞ고 ᄒᆞ락ᄒᆞ야[147] 찍으라 ᄒᆞ니 슬푸다! 슌금쇼졔 인ᄉᆞ을 바런는지라. 음파[148]갓튼 손목이 칼으릐 닉려지며 ᄯᅮ셔 올낫다가[149] ᄯᅡᆼ의 닉려지거늘 황싱이 울며 그 손목을 ᄌᆞᄇᆡ 베인데 ᄃᆡ이고 하날게 비러 왈, "일월셩신[150]은 마옵쇼셔. 이닉 누의 님을 손목을 잇게 졈지ᄒᆞ여[151] 쥬옵쇼셔." ᄒᆞ며 통곡ᄒᆞ니 아물니[152] 츅원헌들[153] 칼의 베인 손목이 이을숀가. 허일업셔[154] 손목을 가지고 쇼졔을 업고 힝낭[155]으로 드르와 뉘의고 약을 입의 흘려 너흐니 이윽고 ᄎᆞ차 끠여나거늘 황싱이 안으로 드러와 황금 ᄇᆡᆨ 양과 비단 ᄒᆞᆫ 필을 가지고

---

145) 간(諫)함을 : 윗사람이나 왕에게 잘못한 일을 고치도록 말함을.
146) 역ᄉᆞ(力士) : 뛰어나게 힘이 센 사람. 장사.
147) ᄒᆞ락(許諾)ᄒᆞ야 : 허락하여.
148) 음파 : 움파, 겨울에 움속에서 기른 누른 파. 줄기를 베고 난 뒤 다시 줄기가 나온 파. 움파같은 ; 희고 보드라우며 포동포동한.
149) ᄯᅮ셔 올낫다가 : 뛰어 올랐다가.
150) 일월셩신(日月星辰) : 해와 달과 별.
151) 졈지ᄒᆞ여 : '점지'는 신불(神佛)이 사람에게 자식이 생기게 하여 주는 것인데 여기서는 신령한 힘으로 도움을 의미함.
152) 아물니 : 아무리.
153) 츅원(祝願)헌들 : 희망하는 대로 되기를 신에게 빌거나 마음으로 빈다고 한들.
154) 허일업셔 : 할 수 없어. 註 109)번 참조.
155) 힝낭(行廊) : 대문간에 붙어 있는 방.

〈23〉

노(怒)하심을 참으시고 재삼(再三) 생각하옵소서."
하되 승상(丞相)이 생의 간(諫)함을 옳게 들으시고 즉시 역사(力士)를 재촉하여 소저(小姐)의 오른 손목을 바삐 찍어 내치라 하시니 정씨 또 생각하되,

"앞에서 죽는 모습을 보지 못함이 원통하거니와 손목을 찍어 던지면 설마 제 죽지 살랴?"
하고 허락하여 찍으라 하니 슬프다! 순금 소저(小姐) 인사(人事)를 버렸는지라. 움파같은 손목이 칼 아래 내려지며 뛰어올랐다가 땅에 내려지거늘 황생(黃生)이 울매 그 손목을 잡아 베인 데 대고 하늘께 빌어 왈(曰),

"일월성신(日月星辰)은 마옵소서. 이내 누이님을 손목을 잇게 점지(點指)하여 주옵소서."
하며 통곡(痛哭)하나 아무리 축원(祝願)한들 칼에 베인 손이 이어지겠는가.

할 수 없어 손목을 가지고 소저(小姐)를 업고 행랑(行廊)으로 들어와 누이고 약(藥)을 입에 흘려 넣으니 이윽고 차차 깨어나거늘 황생(黃生)이 안으로 들어와 황금(黃金) 백 냥과 비단 한 필을 가지고

〈24〉

나와 그 숀목을 그 비단으로 싸셔 쇼제의 침아의 ᄊᆞ이고 비단 옷슬 벽기고 츄ᄒᆞᆫ 옷슬 이피고 왈, "누의님은 ᄋᆡ통치 마르쇼셔. 천불싱무록지인[156]이라. 고진하면 감닋요 홍진하면 비릭라[157] 하니 셜마 장닋 조흔 경ᄉᆞ 업ᄉᆞ올잇가? 남ᄆᆡ ᄉᆞ히 팔방으로 단이며 셰월을 보닋다가 한 날 ᄒᆞᆫ 시의 구원[158]의 도라가ᄉᆞ이다." ᄒᆞ고 쇼제을 인도ᄒᆞ여 문밧슬 나셔니 문득 노복드리 하나도 업더라. 남ᄆᆡ 앙천통곡ᄒᆞ며[159] 남문을 나가니 문득 강슈 님ᄒᆞ연는지라. ᄇᆡ을 건너니 날이 임의 발간난지라. ᄒᆡᆼ식이 슈상ᄒᆞ여 슈풀의 안저 통곡하다가 황싱이 가로ᄃᆡ, "이제 혈일업시니 유리기걸허다가[160] 장닋 짓접 헐거시니 의탁[161]헌 후의 부모 안전의 나가 뵈오면 설마 ᄯᅩ 죽이리잇가? 부모님 우리 남ᄆᆡ을 거나리시고 ᄋᆡ지즁지[162] ᄒᆞ시다가 일조의[163] 우리 둘을 일코 일신들 견ᄃᆡ리요." 하고 통곡허니 소제 왈, "나는 죄악이 심즁허와 이제 쥭어도 관계치 안니ᄒᆞ거니와 오라비님은 나를

---

156) 천불싱무록지인(天不生無祿之人) : '하늘은 녹봉이 없는 사람을 태어나게 하지 않는다.' 는 것으로 모든 사람은 먹을 것을 가지고 태어난다는 뜻.

157) 고진하면…비릭라 : '고진(苦盡)하면 감래(甘來)요, 홍진(興盡)하면 비래(悲來)라.' 고생이 다하면 좋은 것이 오고 흥한 것이 다하면 비운이 온다는 뜻.

158) 구원(九原) : 묘지(墓地)의 이칭(異稱). 구천(九泉). 구경(九京).

159) 앙천통곡(仰天痛哭)ᄒᆞ며 : 하늘을 우러러보며 애통하게 울며.

160) 유리기걸(遊離丐乞)허다가 : 따로 떨어져 거지질을 함.

161) 의탁(依託) : 남에게 의뢰하고 부탁함.

162) ᄋᆡ지즁지(愛之重之) : 매우 사랑하여 소중히 여김.

163) 일조(一朝)의 : 하루 아침에.

〈24〉

나와 그 손목을 그 비단으로 싸서 소저(小姐)의 치마에 싸고 비단옷을 벗기고 추(醜)한 옷을 입히고 왈(曰),

"누이님은 애통(哀痛)치 말으소서. 천불생무록지인(天不生無祿之人)이라 고진(苦盡)하면 감래(甘來)요, 홍진(興進)하면 비래(悲來)라 하니 설마 장래(將來)에 좋은 경사(慶事) 없사오리까? 남매(男妹)는 사해(四海) 팔방(八方)으로 다니며 세월(歲月)을 보내다가 한 날 한 시에 구원(九原)으로 돌아가사이다."

하고 소저(小姐)를 인도(引導)하여 문밖을 나서니 문득 노복(奴僕)들이 하나도 없더라.

남매(男妹) 앙천통곡(仰天痛哭)하여 남문(南門)을 나가니 문득 강수(江水) 임하였는지라. 배를 건너니 날이 이미 밝았는지라. 행색(行色)이 수상(殊常)하여 수풀에 앉아 통곡(痛哭)하다가 황생(黃生)이 가로되,

"이제 할 수 없으니 유리개걸(遊離丐乞)하다가 장래(將來) 직접할 것이니 의탁(依託)한 후에 부모(父母) 안전(眼前)에 나가 뵈오면 설마 또 죽이리이까? 부모(父母)님 우리 남매(男妹)를 거느리시고 애지중지(愛之重之)하시다가 일조(一朝)에 우리 둘을 잃고 일시(一時)인들 견디리오."

하고 통곡(痛哭)하니 소저(小姐) 왈(曰),

"나는 죄악(罪惡)이 심중(深重)하여 이제 죽어도 관계치 아니 하거니와 오라버님은 나를

〈25〉

쌀라갈진딘 불효를 면치 못ᄒᆞ여 세상의 용납지 못 ᄒᆞ오리니 외로운 슌금은 비려 먹어 단이다가 아모ᄃᆡ라도 가서 비러 구복을 치일망졍 오라바님은 그 싀이라도 부친과 어마님니 몃 번이ᄂᆞ ᄎᆞ자 계시리잇가?" ᄇᆡᆨ번이ᄂᆞ ᄀᆡ유[164]ᄒᆞ여 이로고 ᄯᅩ 가로ᄃᆡ "만일 나을 ᄯᆞ라가여ᄒᆞ면 ᄂᆡ 이 강슈의 ᄲᅡ져 고기밥이 되려 ᄒᆞᄂᆞ이다." ᄒᆞ니 황싱이 마지 못ᄒᆞ여 이별헐 싀 황싱니 ᄃᆡ셩통곡 왈, "누의님 검의줄[165] 갓튼 잔명을 ᄌᆞ슈ᄒᆞ여 쥭지 마ᄋᆸ고 어ᄃᆡ 가지 졉ᄒᆞᄋᆸ시면 오라지 아니ᄒᆞ여 ᄂᆡ가 급제헐 거시니 베살[166]의 올으기 쉽ᄉᆞ오ᄆᆡ 아모조록 누의님을 ᄎᆞᄌᆞ올 거시니 한 목심을 부지ᄒᆞ에다가 다시 영화로 보게 ᄒᆞᄋᆸ쇼셔."

ᄒᆞ고 남ᄆᆡ 손목을 나혼니 이별ᄒᆞ는 졍회을 이로 칭양[167]치 못헐너라. 피ᄎᆞ 셔로 도라보매[168] 가다가 못 보는 ᄃᆡ 가셔는 피ᄎᆞ 가슴이 막히여 ᄋᆡ연[169]통곡헐 ᄯᆞ름일러라. 황싱이 도라가 부친을 뵈온ᄃᆡ 승상이 말숨을 듯고 소안ᄇᆡᆨ슈의 눈물을 흘

---

164) ᄀᆡ유(開諭) : 타일러 가르침.
165) 검의줄 : 거미줄.
166) 베살 : 벼슬.
167) 칭양(稱揚) : 칭찬.
168) 도라보매 : 돌아보면서.
169) 애연(哀然) : 슬픈 듯 하다.

〈25〉

따라갈진데 불효(不孝)를 면(免)치 못하여 세상(世上)에 용납지 못 하오리니 외로운 순금은 빌어 먹어 다니다가 아무 데라도 가서 빌어 구복(口腹)을 채울망정 오라버님은 그 새라도 부친(父親)과 어머님이 몇 번이나 찾아 계시리이까?"

백 번이나 개유(開諭)하여 이르고 또 가로되,

"만일 나를 따라가려 하면 내 이 강수(江水)에 빠져 고기밥이 되려 하나이다."

하니 황생(黃生)이 마지 못하여 이별(離別)할 새 황생(黃生)이 대성통곡(大聲痛哭) 왈(曰),

"누이님 거미줄 같은 잔명(殘命)을 자수(自手)하여 죽지 말고 어디가 접(接)하옵시면 오래지 아니하여서 내가 급제(及第)할 것이니 벼슬에 오르기 쉽기 때문에 아무쪼록 누이님을 찾아 올 것이니 한 목숨을 부지(扶持)하여 있다가 다시 영화(榮華)를 보게 하옵소서."

하고 남매(男妹) 손목을 놓으니 이별(離別)하는 정회(情懷)를 이루 칭양(稱揚)치 못 할러라. 피차(彼此) 서로 돌아보면서 가다가 못 보는 데 가서는 피차(彼此) 가슴이 막혀 애연(哀然)히 통곡(痛哭)할 따름이더라. 황생(黃生)이 돌아가 부친(父親)께 뵈온대 승상(丞相)이 말을 듣고 소안백수(韶顔白首)의 눈물을 흘

〈26〉

려 옷깃슬 젹시더니라. 승상은 이러틋ᄒᆞ시나170) 졍씨는 ᄉᆡᆼ을 수짓더라. 황ᄉᆡᆼ이 소제의 방의 들어가 누의 씨든 그릇슬 보니 쳔지망연ᄒᆞ여171) ᄯᅡᆼ을 두다려 통곡ᄒᆞ다가 긔절허니 노비 등이 쥬물너 씌우니 울기을 끈치고 세간을 다 모와 한 ᄃᆡ 감초고 이후붓터는 학업을 심씨며 부모의게 효도를 극진이 섬기며 세월을 보ᄂᆡ니라. 잇ᄯᆡ 슌금 소제 단기는 모양이야 천지망연허여 기인 슈건을 글으고 약간 벗짐을 바리고 길가의 안져 부모와 황ᄉᆡᆼ을 ᄉᆡᆼ각ᄒᆞ고 ᄃᆡ상통곡ᄒᆞ더니 문득 한 노승이 지나다가 소제을 보고 권션172)을 펴노흐며 ᄌᆡᄇᆡ 왈, "노승은 텬보ᄉᆞ 화쥬승173)이ᄋᆞᆸ더니 낭ᄌᆞ174)의게 보ᄇᆡ 잇슬가 시푸오니 시쥬175)ᄒᆞᄋᆞᆸ쇼셔. 시쥬ᄒᆞ압시면 곱든 얼골 뮈여질 거시요, 큰 병신이 되올거시오니 시쥬ᄒᆞ옵쇼셔." ᄒᆞᄃᆡ 소제 젼말176)의 깃거 봇짐을 풀고 황금을 봉지ᄃᆡ로 ᄂᆡ여 쥰ᄃᆡ 그 즁이 황금

〈27〉

을 바다가지고 바랑177) 속의셔 홍도178) 세 낫칠 ᄂᆡ여 쥬며 왈,

---

170) 이러틋 ᄒᆞ시나 : 이러하시나. 이렇게 하시나.
171) 천지망연(天地茫然)ᄒᆞ여 : 하늘과 땅이 넓고 멀어 정신이 아득하여.
172) 권션(勸善) : 착한 일을 권함. 절에 시주(施主)를 하라고 권고함.
173) 화쥬승(化主僧) : 인가(人家)에 나가서 시물(施物)을 얻어 절의 양식을 대는 중.
174) 낭ᄌᆞ(娘子) : 처녀를 점잖게 이르는 말.
175) 시쥬(施主) : 절이나 중에게 물건을 바치는 일.
176) 젼말(顚末) : 일의 처음에서부터 마지막까지의 양상(樣相).

〈26〉

려 옷깃을 적시더라. 승상(丞相)은 이러하시나 정씨는 생을 꾸짖더라. 황생(黃生)이 소저(小姐)의 방에 들어가 누이가 쓰던 그릇을 보니 천지망연(天地茫然)하여 땅을 두드려 통곡(痛哭)하다가 기절(氣絶)하니 노비(奴婢)들이 주물러 깨우니 울기를 그치고 세간을 다 모아 한 데 감추고 이후부터는 학업(學業)을 힘쓰며 부모(父母)에게 효도(孝道)로 극진히 섬기며 세월(歲月)을 보내니라.

이때 순금 소저(小姐) 다니는 모양(模樣)이야 천지망연(天地茫然)하여 긴 수건을 끌고 약간 봇짐을 버리고 길가에 앉아 부모(父母)와 황생(黃生)을 생각하고 대성통곡(大聲痛哭)하니 문득 한 노승(老僧)이 지나다가 소저(小姐)를 보고 권선(勸善)을 펴놓으며 재배(再拜) 왈(曰),

"노승(老僧)은 천보사 화주승(化主僧)이옵더니 낭자(娘子)에게 보배 있을까 싶으오니 시주(施主)하시옵소서. 시주(施主)하옵시면 곱던 얼굴이 미워질 것이오며, 큰 병신이 될 것이오니 시주(施主)하시옵소서."

하되 소저(小姐) 전말(顚末)에 기뻐 봇짐을 풀고 황금(黃金)을 봉지대로 내어 주니 그 중이 황금(黃金)

〈27〉

을 받아가지고 바랑 속에서 홍도(紅桃) 세 낱을 내어 주며 왈(曰),

177) 바랑 : 불교용어로 승려들이 길을 갈 때 등에 지는 자루같은 큰 주머니.
178) 홍도(紅桃) : 붉은 복숭아.

"이 실과을 좁슈시면 몸이 거뷔올 거시어니 길의 나도 곤치 안니헐 거시오니 잡슈시압쇼셔." ᄒᆞ고 두어 거름의 간 ᄃᆡ 업넌지라. 쇼졔 싱각ᄒᆞᄃᆡ, "이 즁은 천승[179]이로다." ᄒᆞ고 그 실과을 먹으니 비곱푼 일 업고 발도 편ᄒᆞ고 마음이 쇄락ᄒᆞ여[180] 천 리라도 갈 듯 시푸어라. "이 실과은 만금 ᄊᆞ도다." ᄒᆞ고 둘은 깁히 간슈ᄒᆞ고 힝보올 ᄒᆞ려 ᄒᆞ더니 탄탄ᄃᆡ로[181] 상의 힝쇠이 슈상ᄒᆞ여 ᄎᆞ마 가지 못ᄒᆞ고 유벽ᄒᆞᆫ 쇼로[182]로 가든니 문득 선역 ᄶᅡ흐로서 광풍이 ᄃᆡ작ᄒᆞ며[183] 소제의 몸 씨치며 정신이 휘황ᄒᆞ여 소제 ᄀᆞ급ᄒᆞ여 업더젓더라. 이윽고 인ᄉᆞ을 ᄎᆞ려 보니 한편 눈 ᄶᅥ지 못ᄒᆞ고 한 달이 ᄶᆞᆯ나지고 반신이 병신이 되니 ᄉᆞ람이 보면 흉칙ᄒᆞ여 ᄎᆞ마 집의 드리 이 업더라. 소제 망극ᄒᆞ여 하날을 부르지즈며 남역흐로 향ᄒᆞ여 버러 먹으러 가는지라. ᄒᆡ 곳 지면 밥을 어더 먹으려 이 앞집을 ᄎᆞᄌᆞ가니 모단 사람이 크게 놀라 막ᄃᆡ와 몽둥이올 가지고

〈28〉

달녀들어 두다리며 별호를 '몽달귀신'이라 ᄒᆞ고 ᄂᆡ여 쏘치니 소제 낙심천만[184] ᄒᆞ여 어더 먹도 못ᄒᆞ고 쥬리믈 이긔지 못ᄒᆞ여 쥬야 눈믈노 지ᄂᆡ며 밤들고 인적이 고요ᄒᆞ면 방아간으로 들어가 ᄌᆞ니 칩기가 일을 거시 업더라. 하날노셔 날아가는 즘싱이 ᄂᆡ려와 날ᄀᆡ로 덥혀 치운 몸을 더읍게 ᄒᆞ며 날이 발그면 업고 무슨 나물과

179) 천승(天僧) : 하늘이 내린 중.
180) 쇄락(灑落)ᄒᆞ여 : (기분이나 몸이) 개운하고 깨끗하다.
181) 탄탄ᄃᆡ로(坦坦大路) : 편평(扁平)하고 넓은 길.
182) 유벽(幽僻)ᄒᆞᆫ 쇼로(小路) : 한적하고 구석진 작은 길.
183) 광풍(狂風)이 ᄃᆡ작(大作)ᄒᆞ며 : 휘몰아치는 차가운 바람이 크게 일어나며.
184) 낙심천만(落心千萬) : 극도로 낙심이 됨.

"이 실과(實果)를 잡수시오면 몸이 가벼울 것이오며 길에 다녀도 곤(困)치 아니할 것이니 잡수시옵소서."

하고 두어 걸음에 간 곳이 없는지라. 소저(小姐)가 생각하되,

"이 중은 천승(天僧)이로다."

하고 그 실과(實果)를 먹으니 배고픈 일 없고 발도 편하고 마음이 쇄락(灑洛)하여 천(千) 리(里)라도 갈 듯 싶으더라.

"이 실과(實果)는 만금(萬金)이 싸도다."

하고 둘은 깊이 간수(看守)하고 행보(行步)를 하려 하더니 탄탄대로(坦坦大路) 상(上)에 행색(行色)이 수상(殊常)하니 차마 가지 못하고 유벽(幽僻)한 소로(小路)로 가더니 문득 서(西)녁 땅에서 광풍(狂風)이 대작(大作)하여 소저(小姐)의 몸 끼치며 정신이 휘황(輝煌)하여 소저(小姐) 기급(氣急)하여 엎어졌더라.

이윽고 인사(人事)를 차려 보니 한편 눈 뜨지 못하고 한 다리 잘려지고 반신(半身)이 병신(病身)이 되어 사람이 보면 흉측(凶測)하여 차마 집에 들이는 사람이 없더라. 소저(小姐)가 망극(罔極)하여 하늘을 부르짖으며 남(南)녁으로 향하여 빌어 먹으러 가는지라. 해 곧 지면 밥을 얻어 먹으려 이 앞집을 찾아가니 모든 사람이 크게 놀라 막대와 몽둥이를 가지고

〈28〉

달려들어 두드리며 별호(別號)를 '몽달귀신'이라 하여 내어 쫓으니 소저(小姐)가 낙심천만(落心千萬)하여 얻어 먹도 못하고 주림을 이기지 못하여 주야(晝夜) 눈물로 지내며 밤들고 인적(人跡)이 고요하면 방앗간으로 들어가 자니 춥기가 이를 것이 없더라.

하늘에서 날아가는 짐승이 내려와 날개로 덮어 추운 몸을 덥게 하고 날이 밝으면 없고 무슨 나물과

실과을 놋코 가니 그거슬 먹으면 비고푸지 안니 ᄒᆞ고 몸이 압푼 ᄃᆡ 업더라. 세월이 여류ᄒᆞ여 갑신년 즁츈이라. 오라지 안니 ᄒᆞ여 소제의 몸이 영귀이[185] 되리로다. 츈광[186]이 뜻시 업서 소제의 나희 이십세라. 소제 이러듯 허기는 가군이 하방지 천헌 ᄉᆞ람의계[187] 연분이 잇셔서 이러헌 고싱을 지ᄂᆡ니라. 잇ᄯᅢ 소제 촌촌 비러먹어 경상도 양성 북촌의 일은지라. 멀니서 바라보니 유슈 잔잔ᄒᆞᆫ ᄃᆡ 슈양[188] 시이로 쥬란화각[189]이 질비ᄒᆞᆫᄃᆡ 앞희 조흔 전답이 가득ᄒᆞ고 촌가ᄀᆞ 빅여 호나 되난ᄃᆡ 그 즁의 ᄒᆞᆫ 집이 잇시되 경성지상의 집 갓튼지라. 소제 조석[190]어더 먹을 ᄎᆞ로 그 집을 바라보고 들어가는 지라. 이 집 ᄉᆞ람은 본ᄃᆡ 상인

〈29〉

이라. ᄃᆡᄃᆡ부귀로 지ᄂᆡ는지라. 이러므로 칭호을 장ᄌᆞ라 ᄒᆞ고 셩은 목이요, 명은 ᄀᆡ람이니 미천[191]ᄒᆞ기 ᄎᆞ목ᄒᆞᆫ지라. 다만 한 아ᄌᆞ[192]을 두어시니 연이 이십이라. 잇ᄯᅢ 소제 젼역을 어더 먹글려고 그 집 ᄉᆞ랑 압히로 졀며 드러가니 목장지 ᄉᆞ랑의 안져 ᄶᅡ라 쇼졔을 보고 크게 놀나 호령ᄒᆞ여 왈, “각 방 죵놈덜아, 져러ᄒᆞᆫ 흉ᄒᆞᆫ 거슬 동ᄂᆡ의 엇지 드러오게 ᄒᆞ더요. 신희년의 몽달귀신이 들어와스니

---

185) 영귀(榮貴)이 : 영화롭고 귀히.
186) 츈광(春光) : 봄볕이라는 뜻이나 여기서는 ‘세월’이라는 의미로 보임.
187) 가군(家君)이 하방지천(遐方之賤)헌 사람의계 : 남편이 서울에서 먼 지방의 천한 사람에게.
188) 슈양(垂楊) : 수양버들.
189) 쥬란화각(朱欄畵閣) : 단청칠을 곱게 하여 아름답게 꾸민 누각.
190) 조석(朝夕) : 아침과 저녁. 여기서는 조석반(朝夕飯)으로 아침 식사와 저녁 식사를 의미함.
191) 미천(微賤) : 신분이나 지위가 낮음. 미약하고 비천함.
192) 아ᄌᆞ : 아들.

실과(實果)를 놓고 가니 그것을 먹으면 배고프지 아니 하고 몸이 아픈 데 없더라.

세월(歲月)이 여류(如流)하여 갑신년(甲申年) 중춘(仲春)이라.

오래지 아니 하여 소저(小姐)의 몸이 영귀(榮貴)히 되리로다. 세월이 덧없어 소저의 나이 아십세라. 소저(小姐)가 이렇듯 하기는 가군(家君)이 하방지천(遐方之賤)한 사람에게 연분(緣分)이 있어서 이러한 고생을 지내니라.

이때 소저(小姐)가 촌촌(村村) 빌어먹어 경상도(慶尙道) 양성 북촌에 이른지라. 멀리서 바라보니 유수(流水) 잔잔한데 수양(垂楊) 사이로 주란화각(朱欄畵閣)이 즐비(櫛比)한데 앞에 좋은 전답(田畓)이 가득하고 촌가(村家)가 백여 호(戶)나 되는데 그 중에 한 집이 있으되 경성(京城) 재상(宰相)의 집 같은지라. 소저(小姐)가 조석(朝夕)을 얻어 먹을 차로 그 집을 바라보고 들어가는지라. 이 집사람은 본디 상인(商人)

〈29〉

이라. 대대부귀(代代富貴)로 지내는지라. 이러므로 칭호(稱號)를 장자(長子)라 하고 성(姓)은 목이오, 명(名)은 기람이니 미천(微賤)하기 참혹(慘酷)한지라. 다만 한 아들을 두었으니 나이가 이십이라. 이때 소저(小姐)가 저녁을 얻어 먹으려고 그 집 사랑 앞으로 절며 들어가니 목장자(長子)가 사랑에 앉았다가 소저(小姐)를 보고 크게 놀라 호령(號令)하여 왈(曰),

"각 방의 종놈들아, 저러한 흉한 것을 동네에 어찌 들어오게 하느뇨. 신해년(辛亥年)에 몽달귀신이 들어왔으니 흉연은 면치 못ᄒᆞ리로다. 몽둥이로 쪼차라." ᄒᆞ니 모든 죵들니 큰 막디로 닉쏘치니 쇼졔 인ᄉᆞ을 바리고 다라나니 그 거동을 보고 크게 웃더라. 쇼졔 쏘기며 가다가 논쓰렁의 슈머다가 밤이 든 후의 그 밧의 들어오니 인적이 업거늘 그제야 장자집 디문 밧게 상직막[193]이 잇는지라. 소제 그 막의 들어가 안저든니 장ᄌᆞ집 유모 제녁밥을 먹은 후의 밥을 만니 바다 가지고 제 집으로 나오다가 상직막의 인적이 잇는지라. 유모 ᄌᆞ세 보니 제녁찌 쫏든 몽달이라. 놀나 남정 불너 닉 쫏치려 ᄒᆞ다가 다시 싱각ᄒᆞ되 "ᄉᆞ람이 악질[194]을 어더서 그러

〈30〉

ᄒᆞ지 설마 귀신이랴." ᄒᆞ고 무러 왈 "네 ᄉᆞ람인다? 정말 귀신다?" ᄒᆞ디 소제 크게 놀나 두 번 절ᄒᆞ고 왈, "덕분의 살녀 쥬옵소서. 닉 엇지 귀신이리잇가? ᄉᆞ람옵던니 팔ᄌᆞ 긔박ᄒᆞ와 바람을 마ᄌᆞ 병신이 되여나이다. 이러ᄒᆞ기로 어더 먹도 못ᄒᆞ고 쫏지어 단니나이다. 바라건디 죽게 된 ᄉᆞ람을 밥을 어더 구제허옵소서." ᄒᆞ니 유모 그 경상[195]을 본즉 ᄎᆞ목ᄒᆞᆫ지라. 가젓든 밥을 그릇치 쥬거늘 빅번 ᄉᆞ레ᄒᆞ고 그 볍을 다 먹고 부친과 황싱을 싱각ᄒᆞ고 슬푸물 이긔지 못허더라. 비단의 싸엿든 손목을 닉여 보니 형용이 조곰도 변치 안니ᄒᆞ고 초ᄅᆞᄒᆞ니[196] 가련ᄒᆞ더라. 문득 선역 싸흐로서 큰 호랑이가 오더니 소제의 압헤 와 안거늘, 소제 크게 놀나 긔절ᄒᆞ엿다가

193) 상직막(上直幕) : 하인들이 숙직을 하던 움막.
194) 악질(惡疾) : 나쁜 병.
195) 경상(景象) : 광경이나 정경. 註 55)번 참조.
196) 초ᄅᆞᄒᆞ니 : 초라하다. 겉모양이 허술하여 보잘 것 없다.

흉년(凶年)은 면치 못하리로다. 몽둥이로 쫓으라."
하니 모든 종들이 큰 막대로 내쫓으니 소저(小姐) 인사(人事)를 버리고 달아나니 그 거동(擧動)을 보고 크게 웃더라. 소저(小姐)가 쫓기어 가다가 논두렁에 숨었다가 밤이 든 후에 그 밖으로 나오니 인적(人跡)이 없거늘 그제야 장자(長子)집 대문 밖에 상직막(上直幕)이 있는지라. 소저(小姐)가 그 막(幕)에 들어가 앉았더니 장자집 유모(乳母)가 저녁밥을 먹은 후 밥을 많이 받아 가지고 제 집으로 나오다가 상직막(上直幕)에 인적(人跡)이 있는지라. 유모(乳母)가 자세히 보니 저녁때 쫓은 몽달이라. 놀라 남정(男丁)을 불러 내쫓으려 하다가 다시 생각하되,
"사람이 악질(惡疾)을 얻어서 그러

〈30〉

하지 설마 귀신이랴."
하고 물어 왈(曰),
"네 사람인가? 귀신인가?"
하되 소저(小姐)는 크게 놀라 두 번 절하고 왈(曰),
"덕분에 살려 주옵소서. 내 어찌 귀신이리이까? 사람이옵더니 팔자(八字)가 기박(奇薄)하여 바람을 맞아 병신(病身)이 되었나이다. 이러하기에 얻어 먹지도 못하고 쫓기어 다니나이다. 바라건대 죽게 된 사람을 밥을 얻어 구제(救濟) 하옵소서."
하니 유모(乳母)가 그 경상(景狀)을 본즉 참혹(慘酷)한지라.
가졌던 밥을 그릇 채 주니 백 번 사례(謝禮)하고 그 밥을 다 먹고 부친(父親)과 황생(黃生)을 생각하고 슬픔을 이기지 못하더라.
비단에 싸였던 손목을 내어 보니 형용(形容)이 조금도 변치 않고 초라하니 가련(可憐)하더라. 문득 서(西)녁 땅에서 큰 호랑이가 오더니 소저(小姐)의 앞에 와 앉으니, 소저(小姐)가 크게 놀라 기절(氣絶)하였다가

이윽고 인ᄉᆞ을 ᄎᆞ려 왈, "저 즘싱아 듯거라. ᄂᆡ 이제 거처업시 단니다가 이 흉헌 병신니 되엿기로 어더 먹도 못ᄒᆞ고 쥬림을 이긔지 못ᄒᆞ여 단니던니 ᄂᆡ 이제 너을 만나니 너는 구복을 치우려 ᄒᆞ거니와 나는 다만 부모와 황싱을 만나보지 못ᄒᆞ고 이제 네게 죽게 되니 슬푸거니와 어서 ᄌᆞ바 먹으라." ᄒᆞ니

〈31〉

그 범이 일은 말을 듯고 오리 안져짜가 밤이 깁흔 후의 문득 ᄒᆞᆫ ᄌᆡ죠허더니 화하여 션여되여 녹의홍상[197]ᄒᆞ고 촉불을 발키고 한 손의 뷰용향[198]을 들고 두 번 절ᄒᆞ고 엿ᄌᆞ오ᄃᆡ, "소녀는 천상 광한전[199]의 부리시든니 상제의 명을 밧ᄌᆞ와 소제을 인도허려 왓ᄉᆞ오니 소제는 염녀치 마ᄋᆞᆸ소서." 소제 답 왈, "나는 인간의 미천헌 ᄉᆞ람이라. 상제게옵서 나를 엇지 아ᄋᆞᆸ시고 인도허라 ᄒᆞ시며 ᄂᆡ 오날날 이 집의 들어오는 거동을 보고 ᄂᆡ여 쫏거늘 쫏기여 갈 ᄃᆡ 업ᄉᆞ와 이 막의 잇삽던니 선녀게ᄋᆞᆸ서 이러틋 더러온 인싱을 구제코저 ᄒᆞ오시니 불승감격[200]ᄒᆞ오신 은덕이야 엇지 부모의서 다름이 잇ᄉᆞ올이잇가?" 선녀 답 왈, "ᄂᆡ가 소제을 구제ᄒᆞ미 안니요. 상제 명을 밧자와 왓ᄉᆞ오니 소제은 ᄉᆞ례치 마ᄋᆞᆸ소서."

---

197) 녹의홍상(綠衣紅裳) : 연두 저고리에 다홍 치마. 곧 '젊은 여자의 곱게 차린 행색'을 뜻함.

198) 뷰용향(芙蓉香) : 혼인 때에 피우던 향의 한 가지. 주위를 정화, 잡귀를 쫓아 내기 위한 향.

199) 광한전(廣寒殿) : 달 속에 있다고 전하는 항아(姮娥)가 사는 전각(殿閣). 광한궁(廣寒宮). 광한부(廣寒府). 註 19) 참조.

200) 불승감격(不勝感激) : 마음에서 일어나는 감동을 이기지 못함.

이윽고 인사(人事)를 차려 왈(曰),

"저 짐승아 듣거라. 내 이제 거처(居處)없이 다니다가 이 흉(凶)한 병신(病身)이 되었기에 얻어 먹지도 못하고 주림을 이기지 못하여 다니더니 내 이제 너를 만나니 너는 그 배를 채우려 하거니와 나는 다만 부모(父母)와 황생(黃生)을 만나보지 못하고 이제 네게 죽게 되니 슬프거니와 어서 잡아 먹으라." 하니

〈31〉

그 범이 이런 말을 듣고 오래 앉았다가 밤이 깊은 후에 문득 한 재주하더니 화(化)하여 선녀(仙女)가 되어 녹의홍상(綠衣紅裳)하고 촛불을 밝히고 한 손에 부용향(芙蓉香)을 들고 두 번 절하고 여쭈되,

"소녀(小女)는 천상(天上) 광한전(廣寒殿)에 부리시더니 상제(上帝)의 명(命)을 받자와 소저(小姐)를 인도하려 왔으니 소저(小姐)는 염려(念慮)하지 마시옵소서."

소저(小姐) 답(答) 왈(曰),

"나는 인간(人間)의 미천(微賤)한 사람이라. 상제(上帝)께옵서는 나를 어찌 아시고 인도(引導)하라 하시며 내 오늘 이 집에 들어오는 거동(擧動)을 보고 내어 쫓거늘 쫓기어 갈 데 없어 이 막(幕)에 있었더니 선녀(仙女)께서 이렇게 더러운 인생(人生)을 구제(救濟)하려고 하시니 불승감격(不勝感激)하오신 은덕(恩德)이야 어찌 부모(父母)에서 다름이 있사오리까?"

선녀가 답(答) 왈(曰),

"내가 소저(小姐)를 구제(救濟)하는 것이 아니오. 상제(上帝)의 명(命)을 받잡고 왔사오니 소저(小姐)는 사례(謝禮)하지 마옵소서."

ᄒᆞ고 ᄒᆞᆫ 봉류[201]약과 ᄒᆞᆫ 옥병을 닉여 노으며 소제다려 왈 "이 약을 잡슈시옵소서." 소제 왈 "이 약이 아모리 신통ᄒᆞ온들 부러진 팔과 보지 못ᄒᆞ는 눈과 오고라진 팔다리와 만신창질[202]이 나을 길이 잇ᄉᆞ올리가?" 션여 왈, "부러진 슈족

〈32〉

도 잇습나이가?" 소제 왈, "부모의 혈육인고로 바라지 못ᄒᆞ고 가지고 단기나이다." 하고 닉여 노흐니 션녜 그 ᄉᆞᆫ목을 바다 부러진 팔의 딕이고 그 약을 옥병의셔 물을 ᄲᅡ아 먹으니 쇼제 혼곤ᄒᆞ여 잠간 잠을 들어ᄶᅡ가 ᄭᅵ여 보니 팔이 완연ᄒᆞ고[203] 만신이 허물이 벗고 살빗치 예와 갓흔지라. 션녜 머리를 갈닉여 빗기고 옥함으로셔 의복을 닉여 입피니 세사의 보지 못ᄒᆞ든 의복이라. 구름갓튼 머리을 진쥬투심[204]으로 ᄊᆞ미고 녹의홍상으로 타옥쇼릭 정정ᄒᆞ니[205] 경셩집의 이슬 적이의셔 빅승ᄒᆞ더라.[206] 잇ᄯᅢ 쇼제의 나히 이십 세라. 옥안화틱 반공의 어려 잇고[207] 아리ᄯᅡ온 긔상은 암암ᄒᆞ니[208] ᄉᆞ람의 눈니 부시여 바로 보지 못헐너라. 천ᄉᆞᆼ 상제 ᄋᆞᆸ히셔

---

201) 봉류(蜂瘻) : 감병(疳病)의 한 가지. 살에 벌집 모양의 구멍이 많이 나고 고름이 늘 흐르는 병.

202) 만신창질(滿身瘡疾) : 온 몸에 퍼진 부스럼병.

203) 완연(完然)ᄒᆞ고 : 흠이 없이 완전하고.

204) 진주투심(眞珠套心) : 진주로 만든 머리장식.

205) 정정(丁丁)ᄒᆞ니 : 나무를 베는 소리, 바둑을 두는 소리, 물시계의 소리 등 작은 소리를 표현하는 말.

206) 경셩(京城)집의 … 빅승(百勝)ᄒᆞ더라 : 경성집에 있을 때보다 더욱 아름답더라.

207) 옥안화틱(玉顔花態) … 어려 잇고 : 옥같은 얼굴과 꽃같은 태도는 반공중(半空中)에 어리어 있고.

208) 암암ᄒᆞ니 : 잊혀지지 아니하고 가물가물 보이는 듯하다.

하고 한 봉루약(蜂瘻藥)과 한 옥병(玉瓶)을 내어 놓으며 소저(小姐)에게 왈(曰),

"이 약을 잡수시옵소서."

소저(小姐) 왈(曰),

"이 약이 아무리 신통(神通)한들 부러진 팔과 보지 못하는 눈과 오그라진 팔다리와 만신창질(滿身瘡疾)이 나을 길이 있사오리까?"

선녀(仙女) 왈(曰),

"부러진 수족(手足)

〈32〉

도 있습나이까?"

소저(小姐) 왈(曰),

"부모의 혈육(血肉)인 고(故)로 버리지 못하고 가지고 다니나이다." 하고 내어 놓으니 선녀(仙女)가 그 손목을 받아 부러진 팔에 대고 그 약을 옥병(玉瓶)에서 물을 따라 먹이니 소저(小姐) 혼곤(昏困)하여 잠깐 잠이 들었다가 깨어보니 팔이 완연(完然)하고 만신(滿身)이 허물을 벗고 살빛이 예와 같은지라.

선녀가 머리를 가려어 빗기고 옥함(玉函)에서 의복(衣服)을 내어 입히니 세상에서 보지 못하던 의복(衣服)이라.

구름같은 머리를 진주투심으로 꾸미고 녹의홍상(綠衣紅裳)으로 타옥(打玉)소리가 정정(丁丁)하니 경성(京城)집에 있을 때보다 백승(百勝)하더라. 이때 소저(小姐)의 나이가 이십 세이라. 옥안화태(玉顏花態) 반공(半空)에 어려 있고 아리따운 기상은 암암하니 사람의 눈이 부시어 바로 보지 못하겠더라. 천상(天上) 상제(上帝) 앞에서 츌입ᄒᆞ는 형상일너라.

쇼졔 마음의 깃거 션여을 ᄯᅡ라가니 졀든 다리 싀롭고 읏든 팔이 여전ᄒᆞ더라. 장ᄌᆞ집 ᄉᆞ랑으로 드러가니 션네 홍촉[209]을 발키고 두 번 졀ᄒᆞ고 엿ᄌᆞ

〈33〉

오ᄃᆡ, "황제의 명을 바다 소졔을 인도ᄒᆞ여 왓ᄉᆞ오니 이제는 가실 곳지 업ᄉᆞ오니 이 집에서 시부모을 셤길 거시니 아모 일이라도 싀양치 마옵소서. 구 십 세의 광한전으로 오실 거시니 그 ᄯᅢ의 서로 만나 보ᄉᆞ이다." ᄒᆞ고, "소제 이리 오실 제의 천보ᄉᆞ 화쥬승의 황금 시쥬ᄒᆞ여 계시기로 화쥬 그 황금으로 부처의 ᄀᆡ금[210]ᄒᆞ엿던니 그 부처는 황금보살인 고로 저번 남약산 잔치허니 소제의 상제게 어진 말솜을 알외와 아들 아홉과 ᄯᆞᆯ 여섯슬 정ᄒᆞ엿난니 오라지 안니 ᄒᆞ여서 귀히 되올이라" ᄒᆞ고 ᄒᆞ직을 헌 후의 방문을 열고 나가거늘 다시 본즉 간 ᄃᆡ 업더라. 잇ᄯᅢ는 십월이 되여 눈이 만니 왓는지라. 장ᄌᆞ집 종이 비을 들고 ᄉᆞ랑 압헤 눈을 씨더니 방을 본직 예업던 빗치 황홀ᄒᆞ건늘 나아가 문틈으로 엿보니 엇던 ᄒᆞᆫ 여지 단장을 정히ᄒᆞ고 안저거늘 안으로 들어가 장ᄌᆞ계 엿ᄌᆞ온지 장ᄌᆞ 고히 여계 나가 본직 과연 세상의 보지 못ᄒᆞ던 ᄉᆞ람일너라. 문득 종다려 이로ᄃᆡ "이는 천상선녀 ᄂᆡ린가[211] 십고 인간 ᄉᆞ람은 안인 듯ᄒᆞ니 우리 부처

---

209) 홍촉(紅燭) : 붉게 만든 초.

210) ᄀᆡ금(改金) : 금을 다시 입힘.

211) ᄂᆡ린가 : 내려왔는가.

출입(出入)하는 형상(形狀)이더라.

소저(小姐)가 마음이 기뻐 선녀(仙女)를 따라가니 절던 다리가 새롭고 없던 팔이 여전(如前)하더라. 장자(長子)집 사랑으로 들어가니 선녀(仙女)가 홍촉(紅燭)을 밝히고 두 번 절하고 여쭈

〈33〉

오되,

"황제(皇帝)의 명(命)을 받아 소저(小姐)를 인도(引導)하여 왔으니 이제는 가실 곳이 업사오니 이 집에서 시부모를 섬길 것이니 아무 일이라도 사양(辭讓)치 마옵소서. 구 십 세에 광한전(廣寒殿)으로 오실 것이니 그 때에 서로 만나 보사이다."

하고,

"소저(小姐)가 이리 오실 때에 천보사 화주승(化主僧)에게 황금(黃金)을 시주(施主)하여 계시기로 화주(化主)가 그 황금(黃金)으로 부처를 개금(改金)하였더니 그 부처는 황금보살(黃金菩薩)인 고(故)로 저번 남악산(南嶽山) 잔치를 하실 때 소저를 상제(上帝)에게 어진 말씀을 아뢰어 아들 아홉과 딸 여섯을 정(定)하였으니 오래지 않아 귀(貴)히 되오리라."

하고 하직(下直)한 후에 방문을 열고 나가거늘 다시 보니 간 데가 없더라.

이때는 시월(十月)이 되어 눈이 많이 왔는지라. 장자(長子)집 종이 비를 들고 사랑 앞에 눈을 쓸더니 방을 본즉 예전에 없던 빛이 황홀(恍惚)하거늘 나아가 문틈으로 엿보니 어떤 여자(女子)가 단장(丹粧)을 정(淨)히 하고 앉아 있으니 안으로 들어가 장자(長子)께 여쭈니 장자(長子)가 괴(怪)히 여겨 나가보니 과연 세상에 보지 못하던 사람이 있더라. 문득 종에게 이르되,

"이는 천상(天上) 선녀(仙女)가 내려왔는가 싶고 인간세상의 사람은 아닌 듯하니 우리 부처(夫妻)

〈34〉

비온 후의 너의도 ᄎᆞ레로 문안허라.” ᄒᆞ고 장ᄌᆞ 부처 뵈ᄋᆞᆸ고 엿ᄌᆞ오ᄃᆡ, “인간 미거[212]헌 ᄉᆞ람이 선녀계ᄋᆞᆸ신ᄃᆡ 방ᄌᆞ이 드러와 뵈오니 허물치 마ᄋᆞᆸ소서.” ᄒᆞ고 드러오거늘 소제 두 번 절ᄒᆞ고 엿ᄌᆞ오ᄃᆡ, “날갓튼 소녀을 엇지 이ᄃᆡ도록 관ᄃᆡ[213]ᄒᆞ시나잇가. 두 분은 염예치 마ᄋᆞᆸ소서.” ᄒᆞ니 장ᄌᆡ 가로ᄃᆡ, “선녀계ᄋᆞᆸ서 이갓치 말ᄉᆞᆷᄒᆞ오시니 불승황공[214]ᄒᆞ여이다.” ᄒᆞ고 쥬안상을 드리거늘 소제 달포[215] 쥬리든 ᄎᆞ의 음식을 바라 놋코 마음의 흠흠ᄒᆞ나[216] ᄌᆞ연 비감[217]ᄒᆞᆫ 마음을 금치 못ᄒᆞ더라. 쥬안상을 물녀 닌 후 장ᄌᆞ 나와 가로ᄃᆡ “옥황제 나을 불상이 아시고 선녀을 ᄂᆡ리시와 나의 며나리을 숨게 ᄒᆞ엿ᄯᅩ다.” ᄒᆞ니 장ᄌᆞ 노쳐 답 왈 “인간 쳔인니 이런 쇼ᄅᆡ을 ᄒᆞ다가 별악 맛ᄉᆞ오리다.” ᄒᆞᆫᄃᆡ 장ᄌᆡ 왈, “옥황상졔게ᄋᆞᆸ셔 이 곳슬로 보ᄂᆡ실졔 분명이 나의 며나리을 되게 지시ᄒᆞ시미니 그ᄃᆡ는 조금도 염여치 말나.” ᄒᆞ고 질기더라.[218] 목장ᄌᆡ 볼ᄃᆡ 어려셔부터 남의게 죠흔일을 마니 ᄒᆞ

212) 미거(未擧) : 철이 안나고 사리에 어두움.
213) 관ᄃᆡ(寬待) : 너그럽게 대접함.
214) 불승황공(不勝惶恐) : 지위나 위엄에 눌리어서 두렵고 무서움을 이기지 못함.
215) 달포 : 한 달 이상이나 되는 기간.
216) 흠흠ᄒᆞ나 : 만족스러우나.
217) 비감(悲感) : 슬픈 느낌.
218) 질기다 : 즐거워하다.

〈34〉

뵈온 후에 너희도 차례로 문안(問安)하라."
하고 장자(長子) 부처(夫妻) 뵙고 여쭈되,
"인간 미거(未擧)한 사람이 선녀(仙女)께옵서 계신 곳에 방자(放恣)하게 들어와 뵈오니 허물치 마옵소서."
하고 들어오거늘 소저(小姐)가 두 번 절하고 여쭈되,
"나같은 소녀를 어찌 이렇게 관대(寬待)하시나이까. 두 분은 염려(念慮)하지 마옵소서."
하니 장자(長子) 가로되,
"선녀(仙女)께서 이렇게 말씀하시니 불승황공(不勝惶恐)하나이다."
하고 주안상(酒案床)을 드리니 소저(小姐)는 한 달 이상 주리던 차에 음식을 받아 놓고 마음이 흠흠하나 자연(自然) 비감(悲感)한 마음을 금(禁)치 못 하더라.

주안상(酒案床)을 물려 낸 후 장자(長子) 나와 이르되,
"저 옥황상제(玉皇上帝)가 나를 불쌍히 여겨 선녀(仙女)를 내리시어 나의 며느리를 삼게 하였도다."
하니 장자(長子) 노처(老妻) 답(答) 왈(曰),
"인간(人間) 천인(賤人)이 이런 소리를 하다가 벼락을 맞사오리다."
하니 장자(長子) 왈(曰),
"옥황상제(玉皇上帝)께서 이 곳으로 보내실 때 분명히 나의 며느리를 되게 지시(指示)하신 것이니 그대는 조금도 염려(念慮)치 말라."
하고 즐기더라.

목장자(長子)가 본디 어려서부터 남에게 좋은 일을 많이 하

〈35〉

엿난 고로 상졔 긔특이 여기ᄉᆞ 남ᄌᆞ을 졈지ᄒᆞ고 ᄯᅩ 며나리 일 순금 소졔로 졈지ᄒᆞ여난지라. 일로 볼지던 엇지 불상ᄒᆞᆫ ᄉᆞ룸를 구졔치 안니 ᄒᆞ리요. ᄌᆞ연 십여 일이 되믜 일일은 장지 마음 돌갓치 먹고 낭ᄌᆞ의 방의 드러가 엿ᄌᆞ오되, "다름이 안니라 쳔ᄒᆞᆫ ᄌᆞ식이 잇삽더니 잇ᄯᅥᆨ가지 장가을 드리지 못ᄒᆞ엿ᄉᆞ오니 불감ᄒᆞ옵거니와 나의 며나리 되옵기 엇더ᄒᆞ오시니잇가?" 소졔 이 말을 듯고 일변 붓그럽고 일변 감창[219]허물 이긔지 못ᄒᆞ여 스스로 말ᄒᆞ되, "선녀 갈 ᄯᅥᆨ의 아모 말이라도 ᄉᆞ양치 말나 ᄒᆞ고 간 일을 ᄉᆡᆼ각ᄒᆞ고 ᄯᅩ 이 집의셔 늘그리라 허엿시니 할일 업도다." ᄒᆞ고 허락ᄒᆞ니 장지 츔츄며 나와 노처다려 혼ᄉᆞ일을 말헌니 노처 ᄯᅩ한 깃거ᄒᆞ더라. 직시 턱일ᄒᆞ여 날이 십여 일이 격ᄒᆞ엿는지라.[220] 길일이 다달아 전안교비[221]헐시 일가 친척이며 노숙 등이 인물을 보고 칭찬 안니리 업더라. 서산의 날이 저물믜 신부방의 신랑을 드려보ᄂᆡ려 ᄒᆞᆫ직 신랑이 간 듸 업거늘 장지 고히 여계 두로 ᄎᆞ지니 선이 겁을 ᄂᆡ여

〈36〉

뒤싼의 슴어시니 용우헌지라.[222] 장지 선에 손목을 잡아

219) 감창(感愴) : 감모(感慕)하는 마음이 움직여 슬픔. 또는 느꺼워서 슬픔.
220) 격(隔)ᄒᆞ엿는지라 : 지났는지라.
221) 전안교비(奠雁交配) : 혼인 때 기러기 한 쌍을 둔 상(床)을 앞에 두고 신랑과 신부가 서로 절을 주고 받는 예. 결혼식.
222) 용우(庸愚)헌지라 : 용렬하고 어리석은지라.

〈35〉

였는 고(故)로 상제(上帝)께서 기특(奇特)하게 여겨 남자(男子)를 점지(點指)하고 또한 며느리로 순금 소저(小姐)로 점지(點指)하였는지라. 이로 볼진대 어찌 불쌍한 사람을 구제(救濟)하지 않으리오.

자연(自然) 십여 일이 되니 일일(一日)은 장자(長子)가 마음을 돌같이 먹고 낭자의 방에 들어가 여쭈되,

"다름이 아니라 천(賤)한 자식이 있삽더니 이때까지 장가를 들이지 못하였으니 불감(不敢)하옵거니와 나의 며느리가 되는 것이 어떠하오시니까?"

소저(小姐)가 이 말을 듣고 한편으로는 부끄럽고 한편으로 감창(感愴)함을 이기지 못하여 스스로 말하되,

"선녀(仙女) 갈 때에 아무 말이라도 사양(辭讓)치 말라 하고 간 일을 생각하고 또 이 집에서 늙으리라 하였으니 할 일 없도다."

하고 허락(許諾)하니 장자(長子) 춤추며 나와 노처(老妻)에게 혼사(婚事)일을 말하니 노처(老妻) 또한 기뻐하더라.

즉시 택일(擇日)하여 날이 십여 일이 격(隔)하였는지라. 길일(吉日)이 다다라 전안(奠雁) 교배(交拜)할새 일가(一家) 친척(親戚)이며 노숙(老宿) 등이 인물(人物)을 보고 칭찬(稱讚)하지 않는 사람이 없더라.

서산(西山)에 날이 저물매 신부(新婦)방에 신랑(新郎)을 들어 보내려 하니 신랑(新郎)이 간 데 없거늘 장자(長子)가 괴(怪)히 여겨 두루 찾으니 선이 겁을 내어

〈36〉

뒷간에 숨었으니 용우(庸愚)한지라. 장자(長子)가 선의 손목을 잡아

신부의 방의 들여 보닉니 선이 울며 왈, “아바님 날 살녀 주시옵소서. 닉 춤아 그 아가씨 방의 드러가지 못ᄒᆞ기시니 손목을 노압소서.” ᄒᆞ니 장지 왈, “닉 아들아 우지마라. 네 쥭을 곳슬 드러가라 ᄒᆞ리요. 네 그 방의 드러가면 조흔 경ᄉᆞ 잇슬이라.” ᄒᆞ고 안아다가 시부방의 듸려보닉니 선이 우름을 근치지 안니ᄒᆞ고 겁결의 낭ᄌᆞ을 보고 겁닉여 북편 구석의 두 손으로 일골을 가리고 업듸여 벌벌 썰며 움작이지 못ᄒᆞ거늘 낭ᄌᆞ 그 거동을 보고 기피 한심 쉬고 혼ᄌᆞ말노 “슬푸다! 일국 승상의 짤이 저러헌 미천헌 것이 비필이 될 쥴을 엇지 뜻ᄒᆞ여슬이요. 그러나 천정[223]이니 ᄒᆞ일 업도다.” ᄒᆞ고 슈질침지[224]을 ᄒᆞ다가 밤이 깁헌는지라. 금침을 페고 섬섬옥슈[225]로 선의 손목을 덥석 잡아 한가로 누어 ᄌᆞ려 ᄒᆞ니 선이 크게 놀나 소릐허여 왈, “나는 아무 죄 업습고 오날 허온 일도 우리 아바님 타시요. 닉가 이 방의 들어 오기도 우리 아바님 타시오니 바라옵건듸 우

〈37〉

리 아바님을 치거나 쑤짓거나 ᄒᆞ옵소서. 무죄한 나을 잡아 드리지 마옵소서. ᄋᆡ기씨님 덕분의 나을 살녀 주시옵소서. 이러헐 줄 아라시면 철니만니 달아날걸.” ᄒᆞ며 울며 왈, “어마님아 나 쥭기소.” ᄒᆞ고 울거늘 장지 문밧계 섯다가 이로듸, “사람의 이런 일은 예붓터 그러ᄒᆞ니 우지말고 누어 ᄌᆞ거라. 오늘밤만 ᄌᆞ면 관기치 안니 허리라. 낭ᄌᆞ야 그 놈을 쥭이거나 아무려나 ᄒᆞ여라.”

---

223) 천정(天定) : 하늘이 정함.
224) 수(繡)질 침재(針才) : 수놓기와 바느질.
225) 섬섬옥슈(纖纖玉手) : 가늘고 고운 여인의 손.

신부(新婦)의 방에 들여보내니 선이 울며 왈(曰),

"아버님 나를 살려주소서. 내 차마 그 아가씨 방에 들어가지 못하겠으니 내 손목을 놓으소서."

하니 장자(長子) 왈(曰),

"내 아들아, 울지 마라. 네가 죽을 곳을 들어가라 하리오. 네가 그 방에 들어가면 좋은 경사(慶事)가 있으리라."

하고 안아다가 신부방에 들여 보내니 선이 울음을 그치지 아니하고 겁결에 낭자(娘子)를 보고 겁내어 북편(北便) 구석에 두 손으로 얼굴을 가리고 엎드려 벌벌 떨며 꼼짝이지 못하니 낭자 그 거동(擧動)을 보고 깊이 한숨쉬고 혼자말로, "슬프다! 일국(一國) 승상(丞相)의 딸이 저러한 미천(微賤)한 것의 배필(配匹)이 될 줄을 어찌 뜻하였으리오. 그러나 천정(天定)이니 할 수 없도다."

하고 수(繡)질 침재(針才)를 하다가 밤이 깊었는지라. 금침(衾枕)을 펴고 섬섬옥수(纖纖玉手)로 선의 손목을 덥석 잡아 한가로이 누워 자려 하니 선이 크게 놀라 사죄(謝罪)하여 왈(曰),

"나는 아무 죄(罪)가 없고 오늘 하는 일도 우리 아버님 탓이오. 내가 이 방에 들어온 것도 우리 아버님 탓이니 바라옵건대 우

〈37〉

리 아버님을 치거나 꾸짖거나 하옵소서. 무죄(無罪)한 나를 잡아 들이지 마옵소서. 애기씨님 덕분에 나를 살려 주시옵소서. 이러할 줄을 알았으면 천리만리(千里萬里) 달아날 것을." 하며 울어 왈(曰),

"어머님아, 나 죽겠소."

하고 울거늘 장자(長子)가 문밖에 섰다가 이르기를,

"사람의 이런 일은 예부터 그러하니 울지 말고 누워 자거라. 오늘밤만 자면 관계(關係)치 아니하리라. 낭자(娘子)야, 그 놈을 죽이거나 아무려나 하여라."

ᄒᆞ고 안으로 들어가니 장지 팔ᄌᆞ을 한[226]ᄒᆞ고 안졋더니, 선이 ᄋᆡ비 말을 듯고 더욱 쥭길가 ᄒᆞ여 울기을 끈치지 안니 허거늘 낭지 붓들어 옷슬 ᄎᆞ레로 벅기고 금침의 고이 누이니 선이 아모 말도 못ᄒᆞ고 마음의 '설마 나을 쥭일가 ᄒᆞ엿더니 옷슬 벅기고 고이 누의니 관계치 안니허다.' ᄒᆞ고 누엇더니 낭지 촉불 압회 안저 물어 왈, "그ᄃᆡ 성향[227]이 어ᄃᆡ요?" 선이 답 왈, "성양[228]은 접ᄃᆡ 장의 가서 만니 ᄉᆞ다가 씨고 조곰 나마나니라." 낭ᄌᆞ 왈, "본[229]이 어ᄃᆡ요?" 선이 왈, "본은 무어신쥴 모르나니다." 낭자 문 왈, "부친의 연세는 아너닛가?" 선이 답 왈, "어려슬 제의 연셋도[230] ᄒᆞ여쥬고 ᄒᆞ더니 지금은 한나토 아니ᄒᆞ여 쥬나니다." 낭ᄌᆞ "나희 얼마나

〈38〉

되나닛가."[231] 선이 답 왈, "일곱 살이로소이다." 낭ᄌᆞ 어이 업서 이윽히 잇다가 ᄯᅩ 문 왈, "그ᄃᆡ 나흔 을마요?" 선이 답 왈 "ᄂᆡ 나흔 이십 세로소이다." 낭ᄌᆞ 우문 왈, "그ᄃᆡ 안ᄒᆡᆼ[232]이 몃 분이나 되나닛가?" 선이 답 왈, "우리집의 ᄃᆡ독 소독 즁두리[233] 바탕[234]이며 항아리 합

---

226) 한(恨)ᄒᆞ고 : 한탄(恨歎) 하고.

227) 성향(姓鄕) : 개인의 시조(始祖)가 난 곳. 관향(貫鄕).

228) 성양 : 석유황(石硫黃). 마찰에 의하여 불을 켜는 물건의 한 가지.

229) 본(本) : 여기서는 관향(貫鄕)과 같은 뜻.

230) 연셋도 : 연세(年歲). 해마다.

231) 낭ᄌᆞ "나흔 을마나…되나닛가?" : 낭자 뒤에는 '우문(又問) 왈(曰)'이라는 말이 생략된 것으로 보인다.

232) 안ᄒᆡᆼ(雁行) : 안행(雁行)은 기러기의 행렬(行列)이라는 뜻으로 '남의 형제'를 높여 부르는 말.

233) ᄃᆡ(大)독 소(小)독 즁(中)두리 : 큰 오지 그릇, 작은 오지 그릇, 독보다 좀 작고 배가 부른 오지 그릇.

234) 바탕 : '바탱이'의 오기(誤記). 오지 그릇의 한 가지. 중두리와 비슷하나 배가 더 나오고 아가리가 좁고 작음.

하고 안으로 들어가니 장자(長子)가 팔자(八字)를 한(恨)하고 앉았더니, 선이 아비말을 듣고 더욱 죽일까하여 울기를 그치지 않거늘 낭자(娘子)가 붙들어 옷을 차례로 벗기고 금침(衾枕)에 고이 누이니 선이 아무 말도 못하고 마음에

'설마 나를 죽일까 하였더니 옷을 벗기고 고이 누이니 관계치 아니하다.'

하고 누웠더니 낭자(娘子)가 촛불 앞에 앉아 물어 왈(曰),

"그대 성향(姓鄕)이 어디오?"

선이 답(答) 왈(曰),

"성냥은 접때 장(場)에서 많이 사다가 쓰고 조금 남았나이다."

낭자 왈(曰), "본(本)이 어디오?"

선이 왈(曰), "본(本)은 무엇인 줄 모르나이다."

낭자가 문(問) 왈(曰), "부친의 연세(年歲)는 아니이까"

선이 답(答) 왈(曰), "어렸을 적에는 연세(年歲)도 하여주고 하더니 지금은 하나도 아니하여 주나이다."

낭자

"나이가 얼마나

〈38〉

되나니까"

선이 답(答) 왈(曰), "일곱 살이로소이다."

낭자가 어이가 없어 이윽히 있다가 또 문(問) 왈(曰), "그대 나이는 얼마요?" 선이 답(答) 왈(曰) "내 나이는 이십 세로소이다." 낭자 또 물어 왈(曰),

"그대 안행(雁行)이 몇 분이나 되나이까?"

선이 답(答) 왈(曰), "우리집의 대독 소독 중두리 바탕[235]이며 항아리 합

ᄒᆞ여 이빅 ᄀᆡ 되나니다." 소제 이 말을 듯고 탄식 왈, "동싱이 몃치 나 되나닛가?" 선이 왈 "동싱도 업고 나혼ᄌᆞ 쁜이로소이다." 낭ᄌᆞ ᄯᅩ 문 왈 "집안 식구가 얼마나 되나닛가?" 선이 왈 "우리집 식구는 오천 명이올시다." 소제 이 말을 듯고 슬푼 마음을 정치 못ᄒᆞ여 ᄌᆞ탄 왈, "슬푸다. 일국 ᄃᆡ정승의 ᄯᆞᆯ이 엇지 저런 무식ᄒᆞᆫ 비필을 정허난고. 아마도 천정연분이니 헐일업다236)." ᄒᆞ고 동침ᄒᆞ니 원앙이 녹슈의 길드림갓고 비취서을 맛남갓더라. 이윽고 동창이 발근지라. 낭ᄌᆞ 선을 다리고 장자 부처계 문안ᄒᆞ니 장ᄌᆞ 일어나 갓치 절ᄒᆞ고 안자니 낭ᄌᆞ 은갓237) 말숨을 알외고 ᄯᅩ 엿ᄌᆞᄃᆡ, "ᄉᆞ람이 세상의 나서 글 한ᄌᆞ도 못ᄒᆞ고 엇지 문호을 보전ᄒᆞ올닛가? 글ᄌᆞ나 가르칠가 ᄒᆞ나니다." 장ᄌᆞ 왈, "그런 미거헌 거슬 엇지 글을 가르치리

〈39〉

요?" 낭ᄌᆞ 왈, "설마 못 허올닛가?" 장지 왈, "가르처 보려 ᄒᆞ거던 가르치라." ᄒᆞ니 낭ᄌᆞ 선을 불너 안치고 이로ᄃᆡ, "ᄂᆡ가 가르치는 거슬 ᄇᆡ우라." ᄒᆞ니 선이 두 손을 마조 잡고 "ᄇᆡ오리다." ᄒᆞᄃᆡ 소제 ᄆᆡ을 압희 놋코 왈, "만일 학업을 심씨지 안니 허면 이 ᄆᆡ로 종아리 치리라. ᄂᆡ 글을 가리치ᄂᆞᆫ ᄃᆡ로 일그라." ᄒᆞᆫᄃᆡ 선이 낭ᄌᆞ의 말ᄃᆡ로 명심불망238)ᄒᆞ여 외여ᄂᆡ니 슈년 ᄂᆡ로 천ᄒᆞ의 문장239)이 되엿ᄂᆞᆫ지라.

---

235) 바탕 : '바탱이'의 오기(誤記). 오지 그릇의 한 가지. 중두리와 비슷하나 배가 더 나오고 아가리가 좁고 작음.

236) 헐일업다 : 할 수 없다. 註 109)번 참조.

237) 갓 : 온갖.

238) 명심불망(銘心不忘) : 마음에 새기고 잊지 아니하여.

239) 천ᄒᆞ(天下)의 문장(文章) : 천하의 제일가는 문장가. 천하에서 글을 잘 하는 사람.

하여 이 백 개 되었나이다."

소저(小姐)가 이 말을 듣고 탄식(歎息)하여 왈(曰),

"동생이 몇이나 되나이까?" 선이 답(答) 왈(曰), "동생도 없고 나 혼자 뿐이로소이다." 낭자 또 문(問) 왈(曰), "집안 식구가 몇이나 되나니까?"

선이 답(答) 왈(曰), "우리집 식구는 오천 명이올시다."

소저(小姐)가 이 말을 듣고 슬픈 마음을 정(停)치 못하여 자탄(自歎) 왈(曰), "슬프다. 일국(一國)의 대정승(大政丞)의 딸이 어찌 저런 무식(無識)한 배필(配匹)을 정(定)하는고. 아마도 천정연분(天定緣分)이니 할 수 없다." 하고 동침(同寢)하니 원앙(鴛鴦)이 녹수(綠樹)에 깃들임 같고 비취새를 만남같더라. 이윽고 동창(東窓)이 밝은지라. 낭자(娘子)가 선을 데리고 장자(長子) 부처(夫妻)께 문안(問安)하니 장자(長子) 일어나 같이 절하고 앉으니 낭자(娘子)가 온갖 말씀을 아뢰고 또 여짜오되, "사람이 세상에 나서 글 한 자도 못하고 어찌 문호(門戶)를 보전(保全)하오리까? 글자나 가르칠까 하나이다." 장자(長子) 왈(曰), "그런 미거(未擧)한 것을 어찌 글을 가르치리

〈39〉

오?" 낭자(娘子) 왈(曰), "설마 못 하오리까?" 장자(長子) 왈(曰), "가르쳐 보려 하거든 가르치라." 하니 낭자(娘子)가 선을 불러 앉히고 이르되, "내가 가르치는 것을 배우라." 하니 선이 두 손을 마주 잡고 "배우리다." 하니 소저(小姐)가 매를 앞에 놓고 왈(曰),

"만일 학업(學業)을 힘쓰지 아니하면 이 매로 종아리를 치리라. 내 글을 가르치는 대로 읽으라."

하니 선이 낭자의 말대로 명심불망(銘心不忘)하여 외워내니 수년(數年) 내로 천하(天下)의 문장(文章)이 되었는지라.

낭ᄌ 마음의 깃거ᄒ던니 잇ᄯ 시화연풍[240]ᄒ여 과거긔별이 잇거늘 낭ᄌ 장ᄌ계 엿ᄌ오ᄃ, "가군의 글이 과거보암직 ᄒ오니 보닐가ᄒ나니라." 장ᄌ 왈, "제 엇지 과거을 보리요. 관광이나 ᄒ미 무방ᄒ다." 하거늘 낭자 직시 과거 소임을 차리고 날을 ᄎ리여[241] 보ᄂ니 선이 부모계 ᄒ직ᄒ고 말계 올나 ᄶ나니라. 즉시 발힝ᄒ여 십여일만의 경성의 들어가 쥬인을 정ᄒ되 늘늬리골 황정승ᄃ 근처의 정ᄒ엿ᄂ지라. 쥬인은 정서원 집일너라. 서원의 망처[242]는 황정승ᄃ 소저의 유모러니 일즉 ᄌ슈[243]ᄒ여 죽고 ᄌ취[244]ᄒ여 유여[245]ᄒ계 지ᄂ드니 이러ᄒᆫ ᄃ 선이야 엇지 알리요.

〈40〉

선이 온 지 오 일만의 한 ᄭᅮᆷ을 이르니 한 여인이 목을 ᄆ고 천연이 선을 불너 왈, "그ᄃ 이 곳의 와서 여러 날 유ᄒ며 처부모을 ᄎᄌ보지 안니 허니 엇지 그다지 무레ᄒ신고. 그ᄃ 날을 ᄯᆯ아가ᄉ이다." 허니 선이 말을 듯고 그 여인을 ᄯ라 들어간니 한 마로 우희 벽장이 잇난ᄃ 그 압히 제상을 놋코 제물과 온갓 긔명[246]이 소담ᄒᆫ지라.[247] 그 벽장으로 그 여인이 들어가든니 그 음식을 ᄎ레로 지버먹고 선다려, "만니 집어 먹으라." ᄒ고 먹든니 이윽고 제상

240) 시화연풍(時和年豊) : 나라가 태평하고 곡식이 잘 됨.
241) ᄎ리여 : 가리어, 택하여.
242) 망처(亡妻) : 죽은 아내.
243) 자슈(自手) : 자기 손으로 목을 매거나 멱을 따서 자살함. 註62) 참조.
244) ᄌ취(再娶) : 다시 장가를 감.
245) 유여(有餘)ᄒ계 : 넉넉함. 여유가 있음.
246) 긔명(器皿) : 살림에 쓰는 그릇들.
247) 소담ᄒᆫ지라 : 탐스러운지라.

낭자(娘子)가 마음에 기뻐하더니 이때 시화연풍(時和年豊)하여 과거기별(科擧寄別)이 있거늘 낭자(娘子)가 장자(長子)에게 여쭈되,

"가군(家君)의 글이 과거(科擧) 보임즉하니 보낼까 하나이다."

장자(長子) 왈(曰),

"저가 어찌 과거(科擧)를 보리오. 관광(觀光)이나 함이 무방(無妨)하다."

하거늘 낭자(娘子) 즉시 과거(科擧) 소임을 차리고 날을 가리어 보내니 선이 부모(父母)께 하직(下直)하고 말에 올라 떠나니라.

즉시 발행(發行)하여 십여 일만에 경성(京城)에 들어가 주인을 정(定)하되 닐늬리골 황정승댁 근처에 정하였는지라. 주인은 정서원 집이더라. 서원의 망처(亡妻)는 황승상(黃丞相) 댁 소저(小姐)의 유모(乳母)러니 일찍 자수(自手)하여 죽고 재취(再娶)하여 유여(有餘)하게 지내더니 이러한 줄 선이야 어찌 알리오.

〈40〉

선이 온 지 오 일만에 한 꿈을 이르니 한 여인(女人)이 목을 매고 천연(天然)히 선을 불러 왈(曰),

"그대 이 곳에 와서 여러 날을 유(留)하며 처부모(妻父母)를 찾아보지 아니 하니 어찌 그다지 무례(無禮)하신고. 그대 나를 따라가사이다."

하니 선이 말을 듣고 그 여인(女人)을 따라 들어가니 한 마루 위에 벽장(壁欌)이 있는데 그 앞에 제상(祭床)을 놓고 제물(祭物)과 온갖 기명(器皿)이 소담한지라. 그 벽장(壁欌)으로 그 여인(女人)이 들어가더니 그 음식을 차례로 집어먹고 선에게,

"많이 집어 먹으라."

하고 먹더니 이윽고 제상

밋히서 곡성이 나니 선이 놀나 찌다르니 한 꿈이라. 이윽고 안으로서 곡성이 나는지라. 목선이 고희 여계 그 꿈을 싱각ᄒᆞ고 "고희ᄒᆞ도다.[248] 낭ᄌᆞ는 하날 션녀로서 날과 비필이 되엿난ᄃᆡ 그 여인 말을 드른직 감히 부모을 찻지 안니 한다 ᄒᆞ고 나을 다리고 그 집안의 들어가 제물 만니 먹이고 그 벽장으로 들어가든 싱각을 ᄒᆞ며 낭ᄌᆞ 나ᄒᆞ고 혼인ᄒᆞᆫ 지 장찻 솜 년이라. 부뷰지간의 날 긔이리요.[249] 아모케나 시죵[250]을 보리라."

〈41〉

하던니 문득 창외[251] 불이 빗치며 절묘한[252] 계집이 음식을 이고 쥬인이 선의계 드리며 왈, "오날이 소인의 망처[253] 긔일[254]인 고로 반깅[255]이나 하엿ᄉᆞ오니 ᄃᆡ소롭지는 못허오나 잡ᄉᆞ와 보시옵소서." ᄒᆞ니 선이 문 왈, "그ᄃᆡ 망처라 ᄒᆞ니 그 몸의 ᄌᆞ식이 몃치나 되는다?" 쥬인이 답 왈, "ᄌᆞ식은 다만 아들 ᄒᆞᆫ나만 나코 죽엇나이다." 선이 왈, "그대 망처가 죽을 ᄭᅢ의 목을 ᄆᆡ여 죽어서 졔ᄉᆞ지ᄂᆡᆯ 제 향촉[256]업시 지ᄂᆡ왓난다?" 쥬인이 왈, "과연 망처 죽기는 계항[257]ᄒᆞ여 죽삽고 소인이 미천ᄒᆞ와 미처 싱각지 못ᄒᆞ와 향촉업시 졔ᄉᆞ를 지ᄂᆡ거니와 힝차[258]계옵서 엇지 제 집안일을 아옵시나잇가?"

---

248) 고희(怪異)ᄒᆞ도다 : 이상 야릇하다.
249) 부뷰지간(夫婦之間)의 날 긔(欺)이리요 : 부부사이에 나를 속이리오.
250) 시종(始終) : 처음과 끝.
251) 창외(窓外) : 창 밖.
252) 절묘(絶妙)한 : 아주 기묘한.
253) 망처(亡妻) : 죽은 처(妻)를 이르는 말.
254) 긔일(忌日) : 해마다 돌아오는 제삿날. 사람이 죽은 날.
255) 반깅(飯羹) : 밥과 국.
256) 향촉(香燭) : 제사나 불공 때에 쓰는 향과 초.
257) 계항(繫項) : 목을 맴.

밑에서 곡성(哭聲)이 나니 선이 놀라 깨달으니 한 꿈이라.

이윽고 안에서 곡성(哭聲)이 나는지라. 목선이 괴이(怪異)하게 여겨 그 꿈을 생각하고

"괴이(怪異)하도다. 낭자는 하늘 선녀(仙女)로서 나와 배필(配匹)이 되었는데 그 여인(女人)의 말을 들은즉 감(敢)히 부모(父母)를 찾지 않는다 하고 나를 데리고 그 집에 들어가 제물(祭物)을 많이 먹이고 그 벽장(壁欌)으로 들어가던 생각을 하며 낭자(娘子) 나하고 혼인(婚姻)한 지 장차 삼 년이라. 부부지간(夫婦之間)에 무엇을 속이리오. 아무렇게나 시종(始終)을 보리라."

〈41〉

하더니 문득 창외(窓外)에 불이 비치며 절묘(絶妙)한 계집이 음식(飮食)을 이고 주인(主人)이 선에게 드리며 왈(曰),

"오늘이 소인(小人)의 망처(亡妻) 기일(忌日)인 고(故)로 반갱(飯羹)이나 하였사오니 대수롭지는 못하오나 잡사와 보시옵소서."

하니 선이 문(問) 왈(問),

"그대 망처(亡妻)라 하니 그 몸의 자식이 몇이나 되는가?"

주인이 답(答) 왈(答), "자식은 다만 아들 하나만 낳고 죽었나이다."

선이 왈(曰),

"그대 망처(亡妻)가 죽을 때에 목을 매어 죽어서 제사(祭祀)지낼 때 향촉(香燭)없이 지내 왔는가?"

주인이 왈(曰),

"과연(果然) 망처(亡妻) 죽기는 계항(繫項)하여 죽삽고 소인이 미천(微賤)하와 미처 생각지 못하여 향촉(香燭) 없이 제사(祭祀)를 지내거니와 행차(行次)께옵서 어찌 제 집안 일을 아시옵니까?"

---

258) 힝차(行次) : '웃어른이 길 가는 것'을 높여 부르는 말. 여기서는 그렇게 행차한 사람을 말한다.

선이 왈, "닉 ᄌᆞ연 알거니와 악가 밧그로 나가던 소연은 뉘고?" 쥬인이 답 왈, "그 소년은 이 뒤 황승상 딕 서방님이옵던니, 망처 젓시 유족ᄒᆞ기로[259] 그 소년 믹씨 그 젓슬 먹고 ᄌᆞ랏사오니 그러무로 그 소년이 유모를 친모와 다름업시 여기시고 믹양 그날이면 덜어이 안니 여기시고 손수 옵시와 보살피시고 제ᄉᆞ를 지닉고 음식을 ᄎᆞ리며 친이 ᄒᆞ시나이다." 선이 답 왈, "그리면 그 소년의 누의님은 죽

〈42〉

엇는가, 시집을 가 계신가?" 쥬인이 츄연[260]이 장탄 왈, "그 소년의 누의님은 팔ᄌᆞ 긔박하여 친모를 일즉 여히고 계모 정씨를 만나믹 정씨 어질지 못ᄒᆞ와 소제를 손목 찍어 닉치니 그 후의 어딕 가 죽엇는지 살앗는지 이쎠거지 사싱거처를[261] 모르옵나이다." 선이 이 말을 듯고 싱각ᄒᆞ되, "낭ᄌᆞ가 황승상의 쌀노셔 닉치여 그 길노 닉집의 왓든가? 실노 그러ᄒᆞ면 손목을 찍엇다 ᄒᆞ는딕 손목이 완연ᄒᆞ리오." 그 쉼말을 쥬인에계 낫낫치 말ᄒᆞ니 쥬인이 이 말을 듣고 왈, "고히ᄒᆞ도다. 낭ᄌᆞ 분명이 죽어실 거시요, 닉 망처도 이 ᄉᆞ람더러 이럿터시 일너시리요. 종ᄎᆞ 알 도리 잇슬가?" ᄒᆞ고 음식을 먹더니라. 이후로붓터 쥬인이 유의ᄒᆞ여 극진니 대딕ᄒᆞ고 선이 쏘한 황싱을 유렴[262]ᄒᆞ더라.

---

259) 유족(有足)ᄒᆞ기로 : 넉넉하기로.
260) 츄연(愀然) : 처량하고 구슬픔.
261) ᄉᆞ싱거처(死生居處)를 : 죽었는지 살았는지 그 거처(居處)를.
262) 유렴(留念) : 마음에 새기고 생각함.

선이 왈(曰), "내 자연 알거니와 아까 밖으로 나가던 소년(少年)은 누구인가?"

주인이 답(答) 왈(答),

"그 소년은 이 뒤 황승상(黃丞相) 댁 서방(書房)님이옵더니, 망처(亡妻) 젖이 유족(有足)하기로 그 소년(少年) 매씨(妹氏) 그 젖을 먹고 자랐사오니 그러므로 그 소년(少年)이 유모(乳母)를 친모(親母)와 다름없이 여기시고 매양 그날이면 더러이 여기지 않으시고 손수 오시어 보살피시고 제사(祭祀)를 지내고 음식을 차리며 친(親)히 하시나이다."

선이 답(答) 왈(曰), "그러면 그 소년(少年)의 누이님은 죽

〈42〉

었는가, 시집을 가 계신가?"

주인이 추연(啾然)히 장탄(長歎) 왈(曰),

"그 소년(少年)의 누이님은 팔자(八字) 기박(奇薄)하여 친모(親母)를 일찍 여의고 계모(繼母) 정씨를 만나매 정씨 어질지 못하여 소저(小姐)의 손목을 찍어 내치니 그 후에 어디 가 죽었는지 살았는지 이때까지 사생거처(死生居處)를 모르옵니다."

선이 이 말을 듣고 생각하되,

"낭자(娘子)가 황승상(黃丞相)의 딸로서 내치어 그 길로 내 집에 왔던가? 실로 그러하면 손목을 찍었다 하는데 손목이 완연(完然)하리오."

그 꿈말을 주인에게 낱낱이 말하니 주인이 이 말을 듣고 왈(曰),

"괴이(怪異)하도다. 낭자 분명히 죽었을 것이오, 내 망처도 이 사람에게 이렇게 일렀으리오. 장차 알 도리 있을까?"

하고 음식을 먹더니라. 이후로부터 주인이 유의(留意)하여 극진(極盡)히 대접하고 선이 또한 황생(黃生)을 유념(留念)하더라.

이쎠의 시화연풍[263]ᄒᆞ고 우순풍조[264]ᄒᆞ여 과거텩일이 낫는지라. 천ᄌᆞ 친히 연각전의 친림[265]ᄒᆞ고 보던 선븨의 글을 장원[266]으로 쏘부시고 또 한 장 글장을 보시니 처엄 장원글과 호리[267]도 어긔미읍시디 황싱은 소제

〈43〉

을 싱각ᄒᆞᆫ 고로 글의 슈심이 낫타난지라. 이럼으로 둘직로 씨시고 목선의 글은 귀귀영웅[268]을 겸ᄒᆞ엿는지라. 도장원[269]의 신당상겸 양쥬목ᄉᆞ를 제슈[270]ᄒᆞ시고 목션의 영화 장안의 가득ᄒᆞ더라. 엇지 현지[271]ᄒᆞ미 안니리요. 슬푸다! 쳐남믹부 동방급제[272] 헐 쥴이야 엇지 알리요. 목션은 양쥬목ᄉᆞ 유지[273]와 검의화동[274]이며 쌍긔를 씌우고 옥저[275]를 불니며 나오고, 황싱은 할림학ᄉᆞ[276]로

263) 시화연풍(時和年豊) : 나라가 태평하고 곡식이 잘 됨. 註200)번 참조.
264) 우순풍조(雨順風調) : 농사가 잘 되도록 때를 맞추어 비가 오고 바람이 고르게 붊. 오풍십우(五風十雨).
265) 친림(親臨) : 임금이 몸소 임어(臨御)함.
266) 장원(壯元) : 과거에서 갑과(甲科)에 수석으로 급제함, 또는 그 사람.
267) 호리(毫釐) : 자 눈, 또는 저울 눈의 호(毫)와 리(釐). 아주 짧은 거리나 극히 적은 분량.
268) 귀귀영웅(句句英雄) : 구절구절마다 영웅의 기상이 있음.
269) 도장원(都壯元) : 장원(壯元)과 같은 말인데 여기서는 장원보다 우위에 있다는 뜻으로 쓰임.
270) 제슈(除授) : 추천을 받지 않고 임금이 바로 벼슬을 줌.
271) 현지(賢智) : 어질고 슬기로움.
272) 동방급제(同榜及第) : 동방은 같은 때의 과거에 급제하여 방목(榜目)에 같이 참여하는 것. 여기서는 목선과 황생이 나란히 급제하였음을 말함.
273) 유지(諭旨) : 임금이 신하에게 내리는 글.
274) 검의화동(錦衣花童) : 비단옷을 입고 꽃으로 장식한 아이.
275) 옥저 : 옥적(玉笛)의 오기(誤記). 옥피리.
276) 할림학ᄉᆞ(翰林學士) : 고려 때 학사원(學士院), 한림원(翰林院)의 학사(學士). 정사품의 관직.

이때에 시화연풍(時和年豊)하고 우순풍조(雨順風調)하여 과거(科擧) 택일(擇日)이 났는지라.

천자(天子) 친히 연각전에 친림(親臨)하고 보던 선비의 글을 장원(壯元)으로 뽑으시고 또 한 장 글을 보시니 처음 장원(壯元)글과 호리(毫釐)도 어김이 없으되 황생(黃生)은 소저(小姐)

〈43〉

를 생각한 고(故)로 글에 수심(愁心)이 나타난지라.

이러므로 둘째로 쓰시고 목선의 글은 귀귀영웅(句句英雄)을 겸(兼)하였는지라.

도장원(都壯元) 신당상(新堂上) 겸(兼) 양주목사를 제수(除授)하시고 목선의 영화(榮華) 장안(長安)에 가득하더라.

어찌 현지(賢智)함이 아니리오.

슬프다!

처남(妻男) 매부(妹夫) 동방급제(同榜及第)한 줄이야 어찌 알리오.

목선은 양주목사 유지(諭旨)와 금의화동(錦衣花童)이며 쌍기(雙旗)를 띄우고 옥적(玉笛)을 불리며 나오고, 황생(黃生)은 한림학사(翰林學士)로 무동[277] 쌍긔를 띄우고 풍유[278]를 압헤 세우고 나오난딕 학ᄉᆡ는 닐늬리골노 드러와 압뒤집이 풍유를 열락[279]ᄒᆞ고 ᄌᆡ인[280] 광ᄃᆡ[281] 화복[282]입고 춤추니 승상이며 정씨 희희낙낙지심[283]을 못닉 칭찬허시더라. 목선이 ᄉᆞᆷ일유과[284]ᄒᆞ니 양쥬 신연[285]하인이 헌신[286] 허난지라. 목선의 본집의 긔별헐 제 즉시 과거방을 벽기고 편지ᄒᆞ여 보닉니라. 잇ᄯᆡ 낭ᄌᆞ 가군[287]을 과기의 보닉고 과거허기를 하날계 빌ᄃᆡ, "가군과 황싱이 동방급제 ᄒᆞ옵소서" ᄒᆞ고 날마다 긔다리던니 보닌 후 ᄉᆞᆷ삭[288] 후의 일일은 목장ᄌᆡ 사당의 안젓던니 일기 하인이 와서 절ᄒᆞ고 엿ᄌᆞ오ᄃᆡ, "이ᄃᆡᆨ이 목생원ᄃᆡᆨ이오닛가?" 목장ᄌᆡ 답 왈, "어ᄃᆡ서 왓는지 모르건니와 이 근처의 목

〈44〉

싱원은 업난지라. 나는 목가로서 싱원[289]이 안니요 목장ᄌᆡ로다."

---

277) 무동(舞童) : 나라의 잔치 때에 노래를 부르며 춤을 추던 아이.
278) 풍유(風流) : 속된 일을 떠나서 풍치가 있고 멋스럽게 노는 일. 또는 음악을 예스럽게 이르는 말. 여기서는 후자의 뜻.
279) 열락(悅樂) : 기뻐하고 즐거워 함.
280) ᄌᆡ인(才人) : 재주있는 사람. 재주를 넘거나 악기로 풍악을 치던 광대. 여기서는 후자의 뜻.
281) 광ᄃᆡ(廣大) : 줄타기나 가면극, 판소리 따위를 하던 사람을 통털어 이르는 말.
282) 화복(華服) : 화려한 무색의 옷.
283) 희희낙낙지심(喜喜樂樂之心) : 매우 기쁘고 즐거운 마음.
284) 유과(遊街) : 과거의 급제자가 광대를 데리고 풍악을 잡히면서 거리를 돌며, 좌주(座主)·선진자(先進者)·친척 들을 찾아보던 일. 대개 방방(放榜) 후 사흘에 걸쳐 행하였음.
285) 신연(新延) : 도(道)나 군(郡)의 장교(將校)나 이속(吏屬)들이 새로 도임하는 감사(監司)나 수령(守令)을 그 집에 가서 맞아 오던 일.
286) 헌신(現身) : 아랫사람이 웃사람에게 처음으로 뵘.
287) 가군(家君) : 남에게 자기 남편을 일컫는 말.
288) ᄉᆞᆷ삭(三朔) : 세 달.
289) 싱원(生員) : 소과(科) 종장(終場)의 경의(經義) 시험에 합격한 사람.

무동(舞童) 쌍기(雙旗)를 띄우고 풍류(風流)를 앞에 세우고 나오는데 학사(學士)는 닐늬리골로 들어와 앞뒤집이 풍류(風流)를 열락(悅樂)하고 재인(才人) 광대(廣大) 화복(華服)입고 춤추니 승상(丞相)이며 정씨 희희낙락지심(喜喜樂樂之心)을 못내 칭찬(稱讚)하시더라.

목선이 삼일유가(三日遊街)하니 양주 신연(新延) 하인(下人)이 현신(現身)하는지라. 목선의 본집에 기별(寄別)할 때 즉시 과거방(科擧榜)을 벗기고 편지하여 보내니라.

이때 낭자(娘子) 가군(家君)을 과거(科擧)에 보내고 과거(科擧)하기를 하늘에 빌되,

"가군(家君)과 황생(黃生)이 동방급제(同榜及第) 하옵소서."

하고 날마다 기다리더니 보낸 후(後) 삼삭(三朔) 후(後)에 일일(一日)은 목장자 사당(祠堂)에 앉았더니 일개(一介) 하인이 와서 절하고 여쭈되,

"이 댁이 목생원 댁이오니까?"

목장자(長子) 답(答) 왈(曰),

"어디서 왔는지 모르거니와 이 근처(近處)의 목

〈44〉

생원은 없는지라. 나는 목가로서 생원(生員)이 아니요 목장자(長子)로다."

ᄒᆞ고 안으로 드러가며 우셔 왈, "ᄉᆞ람이 오릐 살면 고히ᄒᆞᆫ 말도 드러보리로다."

ᄒᆞ니 소제 망음을[290] 소르치며 엿ᄌᆞ오ᄃᆡ,

"무삼 일노 그리ᄒᆞ시나닛가?"

장지 왈,

"엇던 놈이 와서 목싱원 ᄃᆡᆨ을 차지니 이 근처의는 목싱원은 업고 나는 예서 ᄉᆞ라도 싱원은 금시초문이요 장자지명이라." ᄒᆞ니 낭ᄌᆞ 엿자오ᄃᆡ, "부친은 엇지 저러헌 말솜을 하시난니가? 가군이 과거의 갓시니 분명이 과거 긔별을 가지고 왓는가 십프오니 밥비 나가 ᄌᆞ서이 물어보시옵소서." ᄒᆞᆫᄃᆡ 그제야 장지 나가 물어 왈,

"네 어ᄃᆡ 잇스며 엇지ᄒᆞ여 목싱원을 찻는다?" ᄒᆞ니 그 하인이 엿자오ᄃᆡ, "경상도 언양 북촌 계옵신 목서방님이 이번 과거의 도장원으로 양쥬목ᄉᆞ를 겸ᄒᆞ여 계시ᄆᆡ 편지 가지고 왓나이다."

ᄒᆞ고 편지를 드리거ᄂᆞᆯ 장지 편지을 가지고 드러와 낭ᄌᆞ를 주니 낭지 그 편지를 씌여보니 가군은 장원이요 황싱은 둘지라. 낭지 길이 탄식ᄒᆞ고 부친과 황싱이 무사이

〈45〉

계신 줄을 알고 목선이 ᄊᆞᆷ말을 신긔이 알더라. 낭지 시부모계 "가군이 장원급제ᄒᆞ여 양쥬목ᄉᆞ를 제슈ᄒᆞ엿다." 라고 알외니 장지 이 말을 듯고 크게 질기워 아모리 헐 줄을 모르더라. 온갓 일을 낭ᄌᆞ게 이르고저 ᄒᆞ며 날마다 춤추더라. 낭ᄌᆞ 친이 그 하인의게 온갓 말을 자서이 무르시고 조흔 음식을 만니 먹이더라. 십여 일이 지ᄂᆡ

290) 망음을 : '마음으로'의 오기(誤記).

하고 안으로 들어가며 웃어 왈(曰),
"사람이 오래 살면 괴이(怪異)한 말도 들어보리로다." 하니 소저(小姐) 마음으로 소리치며 여쭈오되, "무슨 일로 그리하십니까?"

장자(長子) 왈(曰), "어떤 놈이 와서 목생원 댁을 찾으니 이 근처(近處)에는 목생원은 없고 나는 여기서 살아도 생원(生員)은 금시초문(今時初聞)이요 장자지명(長子之名)이라." 하니 낭자(娘子) 여쭈오되, "부친(父親)은 어찌 저러한 말씀을 하시나이까? 가군(家君)이 과거(科擧)에 갔으니 분명(分明)히 과거(科擧) 기별(寄別)을 가지고 왔는가 싶으오니 바삐 나가 자세히 물어 보시옵소서."
한대 그제야 장자(長子) 나가 물어 왈(曰), "네 어디 있으며 어찌하여 목생원을 찾는가?" 하니 그 하인이 여쭈오되,

"경상도(慶尙道) 언양(彦陽) 북촌(北村) 계옵신 목서방(書房)님이 이번 과거(科擧)의 도장원(都壯元)으로 양주목사를 겸(兼)하여 계시매 편지 가지고 왔나이다." 하고 편지를 드리거늘 장자(長子) 편지를 가지고 들어와 낭자(娘子)를 주니 낭자(娘子) 그 편지를 뜯어보니 가군(家君)은 장원(壯元)이요 황생(黃生)은 둘째라. 낭자(娘子) 길게 탄식(歎息)하고 부친(父親)과 황생(黃生)이 무사히

〈45〉

계신 줄을 알고 목선의 꿈말을 신기히 알더라.

낭자(娘子) 시부모(媤父母)께 "가군(家君)이 장원급제(壯元及第)하여 양주목사를 제수(除授)하였다." 라고 아뢰니 장자(長子) 이 말을 듣고 크게 즐거워 어찌 할 줄을 모르더라. 온갖 일을 낭자(娘子)에게 이르고자 하며 날마다 춤추더라. 낭자(娘子) 친히 그 하인(下人)에게 온갖 말을 자세히 물으시고 좋은 음식을 많이 먹이더라.

십여(十餘) 일을 지내

던니 문득 한 ᄒᆞ인이 쌍교[291]를 가지고 너른 길의 덥펴 드러오니 구경ᄒᆞ는 ᄉᆞ람이 길이 메엿더라. ᄎᆞᄎᆞ 드러와 현신ᄒᆞ니 낭ᄌᆞ 친이 쥬렴을 것고 나와 좌긔[292]ᄒᆞ고 온갓 말숨을 무른 후의 조흔 음식을 너여 만니 먹이고 힝ᄎᆞ 소임을 치일 식 장ᄌᆞ의 집안이 요요분분[293]ᄒᆞ더라. 즉시 발힝[294]ᄒᆞ여 길을 써나니 후힝은 목선이 숨촌이 가는지라. 낭지 모든 하인을 노비 이십 냥식 각기 주고 부모 양위게 엿ᄌᆞ오ᄃᆡ, "소뷔 도임[295] 후 즉시 도라올 거시니 기간의 안양이 계시옵소서." ᄒᆞ고 하직을 고ᄒᆞ고 쌍교의 올나 타시니 시위[296]허는 ᄒᆞ인이 ᄎᆞ례로 모셔 동구밧게 나오니 구경허는 ᄉᆞ람이 뉘 안니 탄복ᄒᆞ리오. 소제 싱각하ᄃᆡ, "엿말의 일넛시되 홍진비릭요 고진감릭[297]라 하엿으니

〈46〉

일을 두고 힝ᄒᆞ면 낙이 잇도다." ᄒᆞ고 길 써난 지 여러 날만의 한 곳슬 바라보니 황싱과 이별ᄒᆞ든 곳시 뵈이거늘 공방[298]을 불너 왈, "여서 오날 잘 참[299]이 어ᄃᆡ요." 공방이 엿오ᄃᆡ, "서울이 이심 리 남아숩고 숙소참은 다락원이 참이올시다." ᄒᆞᆫᄃᆡ 낭지 분부허시되

---

291) 쌍교(雙轎) : 쌍가마.

292) 좌긔(座起) :관청의 으뜸 벼슬에 있는 이가 출근하여 일을 잡아 함. 註87)번 참조.

293) 요요분분(撓撓紛紛) : 어지럽고 뒤숭숭하며 수선스러움.

294) 발힝(發行) : 길을 떠남.

295) 도임(到任) : 지방의 벼슬아치가 그 자리에 이름.

296) 시위(侍衛) : 모시어 호위(護衛)함.

297) 홍진비릭(興盡悲來)요 고진감릭(苦盡甘來)라 : 고생이 다하면 좋은 것이 오고 홍한 것이 다하면 비운이 온다.

298) 공방(工房) : 공전(工典)에 관한 사무를 맡아 보던 승정원(承政院) 육방(六房) 및 중앙・지방관아의 육방의 하나.

299) 참(站) : 길을 가다가 잠시 쉬거나 밥을 먹는 곳.

더니 문득 한 하인(下人)이 쌍교(雙轎)를 가지고 넓은 길을 덮으며 들어오니 구경하는 사람이 길을 메웠더라. 차차 들어와 현신(現身)하니 낭자(娘子) 친히 주렴(珠簾)을 걷고 나와 좌기(坐起)하고 온갖 말씀을 물은 후에 좋은 음식을 내여 많이 먹이고 행차(行次) 소임(所任)을 차릴 새 장자(長子)의 집안이 요요분분(撓撓紛紛)하더라. 즉시 발행(發行)하여 길을 떠나니 후행(後行)은 목선의 삼촌(三寸)이 가는지라. 낭자(娘子) 모든 하인(下人)을 노비(路費) 이십 냥씩 각기 주고 부모(父母) 양위(兩位)께 여쭈오되,

"소부(小婦) 도임(到任) 후 즉시 돌아올 것이니 기간(其間)에 안녕(安寧)히 계시옵소서."

하고 하직(下直)을 고(告)하고 쌍교(雙轎)에 올라 타사니 시위(侍衛)하는 하인(下人)이 차례로 모셔 동구 밖에 나오니 구경하는 사람이 뉘 아니 탄복(歎服)하리오.

소저(小姐) 생각하되,

"옛말에 일렀으되 흥진비래(興盡悲來)요 고진감래(苦盡甘來)라 하였으니

〈46〉

이것을 두고 행(行)하면 낙(樂)이 있도다."

하고 길 떠난 지 여러 날만에 한 곳을 바라보니 황생(黃生)과 이별(離別)하던 곳이 보이거늘 공방(工房)을 불러 왈(曰),

"여기서 오늘 잘 참(站)이 어디오."

공방(工房)이 여쭈오되,

"서울이 이십 리 남았삽고 숙소참(宿所站)은 다락원이 참이올시다." 한데 낭자(娘子) 분부(分付)하시되

경성 뉠늬리골 황정승덕의 쥬인을 정ᄒᆞ시니 공방 먼저 쪄나 뉠늬리골 황정승덕의 오니 황싱이 과거ᄒᆞ여 풍유를 잡히고 잔치를 비설ᄒᆞ고 바야흐로 슬허ᄒᆞ난지라. 이러틋 관광제인[300]이 좌우의 버러시니 그 덕 문전의 다달안는지라. 공방이 소공[301]ᄒᆞ여 말솜을 알외잡자 ᄒᆞ고 문박계서 오락가락ᄒᆞ여 이를 씨며, 힝ᄎᆞ는 거위 드러오고 ᄉᆞ처는 정치 못ᄒᆞ여 좌불안석[302]ᄒᆞ고 이를 씨니 모단 하인이 그 공방의 그동을 보고 문 왈, "그더는 엇더헌 ᄉᆞ람이완더 저리 이를 쓰는다?" ᄒᆞ니 공방이 답 왈, "지금 신방[303] 급제의 식 양쥬목ᄉᆞ 닉힝ᄎᆞ[304] 분부닉의 저역 숙소를 뉠리리골 황정승 덕의 정허라 ᄒᆞ옵시게 왓거니와 죽ᄉᆞ올지연정 숙소

〈47〉

를 정치 못ᄒᆞ와 이를 쓰나니다." ᄒᆞ거늘 그덕 ᄉᆞ지노ᄌᆞ[305] 공방의 이쓰믈 보고 불상이 여계 황할림게 엿ᄌᆞ오더, "신방 식 양쥬목ᄉᆞ 내힝ᄎᆞ 지나가옵다가 분부ᄒᆞ시되 뉠늬리골 황정승덕의 ᄉᆞ처ᄒᆞ라 허신다 ᄒᆞ고 공방이 와서 유모 드리지 못ᄒᆞ고 바장인다."[306] ᄒᆞ니 할림이 고히 여계 승상게 자오더 승상이 ᄭᅮ지저 왈, "가소롭다.

---

300) 관광제인(觀光諸人) : 구경하는 여러 사람들.
301) 소공(小功) : 작은 공. 조그마한 공로.
302) 좌불안석(坐不安席) : 마음이 불안하거나 걱정스러워 한 곳에 가만히 오래 앉아 있지를 못함.
303) 신방(新榜) : 과거를 보인 뒤에 새로 급제한 사람의 성명을 써서 보이던 방목(榜目).
304) 닉힝ᄎᆞ(內行次) : 부녀자의 여행.
305) ᄉᆞ지노ᄌᆞ(私地奴者) : 사노비(私奴婢).
306) 바장인다 : 부질없이 가까운 거리를 오락가락 거닐다.

경성(京城) 늴늬리골 황정승(黃政丞) 댁에 주인을 정하시니 공방 먼저 떠나 늴늬리골 황정승(黃政丞) 댁에 오니 황생(黃生)이 과거(科擧)하여 풍류(風流)를 잡히고 잔치를 배설(排設)하고 바야흐로 슬퍼하는지라.

이렇듯 관광제인(觀光諸人)이 좌우(左右)에 벌렸으니 그 댁 문전(門前)에 다다랐는지라. 공방(工房)이 소공(小功)하여 말씀을 알외잡자 하고 문밖에서 오락가락하여 애를 쓰며, 행차(行次)는 거의 들어오고 사처(私處)는 정(定)하지 못하여 좌불안석(坐不安席)하고 애를 쓰니 모든 하인(下人)이 그 공방(工房)의 거동(擧動)을 보고 문(問) 왈(曰),

"그대는 어떠한 사람이건대 저리 애를 쓰는가?"

하니 공방(工房)이 답(答) 왈(曰),

"지금 신방급제(新榜及第)의 새 양주목사 내행차(內行次) 분부(分付)내어 저녁 숙소(宿所)를 늴늬리골 황정승(黃政丞) 댁에 정(定)하라 하옵시기에 왔거니와 죽사올지언정 숙소(宿所)

〈47〉

를 정(定)하지 못하와 애를 쓰나니다."

하거늘 그 댁 사지노자(私地奴者) 공방(工房)의 애씀을 보고 불쌍히 여겨 황한림(黃翰林)에게 여쭈오되,

"신방(新榜) 새 양주목사 내행차(內行次) 지나가옵다가 분부(分付)하시되 늴늬리골 황정승(黃政丞) 댁에 사처(私處)하라 하신다하고 공방(工房)이 와서 유모 드리지 못하고 바장인다."

하니 한림(翰林)이 괴이(怪異)하게 여겨 승상(丞相)께 여쭈오되 승상(丞相)이 꾸짖어 왈(曰),

"가소롭다.

양쥬목ᄉᆞ ᄂᆡ힝[307]이 ᄂᆡ 집의 ᄉᆞ처[308]라 ᄒᆞ기는 만무기리[309]로다. 그러나 경상도 언양 북촌 있다 ᄒᆞ는ᄃᆡ 엇지 우리집을 알니요. 이는 고히 ᄒᆞ도다." ᄒᆞ시고 허락지 안니 허시니 할림이 갱고[310]하되, "누의 머무시든 영춘당이 비엿ᄉᆞ오니 고히 ᄒᆞ오나 그 방을 허락하옵소서. 하로밤 멈물러 가게 ᄒᆞ옵소서." ᄒᆞ니 승상이 마음의 불ᄉᆞ이[311] 여기나 허락ᄒᆞ니 할림이 영춘당의 드러가 슉슈ᄒᆞ고[312] 점화[313]ᄒᆞ더니 문득 문박게 소리나며 ᄂᆡ힝ᄎᆞ 드러오거늘 슬푸다! 예보든 문짠을 보니 엇지 비감치 안니 하리오. 즉시 영춘당 침소로 드러가며 쌍안의 구실갓튼 눈물이 벽지ᄒᆞ더라.[314] 할림이 ᄌᆞ탄 왈, "나의 누의님도 계시드면 저리 귀히 될 거슬 어ᄃᆡ 가 ᄎᆞ지리오. 어ᄂᆡ 곳에 가 계신고? 수즁고혼[315]이 되엿난가.

〈48〉

ᄂᆡ 아모록 ᄎᆞ자다가 선산[316]의 영장[317]하리라." ᄒᆞ고 슬픈 마음을 금치 못ᄒᆞ더라. 낭ᄌᆞ 노비로 ᄒᆞ여금 정씨이계 전갈[318]ᄒᆞ되, "한 번도 뵈옵든 못ᄒᆞ엿ᄉᆞ오나 그ᄉᆞ이 평안ᄒᆞ시옵나닛가?

---

307) ᄂᆡ힝(內行) : 부녀자의 여행. 가정에서의 부녀자의 행실. 여기서는 전자의 뜻.

308) ᄉᆞ처(私處) : 개인이 거처하는 곳.

309) 만무기리(萬無其理) : 도무지 그럴 리가 없음.

310) 갱고(更告) : 다시 한 번 고함.

311) 불ᄉᆞ(不祥)이 : 상서롭지 못하게.

312) 슉슈(宿首) : 머리를 숙이다.

313) 점화(點火) : 불을 붙임.

314) 벽지하더라 : 벅차다. 정도에 넘쳐 감당하기 어렵다, 또는 넘칠 듯이 가득하다의 말로 여기서는 후자의 뜻.

315) 수즁고혼(水中孤魂) : 익사자의 외로운 넋.

316) 선산(先山) : 조상의 무덤. 또는 무덤이 있는 곳.

317) 영장(永葬) : 안장(安葬). 편안하게 장사 지냄. 고이 모심.

318) 전갈(傳喝) : 사람을 시켜 남의 안부를 묻거나 말을 전함.

양주목사 내행(內行)이 내 집에 사처(私處)라 하기는 만무기리(萬無其理)로다. 그러나 경상도(慶尙道) 언양(彦陽) 북촌(北村) 있다 하는데 어찌 우리 집을 알리오. 이는 괴이(怪異)하도다."
하시고 허락(許諾)하지 아니 하시니 한림이 갱고(更告)하되,
"누이 머무시던 영춘당(迎春堂)이 비었사오니 괴이(怪異)하오나 그 방을 허락(許諾)하옵소서.
하룻밤 머물러 가게 하옵소서."
하니 승상이 마음에 불상(不祥)히 여기나 허락(許諾)하니 한림(翰林)이 영춘당(迎春堂)에 들어가 숙수(宿首)하고 점화(點火)하더니 문득 문밖에 소리나며 내행차(內行次) 들어오거늘, 슬프다! 옛날 보던 문간(門間)을 보니 어찌 비감(悲感)하지 않으리오. 즉시 영춘당(迎春堂) 침소(寢所)로 들어가며 쌍안(雙眼)에 구슬같은 눈물이 벽지하더라. 한림이 자탄(自歎) 왈(曰),
"나의 누이님도 계셨더라면 저렇게 귀(貴)히 될 것을 어디 가서 찾으리오. 어느 곳에 가 계신고? 수중고혼(水中孤魂)이 되었는가.

〈48〉

내 아무쪼록 찾아다가 선산(先山)에 영장(永葬)하리라."
하고 슬픈 마음을 금(禁)하지 못하더라.
낭자(娘子) 노비(奴婢)로 하여금 정씨에게 전갈(傳喝)하되,
"한 번도 뵈옵지 못하였사오나 그사이 평안(平安)하시옵나이까?

하방천긱[319]이 길의 낫삽다가 귀덕의 일야를 머물너 가게 되오니 도시[320] 은혜 감격ᄒᆞ여이다. 날노 ᄒᆞ여금 말솜이나 ᄒᆞ시면 조흘가 ᄒᆞ나니다." ᄒᆞ고 전갈 맛치미 잇든 방중을 살펴보니 의연ᄒᆞ여[321] 혼ᄌᆞ 슬어허더라. 이런 줄 뉘 알리요. 잇때 정씨 전갈 듯고 회답ᄒᆞ되, "누추헌 집의 귀낭ᄌᆞ 오신ᄃᆡ 노뷔 미천ᄒᆞ와 나가 맛지 못ᄒᆞ니 죄만ᄒᆞ오니다. 그러ᄒᆞ온 중 ᄯᅩ 먼저 뭇잡지 못ᄒᆞ오니 못ᄂᆡ 감격ᄒᆞ오니다." ᄒᆞ엿더라. 정씨 전갈 보닌 시비 도라왓거늘, "낭ᄌᆞ는 엇더헌 ᄉᆞ람이며 나히 얼마나 되고 얼골이 곱더냐?" ᄒᆞ시니 시비 엿ᄌᆞ오ᄃᆡ, "그 부인의 나흔 순금 소제의 동갑이요, 얼골은 나가신 소저와 할 리도 어긔지 안니 ᄒᆞ옵고 몰골[322]이 더욱 갓더니다." 정씨 놀라며 다시 그 낭ᄌᆞ의 손목 보고 오라ᄒᆞᄃᆡ 시비 답 왈, "소인이

〈49〉

그 낭ᄌᆞ 얼골이 순금 소제와 갓ᄉᆞ와 유의ᄒᆞ여 보오나 두 손목이 완연허더니다." 정씨 그제야 마음을 놋터라. 연ᄒᆞ여 밤이 되미 정씨 단장을 정히 ᄒᆞ고 영춘당의 나아간니 낭ᄌᆡ 이러 서로 절ᄒᆞ고 좌정ᄒᆞᆫ 후의 낭ᄌᆡ 왈, "하방천긱[323]이 존귀허오신 ᄃᆡᆨ의서 머무르니 감격ᄒᆞ오며 한 번도 뵈와 말솜도 못ᄒᆞ와ᄉᆞ오나 ᄂᆡᄂᆡ 평안ᄒᆞ옵시니잇가?"

---

319) 하방천긱(遐方賤客) : '서울에서 먼 지방의 미천한 손님이란 뜻'으로 여기서는 자신을 낮추어 한 말.
320) 도시(都是) : 도무지. 전연.
321) 의연(依然) : 전과 다름없음.
322) 몰골 : 얼굴. 얼굴의 모양새나 꼴.
323) 하방천긱(遐方賤客) : 註 308)번 참조.

"하방천객(遐方賤客)이 길에 나갔다가 귀댁(貴宅)에 일야(一夜)를 머물러 가게 되오니 도시(都是) 은혜(恩惠) 감격(感激)하여이다. 나로 하여금 말씀이나 하시면 좋을까 하나이다."

하고 전갈(傳喝) 마치매 있던 방중(房中)을 살펴보니 의연(依然)하여 혼자 슬퍼하더라. 이런 줄 뉘 알리오. 이때 정씨 전갈(傳喝) 듣고 회답(回答)하되,

"누추(陋醜)한 집에 귀낭자(貴娘子) 오신대 노부(老婦) 미천(微賤)하와 나가 맞지 못하니 죄(罪) 많습니다. 그러하온 중(中) 또 먼저 보답(報答)지 못하오니 못내 감격(感激)하오이다."

하였더라. 정씨 전갈(傳喝) 보낸 시비(侍婢) 돌아왔거늘,

"낭자(娘子)는 어떠한 사람이며 나이 얼마나 되고 얼굴이 곱더냐?"

하시니 시비(侍婢) 여쭈오되,

"그 부인(夫人)의 나이는 순금 소저(小姐)와 동갑(同甲)이요, 얼굴은 나가신 소저(小姐)와 한 치도 어기지 아니하옵고 몰골이 더욱 같더니다."

정씨 놀라며 다시 그 낭자(娘子)의 손목 보고 오라하되 시비(侍婢) 답(答) 왈(曰), "소인(小人)이

〈49〉

그 낭자(娘子) 얼굴이 순금 소저(小姐)와 같사와 유의(有意)하여 보오나 두 손목이 완연(完然)하더이다."

정씨 그제야 마음을 놓더라.

연(然)하여 밤이 되매 정씨 단장(丹粧)을 정(淨)히 하고 영춘당(迎春堂)에 나아가니 낭자(娘子) 일어나 서로 절하고 좌정(座定)한 후에 낭자 왈(曰), "하방천객(遐方賤客)이 존귀(尊貴)하오신 댁에서 머무르니 감격(感激)하오며 한 번도 뵈와 말씀도 못하였으나 내내 평안(平安)하오시니이까?"

정씨 답 왈, "비가[324]를 존긱[325]이 ᄎᄌ오서 뉘취ᄒᆞᆫ 방의 머물너 가시계 되오니 불승황공[326]ᄒᆞ여이다." ᄒᆞ고 쥬찬[327]을 정히 차려 서로 전비[328]ᄒᆞ며, 정씨 낭ᄌ를 보니 빅옥갓튼 얼골이 순금 소제와 갓고 소릐 더욱 갓튼지라. 정씨 정신이 황홀ᄒᆞ여 긔운이 사라지는 듯 ᄒᆞ되 두 손목이 분결갓고 분명ᄒᆞᆫ지라. 무러 왈, "부인이 소면[329]인가 십ᄉ온듸 엇지 이 곳슬 아르시고 ᄉ처를 정ᄒᆞ시며 이방의 드러오시며 엇지ᄒᆞ여 슬허ᄒᆞ시니잇가?" 낭지 왈, "소첩의 나흔 이십 세옵고 하방천인으로 엇지 아올닛가마는 길 써난 지 삼 일만의 한 쥬막의 슉수[330]ᄒᆞ옵던니 몸이 곤허와 잠을 일우지 못ᄒᆞ옵고 잠간 한 숨을 엇ᄉ오니 한 계집아희 머리를 홋트려 아리싸

〈50〉

온 얼골을 덥허 산발[331]ᄒᆞ고 오른 손목을 큰 칼의 씩엇난듸 씩은 손목을 왼손의 드러스니 그 손목의서 피가 흘너 쌍의 써러지는 형상을 보오니 그 아희 눈물을 흘리고 가로되, "팔ᄌ 긔박ᄒᆞᆫ 소녀는 어진 부인게 ᄒᆞᆫ 말슴을 알외오나니다." ᄒᆞ고, "우리 부모계옵서 손목을 씩어 닉치시믹 혈혈무의[332]ᄒᆞ온 인싱이 지접[333]헐 곳 업ᄉ와 동서ᄀ걸

324) 비가(鄙家) : 더럽고 누추함.
325) 존긱(尊客) : 고귀한 손님.
326) 불승황공(不勝惶恐) : 황공(惶恐)함을 이기지 못함. 註 204)번 참조.
327) 쥬찬(酒饌) : 술과 안주.
328) 전비(傳杯) : 술자리에서 잔을 전함.
329) 소면 : 초면(初面)의 오기(誤記).
330) 슉수(宿所) : 잘 곳을 찾아 정함.
331) 산발(散髮) : 머리를 풀어 헤침.
332) 혈혈무의(孑孑無依) : 의지가지 없이 홀몸으로 외로움.
333) 지접(止接) : 어떤 곳에 몸을 붙이어 의지함, 또는 잠시 몸을 의탁하여 거주함. 여기서는 전자의 뜻.

정씨 대답하여 왈(曰),

"비가(鄙家)를 존객(尊客)이 찾아 와서 누추(陋醜)한 방에 머물러 가시게 되오니 불승황공(不勝惶恐)하여이다."

하고 주찬(酒饌)을 정(淨)히 차려 서로 전배(傳杯)하며, 정씨 낭자(娘子)를 보니 백옥(白玉)같은 얼굴이 순금 소저(小姐)와 같고 소리 더욱 같은지라. 정씨 정신(精神)이 황홀(恍惚)하여 기운(氣運)이 사라지는 듯하되 두 손목이 분결같고 분명(分明)한지라. 물어 왈(曰),

"부인이 초면(初面)인가 싶사온대 어찌 이 곳을 아시고 사처(私處)를 정하시며 이 방에 들어오시며 어찌하여 슬퍼하시나이까?"

낭자 왈(曰),

"소첩(小妾)의 나이 이십 세옵고 하방천인(遐方賤人)으로 어찌 아오리까마는 길 떠난지 삼 일만에 한 주막에 숙소(宿所)하옵더니 몸이 곤(困)하여 잠을 이루지 못하옵고 잠깐 한 꿈을 얻사오니 한 계집아이 머리를 흐트려 아리따

〈50〉

운 얼굴을 덮어 산발(散髮)하고 오른 손목을 큰칼에 찍었는데 찍은 손목을 왼손에 들었으니 그 손목에서 피가 흘러 땅에 떨어지는 형상(形狀)을 보오니 그 아이 눈물을 흘리고 가로되,

"팔자(八字) 기박(奇薄)한 소녀(小女)는 어진 부인(夫人)에게 한 말씀을 아뢰옵나이다."

하고,

"우리 부모(父母)께옵서 손목을 찍어 내치시매 혈혈무의(孑孑無依)하온 인생(人生)이 지접(止接)할 곳 없사와 동서(東西) 개걸

ᄒᆞ옵다가 이곳의서 ᄌᆞ슈ᄒᆞ여 죽어수ᇝ던니 원혼이 되여습나니다. 맛참 부인이 날과 동갑이요, 소녀의 신원을 아실 듯ᄒᆞ와 알외오니 가시는 길의 경성 닐늬리골 황정승ᄃᆡᆨ 영춘당의 머물러 가시고 ᄂᆡ의 어마님 정씨 평안이 계시거든 이러헌 연고나 알외여 달나."ᄒᆞ며, "승상과 할님과 집안이 다 평안이 지ᄂᆡ오시는지 모르건니와 ᄂᆡ 슬은 말이나 전ᄒᆞ여 쥬옵소서." ᄒᆞ거늘 연고로 ᄃᆡᆨ의 ᄉᆞ처를 정ᄒᆞ와 전ᄒᆞ옵나이다." 정씨 변ᄉᆡᆨ 왈, "제 죄는 소당[334] 죽일 거시로ᄃᆡ ᄂᆡ 칫던니 죽은 혼도 어지지 못ᄒᆞ도소이다.

〈51〉

제 우리를 곳처 ᄉᆡᆼ각ᄒᆞ여 무엇ᄒᆞ리요." ᄒᆞ더라. 즉시 안으로 드러와 승상계 ᄉᆞ연을 고ᄒᆞ니 승상 소안백슈[335]의 눈물을 먹음고 통곡ᄒᆞ니 정씨가 ᄃᆡ로[336] 왈, "그 못실 년을 ᄉᆡᆼ각ᄒᆞ시고 저ᄃᆡ도록 ᄒᆞ시나닛가?" ᄒᆞ고 조만이[337] 고척[338]ᄒᆞ고 의심을 두더라. 낭ᄌᆞ 본집의서 ᄯᅥ날 제 모친 ᄉᆞ당의 제ᄉᆞ지ᄂᆡ려고 제물 지어 왓난지라. 밤이 깁흔 후의 촉불을 발키고 협실문을 열고 최씨 신주 압희 나아가 보니 모친 신위 마로청 뜰 압희 거구러젓는지라. 낭ᄌᆞ ᄃᆡ성통곡ᄒᆞ여 ᄉᆞ당을 모시고 제쌍[339]을 정제[340]ᄒᆞ고 제물 비설ᄒᆞ고 제문지어

334) 소당(所當) : 마땅히 할 바는.
335) 쇼안백슈(素顔白首) : 앞의 註 83)번 참조.
336) ᄃᆡ로(大怒) : 크게 성냄.
337) 조만이 : 적잖이. 엇비슷하게.
338) 고척(高策) : 높은 계책.
339) 제쌍(祭床) : 제사상.
340) 정제(整齊) : 정돈하여 가지런히 함.

(丐乞)하옵다가 이곳에서 자수(自手)하여 죽었삽더니 원혼(寃魂)이 되었습니다. 마침 부인(夫人)이 나와 동갑(同甲)이요, 소녀(小女)의 신원(身元)을 아실 듯하여 알외오니 가시는 길에 경성(京城) 닐늬리골 황정승(黃政丞) 댁 영춘당(迎春堂)에 머물러 가시고 내 어머님 정씨 평안(平安)히 계시거든 이러한 연고(緣故)나 알외여 달라." 하며,

"승상(丞相)과 한림(翰林)과 집안이 다 평안(平安)히 지내오시는지 모르거니와 내 서러운 말이나 전하여 주옵소서."

하거늘 연고(然故)로 댁에 사처(私處)를 정하와 전하옵나이다."

정씨 변색(變色)하여 왈(曰),

"저의 죄(罪)는 소당(所當) 죽일 것이로되 내쳤더니 죽은 혼(魂)도 어질지 못하도소이다.

〈51〉

제 우리를 고쳐 생각하여 무엇하리오."

하더라. 즉시 안으로 들어와 승상(丞相)에게 사연(事緣)을 고(告)하니 승상(丞相) 소안백수(素顔白首)에 눈물을 머금고 통곡(痛哭)하니 정씨가 대노(大怒)하여 왈(曰),

"그 몹쓸 년을 생각하시고 저렇도록 하시나이까?"

하고 적잖이 고책(高策)하고 의심(疑心)을 두더라.

낭자(娘子) 본집에서 떠날 때 모친(母親) 사당(祠堂)에 제사(祭祀) 지내려고 제물(祭物)을 지어 왔는지라. 밤이 깊은 후에 촛불을 밝히고 협실문(夾室門)을 열고 최씨 신주(神主) 앞에 나아가 보니 모친(母親) 신위(神位) 마루청 뜰 앞에 꺼꾸러졌는지라. 낭자(娘子) 대성통곡(大聲痛哭)하여 사당(祠堂)에 모시고 제상(祭床)을 정제(整齊)하고 제물(祭物)을 배설(排設)하고 제문(祭文)지어

이르고 익통ᄒᆞ더니 이윽고 동창이 발가난지라. 낭ᄌᆞ 글 한 장을 벽의 붓치고 발힝[341]ᄒᆞ여 양쥬로 가는지라. 잇ᄯᅢ 황싱이 영춘당의 드러가며 통곡 왈, “슬푸다! 누의님 머무시든 당의 엇던 부인이 ᄌᆞ고가 계시고? 누의님이 계시드면 그 부인갓치 귀이 되엿스련마는 일변[342] 싱각ᄒᆞ면 고히ᄒᆞ도다. 경상도 언양 북촌의 잇난 부인이 엇지 우리집을 알와스리오? 유뷔 저즘제[343] 이번 과거 장원을 양쥬 목ᄉᆞ의 쉼말을 날다려 이르더니 그 말이 올흘진ᄃᆡ 누의님이 안니신가? 그러나

〈52〉

손목 읍스면 올흐나 손목이 완연ᄒᆞ다 ᄒᆞ니 그간 곡절을 엇지 알니오” ᄒᆞ며 둘로보니 예 읍던 필적이 동벽[344]의 붓터는ᄃᆡ 자서이 보니 우선 글시가 소제의 필법이라. 일희일비[345]ᄒᆞ여 본 즉 그 글씨의 ᄒᆞ엿시되, “박명ᄒᆞ온 순금 소제는 청천[346]이 도으심을 입어 이 몸이 창힉[347]의 지접처[348]로 멀니 경상도 언양 ᄶᅡ의 지접ᄒᆞ엿던니 명천[349]이 구버 살피ᄉᆞ 가군이 등과ᄒᆞ고 양쥬목ᄉᆞ 제직ᄒᆞ여 부임ᄎᆞ로 가옵다가 영춘당의 순금 소제의 그림ᄌᆞ 빗츠여도 부친과 오라바님도 뵈옵지 못ᄒᆞ옵고 가옵기는 부임의 길이 늣기로 그저 가오니 명일노 직시 긔별ᄒᆞ올이다.”

341) 발힝(發行) : 길을 떠나감. 註 283)번 참조.
342) 일변(一邊) : 한쪽 부분 또는 한편.
343) 저즘제 : 저즘께, 접때, 저번에.
344) 동벽(東壁) : 동쪽 벽.
345) 일희일비(一喜一悲) : 한 편은 기쁘고 한 편은 슬픔.
346) 청천(靑天) : 푸른 하늘.
347) 창힉(滄海) : 넓고 푸른 바다.
348) 지접처(止接處) : 한 때 거접(居接)하는 곳.
349) 명천(明天) : 모든 것을 다 아는 하느님.

이르고 애통(哀痛)하더니 이윽고 동창(東窓)이 밝았는지라. 낭자(娘子) 글 한 장을 벽에 붙이고 발행(發行)하여 양주로 가는지라.

이때 황생(黃生)이 영춘당(迎春堂)에 들어가며 통곡(痛哭) 왈(曰),

"슬프다! 누이님 머무시던 당(堂)에 어떤 부인(夫人)이 자고 가계신고? 누이님이 계셨더라면 그 부인(夫人)같이 귀(貴)히 되었으련마는 일변(一邊) 생각하면 괴이(怪異)하도다. 경상도(慶尙道) 언양(彦陽) 북촌(北村)에 있는 부인(夫人)이 어찌 우리 집을 알았으리오? 유부(乳父) 저번에 이번 과거(科擧) 장원(壯元)을 양주목사의 꿈말을 나에게 이르더니 그 말이 옳을진대 누님이 아니신가? 그러나

〈52〉

손목 없으면 옳으나 손목이 완연(完然)하다 하니 그간 곡절(曲折)을 어찌 알리오."

하며 둘러보니 예전에 없던 필적(筆跡)이 동벽(東壁)에 붙었는데 자세히 보니 우선 글씨가 소저(小姐)의 필법(筆法)이라. 일희일비(一喜一悲)하여 본 즉 그 글씨에 하였으되,

"박명(薄命)한 순금 소저(小姐)는 청천(青天)이 도우심을 입어 이 몸이 창해(滄海)의 지접처(止接處)로 멀리 경상도(慶尙道) 언양 땅의 지접(止接)하였더니 명천(明天)이 굽어 살피사 가군(家君)이 등과(登科)하고 양주목사 제직(除職)하여 부임차(赴任次)로 가옵다가 영춘당(迎春堂)에 순금 소저(小姐)의 그림자 비치어도 부친(父親)과 오라바님도 뵈옵지 못하옵고 가옵기는 부임(赴任)의 길이 늦기로 그저 가오니 명일(明日)로 즉시 기별(寄別)하오리다."

ᄒᆞ엿더라. 할님이 보기를 맛치며 노ᄉᆡ를 타고 양쥬골노 드러가니 ᄒᆞ인이 엿ᄌᆞ오ᄃᆡ, "이제야 ᄒᆡᆼ츠 드러계시다." ᄒᆞ거늘 할님이 분부 왈, "너의 등은 밧비 엿ᄌᆞ오ᄃᆡ, '닐늬리골 황할님 명함[350]드리나이다.' ᄒᆞ라." ᄒᆞ시니 ᄒᆞ인이 드러가 엿ᄌᆞ온ᄃᆡ 목ᄉᆡᆼ은 하방[351]양반이라. 면목 서어 ᄒᆞ나[352] 동방급제[353]ᄒᆞ여 서로 보고 말솜은 익히 ᄒᆞ엿난지라. 드러오라 ᄒᆞ고

〈53〉

안악[354]의 긔별ᄒᆞ되, "황할님 와 계시니 잡술 음식을 ᄂᆡ보ᄂᆡ라." ᄒᆞ시니 낭ᄌᆡ 이 말을 듯고 하날인지 ᄯᅡᆼ인지 어인 말솜인고 미처 ᄒᆡᆼ보[355]를 일으지 못ᄒᆞ여 외당[356]의 나가 황ᄉᆡᆼ의 손목을 잡고 ᄯᅡᆼ을 구르며 통곡ᄒᆞ니 모든 관ᄒᆞ인[357]이 뉘 안니 슬어ᄒᆞ리요. 황ᄉᆡᆼ은 누의님 이별ᄒᆞ고 그리든 정을 베풀고 통곡ᄒᆞ고 낭ᄌᆞ는 누철리[358] 원노[359]의 고ᄉᆡᆼᄒᆞ든 말을 ᄒᆞ며 통곡ᄒᆞ더라. 목ᄉᆡᆼ도 그제야 황승상의 ᄯᆞᆯ인 줄 알고 일희일비[360]허더라. 황할님을 다리고 ᄂᆡ당[361]의

350) 명함(名銜) : 성명이나 주소, 근무처, 신분 등을 적은 종이 쪽.
351) 하방(遐方) : 서울에서 멀리 떨어진 지방.
352) 면목(面目) 서어ᄒᆞ나 : 얼굴을 자주 본 것이 아니어서 익숙하지 못하나.
353) 동방급제(同榜及第) : 동방은 같은 때의 과거에 급제하여 방목(榜目)에 같이 참여하는 것. 여기서는 목선과 황생이 나란히 급제하였음을 말함. 註 261)번 참조.
354) 안악 : 안, 아낙. 아내를 낮게 이르는 말.
355) ᄒᆡᆼ보(行步) : 걷는 걸음.
356) 외당(外堂) : 사랑(舍廊).
357) 관ᄒᆞ인(官下人) : 관가에서 부리는 하인들. 관례(官隷).
358) 누철리(累千里) : 수천 리.
359) 원노(遠路) : 먼 길.
360) 일희일비(一喜一悲) : 註 297)번 참조.
361) ᄂᆡ당(內堂) : 내실(內室).

하였더라.

한림(翰林)이 보기를 마치며 노새를 타고 양주골로 들어가니 하인(下人)이 여쭈오되,

"이제야 행차(行次) 들어계시다."

하거늘 한림(翰林)이 분부(分付)하여 왈(曰),

"너희 등은 바삐 여쭈오되, '닐늬리골 황한림(黃翰林) 명함(名銜)드리나이다.' 하라."

하시니 하인(下人)이 들어가 여쭈온되 목생은 하방(遐方) 양반(兩班)이라. 면목(面目) 설어 하나 동방급제(同榜及第)하여 서로 보고 말씀은 익히 하였는지라. 들어오라 하고

〈53〉

아낙에 기별(寄別)하되,

"황한림(黃翰林) 와 계시니 잡술 음식을 내보내라."

하시니 낭자(娘子) 이 말을 듣고 하늘인지 땅인지 어인 말씀인고 미처 행보(行步)를 이루지 못하여 외당(外堂)에 나가 황생(黃生)의 손목을 잡고 땅을 구르며 통곡(痛哭)하니 모든 관하인(官下人)이 뉘 아니 슬퍼하리오.

황생(黃生)은 누이님 이별(離別)하고 그리던 정을 베풀고 통곡(痛哭)하고 낭자(娘子)는 누천리(累千里) 원로(遠路)에 고생하던 말을 하며 통곡(痛哭)하더라. 목생도 그제야 황승상(黃丞相)의 딸인 줄 알고 일희일비(一喜一悲)하더라. 황한림(黃翰林)을 데리고 내당(內堂)에

들어가 좌정 후 전후수말[362]을 낫낫치 고ᄒᆞ더라. 큰 잔치를 비설ᄒᆞ고 주야로 연락ᄒᆞ더라. 잇ᄯᅢ 정씨 그 부인을 ᄃᆡᄒᆞ여 말ᄉᆞᆷᄒᆞᆫ 후로 마음이 산란[363]ᄒᆞ여 심히 불편ᄒᆞᆫ지라. 그날 밤의 한 ᄭᅮᆷ을 으더니 그 튀긘 쥐가 완연이 살아 정씨 압희 와 업ᄃᆡ여 가로ᄃᆡ "그저 날을 귀ᄒᆞᆫ 보븨로 알고 깁피 간수[364]ᄒᆞ엿기로 환토[365]못ᄒᆞ고 오날날 하직ᄒᆞ오니 부인도 황천[366]이 갓가오니 편안이 가옵소서." ᄒᆞ거늘 정씨 놀나 ᄭᆡ다르니 한 ᄭᅮᆷ이라. ᄂᆡ렴의[367] ᄉᆡᆼ각ᄒᆞᄃᆡ, "그 쥐를 잇ᄯᅢ가지 가두엇던니 그도 무슴 ᄉᆞ[368]가 ᄃᆡ엿도다. 나를 황천의 가리라ᄒᆞ니 ᄂᆡ 심사를 어질게 ᄒᆞ니 더욱 간수허리라." ᄒᆞ고

〈54〉

깁피 간수ᄒᆞ며 왈, "후ᄌᆞ의 시비 잇으면 일로 방자[369]허리라." ᄒᆞ더라. 잇ᄯᅢ 황할님과 목싱과 소제 한가지로 늴늬리골 황승상 ᄃᆡᆨ의 가서 슈 말ᄉᆞᆷ[370]을 ᄒᆞ니 승상과 노비 ᄃᆡ성통곡ᄒᆞ니 정씨는 마음이 살란 즁 정신업서 기동을 안코 빙빙 돌더라. 잇ᄯᅢ 낭ᄌᆞ 이러나 정씨계 슉슈ᄌᆡᄇᆡ[371]헌ᄃᆡ 정씨 눈이 어두워 문 왈, "그ᄃᆡ 뉘신고?" ᄒᆞ니, 낭ᄌᆞ 답 왈, "올흔 손목 ᄶᅵ어 ᄂᆡ치신 순금 소제로소이다." ᄒᆞ니,

---

362) 전후수말(前後首末) : 앞뒤와 머리와 끝.
363) 산란(散亂) : 흩어져 어지러움.
364) 간수(看守) : 보살피고 지킴.
365) 환토 : 환(幻)토, 즉 환생(幻生).
366) 황천(黃泉) : 앞의 註 54)번 참조.
367) ᄂᆡ렴(內念)의 : 마음 속에.
368) ᄉᆞ(邪) : 정대하지 못함. 부정함.
369) 방자(防藉) : 방어(防禦)하고 자뢰(藉賴)함.
370) 수 말씀 : 수는 '서너' 또는 '두어' '오륙' 정도의 확실하지 않음을 나타내는 말로 여기서는 그 동안의 여러 사정을 말하였다는 뜻.
371) 슉슈ᄌᆡᄇᆡ(宿首再拜) : 머리를 숙이고 두 번 절함.

들어가 좌정(座定) 후 전후수말(前後首末)을 낱낱이 고(告)하더라. 큰 잔치를 배설(排設)하고 주야(晝夜)로 열락(悅樂)하더라.

이때 정씨 그 부인(夫人)을 대(對)하여 말씀한 후로 마음이 산란(散亂)하여 심히 불편(不便)한지라. 그날 밤에 한 꿈을 얻으니 그 튀긴 쥐가 완연(完然)히 살아 정씨 앞에 와 엎드려 가로되,

"그저 나를 귀한 보배로 알고 깊이 간수(看守)하였기로 환(幻)토 못하고 오늘날 하직(下直)하오니 부인(夫人)도 황천(黃泉)이 가까우니 편안(便安)히 가옵소서."

하거늘 정씨 놀라 깨달으니 한 꿈이라. 내념(內念)에 생각하되,

"그 쥐를 이때까지 가두었더니 그도 무슨 사(邪)가 되었도다. 나를 황천(黃泉)에 가리라 하니 내 심사(心思)를 어지럽게 하니 더욱 간수(看守)하리라."

하고

〈54〉

깊이 간수(看守)하며 왈(曰),

"후자(後者)의 시비(是非) 있으면 이것으로 방자(放藉)하리라."

하더라.

이때 황한림(黃翰林)과 목생과 소저(小姐)는 한가지로 닐늬리골 황승상(黃丞相) 댁에 가서 수 말씀을 하니 승상(丞相)과 노비(奴婢) 대성통곡(大聲痛哭)하니 정씨는 마음이 산란(散亂) 중 정신없어 기둥을 안고 뱅뱅 돌더라. 이때 낭자(娘子) 일어나 정씨에게 숙수재배(宿首再拜)한데 정씨 눈이 어두워 문(問) 왈(曰),

"그대 뉘신고?"

하니, 낭자 답(答) 왈(曰),

"오른 손목 찍어 내치신 순금 소저(小姐)로소이다." 하니,

정씨 왈, "순금 소제랑이면 손목이 완연ᄒᆞ뇨? 낭ᄌᆞ 숨기지 말고 발오 일으라." 허더니라. 승상이 낭ᄌᆞ의 손목을 잡고 실성통곡ᄒᆞ며 전후곡절을 낫낫치 무른ᄃᆡ 소제 슬피 울며 두 번 절ᄒᆞ고 당초붓터 고싱ᄒᆞ든 말이며 온갓 말숨을 알외오니 승상이 슬푸고 분홈을 춤지 못ᄒᆞ여 잇튼날 조회의 이 일노 표[372)]를 올닌ᄃᆡ 황상[373)]이 보시고 질로[374)]ᄒᆞᄉᆞ 즉시 픽초[375)]ᄒᆞᄉᆞ 정씨를 형조의 가두고 황싱은 엄형허실 시 문복자[376)]로 바다올니라 ᄒᆞ시고 정씨의 익비는 ᄌᆞ식 잘못 둔 죄로 양쥬

〈55〉

옥의 가두고 황싱은 몹슬 년의 몸에서 낫다 ᄒᆞ야 할님의 베살을 삭직[377)]ᄒᆞ신니라. 일일은 형조판서[378)] 좌긔ᄒᆞ시고 엄형[379)]을 베풀고 문복[380)]허실 시, "이년아 듯거라. 낭ᄌᆞ 네게 무숨 연고 잇관ᄃᆡ 모히ᄒᆞ여 쥭길려 ᄒᆞ난 ᄯᅳᆺ은 어인 일고? 바로 알외여라." ᄒᆞ시고 천안[381)]이 질노ᄒᆞ사 엄분부[382)]ᄒᆞ시며, "한 ᄆᆡ[383)]의 처 쥭이라." ᄒᆞ시니,

---

372) 표(表) : 소회(所懷)를 적어 제왕에게 올리는 글.
373) 황상(皇上) : 황제(皇帝).
374) 질로(震怒) : 존엄한 사람의 분노.
375) 픽초(牌招) : 조선조 때 왕명을 받아 승지가 신하를 부름. '명(命)'자를 쓴 목패(木牌)에 신하의 이름을 써서 원례(院隷)를 시켜 보냄.
376) 문복자(問服者) : 문초(問招)하여 자복(自服)하게 하는 사람.
377) 삭직(削職) : 삭탈관직(削奪官職). 죄를 지은 사람의 벼슬과 품계를 빼앗고 사판(仕版)에서 이름을 깎아 버림.
378) 형조판서(刑曹判書) : 육조 판서의 하나. 법률, 소송, 형옥(刑獄)에 관한 일을 맡음.
379) 엄형(嚴刑) : 엄한 형벌.
380) 문복(問服) : 문초(問招)하여 자복(自服)하게 함.
381) 천안(天顔) : 용안(龍顔). 임금의 얼굴.
382) 엄분부(嚴分付) : 엄한 분부.
383) ᄆᆡ : 사람이나 짐승을 때리는 곤장, 막대기, 몽둥이 등의 총칭.

정씨 왈(曰), "순금 소저(小姐)양이면 손목이 완연(完然)하뇨? 낭자 숨기지 말고 바로 이르라." 하더니라. 승상(丞相)이 낭자(娘子)의 손목을 잡고 실성통곡(失性痛哭)하며 전후(前後) 곡절(曲折)을 낱낱이 물은대 소저(小姐) 슬피 울며 두 번 절하고 당초(當初)부터 고생하던 말이며 온갖 말씀을 아뢰오니 승상(丞相)이 슬프고 분함을 참지 못하여 이튿날 조회(朝會)에 이 일로 표(表)를 올린대 황상(皇上)이 보시고 진노(震怒)하사 즉시 패초(牌招)하사 정씨를 형조(刑曹)에 가두고 황생(黃生)은 엄형(嚴刑)하실 새 문복자(問服者)로 받아올리라 하시고 정씨 애비는 자식 잘못 둔 죄로 양주

〈55〉

옥(獄)에 가두고 황생(黃生)은 몹쓸 년의 몸에서 낫다하여 한림(翰林)의 벼슬을 삭직(削職)하시니라.

일일(一日)은 형조판서(刑曹判書) 좌기(坐起)하시고 엄형(嚴刑)을 베풀고 문복(問服)하실새, "이년아 듣거라. 낭자(娘子) 네게 무슨 연고(緣故) 있관대 모해(謀害)하여 죽이려 하는 뜻은 어인 일고? 바로 알외어라."
하시고 천안(天顔)이 진노(震怒)하사 엄(嚴)히 분부(分付)하시며,

"한 매에 쳐 죽이라." 하시니,

정씨 ᄀᆡᄀᆡ발명[384]ᄒᆞ며 엿ᄌᆞ오ᄃᆡ, "소쳡이 그진 말ᄉᆞᆷ야 죽은들 알의로잇가? 낭ᄌᆞ 낙ᄐᆡ헌 거시 지금 잇ᄉᆞ오니 명정지ᄒᆞ[385]의 ᄒᆞ감[386]ᄒᆞ옵시고 발그신 하나님은 구버 살피ᄉᆞ 옥석을 가리여 주시옵소서. 명천지ᄒᆞ의 엇지 긔망[387]ᄒᆞ올닛가?"ᄒᆞ고 시비로 낙ᄐᆡᄒᆞᆫ 거슬 드리라 ᄒᆞ니 상이 보시고 직시 더운물의 당가다가 ᄇᆡ를 가르니 ᄃᆡ초씨갓튼 쥐ᄯᅩᆼ이 가득ᄒᆞ거늘 상이 질노ᄒᆞ사 한 ᄆᆡ로 처서 죽이라 ᄒᆞ시며, "그 쥐ᄯᅩᆼ을 정씨 눈으로 보라. 이 ᄯᅩᆼ이 쥐ᄯᅩᆼ인가? ᄉᆞ람의 ᄯᅩᆼ인가? 발오 알외라." ᄒᆞ며 치니 정씨 옥갓튼 달이의 적혈이 가득히 괴이니 엇지 발오 보리오. 황싱은 거적을 펴고 ᄃᆡ죄[388]ᄒᆞ며 벽용통곡[389]ᄒᆞ니 엇지 슬푸지 안니 ᄒᆞ리요. 정씨 ᄆᆡ를 견ᄃᆡ지 못ᄒᆞ여 이실고지로 ᄀᆡᄀᆡ승복[390]ᄒᆞ는 거슬 차제로 올인ᄃᆡ 상이 보시고 ᄃᆡ로ᄒᆞᄉᆞ 직시 능지

〈56〉

처ᄎᆞᆷ[391]ᄒᆞ라 ᄒᆞ시니, 제신이 알외ᄃᆡ, "일국 ᄃᆡ승상의 처이오니 능지처ᄎᆞᆷ은 못ᄒᆞ옵나이다." 알왼ᄃᆡ 상이 ᄒᆞ교허옵시되, "그리ᄒᆞ면 승상다려 일너 자량[392]ᄒᆞ여 ᄒᆞ거나 경의 임의로 처치허라."

---

384) ᄀᆡᄀᆡ발명(箇箇發明) : 하나하나 무죄(無罪)를 변명하여 밝힘.
385) 명정지ᄒᆞ(明正之下) : 밝고 바른 가운데.
386) ᄒᆞ감(下瞰) : 아래를 내려다 봄.
387) 긔망(欺罔) : 남을 그럴 듯하게 속임.
388) ᄃᆡ죄(待罪) : 죄 지은 사람이 죄를 기다림.
389) 벽용통곡(擗踊痛哭) : 벽용(擗踊)은 부모의 상사(喪事)를 만난 상제가 매우 슬피 울며 가슴을 두드리고 몸부림 치는 것으로 여기서는 이처럼 슬피 운다는 말이다.
390) 이실고지(以實告之)로 ᄀᆡᄀᆡ승복(箇箇承服) : 사실을 고(告)하여 하나하나 죄를 스스로 고백함.
391) 능지처ᄎᆞᆷ(陵遲處斬) : 대역(大逆) 죄인에게 과(科)하던 최대의 형벌. 머리·양팔·양다리·몸뚱이의 순으로 여섯 부분으로 찢어서 각지에 보내어 여러 사람에게 구경시킴.
392) 자량(自量) : 스스로 헤아림.

정씨 개개발명(箇箇發明)하며 여쭈오되,

"소첩(小妾)이 거짓 말씀이야 죽은들 아뢰리까? 낭자(娘子) 낙태(落胎)한 것이 지금 있사오니 명정지하(明正之下)에 하감(下瞰)하옵시고 밝으신 하나님은 굽어 살피사 옥석(玉石)을 가리어 주시옵소서. 명천지하(明天之下)의 어찌 기망(欺罔)을 하오리까?"

하고 시비(侍婢)로 낙태(落胎)한 것을 드리라 하니 상(上)이 보시고 즉시 더운 물에 담갔다가 배를 가르니 대추씨 같은 쥐똥이 가득하거늘 상이 진노(震怒)하사 한 매로 쳐서 죽이라 하시니, "그 쥐똥을 정씨 눈으로 보라. 이 똥이 쥐똥인가? 사람의 똥인가? 바로 아뢰라."

하며 치니 정씨 옥(玉) 같은 다리에 적혈(赤血)이 가득히 고이니 어찌 바로 보리오.

황생(黃生)은 거적을 펴고 대죄(待罪)하며 벽용통곡(擗踊痛哭)하니 어찌 슬프지 아니하리오.

정씨 매를 견디지 못하여 이실고지(以實告之)로 개개승복(箇箇承服)하는 것을 차례로 올린대 상(上)이 보시고 대노(大怒)하사 즉시 능지

〈56〉

처참(陵遲處斬)하라 하시니, 제신(諸臣)이 알외되,

"일국(一國) 대승상(大丞相)의 처(妻)이오니 능지처참(陵遲處斬)은 못하옵나이다."

아뢴대 상(上)이 하교(下敎)하옵시되,

"그리하면 승상(丞相)에게 일러 자량(自量)하여 하거나 경(卿)의 임의(任意)로 처치(處置)하라."

ᄒᆞ신ᄃᆡ 승상이 직시 노비를 호령ᄒᆞ여 정씨를 직각 ᄎᆡᆨ너ᄒᆞ여[393) 다려다가 밤 숨경의 승상이 좌긔ᄒᆞ시고 노복을 좌우의 ᄂᆡ려 세우고 거적 위의 도마노코 참토장을 직시 불너 분부ᄒᆞ시니 참토장이 거문 옷슬 입고 ᄃᆡ령ᄒᆞ거늘 승상이 정씨를 잡아드려 ᄭᅮ지저 왈, "너갓튼 거슨 남의 집을 망케 ᄒᆞ여 ᄋᆡ미헌 소제를 모히를 ᄒᆞ여 나의 총명을 가리와 세상의 용납지 못ᄒᆞ게 ᄒᆞ니 너도 전일 손목을 ᄶᅵᆨ으려 ᄒᆞ든 칼노 ᄶᅵᆨ혀 보아라." ᄒᆞ시고 참토장을 엄분부ᄒᆞ여 밧비 ᄶᅵᆨ으라 ᄒᆞ시니 언니 분부라 지체ᄒᆞ리요. 참토장이 눈을 감고 칼을 들어 ᄃᆡ합의 ᄶᅵᆨ으니 목이 토막아러 ᄂᆡ려지는지라. 슬푸다! 이런 인싱이야 금슈도 밋지 못헐너라. 황싱은 ᄃᆡ성통곡ᄒᆞ고 관곽[394)을 갓초와 향양지지[395)의 무든니라. 잇ᄯᅢ 낭ᄌᆞ만

〈57〉

지장서[396)를 닷가 원정[397)을 지어 황상계 올이니 그 글의 ᄒᆞ엿시되, "죄첩은 죄를 무릅시고 옥계[398)의 표를 올니나이다. 당초의 소첩이 죄의 드러 죽기려 ᄒᆞ올 제의 참토장의 큰칼이 목의 ᄂᆡ려질 거슬 죄첩의 오라비 황싱의 심을 입ᄉᆞ와 첩의 실갓튼 목심이 부지ᄒᆞ옵고 이러케 귀이 되옵기도 황싱의 구호홈을 입ᄉᆞ와 신첩의

---

393) 칙ᄂᆡ(捉來)ᄒᆞ여 : 착래하여, 끌어와서.
394) 관곽(棺槨) : 관과 곽. 속널과 겉널.
395) 향양지지(向陽之地) : 남향하여 볕이 잘 드는 땅.
396) 만지장서(滿紙長書) : 사연을 많이 적은 긴 편지.
397) 원정(原情) : 사정을 하소연 함.
398) 옥계(玉階) : 대궐 안의 섬돌.

하신대 승상(丞相)이 즉시 노비(奴婢)를 호령(號令)하여 정씨를 즉각 착래(捉來)하여 데려다가 밤 삼경(三更)에 승상(丞相)이 좌기(坐起)하시고 노복(奴僕)을 좌우(左右)에 늘여 세우고 거적 위에 도마 놓고 참두장(斬頭長)을 즉시 불러 분부하시니 참두장(斬頭長)이 검은 옷을 입고 대령(待令)하거늘 승상(丞相)이 정씨를 잡아 드려 꾸짖어 왈(曰),

"너같은 것은 남의 집을 망(亡)하게 하여 애매(曖昧)한 소저(小姐)를 모해(謀害)를 하여 나의 총명(聰明)을 가리워 세상(世上)에 용납(容納)지 못하게 하니 너도 전일(前日) 손목을 찍으려 하던 칼로 찍혀 보아라."

하시고 참두장(斬頭長)을 엄(嚴)히 분부(分付)하여 바삐 찍으라 하시니 어느 분부(分付)라 지체(遲滯)하리오. 참두장(斬頭長)이 눈을 감고 칼을 들어 대합(大合)에 찍으니 목이 토막아래 내려지는지라. 슬프다! 이런 인생(人生)이야 금수(禽獸)도 미치지 못할러라. 황생(黃生)은 대성통곡(大聲痛哭)하고 관곽(棺槨)을 갖추어 향양지지(向陽之地)에 묻으니라. 이때 낭자(娘子) 만

〈57〉

지장서(滿紙長書)를 닦아 원정(原情)을 지어 황상(皇上)께 올리니 그 글에 하였으되,

"죄첩(罪妾)은 죄(罪)를 무릅쓰고 옥계(玉階)에 표(表)를 올리나이다. 당초(當初)의 소첩(小妾)이 죄(罪)에 들어 죽이려 하올 때에 참두장(斬頭長)의 큰칼이 목에 내려질 것을 죄첩(罪妾)의 오라비 황생(黃生)의 힘을 입사와 첩(妾)의 실같은 목숨이 부지(扶持)하옵고 이렇게 귀(貴)히 되옵기도 황생(黃生)의 구호(救護)함을 입사와 신첩(臣妾)의

더러운 누덕[399]을 버섯ᄉᆞ오니 만일 오ᄅᆡ비 안니온들 엇지 누덕을 씻고 살기를 발랏올잇가? 오ᄅᆡ비 황싱은 불효녀 신첩을 살엿삽나니다. 삼년초토[400] 후의 예부상서[401]를 ᄒᆞ여지이다." ᄒᆞ엿거늘 상이 보시고 ᄃᆡ찬ᄒᆞᄉᆞ 숨년초토 후의 황싱으로 예부상서를 제수ᄒᆞ시다. 잇ᄯᅢ 양쥬목ᄉᆞ는 정씨의 ᄋᆡ비를 잡아다가 엄형 후 극변원찬[402]ᄒᆞ라 ᄒᆞ시니라. 각설, 낭ᄌᆞ 착ᄒᆞᆫ 마음으로 세월 보ᄂᆡ니 듯고 보는 죄다 칭찬불니[403] 허기로 ᄃᆡ복을 입어 아들 육형제와 ᄯᅡᆯ 숨형제을 낫고 복을 누리다가 구십 세의 옥황상제[404] 압흐로 올나가시니라. 슬푸다! ᄉᆞ람이 세상의 나서 착ᄒᆞᆫ 일만 ᄒᆞ여도 다 못할지 어던 이다지

〈58〉

악한 일을 허고야 엇지 천도무심[405]허리요. 이 낭ᄌᆞ로 볼진ᄃᆡ 초년 고싱을 한탄허리요. 옛 글의 이로ᄃᆡ 고진감ᄅᆡ요 흥진비ᄅᆡ라 ᄒᆞ엿스니 이후 ᄉᆞ람들은 일장고싱[406]을 슬허마시고 락으로 아시고 착헌 일만 ᄒᆞ시면 필연 후년의는 복을 ᄐᆡ산갓치 밧ᄉᆞ올니라. 뒤의 ᄉᆞ람이라 칭ᄒᆞ고는 인의예지를 항상 잇지 말지여다. 엇지 세상의 불칙ᄒᆞ고 간교헌 마음을 두리요. 세상의 녀자로 나서 남의 집 ᄉᆞᆫ

---

399) 누덕(累德) : 선행(善行)에 방해가 되는 악덕(惡德). 註 87)번 참조.
400) 삼년초토(三年草土) : 삼년상(三年喪). 부모의 상(喪)에 있어서 삼 년 동안 거상(居喪)하는 일.
401) 예부상서(禮部尙書) : 의례(儀禮)를 맡아 보던 관아. 상서예부(尙書禮部).
402) 극변원찬(極邊遠竄) : 지극히 먼 변경(邊境)으로 귀양을 보냄.
403) 칭찬불니(稱讚不已) : 칭찬이 그치지 않음. 註 24)번 참조.
404) 옥황상제(玉皇上帝) : 도가(悼歌)에서 말하는 하느님.
405) 천도무심(天道無心) : 하늘이 무심함.
406) 일장고싱(一場苦生) : 한 바탕의 괴로움.

더러운 누덕(累德)을 벗었사오니 만일 오라비 아니었다면 어찌 누덕(累德)을 씻고 살기를 바라오리까? 오라비 황생(黃生)은 불효녀(不孝女) 신첩(臣妾)을 살렸삽나이다. 삼년초토(三年草土) 후(後)에 예부상서(禮部尙書)를 하여지이다."

하였거늘 상(上)이 보시고 대찬(大讚)하사 삼년초토(三年草土) 후(後)에 황생(黃生)으로 하여금 예부상서(禮部尙書)를 제수(除授)하시다. 이때 양주목사는 정씨의 애비를 잡아다가 엄형(嚴刑) 후(後) 극변원찬(極邊遠竄)하라 하시니라.

각설(却說), 낭자(娘子) 착한 마음으로 세월(歲月) 보내니 듣고 보는 죄다 칭찬불이(稱讚不已) 하기로 대복(大福)을 입어 아들 육형제(六兄弟)와 딸 삼형제(三兄弟)를 낳고 복(福)을 누리다가 구십 세에 옥황상제(玉皇上帝) 앞으로 올라가시니라.

슬프다! 사람이 세상(世上)에 나서 착한 일만 하여도 다 못할지어든 이다지

〈58〉

악(惡)한 일을 하고야 어찌 천도무심(天道無心)하리오. 이 낭자(娘子)로 볼진대 초년(初年) 고생(苦生)을 한탄(恨歎)하리오. 옛 글에 이르되 고진감래(苦盡甘來)요 흥진비래(興盡悲來)라 하였으니 이후 사람들은 일장고생(一場苦生)을 슬퍼마시고 낙(樂)으로 아시고 착한 일만 하시면 필연(必然) 후년(後年)에는 복(福)을 태산(泰山)같이 받사올지라. 뒤에 사람이라 칭(稱)하고는 인의예지(仁義禮智)를 항상(恒常) 잊지 말지어다. 어찌 세상에 불측(不測))하고 간교(奸巧)한 마음을 두리오. 세상(世上)의 여자(女子)로 나서 남의 집 산

ᄉᆞ람이 이러헌 불힝실을 ᄒᆞ여 집을 망케 ᄒᆞ고 부모ᄌᆞ식동싱을 멸망케 허리요. 물논 ᄒᆞ허녀인[407]이든지 몸이 세상의 아녀ᄌᆞ로 낫거든 부모를 효향ᄒᆞ고 가장을 위ᄃᆡ[408]ᄒᆞ고 동긔[409]를 위ᄒᆞ고 ᄌᆞ식을 착한 도로 교훈ᄒᆞ며 궁빈제족[410]을 구제ᄒᆞ고 타인에게도 이와 갓치 선심으로 지널지니라. 융희[411] ᄉᆞ년 원월[412] 일 김시현 저문

〈59〉

광고

본인이 필지가 업ᄉᆞ와 글시도 흉ᄒᆞ옵고 오ᄌᆞ낙서 만ᄉᆞ오니 보시는 첨위[413]는 눌러보시와[414] 본인의 무ᄌᆡ허믈 흉보시지 마옵시기를 바라옵나니다.

김시현 Kim Si Hyun 고빅[415]
융희 ᄉᆞ년 원월 일 등서[416] 종

〈60〉

김승지덕 칰 융희ᄉᆞ년 원월 일 등서 종
순금전 권지단.

---

407) ᄒᆞ허녀인(何許女人) : 어떤 여인.
408) 위ᄃᆡ(爲待) : 위하여 대접함. 우대.
409) 동긔(同氣) : 형제 자매의 총칭.
410) 궁빈제족(窮貧諸族) : 곤궁하고 빈천한 무리들.
411) 융희(隆熙) : 조선조 마지막 임금 순종 때의 연호. 1907-1910년.
412) 원월(元月) : 정월(正月).
413) 첨위(僉位) : 여러분.
414) 눌러보다 : 다소의 잘못을 탓하지 않고 너그러이 보다.
415) 고빅(告白) : 숨김없이 사실대로 말함.
416) 등서(謄書) : 등초(謄抄 · 謄草). 원본에서 옮겨 베낌.

사람이 이러한 불행실(不行實)을 하여 집을 망(亡)하게 하고 부모(父母) 자식(子息) 동생(同生)을 멸망(滅亡)케 하리오. 물론(勿論) 하허여인(何許女人)이든지 몸이 세상(世上)의 아녀자(兒女子)로 났거든 부모(父母)를 효양(孝養)하고 가장(家長)을 위대(爲待)하고 동기(同氣)를 위(爲)하고 자식(子息)을 착한 도(道)로 교훈(敎訓)하며 궁빈제족(窮貧諸族)을 구제(救濟)하고 타인(他人)에게도 이와 같이 선심(善心)으로 지낼지니라.

융희(隆熙) 사년(四年) 원월(元月) 일(日) 김시현 저문(著文)

〈59〉

광고(廣告)

본인(本人)이 필재(筆才)가 없사와 글씨도 흉하옵고 오자(誤字) 낙서(落書) 많사오니 보시는 첨위(僉位)는 눌러보시와 본인(本人)의 무재(無才)함을 흉보지 마옵시기를 바라옵나이다.

김시현 Kim Si Hyun 고백(告白)

융희(隆熙) 사년(四年) 원월(元月) 일(日) 등서(謄書) 종(終)

〈60〉

김승지댁(金承旨宅) 책 융희(隆熙) 사년(四年) 원월(元月) 일(日) 등서(謄書) 종(終)

순금전 권지단(卷之單).

제3부 『순금전』 관련 구전 설화

『순금전』 관련 구전 설화

1. 계모가 팔을 자르고 내쫓은 처녀

네날에 한 체네가 있는데 이 체네는 오마니가 죽어서 훗오마니를 성기게 됐드랬는데 이 훗오마니는 아들 여럿을 대불구 둘와서 이 체네를 미워하구 페랍게 굴구 내쫓을라 했다. 훗오마니 아덜은 데 에미나 내쫓을 바에는 낭손을 잘라서 내쫓으라 하느꺼이 훗오마니는 그거 그카는 게 돟갔다 하구 이 체네 손을 문턱에 올레 놓구 도꾸[1]로 탁 테서 잘라서 내쫓았다. 그런데 이 체네에 잘닌 손은 바른손은 독수리가 물어가고 왼손은 새매가 물어갔다.

체네는 내쫓기운 담에 갈 데가 없어서 여기더기 돌아다니는데 하루는 어드런 집 담장 밖에 와서 담 우를 테다보느꺼니 감나무에 감이 많이 열레 있으서 데 감이나 따먹갔다구 담장으루 올라갈라 하는데 손이 없으니꺼니 떠러데서 올라가딜 못하고 있었다.

이 감나무 아래에는 이 집에 외아들이 공부하는 방이 있드랬는데

---

1) 도끼.

이 아들이 공부하다가 보느꺼니 웬 체네가 있어서 이 체네를 저으 방으루 데부러다 놓구 병풍으루 가리워 숨겨 두구 아침 저녁으로 자기 밥을 논아 먹구 자기 쉐수물루 쉐수시키구 이라멘 지냈다.

그러니꺼니 집안 사람들은 아들의 쉐수물이 전보단 흐리구 밥두 기트지 않구 한나투 낭구지 않구 다 먹구 해서 이거 이상한 노릇이다 하구서리 하루는 몰래 아들으 방을 지케봤다. 손 없는 체네를 병풍 뒤에 숨겨 두구 있는 것을 보구 있는 것을 보구 귀여운 아들에 팔자가 그랗가갔다구 이 체네와 結婚을 시켰다.

그 후 이 아들은 과개하레 서울루 가게 됐는데 갈 적에 색시가 아들 날 것 같으문 便紙하라구 하구서 갔다.

새실랑이 떠난 후 얼마 안 돼서 이 색시는 아들을 났다. 이 아는 여간만 곱구 잘 생기딜 않아서 부모는 잘난 아들 났다구 서울에 있는 아들한테 便紙를 보냈다. 便紙 개구[2] 가는 사람은 가다가 이 체네 홋오마니에 집이서 자게 됐다. 이 사람이 자구 있는데 홋오마니는 무슨 便紙를 개지구 가나 보구 싶어서 그 便紙를 몰래 꺼내서 보구선, 아들 났넌데 홍측하고 보기 싫은 괴상한 아들 났으니 이런 색시는 내쫓자하는 便紙를 써서 네두었다.

새시방은 서울서 이런 便紙를 받구서 색시를 내쫓으래두 내가 내리간 담에 내쫓으라는 말을 쎄서 네두었다.

便紙 시그부리[3] 하는 사람은 돌아올 적에 또 그 홋오마니네 집이서 자게 됐다. 홋오마니는 便紙 시금부리 하는 사람이 잠든 짬에 便紙를 꺼내보구 색시레 병신새끼 난 거이니 아들을 났더래두 내쫓으라구 고테[4] 써서 네주었다.

2) 가지고.
3) 심부름.
4) 고쳐.

집에서는 부모가 이러한 便紙를 받아 보구 할 수 없이 색시를 고온 넙성을 입히고 떡을 많이 해서 주구 아들 업혜서 울멘 내보냈다. 색시두 울멘 아들 업구 집을 나왔는데 갈 데레 없어서 발가는 대루 갔다. 하하 가다가 목이 너무너무 말라서 샘에 가서 물을 먹으레 했다. 꺼급 세서[5] 물을 먹는데 잔등에 업힌 아레 고만 뚝 떠러데서 샘 아낙에 빠졌다. 색시는 깜짝 놀라서 손을 내밀어 아를 붙잡을라구 하는데 물 속에서 두 손이 올라와서 부텄다. 그래서 아를 잘 받아서 업구서 갔다.

색시는 가다가 어떤 酒幕에서 일해 주구 밥을 얻어 먹으멘 살구 있었다.

새시방은 서울서 돌아와서 보느꺼니 색시가 없어데서 어칸[6] 노릇인가 하구 물었다. 네레 편지에 쫓아내라 해서 쫓아냈다구 했다. 새시방은 색시를 찾으레 나가갔다 하구서 엿당시가 돼각구 여기더기 돌아다니멘 색시를 찾았다. 그러다가 이 酒幕에꺼정 왔다.

이 酒幕에 물 긷는 낸을 부느꺼니 암만 봐두 저 색시 같아서 자세히 알구파서 그 酒幕에 자리를 붙었다.

색시는 새로 둘온 나그네가 저의 새시방 같은 남덩이여서 아들을 그 사람의 방에다 디리보냈다. 아는 그 방에 들어가서 반가하멘 따르구 아버지 하구 불렀다.

이 사람은 어드런 아래 이러능가 하구 아에 오마니를 불러서 말해 봤다. 그랬더니 자기가 찾으레 나온 색시라는 거를 알게 됐다. "이거 어드룽게 된 노릇이가?" 하멘 말을 해보니꺼니 便紙가 서루 가락 中間에서 바괴딘 거를 알게 됐다.

이 사람은 색시를 찾아서 집에 돌아와서는 색시의 홋오마니를

5) 거꾸로 서서.
6) 어찌된.

찾아 내구 못된 짓을 많이 한 훗오마니를 죽이구 돌아와서 색시하구 아들하구 잘 살았다구 한다.

* 1937年 1月 宣川郡 新府面 大睦洞 金信永
* 1937年 7月 鐵山郡 扶西面 石山洞 鄭聖則
* 1938年 1月 龍川郡 東下面 三仁洞 文信珏

[임석재, 「한국구전설화」 평안북도 I, 1985.]

2. 손 없는 색시

아버지가 -아니 어머니가 인저 죽구서는 장가를-재차 장가를 들었는데, 부엌에 쥐가 있드래. 부엌에 쥐가 있는데 인저 딸과 전실 딸은 시집 갈 때가 되구 그랬대유. 만날 공부만 열심 써서 했대유. 공부만 열심 써서 했는데 한 날은 쥐지, 이 부엌에 수채구녕에 -수채구녕에 이렇게 드나드는 쥐가 있대유. 만날 인저 쌀이구 뱁이구 만날 고 수채구녕에 부엌에 요물 내빼리는데 고기다가 탕개(탕기)다가, 쌀이구 뱁이구 이렇게 놓으면 만날 고걸 먹으러 온대유, 쥐가. 그래 먹어 버릇해서 매일 와서 고걸 먹구 가구 먹구 가구 그라는데, 인제 쥐가 그냥 이만하게 컷대유. 컷는데 강아지만하구 그래잖아유. 쥐가 크면 강아지만하다 그래유. 인제 한 날은 문에다가 멍석을 잔뜩 치구-인저 멍석을 치구, 그날 저녁에는 인저 그렇게 맴을 헌거여. 그 지에미가 저 묵은 집터에 가서 메물 볼 메물-볼 메물 난거 그거를 인저 가서 비어다가시리 털어가지구 묵을 해다 주구유. 묵을 해다 주구,

"어, 너 밤에는 공부하느라구 배고프구 그럴테니까 이건 밤에 반찬으루 먹으라."

해다 주구, 그라구 인저 요 쥐를 길러 가지구서는 한 날은 인저 고렇게 잡아 가지구서는 겁대기를 후루루루 벗겨서 인저 고 전실 딸 치마 속에다 넣구, 인저 메밀묵 그거 해 줘서 먹구 그러는데, 아 얼굴에 어째 기미가 끼는데 그냥 얼굴이 노래지면서 얼굴에 기미가 끼구 그라드래유. 그러는데-그러더래유.

"아이구 저 년 시집갈 때가 되니까 그래니까루 서방질 해 가지

구서는 애 있나 보다."

그러더래유. 아이구 한 날은 밤에 울면서,

"우리 어머니가 없으니까 계모한테 참 저런 소리를 듣는다."

그래면서, 지 한탄을 지가 하면서 울더래유. 즈 아버지더러 얘기할 수가 없구 그래서 지 아버지 하구 인제 마누라하군 한편이거든유. 그래서 인저 전실 삼은 이를 결혼을 한 건데. 그래서 한 날은 그렇게 울면서 그냥 한탄을 하는데 그 이튿날 저녁에는 인저,

"저 년 시집갈 때가 되구 그래니까 서방질 해서 애 있나 보다."

그러더래유. 그래 지 아버지더러 그냥 그렇게 ….

"저 년 애 스나 보다구 밤이면 오래도록 불 켜놓구 그러더니 서방질해서 애 스나 보다."

그래구 한 날은 이저 멍석을 문에다가 치구 이렇게 해서는 문을 저기 배깥에다 잠그구, 아 그래설람에 한날은 인저 밤에 오래도록 공부하구서는 이렇게 잤는데, 컴컴해서 또 자구, 또 자구 이랬대유. 그래서 들어오더니만 멍석을 걷어 차 버리구서는,

"요 오라질 년아, 잠두 한이 있지 한나절꺼정 자빠져 자는 년이 어디 있느냐?"

고 깨우더래. 이불을 걷어 차며 깨우더래. 아 그래서 깜짝 놀래서 일어나 보니까 이거마한 쥐를 벗겨다가 치마 속에다 넣더래유. 그래 일어나서－이렇게 일어나서 벌떡 일어나니까 그냥 다리에서 쑥 떨어지더래. 가랭이 속에서－가랭이 속에서 쑥 떨어지더래유. 아 그러더니 지 아부지를 갖다 보이더래유. 낸편내를－낸편내를 갖다 보이면서,

"우리 집에는－양반의 집에서 이런 법이 있느냐? 서방질 해 가지구 애를 지었다구－애 지었다."

아, 야단 야단 하더래유. 그래서 인저 지 아버지가 여편내 말만 듣구서는,

"하! 이 남 부끄러워서 못 살겄다. 딸내민 대가리가 크니까 저 지랄하는 것을 어떡하느냐?"

그거를 내버리지 않고 즈 아버지를 두구 보이구 두구 보이구, 동네 사람들한테 보이구 보이구 이래더래유. 그래 인저 쥐를 홀랑 빠수니까 꼭 참 그렇게 애 죽인 것 같이 그렇더래유. 그래서 아버지가 한 날은 그러더래유. 작두를 새파랗게 갈아다 놓구-새파랗게 갈아다 놓구,

"우린 양반에 집에 이런 법이 없다."

작두를 새파랗게 갈아 놓구, 작두를 이렇게 쳐들구,

"이년아, 여기 손 느라."

구. 그래서 바른 손을 이렇게 갖다 넣더래유. 그래 요렇게 뚝 짤랐대유. 뚝 자르는데 피 한 모금 안나오구 그냥 확 날아가더래유. 손이 요렇게 뚝 잘라져 호루루 날아가더래유. 벌써 그거 하늘에서 지 엄마가 도와준거유. 후루루 날아가 피 한 모금 안나오더래유. 그래서름에 인저 한 날은 지 아버지한테 내쫓겨서 나갔는데, 어디꺼정 가니까 부잣집이-그래서 배깥에서 봐도 부자더래. 그 집이 부잔데, 요 담이 얕은데, 담이 있는데, 고담에서 요렇게 그냥-이 바른 팔은 없구 요거 한 짝인데, 배는 고푸구 인저 이라는데, 요렇게 담 밑에를 이렇게 쳐다보니까, 감낭구나 달락말락 그렇게 배낭구가-감낭구가 아니라 배낭구래유. 그냥 배가 이만큼 한 게 주렁주렁 달렸는데, '아휴 이것 좀 따 먹었으면 좋겄는데 바른 손이 없으니 어떡하면 좋아?' 그냥 울면서 배는 고푸구 그냥 이렇게 내쫓겨서-인저 쫓겨 나와 가지구서는 울기만 하는데, 헐 수 없어서 요렇게 고

담에를 올라가설람에 그-그냥 배낭구에 가서 배가 이거만큼한데 누렇게 달렸는데, 배나무가 이렇게 척척 가려놓구 섰길래, 거길 올라 앉아설람에, 인저 손은 이렇게 바른 손이 없어서 이 닿는 대루-이 닿는 대루 그냥 한 입 베어 먹구, 뚝 떨어뜨리구, 한 입 베어 먹구 뚝 떨어뜨리구 이랬대유. 그래-그런데 그 집 참 부재래유. 그러는데.

"엄마, 엄마, 저기 길에 내려가 배낭구 밑에 가 보니까-그냥 배낭구 밑에 보니까 한 입 베어 먹구 뚝 떨어뜨리구 한 입 베어 먹구 뚝 떨어뜨리구 뭐이가 그렇게 죄 띠어 먹구 내려뜨렸다."

그러더래유. 그래서 이렇게 올려다 보니까 어떤 이쁜 색시가 올라 앉아어. 올라 앉았는데 이 바른 손이 없어.

"엄마 가 봐."

그러더래유. 그래 가 보니까 참 이쁜 색시가 올라 앉았는데요. 손이 없더래유. 손이 없는데, 아들은 장가들 땐데, 그 참 며느리 얻을 때가 됐는데 그 새악시가 마음에 꼭 들더래유. 마음에 꼭 드는데 이게 외아들인데, '저 손이 없어두 저거 며느리 삼아야겠다.' 인제 이러구선 내려오라구 그래서는 하루 이틀 멕이는 거유, 인저. 우선 멕이구 일두 하구 인저 바른 손으로 일두 하는 건 하구 이러는데, 그냥 예를 올리구선 며느리를 삼았어유. 외아들인데 며느리를 삼았는데, 인저 진짜 첫애기를 낳는데, 아들을 두꺼비 같은 아들을 낳더래유.

즈 엄마처럼 어떻게 애가 잘 생겼는지 몰르드래유. 커덕커덕한 애를 업구서는 '에이 친정에나 가 본다.'구. 인저 한 날은 어머니 어딜 내가 꼭 가서 있는 집이니까, 엄마두 잘 해 입구 애기두 참 포대기 곱게 해서 들쳐 업구서는 인저 친정에 좀 간다구 가는데 그냥 가다가 이렇게 목은 말라 죽것는데, 이 바른 손이 없어서 물을 먹을 수가 없드래유. 목은 말라 죽것구, 그래는데 애기를 이렇게 업구서는 이렇게 엎드려서, 그냥 말간 샘물이 요거만한 웅댕이에 가득한데, 그냥 이때 엎드려서 샘물을 입으루 골딱골딱 먹으면서 그래니까 올며 먹으며 그랬지, 인저 팔이 없으니까, 그러더니 이렇게 물을 엎드려서 먹는데 손이 무끌하더래유. 손이 무끌하더래유. 여전히 손이 달렸더래유. 그거 하늘에서 도와준 거유. 그게-그래서 손이 여전해서 깜짝 놀래가지구서, '세상에 우리 어머니가 나를 불쌍히 여겨서 이거를 뚝 잘라질 적에 후루루 날아가더니 우리 어머니가 이거를 나를 도와줬구나!' 이러구서는 애를 업구서는 갔대유. 애를 업구서는 인저 가니까-가니까루 언네를 참 곱게 해서 입혀 가지구 저두 잘 해 입구 이라구 가니까루, 그런데 인제 친정에를 가느라구 이렇게 가니까루, 아버지가 거이가 이렁하구. (딸을 잃어버렸으니까 좋것우?) 이렁하구 대문 바깥으루 내다보더래유.

"저거는 꼭 우리 딸 모습 같은데."

그러더래유. 그라구서는 내다보구 있는데 조금 더 가니까,

"아버지!"

하구서는, 구냥 울메불메 아버이두 울구 어머이두 울구, 그냥 끼어안구서는,

"세상에 너 고생 많았다."

그러면서 손을 보더니,

"우짠 일이냐? 딸은 우리 딸 같은데 손을 내가 짤라서 손이 없는데."

이라며 그냥 그렇게 목이 메어 울더래유. 그런데 그 애길 했드래유. 그래서 그 여자-그 여편내를 소박했대잖아유. 그렇게 애매해

가지구-인저 그냥 손주 아버이가 장가를 또 들어가지구 인저 여전히 살림하구 사는데 딸을 그렇게 애를 먹였더래유. 그제서 그제부터는 그 여편네를 내쫓구서는 또 장가를 들었는데, 세 번째 드는 거지. 그런데 그 어머이는 그렇게 딸에게 잘 하드래유. 그렇게 잘 할 수가 없드래유. 그래서 즈 어머이가 죽어서 불쌍해서 어머이가 도와 줬다는 거유.

그래서 아들 딸 놓구 잘 살드래유. 부잣집에 시집가서.

[이동면 설화 18]

서리 하반 안산밑, 1982. 1. 23. 조희웅, 유지현 조사.

오수영, 여, 68.

[조희웅, 「한국구비문학대계」 1-9 경기 용인군, 한국정신문화연구원, 1984.]

3. 계모에게 쫓겨난 손 없는 처녀

옛날 참 어떤 정승의 집에 남매를 떡 낳아 놓고 저거 모친이 돌아가셨는데, 그래 참 처녀는 과연한(과년한) 처녀가 되고, 참 아들은 나이 한 열서너 살 무웄는데 정승이라도 참, 옛날에 참 재혼을 안 하나. 그래 재혼을 하게 떡 되가주고. 재혼을 하는데, 이 정승이 가마이 생각을 하이, 딸은 과연하재, 옛날에는 참 계모가 들오면 계모 행시(행세)를 하재 이래서 그 딸을 인자 감찼는 기라. 저가부지가[7]떡. 정승이, 인자 딸을, 그 큰 딸을 떡 감차놓고 그래 장가를 들었어.

그래 장가를 들었는데 참 이 열 도오살[8] 묵은 요기 말이지 저거 누부하고[9] 둘이 있다가 저거 누부를 떡 감차노이께네 저검마가[10] 인자 새엄마가 딱 들어왔다. 같이 누버자이, 밤마다 이기 인자. 저거 누부를 찾는 기라. '하이고 우리 누부가 어데 갔는고. 우리 누부를 내가 찾아야 되는데, 누부가 있어야 되는데….' 꿈을 꾼다카는기장 그 소리라. 그러이 인자 이 참 새로 들왔는 저검마가 가마이, 잠은 안 오고 생각을 하이 '옳다 야 뿐 아이고[11] 아가 또 하나 더 있는갑다' 이래 생각을 하는데, 그래 하루는 인자 물었는 기라. 아한테.

"그래 니가 틀림없이 너거 누부가 있재? 바른 말 안하모 니는 집

---

7) 자기 아버지가.
8) 열 두어 살.
9) 누나하고.
10) 자기 엄마가.
11) 이 아이 뿐만 아니라.

에 안 놨두고 후치낼 챔이다. 바린 말 해라."

그래 아가 참 바른 말을 했는기라. 그래 바른 말을, 저검마한테 다 일렀는기라.

"우리 누부가 실은 있는데 그래 우리 누부로 아무데 아무데 그거 숨케났다."

고 이카거든. 그래 인자 이 계모가 가마이 생각을 하이 괘씸하다 말이라. '참 정승이지만은도 내가, 나도 부몬데 마 와 저래 감찼노?' 싶어 괘씸한 맘이.

한 날은 인자 그 딸 있는 곳으로 아를 앞시아가주고,[12] 지 동생을 앞시아가주고 떡 갔는 기라. 가보이 아주 과연한 처녀가 인물도 아주 잘 나고 이런데 밍지비를[13] 떡 짜고 있다 말이라. 그래 이 계모가 가마이 생각을 하이 괘씸하다 말이라. '저걸 어예 내가 거해야 되겠노?' 싶어 인자 돌아왔어. 고날은 인자 고래(그렇게) 돌아와가주고. 그래 인자 한 날은 떡 장사가 왔는 기라. 뭐 팔러 이래 떡 장사가 왔는데, 그래 장사한테 캤는 기라.

"그래 어떻게 해가주고 묵고, [옛날에는 뭐 도약(독약) 이런 것도 잘 업었는 갑데에.] 묵고 죽을 약 이런 것 있으마, 좀 해다주마 그래 내가 돈을 얼마라도 줄 모야이께네 해다 돌라."

꼬. 이캤다. 그래 인자 그 장사가 참 하는 말이,

"하, 좋은 수가 있다."꼬.

"좋은 수가 있으면 그래 뭐 어떤 수가 있냐고, 해다 돌라."

"오새(요새) 저 봄인께 뭐 들에 나가마 돌메물이 안 쌨습니까?[14] 돌메물 그걸 훑어가주고, 묵을 해가지고 믹이노면 대분에 배가 아

12) 앞세워서.
13) 명주 베를.
14) 야생하는 메밀이 흔하다는 말임.

파 죽는다."

"아이, 그라마 좋다고 해다 돌라."

이캤는기라. 그래 인자 참 씨기노이 이 여자는 참 돈 벌이기 위해서 인자 그 돌메물을 훑어가주고, 묵을 해가주고 갖다 줐는 기라. 갖다 주이께 인자 이 계모가 그 묵을 인자 한 날은 참 맛있게 한 그륵 쳐가주고 저거 동생을 앞세아고 그래가 인자 찾아 갔는 기라. 딸한테. 가이 딸이 참 깜짝 놀래거던. 저가부지하고 지하고만 알고 지는 숨어가 있는데, 저거 엄마가 찾아오이 깜짝 놀래는 기라. 그래 계모가 하는 말이,

"아이구, 마 니가 여어 있는 줄 내가 진작 알았으마 참 내가 진작 찾아 와서 거할낀데 그래 너거 동생이 느저께서[15] 그래 캐소내 여어 왔으이 올라카이 맨손으로 몬 오고 그래 이거 묵이라도 한 그륵 해가 왔은게 니라와서 그래 묵으라."

비짜는 처녀를 막 불러니라가 묵어라 카거든. 그래 이 처자가 안 묵을 수도 없고 참 비를 짜다가 인자 말코를 풀어놓고 니러와서 그걸, 묵을 인자 참 쪼매 묵었는기라. 쪼매 및 숟가락 떠 무이께네 아이고, 어데 있노 마 배가 아파 정신이 없는 기라. 처자가. 그래 인자 참 배가 아파서 정신이 없어서 넷 방구석을 맨다. 매이께네, 이 계모가,

"하이구, 야야 니가 각중에[16] 와 이카노?"

카미이 인자 쌀을 한 오큼 갈아가 인자 지는 또 인자 구해낸 치로이[17] 막 정지에[18] 가서 인자, 옛날에 풋돌 아있나. 풋돌로 갈아가

15) 늦게서야.
16) 갑자기.
17) 구해내는 척.
18) 부엌에.

주고 죽을 끓인다고 끓이이께네 이 처자 혼차 있는데 거어도 뭐 쥐가 있었던가, 쥐가 마 큰 강새이만한 기[19] 마 한 바리 아이 부석에서 쑥 나오거던. 이 죽을 안치가 끓이는데, 그리이 계모가 그 놈을 부지깨이로 가주 탁 때리서 잡았는기라. 쥐가 인자 부석에 불 때는데 나왔으이 정신이 없거던. 그래가 인자 잡아가 껍데기로 비끼가 인자, 처자는 그러구로 곤두박질 치다가 인자 고만 자는 기라. 잠 들어, 자는데 그걸 인자 속곳 가래이에다 딱 갖다 옇어났어. 계모가. 딱 갖다 옇어놓고 그래 인자 참 정신없이 인자 눕었으이께네 거어 인자 쌀 미음을 인자 끓이가주고 와서 막 흔드는 기라.

"야야, 야야 일나서 이거 마시라. 에이 각중에 그래 와 그러노?" 카민서 막 이 마시며 괜찮다 카미이 막 일바씨가주고[20]맥이는 치로 마막 일바씨고 이러싸디 그래 그노무 쥐로 참 금시 껍데기로 벗기노이 벌거이 이렇거던. 그래 마 내노미,[21]

"아이구, 그러마 그렇지 니가 이래노이 니가 배 아프다 넷 방구석을 맸구나."

하이구 마 고마 음해를[22] 입히는 기라. 그래 음해를 입히이 이 처자가 정신 없어도 눈을 떠 보이 참 '하이 이상하다' 싶어가 막 참 천지가 캄캄하거던. 그 쥐를 내놓고 그카이 같잖지도 않는 기라. 천지가 캄캄한데 고마마 그 한마디로 딱 해놓고는 그노무 쥐로 가주고,

"어이 이 정승의 가문에서 이래노 이 날로 속이고 여어, 엿다다[23] 여어 과연한 처자를 감차 놨구나. 이런 우사가 어딨노."

---

19) 강아지만한 것.
20) 일으켜서.
21) 내어놓으면서.
22) 누명을. 陰害.
23) 여기에다가.

카미이 고마아 갔뿐다 말이라 어마이가. 갔뿌이이 처녀가 참 기도 안 차는 기라. 참 자기 아부지마 알고 지마 알고 그 숨었는데 저래 알고 와서 카는데도 불구하고 지가 참 배가 각주에 아파가 눕었는데 또 그런 기 나왔재. 이러이 처자가 기도 안 차. 그래 아 인자 처자가 마 참 천지가 캄캄해 있는데 이노무 참 계모가 그 쥐를 턱 가주고 지집에 왔는 기라. 자기 집에 와가주고 그 참 정승이, 옛날에 정승은 아랫방 거처하고 웃방 거치를 하이 아랫바아 그 쥐를 가주 가가지고 아이 영감님한테 카는 기라.

"아이 정승의 가정에서 이런 일이 있으이, 이 딸을 감차났지 않나. 하도 참 내가 오랜만에 그래 지 동생이 가보자 캐서 가이께네 이런 일이 났으니 이걸 어떻게 할라 카노?"

카미이 막 영감한테 인자 고해 바치는 기라. 그리이 영감이 참 가마 생각하이 기도 안 차거던. '언제 그런 일이 있었는가'도 싶우고, 또 '그런 일이 없으리라' 싶우고 마 참 같잖지도 안해. 그러이 인자 이 여자가 하는 말이,

"이런, 이런 참 이런 일이 있으이, 감차 났으니 이적지도 감차 나왔으이 고마 오늘은 마 어데 참 직이가주고 어데 물에 갖다 옇던가, 안 그라마 뭐 어데로 머 보내던가 그래 하라."

카미이 마 영감한테 이래 마 호령을 하거던. 그래이 이 영감이 가마이 생각을 했어. '이거 참 정승의 집에서 이런 일이 나마 내가 위신이 어떠노?' 이래 싶어가주고 마 참 안동 모린동[24] 저걸 마 내가 내가 강물에 갖다 열빼끼[25] 없다.' 싶어 그래 마 집에 와가주고 마 짝두로 끊어 쥑일라고마 짝두로 쓱쓱 갈았어. 갈아가주고 참 불러가주고 와가주고 그래 지 동상을 불러 앉히놓고 그래,

24) 알게 모르게.
25) 넣을 수밖에.

"그래 사실 이렇고 너거 누부가 이런 행동을 해가주고 [영감은 곧이 들었는 기라.] 이런 행동이 이러이 뭐 없애는 기 안 났나? 없앴뿌자." 카면서 두 손을 막 끊어가주고 마 옛날에 거어 섬에다가 쪼맨한 섬에다가 옇어가주고 그래 마 동상을, 해 지고 어덥은데 마 강물에 갖다 옇으라꼬 마 지이[26] 보냈뿠어. 열 서너 살 묵은 지 동상을. 그래 지이 보냈는데 동상이 가마이 지고가다 생각하이 참 '지 누부 없이도 지도 참 몬 살을 이런 이 형편이 되가주고, 지가 들어서 누부를 참 발견을 시기가 이랬는데 이거를 우예야 되겠노' 싶어가, 그래 인자 참 강가에 가서 지거 누부를 풀어 노민서 둘이 참 울민서 헤어졌는 기라. 누부는 그래 손을, 인자 그 오장치 안에 옇어가지고 마 강물에 띠았뿌고, 이 참 양쪽, 어 참 팔은 지이 우와기를[27] 쨰가주고 내가주고,

"누부가 이 질로 가가주고 살만 살고 몬 살아도 누부를 내가 강물에 옇는 거보다는 나으이께 우리가 여서 서로 헤어지자."

카면서. 그래 참 동생이 그래 그 오장치는 물에다 마 돌 좀 주 옇어가 마 떤지뿌고 지 누부는 그대로 보내고 지는 인자 지집에 돌아왔는 기라.

그래 인자 참 돌아오고, 이 처자는 참 인물도 좋고 이런데, 참 거처없이 인자 가는 기라. 거어, 거처없이 마 참 손도 없이 이래가 가다가 보이 참한 골짝에 들어가기, 차암 집도 좋고 이런데. 여어 참 어이 새마을 지도자 매이로 이만침 집이 좋았던 모야이라.[28] 집이 참한 고을이라. 한 집이 한 집이 한 고을인데 그 무슨 정승의 집인데 그래 옆에 보이 참 가을이던강 막 배낭게[29] 배가 막 짜더

26) 지게 하여.
27) 윗도리, 웃옷.
28) 이야기를 듣고 있던 새마을 지도자 박도덕씨의 집을 말한다.

라[30] 열리가주고 가아(그 애) 혼차 그래 댕기다보이 배도 고푸고 배나무가 참 짜드라 크지도 안 하고 언간한[31] 배나무에 배가 마 주렁주렁 열리가 있는데 이 처자가 마 '이미 내야 마 손도 없이 이래가주고 내가 머 가릴 거 뭐 있노. 배가 고푸이 저 배나 한 개 따무울 백이 없다' 싶어여. 거어 손도 없이 낭게로 우예 올라갔던지 올라갔는 기라. 올라가서 배가 하도 마이 달렸으이 손이 안 자래도[32] 입으로 비마(베면) 한 개를 비무우마 한 개 따에 널찌고[33] 이 모양이라. 그래 몇 개를 인자 따묵고, 따가주고 및 분 비이묵고 나이 그래도 쪼매 참 났는 기라. 하도 배가 고파서. 그래 배낭게 올라 갈 때는 또 올라갔는데 또 니러 올라카이 힘이 들어서 인자 거어서 인자 좀 배도 부리고 하이 마 좀 앉았다. 앉았다 보이, 아이 정승의 집에 그 참 총각이 서울 과게 보라 갈라고 공부로 하다가 떡 바람 쌘(쐰)다고 인자 나아보이, 나와가 집도랑을 떡 한바꾸 돌다가 보이 배나무 밑에 떡 아다리[34]됐어. 배가 짜드라 널찌가(떨어져) 있는데 이상하다 싶어여 인자 배낭글(배나무를) 한 번 치러보이 아이 배낭게 참 처녀가 아주 인물도 잘난 처녀가 손도 없는 처녀가 떡 올라앉았거든. '이상하다 참 사람인지 뭐 우짠 참 거어 괴물인지….' 마 총각이 참 마음이 이래 들어가, 그 총각이 하는 말이,

"해는 거름하이 다 져 가는데 그래 뭐 사람이거든 그래 속히 니러오라고. 우리 집에는 이 날짐승도 와가주고 참 실과 낭게 참 몬

29) 배 나무가지에.
30) 많이.
31) 어지간한.
32) 손이 닿지 않아도.
33) 땅에 떨어지고.
34) 마주치다.

올라가는데, 몬 앉았는데 그래 우얀 사람이 그래 낭게(나무에) 저래 올라 앉았느냐?"

고 카미 내려오라 캤다 마. 그래 참 니러오라 카이께 떡 참 처자가 니러왔어. 니러오이 총각이 보이 참 아주 인물이 잘났다 말이라. 손은 없어도. 아무리 봐도 참 총각은 '인물은 잘났는데 이상하다' 싶어 총각이 마참 집에 아무도 몰래 담너머로 넘어 오라 캐가 자기 공부하는 아 떡 들꼬가가 인자 참 옛날 기[35]가 허나 있는데 기 안에다가 떡 옇어 놓고 때마다 인자 밥을 참, 그 정승의 집에 되나 노이밥을 가오는 참 가정부가 있는데 밥을 쪼매꿈 더 돌라카거든. 때마다 그래가주고 인자 거어 밥을 내가주고 인자 자기 묵고 남는 거는 인자 또 그 처녀를 주고 그랬는데. 그러구로 인자 참 미칠이 걸렸는데. 아이 식모가 보이 만날 밥을 더 담아 줘도 더 돌라카고 더 조도 더 돌라카고 이칸다 말이라. 그러이 이상하다 싶어여. 인자 한 날은 떡 참 조석을 들라 주고 문궁글[36] 가마이 함 들다 봤는 기라. 인자 '도령인이 안 저런데 이상하다' 싶어가 아이 들다 보이께네, 아이 참 밥상을 떡 받아 놓고서는 기문을 여디만은 아주 참, 처자로, 인물 잘난 처자로 턱 내놓고 손도 없는 처자로 내놓고 자기 한 분 떠 묵고 또 처자로 떠 믹이고 이란다 말이라. 그래 하도 이상해서 참 거어 가정부가 인자 한 분 보고 두 분 보고 한 분 봐가주고는 참 부모한테 참 이야길 모하지만은 한 도오분 지키보고, 그래 참 자기 엄마한테 그런 이야기를 했다 말이야. 이야기를 떡 하이 그래 자기 엄마가 하는 말이,

"그러면은 모린 체하고 밥을 좀 낫기(많이) 떠주라."

이카거든. 그래 인자 참 이 식모도 모린 체하고 밥을 참 낫기 떠

---

35) 궤.

36) 문구멍을.

줬는 기라. 떠주고 그러구로 마 참 이 총각은 인자 과게 날자가 되가이께네 어참 미칠 있으면 인자 과게를 하러 가는데, 과게 날짜가 떡 당치이[37] 인자 자기 엄마한테 와가주고 그런 이야기를 하는 기라.

"엄마, 참 이만코 저만코 어이 그런 처녀가 어떻기 해서 있는 걸 내가 하도 참 불쌍해서 내 방에 들어다 놓고 내가 밥을 같이 갈라 먹고 했으이 내가 없더래도 좀 잘 보살펴서 내 올 따아나 그래 좀 보살펴 돌라."

고 하민서 엄마한테, 자기 엄마한테 그런 부탁을 해놓고. 그래 참 이 총각은 과게를 떡 갔뿠어. 과게를 갔는데, 과게를 가고 나이 참 자기 엄마가 인자 딴 사람 안 보살피, 자기 엄마가 장 인자 보살펴 주는 기라. 그래 참 끼니때도 인자 와서 참 끼니를 전부 우예가 주라카고 손이 없으이께네 자기 엄마가 참 떠믹이 주기도 하고 이래 했는데. 그러구로 참 아이 한 서너 달 과게하러 가고나서 서너 달 되이께네 아이 배가 또락또락 불러지거든. 그 처녀가, 손도 없는 처녀가. 그러이 자기 엄마가 가마이 생각을 하이 안 되겠다 말이라. '이 정승의 가문에서 저런 걸 놔뒀다가 어이 뭐 말이나 나머우야겠나' 싶어가 한 날은 고마 그 처녀를 좋기 말해가주고 참 보낼라고 인자 이야기를 하이께네, 처녀가 참 얼런도[38] 없거던. 우옛든가 어이,

"내가 죽을 죄를 지었으이 내가 인지 이 몸으로 나가도 나는 어데 가도 죽어도 죽으이께네 그래 우예든 여어서 내가 애기만 낳아가주고, 애기 저저 뭐꼬 낳아가주고 한 두 달만 지내서 내가 애기를 업히가 내보내마 내가 나갈 모앵이께네, 그래 좋은 일을 이적지

37) 닥치니.

38) 어림도.

도 좋은 일을 했으이께 그래 앞으로 고만침만 좋은 일을 더하라." 카민서 사정을 했는 기라. 그래이 참 자기 엄마도, 그러구로 참 뭐 한 한 달 가고 두 달 가고 마 열 달이 되가주고마 애기를 낳았어. 놓고 보이 넘 몰리 인자 애기를 놓고 보이, 애기를 낳는데 참 머슴 앤데 이 머슴애가 참 인물이 잘났는 기라. 인물이 잘났는데 그러구로 참 도오 달 돼가주고 자기 아들도 머 올 때도 되가고, 오모 또 만약에 안 보낼라 카머 우야겠노 싶어가 마 고마 마 아를 업히가 인자 보냈뿠어. 그리이 돈을 좀 마 움치가 싸고 아를 마 업히가주고 그래 보내뿠는 기라.

그래 인자 이 처자가 인자 그 아를 턱 업고 참 쫓기 나와가주고 인자 거처없이 또 간다. 가이 아는 등더리서[39] 뭐 젖 무울라고 울재. 자기도 아를 업고 가다보이 목도 마리재. 그래가 마 참 우야겠노 싶어가 젖을 묵을라고 울어샀재, 젖 묵는다고 니라 놓으마 자 업기도 곤란하재. 이래가 물도 묵고 젆고 이래서 한 군데 가다보이 참 웅덩 새미가 하나 있는데, 그 참 물을 좀 묵는다꼬 아를 업고, 물 묵는다꼬 업디리께네 아이 참 아가 등더리서 마 슥 빠졌뿠거던. 웅더이. 그래가 이 아 건진다고 손을 쓱 여이께네 거짓말인지 참말인지 손이 떡 붙었뿐다 말이라. 자기 손이 붙으이 얼매나 좋오노 말이라. 천지 자기는 인자 지 손 없는 그 탓이로 고민했는데. 손이 떡 붙어가 아 애로 건지가주고 참 거어서 젖을 실컷 믹이고 자기도 물 실컨 묵고. 이래가주고 인자 참한 동네로 인자 참 찾아갔다.

찾아가이께네 참 옛날이 되노이 밍지베를 뭐 뭐 매고, 뭐 짜는 사람도 있고 매는 사람도 있고 이래샀는 기라. 이런데 [테이프 뒤집음] 그래 참 밍지베를 매고 인자 참 짜기도 하고 품을, 그 마을

39) 등에서.

에서 듣고 있는데.

그러구로 참 한 해 가고 두 해 가고 애는 한 여덟 살 묵었다. [청중 : 아따 세월 잘 가네.] [제보자 : 이야기는 원래 거짓말이 안 많습니꺼?] 그래 한 여덟 살 무웄는데, 인자 참 그 정승의 아들은 과게 해가주고 니러오이께네 침지 참 그 처녀만 눈에 앞에 걸거치지 머 딴거는 아무 거도 안 생각키는 기라. 손이 없던가 마던가 그 처녀 마 눈에 참 삼삼하이 마 이래가 마 그때부터 인자 정승의 아들이 고마 바람이 났는 기라. 그 처녀 때미래. 바람이 나가주고 고마 마 집도 내 몰라라카고 마 옛날에 저 참 여자들은 인자 북 겉은 거 바대 겉은 거 이런 가 참 가정에 인자 질쌈을 하이 그런 장사 오머 잘 안 삽니꺼? 그래마 북 바대 그놈을 인자 좀 띠이 가주고 어이 어데 가 살아도 안 처백히가 안 사나, 안 살겠나 싶어여. 인자 함 만내나 보고, 함 만내나 보고 죽을라고. 카민서 결심을 딱 하고 인자 북 바대 그놈을 인자 사가주고 짊어지고 참 골골마징[40] 다 찾아 댕깄어. [청중 : 과게를 모했던가?] 과게를 해가주고 와도 그 처녀 때미래 아무 거도 몬 해 묵오여. 그래 그놈을 지고 인자 골골마징 다 찾아 댕깄다.

다 찾아 댕기이 참 그러구로 수 년을 흘러가주고 그 처녀가 참 얼마나 뭐 산중에 골짜게 가 들앉았던도. 그 참 수십 년만에 인자 그 아가 여덟 살 무웄다카모 인자 및 년 안 됐십니꺼? 그래 마 참 그 고을에 인자 한 날은 떡 북 바대를 떡 팔로 갔는데. 팔로 가이, 아이, 골목에 북 바대장이가 참 집집마징 팔다 보이, 아들이 요런 아들이 골목에 짜드라 노는데 아이 고 머슴애 한 여덟 살 묵어 노는 기, 아무리 인물을 뵈도 옛날에 지 처자가, 기 안에 여났던 그

40) 고을마다.

처자가 억시기 닮았거덩. 하도 하도 닮아서 인자 그 북 바대 재이가 그래 아로 인자 떡 불러가주고 그래 참,

"니는 어데 사노?"

카이께네,

"나는 여어 산다."

카거든.

"그래 너검마 너가부지 다 있나?"

카이께네,

"울아부지는 없고 울엄마만 있다."

카고 그래 참 그래,

"너검마가 뭐 하노?"

카이께네,

"울엄마는 이 마실에서[41] 그래 밍지 베도 매애주고 짜주고 그래 품을 들어가주고 엄마하고 내하고 산다."

이카거든. '옳다 이상하다. 아무래도 그 처녀가 닮았다, 닮았어.' 그래,

"여어 너검마 있는 집에 가가주고 어이, 북 바대 재이가 여어 북 바대로 팔로 왔다고 그래 좀 사보라고 나오라 캐봐라."

이카이께, 그래 요기 인자, 여덟 살 묵은 기 쫓아 가가주고 저검마 비짜고 있는데,

"엄마 엄마, 막 북하고 바대하고 팔로 완 사람이 마이 지고 왔더라. 엄마니 사라고 나와보라 카는데 하문(한번) 나가봐라. 나가봐라."

이카는데. 그래 야가 하도 나가봐라 졸라싸서 인자 저검마가 참 비

41) 이 마을에서.

를 짜다가 말코를 풀어 놓고 그래 나왔는 기라. 나와가주고 보이께 네 아이 참 옛날 그 사람이거던. 옛날 그 사람을 만냈다. 만내보이 참 이 총각은 보이 옛날에는 손도 없었는데 손도 있재. 그 인물은 기양 있으이 하도 이상해서 인물은, 참 서로 이래 참 채러보이끼네 옛날에 그 보던 그 인물이라. 그래 거어서 인자 당장에 마 총각이 캤는 기라.

"그래 옛날에 어떻게 해 왔던 사람 아이냐고?"

칸케, 이 사람이

"그 사람 아이다."

카거든. 그래 인자 거어 처녀는 거어 인자 그 총각을 생각해서 인자 아이다고 돌리 보낼라고 그래 아이다고 칸께네,

"안 그렇다 고마 틀림없이 그런께네 이런 짓 하지 마고 애기 업고 빨리 가자."

카는 기라. 그래 인자 거어 참 옛날에 참 하도 하는 공이 있고 이래서 마참 그만큼 댕기미 고상도 했다 카고 이러이 마 할 수 없어 그 인자 아를 덜고 인자 거어 정승의 아들을 따라갔어요. 따라 가 가주고 참 애 이걸 인자 공부를 떡 시켰는데, [아이구, 이야기 너무 질어 마 모하고 갈낀데….] 그래 참 이 총각을 따라 인자 애기를 업고, 애기를 덜고 인자 갔는 기라. 가가주고 참 그 애를 떡 공부를 시기놓인께 그래 참 공부를 시기미 야가 어띠 머리가 좋던지 참 공부를 잘 하거든.

잘 하는데, 저검마가 참 옛날에 지 살아나온 이야기를 쭉 하이께네, 아 이기 마 열 댓살 묵디만은, 한날은 마 저검마 원수 갚으러 갈라꼬 떡 저검마한테 그런 이야기를 떡 하미 나선다. 그래 나서이 참 붙들 수도 없고 마 나 돘는(놔 뒀는) 기라. 그래 인자 이거 야가

열 댓살 묵은 아, 인자 저검마 사던 고향을 떡 찾아 가보이께네 참 저거 위삼촌은, 위삼촌은 머 우예 됐는지 모르겠고 지거 외조부는 허헌 백발이 되가주고 참 옛날에 거어 정승이 집이 다 망해뿌고 참 아주 몬 살고 있는 기라. 아주 몬 살고 있으이, 그래 인자 저거 위할배한테 가서 절을 너부시 하고, 절을 너무 너부시 하이, 저거 위조부가 참 깜짝 놀래여. 그래 사실 약사 약사하고 인자 이 야가 이야기를 떡 죽 하미 그래 '내가 아무것이 엄마가 아무것이고 그런데 외조부를 뵈러 왔다'고 이카이, 아 저거 위조부가 얼마나 놀래겠어요? 그래 거어 뭐 딸로 머 참 강물에 갖다 여었는가 이갔지, 그래 머 가서 사는 줄은 몰랐거든. 그래 참 놀래고 이런데 이 또 저거 위조모 앞에 갔다(여었는가). 가 절을 너부시 하고 이래 하이께네, 위조모도 참 놀래는 기라. 놀래가 그래 인자 참 죽 서로 인사로 하고. 그래 참 야가 하는 말이,

"위조모님, 그래 내가 엄마의 옛날에 참 엄마 클 때 어떠 어떠한 음해로 입고 울엄마가 이 참 가문 좋은 이 정승의 집에서 쫓기 나왔으이 그래 내가 울엄마 원수로 갚으로 왔으이 위조부는 그게 참 관하지 마라. 하지 마라."

고 이래 떡 캐 놓고 설랑 그래 인자 저거 위조모한테 인자 이야기를 쭉 하이,

"그래 어떻게 해서 울엄마가 어떻게 음해로 입혔냐?"

고 인자 그런 질문이 떡 나왔다마. 나오이께 저거 위조모는 참 깜짝 놀랄 거 아이라요. 자기가 꾸민 일이께네 그래 머슨 말을 해야 될지 모르이께네, 그래구마 저거 위조모가 아이 그때까지 그 쥐를 참 안 내비리고 나뒀더래요. 그래 내뚜미 어이,

"옛날에 너거 엄마가 어떻게 해가주고 이런 정승의 가문에서 이

런 일이 났었다. 그런데 니가 어떻게 생기가 원수로 갚으로 왔노?" 이카미 그거를 내놓이께네, 그래 인자 이 야가 참 머리가 비상하이 돌아가이께네,

"그러면 위조모님 위조모님, 이, 이기 사람 속에 나왔으마 사람일 끼고 짜개보마 짐승속에 나왔으마 짐승일 낀께네 우리가 이거를 가지를 한 타보자."

고. 이카미 그래 거어서 가지를 타이께네 참 쥐똥이 쏟아지더라 이캐예. 그래 쥐똥이 쏟아지이께네 아이고 지거 위조부가 고만 참 기가 찬다 말이라. 어이 자기 마느래 말을 듣고 자기 딸을 쫓가내가 그래 내가 참 손을, 양손을 끊어가 쫓가냈으니 내가 얼매나 죄를 지었노 싶어여. 거어 자기 참 위손녀[42] 한테 앞발을 들고, 자기 위조모는 그래 참 관원에 알리가주고 그 죄를 죄 닦음을 다하고 그래 참 오는 사람 가는 사람 코를 끼이가 구경을 시기고 그래 참 원수를 갚고 집에 돌아가서 그래 잘 사더랍니더.

[하빈면 설화 14]
묘동 1리, 1984. 1. 15. 최정여, 박종섭, 임갑랑 조사.
김옥련, 여, 50.

[최정여 · 천혜숙, 「한국구비문학대계」 7-14 경북 달성군, 한국정신문화연구원, 1985.]

---

42) 외손자를 잘못 말한 것임.

4. 전처딸 모해한 악독한 계모

잇날에, 나무접시 소년찍에 톡수바리 영감찍에…. [잡담으로 잠시 중단됨] 잇날에 한 사람이 딸을 하나 낳고 상처를 했는데, 그 딸을 아부지가, 시 살 먹어서 저저 상치하고 나서, 고골 한 댓 살 먹도록 키우다가 그래 재혼을 했는기라.

재혼을 해논께 재혼한 오라비가 돌와가지고, 그래 참 딸을 그래 몹시 부리먹어요. 몹시 부리먹어도 한 열 대여섯 살 먹은 처녀가 그렇기, 시오, 친정오마아, 오마이가 몹시 부리먹어도 그 일을 다 해내는 기라. 다 해 내고, 뭐 비(베)도 짜라 카마 짜고, 매라 카마 매고 오만 걸 다 하는데, 그 오마이가 본께서로, 기모가(계모가), 기모가. 그래 한께서로 가만 어마이가 본께, '조기 우짠 솜씬지 솜씨가 그렇기 있어. 그것 참 안 되겠다' 싶어가지구 그래, 적 아바이한테도 이얘길 했어.

"저게 집, 우리 집구식이 핀할라만 아무것이를 내쫓아야 집구식이 핀한다 칸다."

꼬. 이카이게네 그래,

"그 누가 카던고?"

이칸게,

"그래, 그카는 점재이가 있다."

"집구식이 핀해야 사람이 먹구 사는 기 그기이 사는 기지. 집구석 안 핀하만 되겠나?"

그카민성, 아부지가

"그 뭐 우째라 카는공?"

"그래지말고 고만 여보, 그래지 말고 저 딸을 손목을 탐박 끊어 가주고 내쫓아 뿌리소."

이카는 기라. 응, 손목을 탄박 끊어가주 내쫓아 뿌리소 이칸게 아바이가, 아바이가 고개를 벌떡 들민성,

"그래만, 그래서 되는가?" 칸게,

"그래서 안 되마, 집구석이 안 핀하고 도, 도저히 몬 산다."

꼬 이카거덩. 그칸께써로,

"사람이 사는 이력이 집구석이 핀해야 되는데, 집구석이 안 핀하만 안 되지."

이카민성. 그래 한 분은 실겂이를 하고 손을 싹싹 앞치매다 딱고 나온께, 아바이가 짝두로 새파라이 갈아 가주고 짝두 저어 끝으미이 갖다놓고, 웅짚을 및 단 갖다놓고, 여물 싸리는 겉이, 짚을 및 단 갖다놓고, 그래,

"아무것아, 아무것아, 여어 와서 여물 좀 믹이라."

이칸게.

"예."

카미 가는 기라. 간께서로,

"니가 여물을 믹일래, 니 손을 주우옇을래?"

이카거덩.

"예, 지가 여물 믹이지요,"

이칸께서로,

"너는 여물 못 믹인다. 그런께서로 니 손을 둘 주우 옇어라."

"아부지요, 우짜라꼬 그래 캅니까?"

이칸께,

"뭐어, 어르이 시기마 시긴대로 하지 부모 시긴 것 뭐 거역을 하

고 웅, 잔소리가 많으까부냐?"
꼬 막 꾸지럼을 하거덩. 그래 이기 눈물을 처얼철 흘리민성,

"예, 아부지 영대러 하겠입니다."
카민성, 고마 손을 옇었는 기라. 두 손을 연께서로 고마 짝두 타악 찍어뿌렀어. 파악 찍어 뿌린께 고만 둘 다 끊어졌부렀는 지라. 그래가주고, 그랜께 그 두 손이 하늘 만창 뛰는 기라. 퍼얼펄, 두 손이 하늘 만창 뛰디마는 고마 어디로 가고 없어. 그래 그 딸 인제 쫓아내는 기라 인제.

"널랑 인제 네 강대로 가서 어째 벌어, 얻어 먹고 사든지 살아라. 집구식이 핀해야지 사아지 집구식이 안 핀하면 못 산다."
이칸게, 그래 인자 그 사람이 고마 나가는 기라 인제. 거어치없이 거치없이 가여.

그래 차마 두 손에서 피는 오죽 나 쌓겠나? 그래 거치없이 간께 가다가 가다가 '인지 이왕지 죽을 몸이고 까짓거 아무딴 다아 드가 산골짝에 뭐한테 물리 죽어만 죽고.'

산골짝으로 자아꾸 가다아 본께 고마 깜깜한데 한 군데 불이 빠안하이 쓰이고, 가만 들은께서로 서당아 글 읽는 소리가 좌알잘 나거덩. '그 이상하다. 이런 산골짝에도 집이 있는가베' 그래 싶어서, 그래 이래 달빛에 이래 쳐다 본께, 이리 내리다 본께 서로, 뭐이 이래 달빛에 이렇게 멀꺼디이(머리카락이) 얼른얼른 하거덩. '그 이상하다, 저기 뭐언공?' 싶어서 이래 치다 본께서로 큰 배낭키 하나 있어. 그래 배낭키 하나 있는데, 그 배낭케다가 인제 '내가 저어를 올라가서 우째 올라가든지 올라가마 저거를 한 개 끎어 먹으나 내가 참 점두룩 굶은 사램이 끎어 먹으마 내가 속이 안 시원하겠나' 싶어서 그거를 인제 손도 없는 그이 팔꿈치하고 그거를 가주고 자

꾸 비이비 틀민성 배낭클 올러가는 기라.

인제 거어 올라 가가주고 가지에다가 타악 걸치고 앉아서 배가 이래 달렸는데, 입이 이리 따러가만 이리 쏙 떨어지고 저리 따라가면 저리 쏙 떨어지고, 배낭, 배가. 그래 그렇거덩.

그래 '그것도 몬 먹겠가' 그카머 '그냥 잘 빽인, 배낭케 올라앉아서 밤이나 세우고 나가, 나간다' 꼬 올라앉았는기라.

올라앉았으이께, 그래이자 그 참 선배가 글을 좌악잘 일으키다가 그래 나오디마는 지지개를 뿌듯이 서민성,

"아이고, 달도 밝고 명랑하다. 저, 달도 밝고 명랑하다."

카민성 군담을 해여. 그래 군담을 하민성 이래 마리 밑에 이래, 저녁에 인제 청에 이래 섰은게, 마리 밑에 인제 저 마당에 안 있나. 그래 그거를 인제 이래 내리다 본께서로 뭣이여 아아들이 유리로 가주고 민경 이래이래 비추듯이 뭣이 자꾸 얼른얼른 하거덩. '그 고약하다. 그래 뭣이 그래 비추는공' 싶어서 그래 자꾸 이래 따라댕기미 보다가 그래 이래 눈을 들어 본께, 저어 앞에 배낭키 하나 서 있는데, 그 베낭케 뭣이 하나 둥글둥글한 기 올라앉았는데 '저게 아무도 뭣이 어무이도 안 앉았을 기고 아무도 안 앉았는데 저거 뭐인공?' 그래 마당에 처억 니리서서 본께서로 그래 둥글둥글하이 있거등. 그래 또 인제 마당아 나가가주고,

"그 배낭케 올라 앉은 저기 사램이냐? 귀신이냐? 귀신이거덩 너 갈 데로 가고, 사램이거던 니리오너라. 인간청에 와가주고 사람 겉으마 거어 안 올라 갈 끼라."

카미성 그래 그칸께서로 그래 군담을 하미, 두 분 시 분 캐도 처니가 말을 모하는 기라. 잇날에 열 여섯 살 묵으만 규중처녀구마. 그래 말을 못하고 있은게 나무 밑에 배나무 밑에 썩 들어서미성, 그

래,

"저 배낭케 올라 앉았는 기 사램이냐? 귀신이냐? 귀신이거덜랑 너 갈 데로 가고 사램이거덩 대답을 해라."

칸게서로, 그래 이 처녀가 언청 한 서너 분 너덧 분 칸께, 처녀가 대답을 했는 기라.

"예, 사램이올시다. 사램이지 귀신이 낭케 올라올 리가 있입니꺼?"

이칸게,

"그래? 그러마 왜 사램이 왜 인간청에 와가주고 인간청으로 안 오고 왜 그 낭케 올라갔느냐?"

이칸께,

"그래 니리 오라."

이칸께서로 그래 참 대답도 못하고 눈물을 흘리민성, 비이비 틀고 니리 오는 기라. 틀고 니리 와서 나무 밑에 딱 서는데 분께, 총각이 본께, 인물이 마마마 한없이 좋은, 좋은 인물이라. 인물이 한없이 존 인물이고 머리 너실너실 땋고 이런 좋은 인물인데, 본께 손이 없는 기라. 두 손이 그래 손을, 팔을 탁 검어지미성,

"우째되가 이래 손이 없었나? 이 좋은 인물에 왜 손이 없나?" 칸께,

"그 내가 일찍 부모조실하고 그래 참 우짜다 본께 그렇다."

꼬 이카거든. 그칸께,

"그래 참 불쌍한 신세라."

카미성 딜꼬 드갔어. 디리고 드가가지고 그래 방 아릇목에 다 앉히 놓, 그 자라카고 앉히놓고 이래 책상 앞에 앉아가 글을 자꾸 일으고 쓰고 일으고 쓰고 이래 해쌓다가,[43] 그래 떡 그라칸께서로, 그

러다가 인제 날이 샐라칸께서로, 그 우째 어데 숭굴(숨길) 데가 없어. 그래서 빅장이 하나 있는데 빅장에다가 인자 문을 열고시나 그 짝에 처녀를 버썩 들어다, 안어다 놓고 문을 탁 닫았분다.

그래 집어 좋고 인제 있은께더로 그래 밥을 해가주 인제 밥상을 가져아. 인제 한 열 서너 살 문는 지집아가 밥을 가져 와여. 그때 밥을 가져 오는 걸 그래 지가 이자 받아가지고 생전에 밥상 문 열고 달라도 안 거석하 안 거석하, 돌아도 안 보는 사람이, 공부한다꼬 들어앉았던 사램이 밥상을 어푼(얼른) 받아가지고, 그리이 문을 닫었부리고 혼자서 막 저리 뭐꼬 자꾸 떠 먹고 그 인제 고마 한데 내다보고 처녀를 들어내가주고 처녀를 피믹이는 기라 인제.

밥이고 뭣이고 이래 믹이가주고 그래 인제 딲아서 덜이보내고, 그래 인제 한, 근 일주일 그라거등.

근 일주일을 그랑래 고마 요 지집아아가 고마 샐로 보는 게라 인네. '이 뭣 때밀에 이 도령님이 이런고 알 수가 없다. 내가 그런 기 아이라 내가 여좀 엿봐야 되겠다.' 옹, 그래 싶어가주고 그래 자신이 인제 밥을 갖다 조놓고 문구녕을 뚧어놓고, 문구녕을 요래 들여다본께서로 아 참, 딱 주저앉아서 참 자기가 자꾸 좀 먹이디마는 고마 빅장문을 열디마는 그 처녀를 내놓고 밥을 자꾸 떠 믹이 주고 딘놓거덩. '저런 뜻으로 그렇구나. 생진에 밥도 덜 먹고 하던 사람이, 밥 싹싹 딲아 묵고, 반찬도 없이 먹고 이라이 그 이상하다. 그럴 리가 없는데 저래, 저런 게 그렇구나.' 싶어가주고 그래 저, 저어 인자 오마이한테, 그 총각 오마이한테 가서 이얘기를 한기라.

"마나님, 마나님. 아릇방에 저저 저 도령님을 불러가주고 좀 물어 보이소."

---

43) 청중 가운데 한 사람이 노래를 하겠다고 채근을 하는 바람에 소란해졌다.

"왜?"

"그래 이러구 저러구하이 그래 그렇습디다." 한께,

"떽끼 이 고약한 년! 어데 저 저 저 도령님을 모함을 할라꼬, 그 따우 소리를 하느냐?"

이카미 막 꾸짖거덩. 그래 꾸지럼을 듣고,

"내 봤는데 그칸다."

이카고 말았붔어. 그러고 한 서너 분 봤는 기라 인제, 한 서너 분을. 한 사날 보고 그래 자꾸 가서 인제 카는 기라.

"마나님, 마나님. 꼭 불러가 물어보이소. 그런 일이 있습니다. 물어 보이소. 물어 보이소."

이 이거 자꾸 그래싸이, 그것도 참 꼭 들어 둘 말이라서 인제 아들을 불렀어.

그래 아들을 불러가 주고 그래 그 인제 이 얘기를 그래,

"니, 사실 그런 이이 있나?"

이칸게,

"없습니다. 절대로 그런 일 없습니다. 어무이가 글키 자식을 못 믿습니까? 그런 생각 하지 마이소."

이카고, 고마 갔부리거덩. 또 하문 카고 두 분 카고 한 사날, 한 시 분을 칸께 길국은 불러가주고 물어 보는기라.

"니가 날 속일 게이 뭐어 있노? 나한테 타고[44] 말해라."

이칸께, 그래 인자 사실 이애길 하는 기라.

"그래 내가 참 공부를 하다 본께 그런 일이 있어서 너무 불쌍한 소치라서 내가 딜다가 그래 그랬습니다."

인제 그랬는데, 꼭 밤으로는 디리고 자고 낮우로는 인제고 인제

---

44) 터놓고, 숨기지 말고.

약(藥)해가조 손 낫아가주고, 밤으로는 디리고 자고 낮으로는 언제든지 밥을 믹이고 고래 인제 자꾸 감추고 감추다가 그러구로 한 인제 참 한 달 되가는 기라, 인제. 그래 인자 오마이가 이야기를 해가주,

"그렇거들랑 딜고 올, 올로 오너라."

카민성. 그래 인자 그 처녀를 디리다 오마이를 줬어. 오마이 준께 하도 오마이가 처녀가 잘나가주고 마 탄복을 하는 기라. '이 좋은 처녀여, 우애다가 손목이 없는공' 싶어 가주고 마악 가엾기가 한이 없어. 그래 인자 머, 머리 빗기서, 꽝아서 세수 시키서, 옷 갈아 입히서 아 요래 분칠꺼지 해서 앉히냈다가 고마 그 아들하고 미느리하고 마 머리를 얹하 줬어. [청중: 내우간 삼었다.] 웅, 아아는 가졌지.

그래 인제 머리를 얹하주고, 그래 그 인제 이 총각이 고마 과게해, 하로 가는 기라. 저 과게하로 가민성, 못 잊어서, 못 잊어서 인제, 색시를 못 잊어서, 총각이,

"어무이 어무이, 어무이가 암만 기렵고(괴롭고) 또 기렵운 따나 점 덜봐 달라."

카미성, 그래 인자 간 기라.

"걱정말고 가기라. 가만 내가 다 건 알아서 하게."

카미성 그 보냈어. 그래 보내놓고 인자 과게로 하로 보내놓고 인자 그래 참, 참 있다아 본래 서로 아, 이거 참 그러구로 달이 차고 날이 가고 달이 차고 해논께서로 근 일 년이 다 돼간께로 아아를 떠억 낳는데, 신랑도 없이 낳는데 본께 아들을 낳앗는데 아들이 그 세상에 없는 달떡겉은 아들을 낳아났어. 하도하도 어마이가 좋아가주고 '이게 이미가(어미가) 손마 있었으마 얼매나 좋겠노' 싶어 가

주고, 마악 이미가 이미가 아아를 똮아서 쒸이서 옷을 존 옷을 입히서, 막 이래 닙히놓고 만날 인제 가꾼다. 이미 가꾸고 아아 가꾸고 막 이래서.

그래다 저래다 인제 서울 아들한테 핀질햇어. 그래 핀질 하미성,

"야야, 야야, 너 간 후로 얼매 안 돼서 아를, 아들을 낳았는데 아들이 세상에 달떡겉은 아들을 낳았다. 어서 어서 과게해가주고 니리 온너라."

이래 했는 기라. 그래 해논께서로 인제, 그래 해논께 이기 인자, 잇날 서울은 차도 없고 육로로 걸어 댕깄는 기라. 배달이, 배달이 그거을 울러미고 인자 가다가 인제 한 신작로, 길거리 가서, 인자 주막에 가서 자는 기라. 그래 자는데,

"그래, 어데 가는 사람이야?"

꼬, 주막재이가 묻거덩.

"그래, 나 서울 편지 가주 간다."

그래, 그래 인자 그캉꼬, 이기 막 지역을 먹고 마 군즈러져 자거덩. 잔께서로 요 여자가 인제 주무일, 갯주무일(주머니를) 디비(뒤져) 봤어. 그 인제 물러미고 댕기는 그얼 디비 본께 편지가 그어 들어 있거덩.

"그래, 너 간 후로 달떡겉은 아들, 달떡겉은 아들로 낳았다. 어서 과게 해가주고 니리 온너라."

이래 내났거등. 그러나 요기이 가마안 생각한께, 달떡겉은 아들을 낳았다칸께 좀 범상찮거덩. 그래가주고 인자 고마 요기이 핀지를 싹 지아뿌리고 삐뿌리고 지가 뭐라꼬 쓴기 아이라,[45)]

---

45) 주막집 여자가 왜 그런 짓을 하는가가 밝혀지지 않았다. 그래서 연결이 다소 어색하다. 이야기 말미에 이르러 제보자는 주막집 여자가 주인공의 계모였다는 설명을 첨부했다.

"아이구 야야, 너 간 후로 아아 낳았다 카는 기이 눈도 코도 없고 두리두리 뭉시이 겉은 거로 낳아났다. 이거 우예야 되겠노?"
이래 편지를 떠억 써가주 옇었어. 옇어 논게 이기 자고 마 또 아칙 먹고 울러미고 가는 기라 인제.

가서 서울 가서 인제 편지를 준께서로 참 반갑기 받어갖고 본께 그래 떡 써났거덩. 그래 '아이구 우리 어무이가 빈했는강, 암만 두리두리 뭉시이 겉은 걸 낳아도 이래는 안할 낀데. 우예 우리 어무이가 이래 편지를 이래 했는공?' 싶어가주고 또 편지를 쓰기를 뭐 카는, 뭐러카는 기 아이라,

"오무이, 오무이, 두리두리 뭉시이 나따나 날 가도록 나뚜이소. 뭐 눈도 코도 없는 쨰본따나 날 가두룩 나뚜이소."
이래 했는 기라.

그래해서 편지를 했는데, 했는데, 이기 니러오다 또 거어 잤는기라. 또 거어 잔께서로 또 그 자식이, 고 그 여자가 또 디비가주고 또 비잇부리고,

"아이구 어무이, 그가짓거 두리두리 뭉시이 겉으마 뭐하겠습니까? 눈도 코도 없이마 그 뭐하겠입니까? 내쫓아 뿌리이소."
이래 써가주 옇었는기라. 그래 써가주 [청취 불능]에 옇었어. 그래 또 그걸 가져 와서 편지 비인께 오마이가 받어가주고, '아이구, 이 놈이 서울 가디이마는 빈했는가매. 이러칼 리가 없는데. 우예 이래 편지를 썼을꼬? 고마 그래 편지를 해난 기라. 그래 왜 눈도 코도 없어. 지 하, 자기가 하기는 그래 안 했는데.'

그래 인제 편지를 그래 떡. 또 보내도 또 카고 또 보내도 카거덩. 할 수 없는 게라 인제. 자석의 말이라서, '자석이 저카는데, 내가 디리고 있으마 뭐하노' 그래 싶어 가지고 좋은 옷을 떠 가주고

아아를 옷을 첩첩이 해서 입히고, 또 오마이도 해서 첩첩이 해서 입히고 고러구로 아아가 저저 한 서너 달, 너더 달 지내가서 인자 요래 하고, 그래가 인제 보내미성 미느리 이 손을 잡고,

"부디, 부디 어데 가서 이 애기 키우고 잘 살어라."

카미성, 그래 보냈는기라. 그래 보냈어. 자꾸 내쫓이라고 편지가 온께, 자꾸 내쫓이라고 편지가 온께. 그래 인제 편지를 가지고 인제, 참 저저 아아를 업고 나서는 기라. 그래,

"어무이, 잘 기시라."

카미성 나섰어. 나서가주고 자, 아아를 업으니 손목, 손, 손은 없어도 처지긴 처지잖아. 어데 니라가 젖을 먹일 수가 있나, 어데 가가 물 한 모금 떠 믹일 수가 있나. 가다가 가다가 한 군데 간게 옛날에는 왜 둥구리하이 새암(井)에 왜 상나무 숭가놓고 비새악이 있제? 그래 새암 가새에 가새(가에) 가가주고 그래 그래 물을 인제,

"하이구 모도 물 이로 왔는데 미안하지만 물 좀 주이소." 칸게,

"아이구, 세상에 이이키 좋은 아 아기에다가, 왜 이런 좋은 인물에 왜 손이 없느냐?"

카미성 그래 물 좀 떠주고, 아아 니라가주고 젖 믹이서 입히주고 이라거덩. 그래가주고 그 인자 들갓는데, 그래 주고 가가주, 또 저 에게쫌 나가다가 딴데 가다가 생각해도 그 새암에 가 그 물 좀 더 묵고 지와여(싶어요).

그래 그 물이 더 묵고 지바서 거게 거어로 왔는기라. 와서 인제 가서 이(곁에) 빙빙 돌민성 사람 들오두록, 사람 나오두룩 기다리고 있는데 각중에 막 구름이 울투디리하고 막 왔다갔다 하고 마마 노성백락(뇌성벽력)을 하민성 비가 막 댓따릇는 기라 막. 비가 막 디리 다룻는데 막 그마 뭣이 '우라라락 딱' 카미성 막 사람을 쑤서

새암에다 팍 집어 옇부리어 새암에 마 판 거꿀로 니리 갔붔는 기라.

이래노이 그래 그 새암에 풍덩 빠져서 보이 채다 보이 그마 확 벗기져네.[46] 확 빗거졌는데 거어만 먼저 쳐다 봤지. 자기 손은 안 왔는 기라. 이래가 하늘 쳐다 보고 이래 니리다 본께 손이 허여이 달리가주 있어. 손이 [청중: 손이 붙었다.] 양손이 허여이 달리가 있어서, '아이구야, 그 그거 손이 우짠 일인공 이이기 참말로 달린 손인강, 멋인강' 싶어서 막 돌미이도 검어쥐 땡기 보고 막 빈치도[47] 검어쥐고 땡기 보고 이래도 그 손이 꿈쩍 없거등. '아이구 세상에' 아아는 막 뒤에서 막 울고,

"아이구야, 아무것이야, 울지마라. 나가서 넘어 나가기만 나가마, 니하고 나하고 산대이."

카미성, 그 새암에서 추질고 있는데 각중에 버떡 들었부니께[48] 막 물길로 우우 나오는 게라 인제.

"아이구 갖주우, 그렇기 비가 오리만은도 우예 이래 날이 이래 드노?"

캐싸아미, 짜더라(숱하게) 나오는 기라. 나와서 모도 뚜릴[49] 옇을라고 본게 사램이 물에 드가 있어.

"아이구 이, 사람 빠졌다아!"

카미성, 막 남자들 소리해가주고 뚜릴 옇어가주고 그 뚜리 안에 올라앉어라 캐가주고 달아올리는 기라. 달아 올리고 본께 아깨 거어 갔던 사람인데 손이 달리가주 있거덩. 아이구 모도 부인네들이,

---

46) 하늘이 벗겨지네.
47) 무엇인지 정확하게 알 수 없다.
48) 햇볕이 다시 났다는 뜻.
49) 뚜레박을.

"아이구, 우짠 일이요? 우짠 일이요?"

캐쌓아미성, 막 깜짝 놀래는 기라 인네. 그래 그게 즈 그 날, 인제 자기가 인네 끌러가지고 끌러가지고 인네, 막 옷 벌끈벌끈 짜서 상냥케 모도 널어놓고, 빈지로 모도 널어놓고, 아아 니라가 젖 믹이고, 막 딲고 씪이가주 젖 믹이고 그래놓고도 인네, 그래 그래놓고 또오 인제 상나무도 집어 땡기 보고 가재이(가지)도 꺾어보고 해도 손이 꿈쩍도 없어. '그 참 이상하다' 싶어 가주 인제 그래 인제 '나도 인제 어디든지 가마 인제 산다'마 이래 맘묵고, 그래 거어서 인제 아아는 해서 업고,

"모도 잘 있어라." 카고

"내가 여어 와가주우 참 이만쿰 돼가 간께, 이 모도 동네 어른들 그 감동(感動)에 내가 살었다."

이카민성 그래 치사를 하고, 그 이 사람이 떠나는 기라. 그래 이 사람이 인자 떠나미 가니라고 인제 막 인제 그 그 '인젠 나가기만 나가먼 너하고 나하곤 안 살겠나' 싶어서 헐레헐레헐레 자아꾸 간께, 한 군데에 간께 피알밭이 이래에 있는데 그 피알밭, 복판에 천태산 마구, 마구할미라꼬, 산에 사는 마구할마이라. 그 할마이가 이래 밭츨 이래 매는 기라. 그래 그 밭머리이 거어 앉아서,

"할무이요, 할무이요, 여어 좀 나오이소. 나와 쉬가주 하이소."

이칸게, "아이구, 말마 들어도 고맙소."

카미, 나오는 기라. 그래 나와가주 인네 그 마 자기는 아아 니리가주 앉아 젖 믹이고 그래 인자 그 그 사람은 인제,

"어데서 이래 나왔나? 이 좋은 사램이 나왔노? 집을 뛰치고 나왔냐?"

물어쌀 거 아이요? 그래 물러싸이,

"나는 집도 절도 없고, 그래 이 애기만 내가 업고 나왔다."
이캉께서로,

"그러마 나는 혼차 사는데 나한테 가서 고마 내 딸일치로[50] 있으마 어떻겠나?"

이카거덩.

"아이, 그것 참 역시 좋지요."

"그래 고마 '어무이'카고 역시 좋지요."

카미성, 따러갔는 기라. 따라가서 그래 가서,

"어무이, 마 농사 질라고 애쓰지 마고 나를 얼, 어데 돈 좀 채(빌어)가주고 미영을 한 필래기 사다 주이소."

이카거덩. 그래 미영을 한 필래기 딱 사다 주고 이랬는데, 한 필래기 사다 주만 어는 녁에 앗아가주고 어는 녁에 타가주고, 차 고 장딴에[51] 비 한 필 내놔. 비 한 필 내노만 고고 가져가 팔아가주고 또 미영 사다 주고 또 팔아가주 미영 사 주고, 아이 이 할마이가 마마 꿀치떨어 마. 돈 남고 마마 할매 고마 마마 농사 안 지, 피알밭때기 안 매고, 아 디고(아이 데리고) 댕기미 놀고 시상 편하거든.

그러구로 그카다가 본께서로 돈 모이고, 아아 한 댓 살 묵고 머 할마이하고 자기하고 서이가 마 참 재미가 꿀걸이 사는 기라.

그런데 아 요기 댓살 문께서로 피를 앉아서 지딱지딱지딱 앉아 짠께. 아아 고기 나갔다가 인자 닷 살 먼 기 나갔다아 들오디마는,

"엄마야 엄마야, 엄마야 저어 밑에 하문 가 봐라."

"왜 저 밑에 뭐 있노?"

이칸게,

"엄마 니는 비마 짤 중 알지. 저 밑에 손님들이 막 왔다갔다, 왔

50) '딸맨치로'를 급히 말한 것이다. '딸처럼', '딸같이'의 뜻이다.
51) 명을 사온 장날로부터 그 다음 장날까지.

다갔다 하고 차암 야단이더라. 가 봐라. 가 봐라."
이카는 기라.
"그 밑에 무신 손님이 있노?"
이카고시나, 또 비를 짰는 기라. 그래 비를 짠게 또 놀로 갔다 또 오디이마는 이리 이리 끼어 니루민성,
"엄마야, 엄마야, 하문 가봐아. 어떤 손님이 저 쫓아 방아서 나오디마는 날 머리를 이래 싸다듬고 이래 싸다듬고 그래 씨다듬으민성 '니는 어데서 왔노? 이름 뭐어꼬?' 그래 물어 쌓더라. 가 봐라. 가 봐라."
이카거등.
"예이 이느무 새끼, 거짓말 하지 마라."
이카미 또 있었다. 그래 또 그카고 비를 짠게, 그 사람이 거어서 니러 갈낀데 거어 자고, 거어 잤는 기라.

그래 자다가 참, [청중: 마느래 찾아 왔구나.] 그래 본께서로 하도 그캐 쌓아 인제 고 이튿날은 갔어. 그래 손목을 잡고 인자 거기 가인께네 가서 인제 이래에 신작로가에 인제 거 올러가는 손님, 니러가는 손님 쳤는, 난데 그래, 으 서울 손님 그래 쳤는데. 그래 거어서 인자 이래 있은게 가서 아아 손목을 잡고 이래 이래 드다본께 방아, 이래 널찍하이 이런 방에 살마이 저 안에 앉았다가 벌떡 인나서는데, 벌떡 인나서디마는 우둑우둑우둑 뛰이서 맨발로 버선발로 우석우석우석 뛰이서 쫓아나오는 기라.

그래 쫓아나오는데[52] 본게, 자기 마느래거덩, 그래 자기 마느랜게 고마 아아하고 자기 마느래하고 끌안고, 마마 거어서 마 대성냥을[53] 하는 기라.

52) 쫓아나와서.
53) 대성통곡을.

"이기 두리두리 뭉시이 겉다 카고, 눈도 코도 없다 카디이 이기 이 어데서 있으민(났으며), 당신 어데서 손이 이래 달렀나?"

마악 좋아서 우짤 줄을 모리고 마 서이가 있는데,

"그래, 나는 [청중: 과게하고 니리오는 판이다.] 응, 니리 오는 차리라."

"나는 사실이 참 죽을 거식인데, 그래 내가 이리저리 하고 뭐 손이 물에 빠져가주고 내가 손이 달려가주고…."

쪼 오마이가 자기 본어마이가 손을 훌훌 떨 때 넙죽 받아가주 샘에다 갖다 주우옇어 났는 기라, 오마이가. 자기 본어마이가. 응, 응, 죽은 어마이가. 그 손이 펴얼펄 뛨잖아요, 뛰 작둘 탐박 끊었분께 펴얼펄 뛰산게, 그래 그 오마이가 또 호맹이로 널름 받어다가 새암에 주옇어 났어. 그래 그래놓고 그 새암 쳐지도 안 했거등. 그래 인제,

"그래 내 이애, 이럭저럭하고 살았다꼬. 그런데 어무이가 죽윘는가 살았는가 모리겠다."

이카미성,

"그래 당신은 과게 했느냐?" 칸께,

"과거 했다. 과게 해가주 니리오는 질이라."

카거등. 그래 거어서 인제, 주막에 거어서 고마 인네 막 막 사영구에다가 말에다가 마꿈 막 타고 인제 인제 자기 살던 고향으로 니리오는 기라. [청중: 어무이한테로 가겠지 뭐.] 으응. 자기 사던 고향으로 니리 오민성 그래 인자 오마이 인네.

오마이가 고마 그것들 다 보내고 나서, 손자 미느리 다 보내놓고 나서, 고마 늙어 빠진 눈이 땍 비둘기 겉이 막 그렇거등.

"하이구, 너거가 우예 살아왔느냐?"

카미성. 그래 인자 그 태아가지고 그래 와가주고 자기 인네 오마이 하고 아비이하고 손목 끊기 나온 자기 마느래 고향으로 가는 기라 인제. 자기 마느래 고향으로. 주막집 있는 마을을 둘러.

그래 자기 마느래 고향으로 인제 사는 고향으로 니리오는데, 인제 니러오다가 인제 막 이래 뭐 신작로 이래 걸채가 오마 보는 사람도 안 많나.

"아이고 누우 행찬공, 누우 행찬공?"

캐싸매, 그래 그 행차를 보고 있은게 그래 어떤 여자가 할마이가 하나 나오디이마는,

"아이구, 그 행차는 언가이(어지간히) 잘도 채리가 간다. 난도 딸 그긴따나 키았으만 저래 하문 해 볼 낀데…."

이카거든. 이름도 성도 없이 딸, 그래 지 이미(어미)라. 그래 그카고, 고마 그거 보내놓고 나서는 집 잘 되마 커이[54] 망또(亡兆)가 돼가주고 영감도 그래 그 신 삼다가 그카고 할마이도 카거든. 그래 둘 다 태아가주 갔는 기라 인제.

태가주고 인제 가가주고 그래 인제 그 사램이 본래 손, 없어도 크기 되고 있어도 크기 될 사람인데 크기 되까봐 겁이 나가주고, 지집이 그랬다꼬. 고기이 고오 살던 고저 주막재이가 고기이 저어 어마이라. 손끊어내라 칸 그 적 어마이. 고기이 고오서 두 눈도 코도 없다, 두리두리 뭉시이겉다, 니리 오미 하고 올로 가미 하고 니러오미 하고, 고오서 고래가주고.

그 사람이 그애가 가주고 그 사람하고 마 동넬 채리가주고 봐라 하고 그러키 잘 사더라요.

---

54) 잘 되기는 커녕.

[대구시 설화 87]
서구 중리동, 1983. 9. 2. , 최정여, 천혜숙, 임갑랑 조사.
김음전, 여 · 68.

[최정여, 「한국구비문학대계」 7-13 경북 대구시, 한국정신문화연구원, 1985.]

제4부 『순금전』 권지단(영인본)

(金光淳所藏 筆寫本 韓國古小說全集 32卷)

촌금전

슌금젼 권지 단

각셜 조션국 셰조디왕 시졀의 경셩 놉녀리 한 지상이 잇스되 셩은 황이오 명은 공이라 일즉
벼살을 ... 방라 부귀 지덕이 장안의 웃듬이오 ㄸ 상이 즁상의 이시며 문무 제신이 젼난
니 ... 부인 최씨 다만 한 ᄯᆞᆯ을 두어시니 명은 슌금이라 셰월이 여류ᄒᆞ여 슌금의
졍이 ... 십 셰 되미 ... 인물이 비범ᄒᆞ고 침션이 당셰의 졔일이라 승상이
ᄉᆞ랑ᄒᆞ여 강보를 ... 옥무ᄒᆞ 한가지로 옥홀 제ᄒᆞᆫ 승상이 미양 어엿버ᄒᆞ시믈 한탄ᄒᆞ더
니 일은 승상이 입조ᄒᆞ엿다가 ... 드러가 슌금을 안고 만지며 왈 슌금아 네
모친 ... 가 ... 비 ... 조상 향화ᄅᆞᆯ 가산을 다 네게 젼ᄒᆞᆯ가
ᄒᆞ노라 소졔 이 말ᄉᆞᆷ을 듯고 지졀ᄒᆞ여 별 갓튼 눈의셔 ... 갓튼 눈물이 흘르며 고왈 슌
녀는 옥 몸을 친모로 나ᄒᆞᆫ ... 이제 ... 친모는 죽어 업다 ... 엇지 ... 되리오 만니 허
올 잇가 녀ᄌᆞ는 ... 목을 ... 지혈ᄉᆞ온니 부친은 ... 사랑치 ᄆᆞᄅᆞ시고
... 가문을 가리여 ᄌᆞ모를 졍ᄒᆞ여 ... 쟝이 ... 빈 ...

이장을 ᄒᆞ나 네몸은 옥ᄀᆞ튼 몸의 애회 잇슬가 ᄒᆞ여 경계ᄒᆞ노라 ᄒᆞ신대 저 소제 ᄇᆡᆨ번 ᄉᆞ례ᄒᆞ고 계모에 ᄃᆞ녀
몸 강건ᄒᆞ니 슬ᄒᆞ이 어린 소제 비ᄫᆞᆯ이 ᄒᆞᆫ도 ᄒᆞ올ᄒᆞ되 여거ᄉᆞ미 ᄆᆞᆯ을 ᄀᆞᆺ여 진문호로 가시니라
관축 ᄒᆞ의 청순옥이 좌산 ᄒᆞ이 잇사 ᄒᆞᆫ별을 ᄃᆞ녀서 뫼 인물이 비상ᄒᆞ고 졀쳠선방 젹을 무릅
졈비ᄒᆞᆫ 저화 승상이 친이 청실원을 형ᄒᆞ여 정혼ᄒᆞ옥 어선씌 간너 길일이 ᄃᆡ랑ᄒᆞ으터 셔동이
혼ᄉᆞ는 더되나 ᄆᆡᆼ처 최ᄀᆡᆨᄉᆞ 소제 순금의 ᄋᆡ의 ᄆᆞ음을 싱각ᄒᆞ고 눈기물 ᄭᅳ지 안녀 ᄒᆞ여 허ᄉᆞ 경씨
물너ᄂᆞᆺ 누비실인의 ᄒᆞ며 회인가ᄉᆞ를 청실을 ᄒᆞ라니 지닌 ᄌᆞ여진 실홈이 조정의 가득ᄒᆞ
늬 안녀 친친ᄒᆞ리오 이ᄯᅢ 순금 소제의 나히 십오세라 용모 ᄋᆡ음은 아리ᄯᅡ온 존유와 비
ᄒᆞᆫ 뇌상이 후ᄉᆞ 얼소 나오 화도 ᄒᆞ려 민ᄉᆞ못ᄒᆞ던 ᄃᆞ라 승상과 경씨가 소져을 귀이 여가치
여기ᄯᅢ 소제은 친모 조셤 기여 ᄒᆡᆺᄐᆡ 보니면 이경씨온 지 ᄋᆞᆫ연이라 ᄉᆡᆼ녀 ᄉᆡᆨᄉᆡᆨ의
일기ᄉᆞ 이울ᄒᆞ나 소제ᄯᅥ 모든 비복 등이 무ᄉᆞ올 조무ᄉᆞᄒᆡ치 사ᄒᆞ더라 승상
이ᄀᆞᆺ하 화기 잔을 모이 당한 청신천 의ᄂᆞᆫ 간외하 강ᄒᆞᆫ듯 오ᄅᆞ니 난세 옥가ᄅᆞ 지필
이장ᄒᆡᄒᆞ나 승상이 무슈히 기거ᄒᆞᄃᆡ 황씨을 맞고 ᄒᆞ니 일너ᄒᆞᆫ 부조 젼ᄉᆞ 셔오

ᄒᆞᆫ 쌍이 교만방ᄌᆞᄒᆞ더라 세월이 여류ᄒᆞ여 소계 나히 십팔 세라 정씨 소싱에 일
홍은 환싱이오 ᄯᅩ ᄒᆞ나는 뎌싱이라 ᄒᆞ다 점점 ᄌᆞ라 환싱의 나히 십 세 되ᄆᆡ 순금소계에게
글을 ᄇᆡ오나 여ᄉᆞᆺ날 ᄆᆞ진 리ᄅᆞᆯ 비과 병될 ᄇᆞᆫ 힘의 ᄯᅩ이 예서 미ᄎᆞ지 못ᄒᆞᆯ너라 정이 남
화ᄒᆞ여 학업을 심쓰나 여정의 투심 간투의 소심을 한 가지로 정ᄒᆞ지 아니노
복둥이며 ᄲᅮᆷ교 가ᄌᆞᆫ 찬불 너허 ᄃᆞ녀라 순간이 소계 장성ᄒᆞᆫ 울미 녀진 ᄆᆞᆷ조흔 ᄀᆞ식어
ᄯᅢ엿 ᄎᆞᆫ 걸을 어ᄃᆡ 비필을 삼을 리라 ᄒᆞ더라 ᄂᆞᆷᄒᆡ 결혼ᄒᆞ여 입서 할석 순금소
졔의 반ᄃᆡ 돌이 ᄋᆞ여로 ᄆᆞᆫ자ᄆᆡ 어미 엽ᄉᆞ물 불성이 여겨 환싱 보 점점 더 귀히 여기시나 정씨 이러ᄒᆞ
물 불성 동ᄇᆞᆫᄒᆞ여 소졔를 넙시고 ᄒᆞ더라 소졔 연과 장성허며 옥안 화ᄐᆡ의 아ᄅᆞᆷ다
온 거장이 ᄉᆞᆼ안 벼둘 나두가 바람의 흿드덧 노는 듯 광음을 못 이기여 념노 난 ᄭᅩᆺ모
란 ᄭᅩᆺ시 ᄂᆞᆫ 춤이 실을 ᄆᆡ금은 ᄭᅩᆺ 삼ᄉᆡᆨ 도화 만 ᄆᆡᆫ 듯 무산 선녀 천궁을 ᄯᅥ나 연
간의 하ᄀᆞᆫ 흔 ᄃᆞᆺ 난 이 부지여 춤 ᄋᆡ 바ᄅᆞᆯ 보지 못ᄒᆞᆯ너라 소졔 환싱으로 ᄌᆡ부 ᄌᆡᆫ 글도 짓
고 ᄯᅡ ᄒᆡ엽도 의논ᄒᆞ더니 일ᄋᆞᆫ 청조가 ᄂᆞᆷ편으로 ᄂᆞ러와 소졔의 머리의 안저 우러

부인이 옥난간의 안겻다가 소제고히 너겨 향설다려 그연고을 무른 쳐셩 좌주시 겁흔글을 셩
각ᄒᆞ여 지여너고 글의 ᄂᆞᆯ 연시되 남으로 오은 족약은 이불 근ᄒᆞ오니오 나ᄒᆞᆫ다 ᄒᆞᆫ되 옥
드니 청봉을 겸ᄒᆞ엿ᄂᆞᆫ지라 소제ᄒᆞᆫ 미녀를 불쌍조라 벗지 누의 몸계히
로 비ᄋᆞᆺ슴이요 조흔 정ᄉᆞ 비주의 불이 ᄒᆞᆫ나 순금소제 아비을 ᄯᆞ로고셔 쳐ᄉᆞᆯ 베폭
려 ᄒᆞᆯ을 진으너 허ᄉᆞ시 향이 번 ᄒᆞᆯ을 일 지여 남양 옥
춘의 가셔 소제의 청조나 게 가ᄂᆞᆫ 다리 여경 찬 광ᄒᆞ여 슴니
순금가 순금의 약헌 몸이 익이 도리올 ᄒᆞᆯ자 ᄂᆞᆯ여 의 용상이 의 들
니가 계시다가 바ᄒᆞᆯ이 춘향을 드리가셔니 향설과 소제 쳐 그글을 감ᄒᆞ지 못ᄒᆞ여 ᄉᆞ는
산이 보시고 최씨을 싱각ᄒᆞ여 황ᄉᆞ거ᄂᆞᆯ 소제의 손을 잡고 눈물을 금치 못ᄒᆞ셔 ᄆᆡ양
신의 글은 미첩을 ᄒᆞ시고 소제의 글은 바람 허물 ᄲᆞ지ᄒᆞᆫ이 ᄒᆞ셔 시 더라 ᄒᆞ슴
순금소제 빙옥 가튼 몸의 누덕 잇지 도다 정씨이 험의 ᄒᆞ셔 소제을
염서고져 ᄒᆞ던니 일은 온 한 모녀 들어와 결혼을 가리 젼니 정씨 한 계교을 싱각ᄒᆞ여 가

쓰너일으돼 사람이 무어술 벌으면 갈은 허외무저ᄒᆞᆯ 것은 생와 석알기름이 셔ᄅᆞᆫ 몸ᄒᆞᆯ 업
슬 사의조 못ᄒᆞᄂᆞᆫ다 ᄒᆞᄂᆞ니 그무녀 아쇄ᄒᆞᆫ 엇즈오되 돌베를 쌀세되아 ᄒᆞ수쇠알 쇠되을 ᄒᆞᆫ
저작ᄒᆞᆯ ᄒᆞ여 범벅세 덩이[illegible] 딘 그려 베기면 습색이 못되어 [illegible] 풀의 것기름이 셔ᄅᆞᆫ 안
동허외되ᄂᆞᆫ 비를 너 저근 문왼듯 [illegible] 의조ᄒᆞ쇠 [illegible] ᄒᆞ게 늘 정시 이 ᄆᆞᆯ을
듯ᄅᆞᆫ 그게 갓거 ᄉᆞᆯ이 [illegible] 는 계교 [illegible] 이르쇠 [illegible] ᄒᆞᄂᆞᆫ [illegible] 낭을 ᄌᆞᆫ저 무녀 갓게 히 착ᄒᆞᆯ
[illegible] 가더라 이[illegible] 정시 무녀를 [illegible] ᄅᆞᆫ 굴 지전을 ᄒᆞᆯ [illegible] 일ᄂᆞᆫ 은무녀 와ᄂᆞᆫ 경쇠 정시 ᄆᆞᆫ
가 [illegible] 중 술을 잡ᄂᆞᆫ [illegible] 조ᄒᆞᆯ [illegible] 조 히 조 ᄒᆞᆫ 상ᄒᆞ여 과연
그 효심 으드 되거 ᄅᆞᆯ 정시 ᄃᆞ 회 [illegible] 은 장ᄂᆞᆫ 섭 [illegible] 보 ᄒᆞ여 ᄃᆞᆯ 고을
황 ᄒᆞᆯ의 [illegible] 잔 ᄯᆞᆫ ᄒᆞ여 범벅 세 덩이 [illegible] 밥 [illegible] 가 [illegible]
잇셔 소쇄 외ᄒᆞ고 ᄂᆞᆫ 아비병 ᄒᆞᆯ 기조 나 [illegible] 승상은 절너의 번드듯어 황상은 ᄒᆞᆨ 당 바
가ᄅᆞᆫ 집안 너 중 ᄒᆞᆫ 지라 순금 조제 이 ᄂᆞᆯ 황 ᄒᆞᆫ 보시려 거 온이 황ᄒᆞᆯ ᄒᆞ여 등 ᄎᆞᆯ
발키ᄅᆞᆫ 바 나 절 허원 너 분두 광풍이 초 불ᄒᆞᆫ 소거 ᄒᆞᆯ 고 히 여 계 ᄎᆞ 을 자 이 발 길

샹셔 슴편 풀어서 첨패를 ᄇᆞ니 ᄉᆡᆼ츈광의 칠ᄌᆞ 나죠ᄒᆞᆫ 벼ᄅᆞ의 안전을 ᄅᆞ 옥난간의
안전ᄒᆡ야 ᄒᆞᆯ도구와 슌금 소제의 몸의 옥회도화ᄀᆞ튼 ᄋᆞᆯ 필목ᄂᆡ여 ᄒᆞᆫᄃᆞᆯ ᄌᆞ은 후
의 ᄲᆞᆫ 모최셔 울 싱각ᄒᆞᆯ 슐푸믈 ᄇᆡᆨ음으니 석별 ᄀᆞ튼 눈의 ᄒᆞᆷ ᄀᆞ튼 눈믈이 ᄉᆞᆷ을
녀ᄌᆞ가슴 젓시더라 분득 몸이 셀니며 쳔세들어 소제을 ᄒᆞᆼᄒᆞ여 이르되 슐푸다 네 셩
이ᄯᆡ 계묘어지 봉츅ᄒᆞᆫ 관ᄒᆞ 밤이 깁도록 ᄌᆞ지 안니ᄒᆞᆫ니 밤이 깁허시니 오작 ᄇᆡ곱도다
ᄒᆞᆫ 장ᄉᆞᆫ의 범벅 세졍이 ᄒᆞ며 ... 소제 감격ᄒᆞ여 ᄇᆞ라보니 검은 음셕이 비치웃
상ᄒᆞᆫ지라 젓ᄯᆡ 놋고 안의 녀ᄒᆞ니 정신이 ᄒᆞ ... ᄒᆞ여 ᄉᆞᆨ쳐 ... 녀들의 ᄒᆞ여
잠을 ᄒᆞᆫ지 안니ᄒᆞᆫ ᄇᆡᆨ벽을 ᄒᆞ엿 ᄀᆞ련 녀 ᄂᆞ이 ᄆᆡ공을 모르고 안니ᄒᆞ니 엇인 ᄒᆞᆫ 셜인ᄃᆞ
ᄒᆞ며 져 ᄒᆞᆫ니 우지 ᄌᆞ니 소졔 이 ᄯᆞᆯ을 드러 지졍을 ᄒᆞ여 이르되 ᄂᆡ 몸이 졀ᄒᆞᆫ 멋ᄌᆞᄀᆞ 되여 ᄯᆞᆯ 덤분
이러틋 ᄒᆞᄉᆞ니 빈 ᄒᆞᆫ 쥭은 와도 감츄기 ᄒᆞ여 ... 멋지 ᄒᆞᆯ고 ᄃᆞᆯ 고런 ... 첩선 ᄒᆞ
거의 맛치게 되오니 ᄯᆞᆫ 맛슴은 벽오희 이와 ᄒᆞᆫ고 소ᄇᆡ의 ᄇᆡᆨ은 져 ᄒᆞᆫ 젹어 ᄇᆡᄀᆞ히 ᄒᆞ여 셰 안
ᄒᆞᆫ 협의 눈믈이 흐르고 ᄒᆞᆯ ᄒᆡ 지 못ᄒᆞᆯ ᄂᆡ라 게 ᄒᆞ두 ... 을 ᄇᆡ고 오 ᄆᆡ 멋ᄌᆞ 초의 져

녀ᄇᆞᆸ이포복ᄒᆞ야ᄃᆞ려셔자못ᄒᆞ오면간만한ᄯᆡᆯ아ᄂᆞᆷ아ᄉᆞᆫ이다ᄯᆞᄅᆞ셰ᄒᆞᆫ다ᄒᆞ오
허니견씨그제야소계의등을두ᄃᆞ리며가로ᄃᆡ너ᄂᆞᆫ셕을ᄉᆞᆫ너ᄯᆞᆯ아야너엇지너ᄅᆞᆯᄉᆞ지
질이오너허난거동을보고ᄂᆞᆫ악가관이ᄆᆞᆯ을허엿스너이ᄒᆞ외야널을조금쳐나남의
ᄌᆞ식을알너오너약헌몸의너무과이안컷지ᄆᆞᆯ고ᄂᆞ여도거ᄉᆞ녀ᄉᆞ갓튼ᄉᆡᆼ을어러커
험을보고ᄒᆞ여서어ᄃᆡᄂᆞᆫ몰나도너ᄆᆞ음은전혀녀계잇스너조금도셜어ᄆᆞᆯ고념ᄉᆞ이다
ᄆᆞᆯ고벗은갓친ᄒᆞ고나가ᄂᆞᆫ소계겨온ᄉᆞᆷ어ᄇᆡᆨ옥을ᄆᆞᄋᆞᆷ이불평ᄒᆞ여허ᄅᆞ와ᄆᆞᆯ로
최씨신계을소제ᄆᆞᆫ협실의모친님자와가ᄆᆞᆫ경젼을손의ᄃᆞᆯ고협ᄇᆞᆼ의들어가모친
신령젼의부복ᄒᆞ여지성통곡왈황천자ᄒᆞ의가신최씨ᄂᆞᆫ넘온신령이미ᄆᆡᆼᄒᆞ
여거년감동ᄒᆞ오셔소셔이몸을십산ᄒᆡ게원슈을이쳐서늘푸라슌금소졔야
그ᄌᆞ리의서죽거든변이런경상을안니보련만는하ᄂᆞᆯ이정ᄒᆞ신ᄇᆡ런가모친묵
송이조ᄎᆞ여소리ᄂᆞ가이런악셕ᄒᆞᆫ일을면치못ᄒᆞ엿도다슬푸다슌금소제일잔
이동의기인슈련으로목을ᄆᆡ이녀엇자불상치안니헐리오ᄆᆡᆼ모ᄒᆡ목을ᄆᆡᆫ들ᄒᆞ하

량이 정ᄒᆞᆫ 신비라 엇지 죽을 리오 ᄇᆡ빈 견비ᄒᆞᆯ 침실의 나와 ᄯᅩ 조졀코져 ᄒᆞ오되
ᄎᆞᆷ지 못ᄒᆞᆫ 반지라 인ᄒᆞ여 머리를 ᄊᆞ고 검침의 누어 눈물만 흘니더라 이러구로 날이
쟝찻 ᄇᆞᆯ가 가시ᄆᆡ 옥뫼 들어오거ᄂᆞᆯ 소졔 ᄉᆡ별 갓튼 눈의셔 눈물을 흘니며 옥뫼의 ᄒᆡᆼ
셰 엇더ᄒᆞ더뇨 나ᄂᆞᆫ 밤의 ᄒᆞᆯ로 ᄌᆞᆷ칠ᄒᆞᆯ 노ᄅᆡ니 곁ᄒᆡ 어미 넘게 옵셔 ᄇᆞᆯ셔 음식을
ᄒᆞ여 왓ᄉᆞᆸ거ᄂᆞᆯ 두견이 ᄂᆞᆫ 벽을 ᄒᆞᆫ뎡 비ᄒᆞ여 비올 ᄉᆡᆼ각ᄒᆞ고 ᄌᆞ여 ᄂᆡ벽 어뵤 보ᄒᆞᆫ니
여 죽거ᄂᆞᆯ 옥뫼 ᄇᆞ라보 즉 과연 ᄒᆞᆫ 음식이라 ᄯᅢ의 뎐지ᄇᆡ 귀셩 동곡 ᄋᆞᆯ ᄉᆞᆯ목
다 소제야 이 음식을 잡ᄉᆞ오 게시ᄂᆞᆺ가 ᄋᆞᆫ 잘 잡으ᄂᆡ 동ᄉᆡᆼ 미구의 ᄇᆞᆨ면을 물거시니
ᄂᆡ ᄉᆞ라 살위 ᄂᆞᆸ소 ᄂᆡ 죽지ᄂᆞᆫ 약 갑지 ᄋᆡᆫ견 ᄲᆞᆫ ᄂᆞᆫ ᄉᆞ르라 소제은 엇지 헐고 ᄒᆞ며 ᄉᆞ
ᄉᆞ로 나가니라 ᄉᆞᆼ상이 드러오시라 가 소제의 방으로 들어가셔 너 소제 ᄇᆡ회를
ᄊᆞᆫ 금침의 누엇ᄂᆞᆫ지라 보실 저 셩ᄋᆞᆯ ᄋᆡ쉬가 심무관저 ᄇᆞᆯ이 ᄂᆞᆺ도록 엇지 이
지안터ᄒᆞᆫ 나소 소제 눈물을 머금고 계오 일어 안ᄌᆞ되 ᄇᆞᆷ부터 몸이 편치 못ᄒᆞ여
누엇나니다 ᄒᆞ더라 이윽고 옥뫼 죽엇다 ᄒᆞᆫ니 ᄉᆞᆼ상이 ᄇᆡ 소제 뎌경ᄒᆞ여 죽은 연고를

몰으니모다일으되무산니ᄒᆞ엿다ᄒᆞᆫ니승상이ᄋᆞᆫ엇지그곡졀을알니오치ᄒᆞᆫ을ᄒᆞ여영
잔ᄒᆞ라ᄒᆞᆫ신저황싱이들어와소졔의병상을보ᄂᆞᆫ이약ᄒᆞᆯ알틔ᄒᆞᆫ이여서가ᄋᆞᆸ무
신니잇가날이발일이ᄂᆞ되온져소세안녀ᄒᆞᆯ금참의누엇ᄂᆞᆫ고가ᄒᆞᆫ니소졔알ᄂᆞᆫ
년몸이편치못ᄒᆞ여습더니지금은조금낫소ᄉᆞᆫ니라오ᄅᆞᆫ발니학당의간ᄒᆞᆫ외나
ᄋᆞᆯ도잇셔심ᄒᆞᆫ가ᄒᆞ고글한권을지어서보ᄋᆞᆸ소셔ᄒᆞᆯ넌여놋ᄋᆞ니그글의ᄒᆞ엿시
되ᄉᆞ람의방와등이ᄋᆞᆸ는선빗찬바ᄅᆞᆷ이들어와ᄇᆞᆯ근ᄎᆞᆨᄇᆞᆯ을ᄯᅩ간져업도다
네ᄒᆞᆼ허라빗친바ᄅᆞᆷ인들졔엇지드러왓난고반ᄀᆞ시ᄉᆞᆫ금의몸의큰빗이도라
오난도다ᄒᆞ엿더라싱이보기을ᄆᆞᆺ친뒤ᄒᆞᆫ쌍광풍이드ᄋᆞᆸ는방의이러나리잇가
날짐싱이ᄇᆞᆯ근ᄎᆞᆨᄇᆞᆯ을ᄯᅩ난져라이ᄒᆞᆫ로엇지미혀의몸의ᄒᆞᆫ엇승이요ᄒᆞᆫ년ᄒᆞ여
글을보ᄋᆞᆸ고미황싱의글은온ᄒᆡᄉᆡᆼ이ᄃᆡ톄이라도당ᄒᆡ못ᄒᆞᆯ너라소졔의ᄇᆞᆯ음
이갓거ᄒᆞᆯ장ᄒᆞᆫ도라ᄒᆞᆯ더라승상과졍씨젼의그글을감ᄒᆞ녀ᄎᆡᄒᆞ야싱이엇
ᄎᆞᆫᄋᆞᆫ쉬소졔글ᄋᆞᆯ보온ᄒᆞ과거ᄒᆞᆯ이ᄋᆞᆸ지안니ᄒᆞᆯᄭᅡᄒᆞ야황싱은부친계셔

잠간 ᄉᆞ이 과거ᄅᆞᆯ 허계 ᄒᆞ옵소셔 알왼ᄃᆡ 정씨 노ᄒᆞ야 발규 ᄒᆞ여 [illegible] 나가며
조제도ᄅᆞᆯ 닥금이 웃듬이여ᄂᆞᆯ 너는 모ᄅᆞᆷ [illegible] ᄒᆞᆯ ᄉᆡᆼ각지 아니ᄒᆞ고 이ᄯᅢ 소제 그 명ᄇᆡᆨ
벽은 ᄒᆞᆫ ᄒᆞ로ᄂᆞᆫ 간은 허씨 ᄒᆞᆯ 거 ᄌᆞᆯ 옥 갓튼 얼골의 ᄉᆡᆨ알 기름이 [illegible] 넘을
넘의로 못ᄒᆞ니 고ᄌᆞᆷ ᄒᆞ고 허물 [illegible] 일〃은 정씨 압헤 귀가 기어 가거ᄂᆞᆯ
참혹으로 ᄎᆡ니 그 쥐 죡 ᄂᆞᆫ지라 정씨 크게 깃거ᄒᆞ여 죽서 물을 [illegible] 쥐을 뒤ᄂᆞᆯ여 노코
니 과연 나던 ᄒᆞᆯ 아희 ᄀᆞᆺ더라 이ᄯᅢ의 정씨 간교ᄒᆞᆫ 물 뉘 알니오 가ᄆᆞᆨᄒᆞᆫ 정씨 소원은
ᄎᆞᄎᆞ ᄉᆞ이 되오지라 각설 이ᄯᅢ 순 [illegible] 번ᄃᆞ시 환ᄉᆡᆨ을 [illegible] 가
는지라 집안이 [illegible] 거ᄂᆞᆯ 이ᄯᅢ 소제 방이 [illegible] ᄒᆞ는지라 간은 허씨가 ᄒᆞᆫ이 [illegible]
인ᄂᆡ 옥 갓튼 곤 얼골은 [illegible] 버선을 쓰고 검침
되고 [illegible] 한날 과 모 천신 [illegible] 되고
진 [illegible] 이 죽지 못ᄒᆞ여 [illegible] 일은 정씨 [illegible]
외 [illegible] 와 소제을 [illegible]

문이 벌갓튼 디션ᄒᆞ여 이쉬도록 부ᄒᆞ엿ᄂᆞᆫ지 남은 녀ᄌᆞᆯ 친디갓치 해건 ᄇᆞᄂᆞ네
드지아냐과 갓ᄐᆞᆫ 순아 밤이나 참지 안니 ᄒᆞ며 ᄒᆞᆯ새 잠이 벗 칠 듯ᄒᆞᆫ 그죄 ᄒᆞᆫ네
ᄒᆞ며 손을 비를 ᄲᅡ거ᄂᆞᆯ 비ᄋᆞ되 이러도록 ᄉᆞ잠 ᄋᆞᆫ오니 아ᄒᆞᆫ 뜻왜 ᄒᆞ뇌
네가 이러ᄒᆞᆫ 네 귀ᄒᆞᆫ 몸을 돌ᄅᆞ고 음식이나 잘 ᄇᆡᄅᆞᆯ 다읍게 ᄒᆞᆯ 쥐한이
나 이어 ᄒᆞ여 낫게 하리라 ᄲᅡᆯ 네 고ᄒᆞᆫ 연 너 엇지 일신을 ᄀᆡ 너으 ᄒᆞ며 온갓 간능
ᄒᆞᆫ 뿔 그 일홈을 낫오너라 ᄉᆞ계 왕 ᄋᆞᆫ의 ᄌᆞ주 같은 ᄂᆞᆫ 몰을 ᄒᆞᆯ니며 가로되 전생의
무슨 죄를 이시ᄆᆡ 이 ᄂᆡ 우이 이러도록 ᄉᆞ노니 먼저 모친이 주시 ᄒᆞ엿 ᄉᆞ오니 ᄒᆞᆯ너 그 ᄃᆡ의 엇
지 ᄉᆞᆯ 난 ᄋᆞᆯ 우라 계모 정씨의 은혜 엇지 이 ᄉᆡᆼ의 서 다 갑흐리오 내 친모 ᄌᆡ도 ᄋᆞ이 에
서 더 허리오 이 몸이 변을 노고 나오면 계모의 은혜와 환생의 은혜를 갑흐리라
ᄒᆞᆯ 때 밤을 지내도록 통곡 ᄒᆞ며 가로되 ᄂᆞᆯ 우라 ᄋᆞ모 ᄒᆞᄋᆞᆷ은 무슨 일노 조ᄉᆞᆨ을
여 죽엇ᄂᆞᆫ고 십팔년을 더 ᄂᆡ 인은 공은 ᄃᆡ션이 그 ᄯᅢ 서 더 ᄂᆞᆷ ᄒᆞ리오 너 ᄌᆡ 이 몸이
ᄒᆞ여 모친과 ᄋᆞ모을 ᄲᅡᄂᆞ 보리오 천지 일월 성신계 발원 ᄒᆞ며 통곡을 ᄀᆞᆯ

비챵안니ᄒᆞ더라 몬두둥챵이 발그며 졍씨두리와 거짓 눈물을 ᄲᅳ리며 어로ᄆᆡ
지는체ᄒᆞᆯ ᄯᅢ에 속가든 네 ᄯᅡᆯ이야 지금 ᄡᅥ지 살지 못ᄒᆞᄂᆞ냐 네 오ᄉᆡᆫᄒᆞ기 너 졍ᄉᆞᆯ지
라도 이쳐안져 변네 ᄯᆞᆯ이 ᄋᆞᆯ고 ᄎᆡ 사ᄅᆞᆷ마 ᄒᆞ고 안다 이르키니 소계 부ᄅᆞᆫ손 황공
ᄒᆞ여 올나안지니 졍씨 금칠을 ᄎᆞᆫ례로 드ᄅᆞᆯ 치쳔니 ᄂᆞᆯ나 ᄌᆞᆯ셕ᄒᆞ는체 ᄒᆞ고 손ᄆᆡ을
치며 기졀ᄒᆞ더니 ᄇᆞᆯ도 못ᄒᆞ는체 ᄒᆞ다가 저 경ᄉᆞᆯ셕ᄒᆞ여 ᄋᆞᆯ 이연아 ᄂᆞᆫ 네 듯거라
네 부[illegible] 친이 져 승샹이오 네 조부도 보국판서 번을 네 나희 이십 안이 ᄯᅥᆫ 두 규중 공칠ᄋᆡ
이런 불쳐ᄒᆞᆫ 홍변을 ᄆᆡᆺ보다 네 이런 듯 ᄒᆞ기 조용 모든 족ᄒᆞ여 ᄉᆞᆫ 도다 네 발을 조일
너와 ᄯᅥ러 금을 동간ᄒᆞ여 이러 ᄯᅳᆺ시 흰실을 ᄒᆞ엿스오 네의 가는 허리 굴거지고 비
도부르며 얼골이 장ᄇᆡ만ᄒᆞ고 몸 쥬ᄌᆡᆸ을 님의ᄒᆞ로 못ᄒᆞᆯ 졔의 서로 히여 ᄯᅥᆺ든니 이
련불측ᄒᆞᆫ 디ᄯᅩᆨ을 보고 눈도다 ᄉᆞᆯ곡 가난ᄂᆞᆫ 황싱을 대ᄯᅥᆨ으ᄂᆞᆫ 본개ᄒᆞ고 가셜이오 네 염복
친은 숭안ᄐᆡᆨ 수의 ᄯᅩᆼ칠을 ᄒᆞ여나 무슴 번목으로 세샹의 나ᄃᆞᆫ니리오 욕질을 무수
이ᄒᆞᆯ ᄯᅢ 낙ᄯᅳ 헌 거슬 가지고 ᄃᆡ가 만져 ᄀᆞᆺ 소계 쳠ᄇᆡᆫ 둥 디 제의 이런 변체을 보ᄂᆞᆫ라

홍색이 만개반식반ᄉᆞᄒᆞ여 병이 진케되엿난지라 이ᄯᅢ 황씨 학셔의 가던니 하
날밤 셤을 이로니 엄ᄃᆡ소제 소제을 결박ᄒᆞ여 가던니 문득 그ᄃᆡ의셔 옥지소ᄅᆡ
나며 ᄒᆞᆫ 덩이 구름의 ᄊᆞ이며 알치고 [illegible] 부르며 남편으로 가거늘 싱이 놀나셔
ᄃᆡ ᄒᆞ니 남기의 몽이라 놀나며 적시 [illegible]을 ᄒᆞᄌᆞᆨ ᄒᆞ고 도라와 바로 소제의 침소
로 도라가니 소제 금침 속에셔 죽것거늘 [illegible] ᄒᆞ여 통곡ᄒᆞ여 소제
야ᄋᆞᄋᆞ 이어인 일고 엉츈 광의 청츈 [illegible] 을 갈졔 마련이 [illegible]을 지어 놋고 ᄇᆞᆯ
만 ᄒᆞ던니 이졔 보건ᄃᆡ 소졔 오날ᄂᆞᆫ 죽을 줄 몰 엇지 아니ᄒᆞ여 [illegible] 한 번 죽기
로 인셰 ᄒᆞ엿던니 소졔 엇지 셰상을 바리신고 ᄒᆞ며 통곡ᄒᆞ니 산천초목과 금슈
가 슬허ᄒᆞᄂᆞᆫ 듯ᄒᆞ더니 이욱고 소졔 [illegible] 움ᄌᆞᆨ이며 눈을 반ᄀᆡ ᄯᅳ고 [illegible] 드는ᄂᆞᆫ
물을 ᄎᆞᆺ시며 ᄇᆞᆯ을 이기지 못ᄒᆞ야 가계 오인 [illegible]을 ᄎᆞ져 [illegible] 엇고 졔 보ᄂᆡ 더ᄂᆞᆷ
이 압푸며 인ᄉᆞ을 ᄎᆞᆯ이지 못ᄒᆞ엿던니 이졔 ᄒᆞᆫ 일ᄉᆞ이 여ᄎᆞᄎᆞ ᄒᆞ기로 내 ᄆᆞᄋᆞᆷ 게도록
져ᄇᆞ려 ᄒᆞ나 엇지 살기를 바라리요 불효녀 순금이 내 쳐더런 누명을 쓰고 죽ᄉᆞ오니

오화반일은 부친을 모시고 세상이 다도록 ᄒᆞ우되시라가 황천지토의 각시반나 [illegible]

ᄒᆞ노라 또 가긘을 ᄒᆞ니 황상 반극ᄒᆞ여 소제의 죽을 ᄌᆞ물리 외로 ᄒᆞ더 계신 [illegible]

빅면 기약 비켜 안엽 서면 하날이 [illegible] 이라 너지 부쳐 오미 [illegible]

계 아을 외어 무ᄉᆞ케 ᄒᆞ오리사 [illegible] 이너 [illegible] 더ᄒᆞ사 모친 앞에 엽지어 동경 차려 ᄒᆞ여서

ᄒᆞ오치이 [illegible] [illegible] 모친 [illegible] ᄒᆞ오세 소ᄌᆞ의 [illegible] 갑피 성각ᄒᆞ [illegible]

악병을 천이 부다 계서 읍나니 가져는 질은 적을 갈 [illegible] 계 간다

운니 소잠 모짐ᄒᆞ 는 [illegible] 니 [illegible] ᄒᆞᆫ 도 [illegible]

으시 부친 계이시 하온 누 [illegible] 고 [illegible]

축ᄒᆞ 여 ᄒᆞ [illegible] 부신 도 [illegible] 성각ᄒᆞ [illegible]

정쇠이 [illegible] 는 하니

망부친 [illegible] 년 [illegible] 모 가 [illegible] 네 부친 [illegible] 으로 세상의

용남ᄒᆞ [illegible] 천 [illegible] 실이 [illegible]

잇지삼년ᄂᆞ뢰조젹을친여갓치여겨변내고ᄃᆞᆺ슬무슨이업계로무고금어간혼을방게
ᄒᆞ여서너번ᄒᆞ온들보지못가ᄒᆞ외오ᄒᆞ다지츰ᄉᆞ칫ᄂᆞᆫ지로ᄒᆞ니식염ᄉᆞᆷᄒᆞ여
ᄒᆞᆫ발도못ᄒᆞ여ᄉᆞ이셔ᄒᆞ니상ᄒᆞ고복이되얀ᄂᆞ더러ᄒᆞᆯ외오술무라ᄒᆞ졔의ᄇᆞᆫ셜
갓튼몸의려러ᄒᆞᆫ누력을여쳐ᄂᆞ씨자ᄒᆞ니ᄂᆞᆺ이ᄂᆞ두렵지안여ᄒᆞᆫᄒᆞᆯ이셔의순상이갈
너로ᄒᆞ셔ᄒᆞᆫ가바로영츈뎡으로드려가신뎌졍셕ᄇᆞ로ᄂᆞᆯ보내여젼갈ᄒᆞ되영츈뎡으로
가서자ᄇᆞᆯ그니셩ᄋᆞᆯ드려오소서ᄒᆞᆫ제순상이고히여계ᄋᆡ외ᄒᆞ야생각ᄒᆞ시ᄃᆡ아니가ᄂᆞ방으로
표운씨여작ᄉᆞᆼ갈ᄒᆞᆫ연고ᄅᆞᆯ모르신져졍신ᄂᆞ뢰ᄒᆞᆫ것을운기ᄋᆡᄉᆞᆫ쳑호순상ᄭᅴ
진의ᄯᅥ러ᄒᆞ며ᄉᆡᆼ져감ᄒᆞ야ᄒᆞ셧ᄂᆞᆫ셩의ᄂᆡ져ᄒᆞᆫᄋᆞᆯ모로ᄂᆞ소서ᄒᆞᆫ져ᄒᆞᆫ졈ᄋᆞᆯᄆᆞᆺ고
차고ᄒᆞ되ᄂᆡᆼᄒᆞᆫᄎᆞᆷ실을ᄇᆞ려ᄒᆞᆫᄇᆞᆫ개로가셔이와져감은ᄂᆡᄂᆡᄇᆞᆫᄇᆞᆨ으로ᄌᆞ쳥ᄆᆞᆫᄌᆞᆯ
치위ᄒᆞ오ᄆᆞᆫᄯᆞ을ᄀᆞ표ᄒᆞ본갓ᄇᆞᆯ을ᄒᆞᆫ져순상이ᄃᆞᆫᄃᆞᆫ지엿실셕ᄒᆞ여ᄇᆞᆫ을
이거쳐못ᄒᆞ더라졍신도ᄒᆞ여ᄋᆡᆼ뎌감은쳐ᄒᆞᆫ기ᄅᆞᆯ군섬ᄒᆞ셔ᄂᆡᄂᆞᆫ가ᄂᆞᆫ뵈가
ᄒᆞ가셔ᄒᆞᆫᄂᆞ다ᄒᆞᆯ건ᄂᆞᆯ순상이ᄇᆞᆯ뎍ᄒᆞ여왕ᄂᆞᆯ그졍은노ᄒᆞᆫ뢰ᄅᆞᆯᄎᆞᆫᄂᆡᄇᆞᆯ을듯ᄋᆞ셔

이제이말을니지말고오날밤삼경의목을베혀여강슈의뜨여고
기밥이되게ᄒᆞ리라ᄒᆞ고츈도장을분부ᄒᆞ시되오날밤의휼헌
죄인를베시기시니비슈을잘다가다가일합의베히게ᄒᆞ라말이ᄆᆞᆺ쳐
을어러번졀을번ᄎᆡ못ᄒᆞ리라ᄒᆞᆫ신ᄎᆡ츈도장이분부을듯고크게놀나가ᄂᆞᆫ치
먼저ᄒᆞᆫ죄인을죽기려ᄒᆞ나보가ᄒᆞᆫ고ᄌᆞᆼ잘드ᄂᆞᆫ비슈을가지고안의셔염녀의
기별리와이쎤나ᄒᆞ면눈이감기고ᄒᆞ소져와가초되최씨세오시더니잘못ᄒᆞ오
라ᄒᆞ여게서이만비기ᄂᆞᆫᄒᆞ거ᄂᆞᆯ츈도장이가초쳐너기셔애ᄎᆞ셔부인는ᄂᆡ쉬
게되오니져관쳐ᄂᆡ을불너뎨ᄉᆞᆫ고죽셔ᄉᆞᄌᆞᆯ떠라가셔알외부인이죄거ᄒᆞ
시ᄆᆡ불너드러와ᄒᆞ시거ᄂᆞᆯ드러보니인은은셔을ᄡᅡ니죽이거ᄂᆞᆯ바라보은죽
의ᄌᆞ셔이묘니빵ᄒᆞ되거져을ᄯᅡᆯ고거적우히도ᄇᆡ노코도마우희소졔법셔여ᄂᆞ코
그적셰한ᄂᆞᆫ이ᄇᆡ슈을들고소졔을ᄲᅢ고셔ᄒᆞᆫ고ᄯᅩ한소녀은머리을소졔의ᄇᆡ서
옷의연고쳐셜룸곡ᄒᆞ거ᄂᆞᆯ츈도장이그형상을보고츈목ᄒᆞ고잔인ᄒᆞᆫ지라

비ᄉᆞ흘흘은 ᄯᅥᆨ구ᄅᆡ ᄒᆞᄂᆞᆫ 놈을 보니 극히 흉악ᄒᆞᆫ지라 춘도관이 그놈을 ᄭᅮ지져 왈 네가
고ᄎᆞᆯ을 지어 ᄎᆞᆷ 이리 쳐 저런 소ᄅᆡ을 ᄯᅥᆨ구ᄅᆡ ᄒᆞ난고 ᄒᆞ고 그놈의 상투를 ᄭᅳᆯ고 방황ᄒᆞᆯ지
음의 ᄯᅩ 이ᄯᅢ 장ᄎᆞᆺ 밤이 깁허 ᄂᆞᆫ지라 승상이 너의 죄ᄅᆞᆯ 허ᄂᆞᆫ 동ᄒᆡ을 뭇거ᄂᆞᆯ 거
젹을 ᄯᅡ르ᄂᆞᆫ 거쳐의 회도ᄒᆞ고 좌우의 무관노비을 ᄎᆞ례로 세우고 호령ᄒᆞ여 춘도관을
불너 분부ᄒᆞᆫ라 허신ᄃᆡ 춘도관이 ᄇᆡᆨ을 깁퍼 드런ᄂᆞᆫ지라 무ᄉᆞᆫ 몸을 [illegible] 이 나 오되
숨긴ᄂᆞᆫ 비ᄉᆞ 잇스나 ᄯᅢ 외안니 ᄒᆞ얀ᄂᆞᆫ지라 노복 등이라 ᄇᆞᆫ만이 쎄기ᄂᆞᆫ니 모도 춘도관이
눈을 ᄯᅥ 보니 모든 ᄉᆞ람이 좌우의 ᄲᅥ러셔 ᄀᆞᆯ ᄒᆡ 네 보ᄂᆞᆫ지 잡음을 ᄭᅳ어 ᄃᆞ롯ᄋᆞ 소래 드러
ᄂᆞᆫ가 ᄲᅡᆯ리 드러 ᄉᆞᆯ지 ᄒᆞᆫ지 춘도관이 젼의 ᄉᆞ람 죽이든 일을 ᄉᆡᆼ각지 못ᄒᆞ리오 내친ᄒᆞᆫ
이 들어 가ᄃᆞ려 승상은 ᄂᆡ가 ᄯᅥ 무슴 일노 나ᄅᆞᆯ 이리 ᄎᆞ 괴롭이 ᄌᆞ요 ᄒᆞ나ᄂᆞᆫ ᄉᆞ람 죽이면
비 엽ᄂᆞᆫ 양가 ᄯᅥ 더 놈이 비ᄉᆞ을 흘린 넋이 집 이회을 죽기려 ᄒᆞ되 그놈이 흉칙ᄒᆞ물
보니 ᄀᆞ런 ᄆᆞ거 ᄒᆞᄂᆞᆫ 이어 ᄌᆡ이ᄉᆞᆯ ᄒᆞᆺ고 그놈의 ᄆᆡ ᄒᆡ를 ᄑᆞᆯ어 내ᄉᆞᆫ의 ᄭᅬᄂᆞᆫ 오라가 그지
ᄇᆡᆯ을 ᄯᅥ 오 기로 이러ᄒᆞ여 건 ᄂᆡ 무슴 일노 나ᄅᆞᆯ 불 ᄂᆞ자 나ᄂᆞᆫ 안니 잡히여 가ᄅᆞᆯ 좌 ᄒᆞ니

노복이 혈일 업셔 그리ᄒᆞ오 승상게 알왼저 승상이 저ᄃᆞᆯᄒᆞ여 왈 ᄌᆞ바드리라 ᄒᆞ니 노복
등이 일시의 즉ᄇᆞᆯ이지 ᄒᆞ여 가니 승상이 적ᄃᆞᆯ고 ᄒᆞ여 계ᄒᆞ의 ᄭᆞᆯ니고 승모장을 치ᄒᆞ며
네 친전 ᄎᆞᆷ도을 못ᄒᆞᆯ소냐 ᄒᆞ시니 ᄎᆞᆷ도장이 등곡ᄒᆞ여 엿ᄌᆞ오되 소인이 본저 소ᄅᆡ ᄎᆞᆷ
기지 못ᄒᆞ엿ᄉᆞᆸ거니와 즉시 ᄎᆞᆷ도를 허라 허옵시니 순금은 ᄆᆞᆫ번 ᄎᆞᆷ소ᄒᆞ도 벌을 거ᄒᆞᆫ 치믓
ᄒᆞ리로소이다 승상이 ᄃᆡ로ᄒᆞ여 ᄇᆞᆯ노ᄒᆞ시되 ᄇᆞᆯ이 ᄀᆞᆷ지 못ᄒᆞ여 젼혀 노복을 ᄭᅮ지져 그놈을
저희 미여 허ᄎᆞᆷ이라 ᄒᆞ시니 ᄯᅩᆫ니 옘부라 겨ᄋᆞᆨ 허의ᄂᆞᆫ ᄎᆞᆷ도장이 혈일 업셔 승상
계 알외되 이리도 ᄎᆞᆷᄒᆞ시니 병뒤로 ᄒᆞ오리이다 알왼저 그제야 청을 풀고 네 그리
ᄒᆞ면 ᄲᅡ비 너여 ᄎᆞᆷ이라 지ᄎᆞᆨᄒᆞ시ᄆᆡ 엿ᄌᆞ오되 ᄒᆞᆯ일 업셔 거ᄋᆞᆫ 옷ᄉᆞᆯ 입ᄂᆞᆫ 비ᄉᆞᆼ을 ᄒᆞᆫ 벗
ᄂᆞᆫ 그 동은 흉악ᄒᆞ여 바로 보지 못ᄒᆞᆯ너라 승상이 크게 소ᄅᆡᄒᆞ여 왈 환생아 네 누의 넌
ᄌᆞ바 너리라 ᄒᆞ시니 환성이 ᄆᆡᆼ구ᄒᆞ여 병ᄎᆞᆫ의 드러가니 소져는 ᄌᆞᆷ여 침석
의 각구러 전ᄭᅥᆫ을 싱이 소저의 손을 잡고 왈 누의님아 누의님아 아바님이 지금 좌긔
ᄒᆞ시고 누의님을 ᄌᆞ바 너리라 ᄒᆞ시니 이제는 혈일 업시 죽게 되엿ᄉᆞ오니 누의라 ᄒᆞᆫ

가지 죽을 저 ᄒᆞ오니 그러나 모든 죽기를 두려워 ᄯᅡ 옵소서 너희 외지 ᄒᆞ여 나갓ᄉᆞᆫ 니 스제야 ᄯᆞᆯ
을 조ᄎᆞᆫ 황ᄯᅡ실 식ᄒᆞ여 ᄯᅩ 화 갓튼 얼골의 진주 갓튼 눈물 ᄲᅮᆯ 일 ᄲᅮᆷ어러 ᄒᆞ 스제
협실 문을 열고 두려가 모친 소관 삽혜 넙저여 저 실통 곡ᄒᆞ실 황 천지 호외 가 ᄋᆞᆫ신 너
ᄯᅡ님 신ᄉᆡᆼ 이야 이ᄇᆞ니 세상의 나서 모친의 얼골도 ᄆᆞᆺ ᄒᆞ여 황 천지 도외 가셔 ᄯᅡ난 들
어찌 ᄋᆞᆯ고 가 여ᄯᅡ 남산 위을 누가 ᄯᅡ도 ᄂᆞᆯ 소람의 목심 [illegible] 전이 별 번
이나 목의 미엿든 ᄂᆞᆯ 수건는 ᄂᆞᆯ 갈도 이녀 목 ᄌᆞᆷ은 ᄂᆞᆫ 치지 안니 ᄒᆞ여 ᄯᅡ가 [illegible] 의 ᄋᆞᆯᄉᆞᆷ 직ᄃᆡ
ᄎᆞᆷ 토장 칼이 처와 놀 ᄂᆞᆫ 호랑이 [illegible] 미 ᄀᆞᆺ치 리 조ᄎᆞ ᄂᆞᆫ 대수 늘 지 안니 ᄒᆞ여 ᄂᆞ니
빙설 갓튼 몸의 누역을 씨ᄂᆞᆫ 죽으니 귀신 인 [illegible] 내 자가 의지 ᄒᆞ리 조저 설통 곡ᄒᆞ여 환
신을 [illegible] 나오니 그 형상을 ᄇᆞ지 [illegible] 머리가 옷 갓튼 귀밋희 ᄒᆞᆺ터저
[illegible] 가리 ᄭᆞᆫ저 봄결 갓튼 옥 [illegible] 머리을 희여 잡고 ᄂᆞᆼ [illegible] 갓튼 허리을 ᄡᆞᆫ
[illegible] 잔득 조니며 ᄂᆞᆫ 외씨 갓튼 발의 분통 갓튼 신을 [illegible] 오번 [illegible] 갓치
[illegible] 호ᄂᆞᆫ 나가 더ᄒᆡᆼ의 거주리 저 토ᄭᅡ [illegible] 오ᄅᆞᆷ 갓튼 목을 안ᄂᆞᆫ 구름 갓튼 머리을 도ᄭᅡ ᄋᆞ외

서셔는 저의 인연이 통곡ᄒᆞ더니 이윽고 긋치며 거절ᄒᆞ여 인ᄉᆞ을 바리니 그 형상을 누가 안니
인동이 어기리오 모자 일시의 통곡ᄒᆞ니 산천 초목이며 누양반ᄒᆞ의 슬피우ᄂᆞᆫ 접동선
들이여 서러ᄒᆞᄂᆞ 정ᄉᆞ의 ᄎᆞ복을 발길 순상이 일어ᄒᆞᆫ 형상을 보ᄂᆞᆫ 소인 ᄆᆡᆨ ᄉᆞ의
눈물을 금치 못ᄒᆞ여 ᄉᆞᆯ피 ᄂᆞ기며 ᄎᆞ마 목전의 ᄒᆞ경 ᄯᅩ 업서나 정쇠 크게 소리ᄒᆞ여
ᄎᆞᆷ도장을 호령ᄒᆞ여 급히 죽이라 전ᄒᆞᄒᆞ니 ᄎᆞᆷ도장이 야가 ᄉᆞᆷ의 교든 소졔 가ᄌᆞ
황상을 보니 그 거동 간ᄉᆞᄒᆞᆫ 상을 ᄂᆡ여 거ᄌᆞ빙ᄌᆞ ᄒᆞᆫ지라 그게 ᄉᆡᆨ라 ᄒᆞ오져 너 비록 ᄎᆞᆷ도장
인들 선경음식을 ᄇᆡ건는 죄라 엇지 칼을 들어 정ᄉᆞ졔의 목을 ᄡᅵᄋᆞ리요 ᄒᆞ더라
순상이 지금 ᄒᆞ기를 ᄭᅳ치 못ᄒᆞ여 눈을 감고 비수을 남게 들고 ᄯᅥᆨ 그 형상이 쳐 황심이
누의를 ᄲᅡ고 엿ᄌᆞ오되 부친은 임금을 한 칼로 죽이기ᄂᆞ 이 하나 남은 남매
한 칼의 죽게 ᄒᆞᆫ져 ᄒᆞ와 죽시옵소서 ᄒᆞ니 ᄎᆞᆷ도장이 ᄲᅡ지 못ᄒᆞ여 칼을 더지고
물너 업더여 주순을 ᄭᅳᆺ고 순상께 비러 엿ᄌᆞ오되 소인은 죽ᄉᆞ와도 이 죄인을 ᄎᆞᆷ
아 죽기지 못ᄒᆞ리소이다 ᄒᆞ더보의 혼인을 죽기셔 ᄂᆞᄇᆡᄒᆞ셔 ᄒᆞᄂᆞᆫ 통곡ᄒᆞ니 이 형상이

뎡녁 초목 허더라 이때 졍씨 승상 겻틔 안졋다가 져로 허여 말 거금의 거동 보고 시 소제 말을
이 일식이 며 쥭이지 안니 허면 너 치변 재가 될 터리가 제계 집을 습으려 ᄒᆞᆫ 죽기지 안니
ᄒᆞᆯ나 승상은 죽이거나 살니거나 아물이나 ᄒᆞ옵소셔 나ᄂᆞᆫ 이제 황성을 다리ᄂᆞᆫ 본가
로 가노라 ᄒᆞ고 이러나니 승상이 분노ᄒᆞ야 [illegible] 계교 ᄒᆞ령ᄒᆞ여 밧비 죽이라 ᄒᆞᆯ나 그 소
리가 골이 더지ᄂᆞᆫ 듯 허더라 불상ᄒᆞ다 순금 소제 [illegible] 쳠도 ᄒᆞ여 승상의 위엄
을 거역지 못ᄒᆞ여 ᄯᅩ 눈을 감고 칼을 남히 ᄃᆞ여 죽어 대ᄒᆞ니 [illegible] 경의 초목 허련
이ᄂᆞᆫ 싱각ᄒᆞᆫ ᄎᆞ마 셕지 못ᄒᆞ고 [illegible] 황성이 [illegible] ᄒᆞ며 소제의 머리ᄭᅡ의 젼어
리를 언고 셔ᄌᆞ 부친은 소제을 살녀 [illegible] 졍이 더 [illegible] 박절ᄒᆞᆫ 신ᄂᆞᆫ
옛글의 일너시되 남의 ᄂᆞᆷ의 눈물이 나면 네 눈의 피가 난다 ᄒᆞ여 살녀 [illegible]
ᄒᆞ며 슬피 울거ᄂᆞᆯ 졍씨 져로 ᄒᆞ여 왈 황성을 [illegible] 져 살녀ᄂᆞᆫ 어린 거시 무슴 철
이 [illegible] 져리 허ᄂᆞᆫ다 네 ᄀᆞ의 [illegible] 가지 살녀 두ᄂᆞᆫ 진ᄂᆞᆫ 니 이제 본가로 가련
여 ᄉᆞ 승상 과녀ᄂᆞᆫ 며쳐 가의지 허리오 [illegible] 너 변저 죽어 누가 취ᄒᆞᆫ 물 보지 안니 ᄒᆞᆫ

려라ᄒᆞ고 기ᄃᆞ리 숙건을 손의 들고 비너셧이 셧나 블을 리거ᄂᆞᆯ 승상이 져경ᄒᆞ여 민져
ᄉᆞᆯ글은 일변 위로ᄒᆞ며 또 호령ᄒᆞ여 황성의 숙속을 둥여 미리 ᄆᆞᆨ 손을 져 측ᄒᆞ여
속히 흉이 ᄌᆞ라ᄂᆞᆫ셔나 연니 본귀라 거ᄋᆞᆨᄒᆞ리오ᄒᆞ고 쳔이 측셩 ᄀᆞᄐᆞᆫ지라 흠
토장니 그 ᄒᆞ위 엄을 보고 넉슬 일코 다시 비수을 들어 눈을 감고 찌르니
그 칼니 변ᄒᆞ여 간ᄃᆡ 업고 다만 칼ᄌᆞᆯ ᄃᆡ로 만 소제 머리 위의 뇌여 ᄯᅥ지라 ᄒᆞᆫ
심은수 죽을 미샷기로 용납지 못ᄒᆞ더라 다만 불사름이 ᄯᅥ라 ᄏᆞᆯ니 변ᄒᆞ
ᄒᆞ여 소제 머리 위의 나려지는지라 그 제소 ᄯᅥ러지며 한번 솟구쳐 누의계
티 안거며 제 머리로 칼날을 바드니 공교ᄒᆞ도다 그 칼니 변ᄒᆞ여 ᄯᅥ져 가되
여 바슬 려져 간ᄃᆡ 업거늘 황 심ᄒᆞ여 고제 ᄃᆞᆼ곡ᄒᆞᆫ에 조보되인 후 ᄒᆞ시ᄆᆡ
바남은 덕 부신도랑으로 소을 죵안ᄒᆞ고 시압고 소조의 이ᄉᆞᆯ믈 ᄉᆡᆼ각
ᄒᆞ와 소져을 목젼의 죽기지 마르시고 옹은 ᄉᆞᆷ을 벼히여 빌리니
치소서 조셰 죽소을 거시니 부을 ᄒᆞ조 황샹의 인졍을 ᄉᆡᆼ각ᄒᆞ옵셔

노ᄒᆞ심을 춤의시고 지삼 ᄌᆡᆼ각ᄒᆞᆸ소셔 ᄒᆞᄃᆡ 승상이 심의 감ᄒᆞᆫ 믈을
올흐히 드르시고 즉시 씩ᄉᆞ을 저축ᄒᆞ여 소제의 옷슬 벗 손목을 밧
비ᄶᅵᆨ어너치라 ᄒᆞ시니 정ᄭᅴ ᄯᅩ 심각ᄒᆞ되 ᄒᆞᆸ히 셔ᄌᆞᆨ는 양을 보지 못ᄒᆞ을
ᄒᆞ여 원통ᄒᆞ기 이ᄅᆞᆯ손 목을 빅어 보쾨 ᄒᆞ니 설마 체ᄒᆞᆨ지 실아 ᄒᆞ고
ᄒᆞ라ᄒᆞᆫᄒᆞ야 ᄊᆡᆨ으라 ᄒᆞ니 슌목다 [illegible] 인ᄉᆞ을 바련는지라 음
ᄒᆞᆫ가지는 손목이 갈ᄒᆞ 리니라 지면 ᄉᆡᆨ[illegible] 노흐다가 쌍히 ᄂᆞ려 저거
눈 창싱이 ᄋᆞ올 ᄲᅢ그 손목을 ᄌᆞ보 베인데 디히고 ᄒᆞᆫ날 계비 괴ᄋᆞᆯ
이른 월성 선을 ᄭᅢ올 ᄉᆞᆫ셔이니 ᄒᆞ의 남을 손목을 이ᄉᆞ게 셥지ᄒᆞ
셔 ᄌᆞ올 소셔ᄒᆞᆫ ᄲᅢᆫ 통곡ᄒᆞ니 ᄒᆞᆫ 몰을 나 ᄎᆞᆨ 원헌 들 칼의 베인 손
목혀 이을 손가 혈흔 [illegible] 손목을 가지고 소제을 업고 ᄒᆞᆫ 낭
ᄋᆞ로 드르와 뷔의고 야ᄒᆞ은 이웨의 ᄋᆞᆯ 녀 ᄒᆞ나 이우고 ᄎᆞ차 괴셔나
거늘 ᄒᆞᆼ싱이 안으로 드러와 ᄒᆞᆼ금 빌ᄀᆞ 양과 비단 ᄒᆞᆫ 필을 가저고 나

와구슬목을그ᄯᅢ압으로ᄲᅡ혀소제의침아의ᄲᅡ니고비단옷슬벗기
고츄ᄒᆞᆫ옷슬이피고왈누ᄒᆡ범은이동치ᄭᅳ소셔쳔불셩목곡
시안이라고진ᄒᆞᆫᄲᅥᆫ감녀오동진ᄒᆞᆫᄲᅥᆫ비리라ᄒᆞ니결ᄭᅡ장녀조ᄒᆞᆫ
견ᄉᆞ엽ᄉᆞ올이가남미ᄉᆞ희팔방으로단이며셰월을보내다가한
날ᄒᆞᆫ시의구원의도라가ᄉᆞ이다ᄒᆞᆫ소제을인도ᄒᆞ여문밧슬나셔
너문득고보ᄂᆞᆫ리하나도업더라남미앙쳔통곡ᄒᆞ며남문을나가
니문득강수넘ᄒᆞ현ᄂᆞᆫ지라비을건너니날이힘의반간날지와향
식이ᄭᅳᆫ쳐ᄒᆞ니ᄇᆡ고품의안ᄌᆞ통곡한참ᄌᆞ한창이가ᄌᆞ처이제히여날
시ᄲᅢ와미결허다가장녀자쳡헐ᄯᆡᄉᆞ이외닥현ᄒᆞ의북ᄌᆞᆫ전너나
가빈으면실ᄲᅢ또ᄒᆞ이쳐이가불ᄃᆞᆫ남오ᄒᆡ남미올져나희업ᄂᆞᆫ믜치ᄒᆞ치ᄒᆞ시
라가길좇와오희동을일고일신을젼젼희ᄂᆞᆫ출근통곡허니소제왈
나는죄악이잠ᄒᆞ허ᄋᆞ이졔ᄒᆞ여드ᄅᆡ계치엇거나와오희분너은날을

ᄉᆞᆯ라 갈쳐 친부를 흔을 빼치 못ᄒᆞ여 세상의 흔나게지 못ᄒᆞ오라니
회로 온 순금을 베려 벗어 러라ᄒᆞ다가 아모리라도 가서 비러 주ᄉᆡᆨ을
치일 ᄯᅢ 제ᄋᆞ오라 빠 남을 구서 이라도 부친라 어마님 니 엇ᄯᅥᆫ 이ᄂᆞᆫ 춘자계
자리 인가 빅 번이 느끼오ᄒᆞ여 이 모로 스소기 그로디 ᄯᅡᆫ일 나오ᄅᆞᆯ 서라 가려 ᄒᆞ
면 너이 강수의 새쳐 근기 ᄲᅡᆷ이 되려 ᄒᆞᄂᆞ다 ᄒᆞᄂᆞ 황성이 마지못ᄒᆞ여이
별헐셔 황성니 디셔 ᄀᆞᆸ록왈 누의님 검의 죽을 갓튼 잔명을 조ᄉᆞᄒᆞᆫ 빠숙
지 ᄲᅡ옵근 어디 가지 겹ᄒᆞ옵시면 오라자 아니ᄒᆞ여 쉬 니가 급제헐 거시니 ᄲᅢ살
이ᄒᆞᆯ 거시 쉽ᄉᆞ오미 십조록 누의 금을 ᄎᆞ줄 거시니 한 목심을 보지ᄒᆞ에 디가
다시 연화로 보내ᄒᆞ옵 ᄉᆞ셰ᄒᆞᆫ 근 남의 손목을 나흔니 이 별ᄒᆞᆫ 경희
울 외구 차ᄒᆞᆫ 차 못헐 너라 뒤ᄎᆞᆫ 겸로 도라 보ᄭᅦ 가다가 못 보ᄂᆞᆫ 디가
셔인ᄂᆞᆫ 티ᄎᆞ 가슴이 ᄯᅡᆨ하여 이 인연이 몽ᄭᅮᆷ헐 ᄲᅡ로ᄃᆞᆫ이 더라 황성이 ᄆᆞᄎᆞ
ᄒᆞᆫ부 치친ᄭᅦ 뵈온 [illegible] 말슴을 ᄃᆞᆺ근 소할 ᄇᆡᆨ숙의 ᄂᆞᆫ모ᄅᆞᆯ [illegible]

뎌르긋기스을 젹시더리고 샹순이 려르긋호셔나 경외는 실을 부잣더와 황샹이소
졔의 방의 들어가 누의 쐬든 그릇슬 보니 쳔지 망연ᄒᆞ여 셩을 ᄃᆞ라셔 통곡ᄒᆞ다가
겨쳘 ᄒᆞ니 노비 등이 죽을 너셔 온 옷을 실은 진 세간을 ᄉᆞ토와 ᄒᆞᆫ치 가ᄒᆞ고
이후 보더는 학업을 심쓰며 부모의게 효도ᄒᆞ고 즉장이 섬기며 세월을 보내니
와 이때 순금 소제 단기는 뭇 망이 내 쳔지 망연ᄒᆞ여 기인 ᄉᆞ건을 손외 들인 ᄒᆞᆫ 곳의
목을 밀ᄂᆞᆫ 적 셩 통곡ᄒᆞ니 산쳔 초목이 ᄒᆞ름 ᄉᆞ라 슬퍼ᄒᆞ더라 도진 목 심이
일지 쥭지 안니ᄒᆞ여 ᄉᆞ건을 풀고 약간 짐을 내여 길가의 ᄒᆞᆫ 계 복 모ᄉᆞ
ᄒᆞᆫ 셩을 ᄒᆞᆫ 각ᄒᆞ올 리 샹 통곡ᄒᆞ여 몬ᄂᆞᆫ ᄒᆞᆫ 노승이 지나가 소제을
보고 권션을 펴 노코 미저비 왈 노승은 쳔보산 화쥭ᄉᆞᆷ이옵ᄂᆞ니 낭ᄌᆞ의
계 보비 잇슴가 시ᄌᆞ오니 시쥬ᄒᆞ옵쇼셔 시쥬ᄒᆞ옵시면 곱는 셜 ᄀᆞᆫ
뫼 여진 거시 오ᄂᆞ 큰 병신이 되올 거시오니 시쥬ᄒᆞ옵쇼셔 ᄒᆞᆫ이 소졔 친
말의 기거 볏 짐을 ᄀᆞ굴ᄒᆞᆫ 황금을 봉지리고 ᄂᆞ니 ᄀᆞᆫ리 그 즁의 ᄒᆞᆫ 금

을ᄯᅡ다가지고바랑속의셔홍도셰낫ᄎᆞᆯ내여주ᄆᆡ왈이실과을ᄌᆞᆸ수시

ᄆᆡ보ᄋᆞ시거뷔을거시옵ᄂᆡ길의나고곰치ᄉᆞ니ᄒᆞᆯ거시옵ᄂᆡ잡숩소서ᄒᆞ며

소셔ᄒᆞᆫ드어거ᄅᆞᆷ의가리여ᄀᆡ넌지라소져ᄉᆡᆼ각ᄒᆞ되이즁은쳔

승이로다ᄒᆞ고그실과을ᄆᆡᆨ으니비곱ᄒᆞᆫ실ᄒᆡ션ᄇᆞᆯ도편ᄒᆞ고ᄆᆡ음시

ᄊᆡ락ᄒᆞ여쳔리라도갈ᄃᆞᆺᄒᆞ시고뎌라이실과은만금ᄊᆞ도다ᄒᆞ고ᄃᆞ로은

겁히가슈ᄒᆞ고힘브로을ᄒᆞ려ᄒᆞ더니ᄐᆞᆫᄂᆞᆫ티로상의흰석이슈상

ᄒᆞ니ᄎᆞᄆᆡ가지못ᄒᆞ고ᄋᆡᄇᆡᆨᄒᆞᆫ소로ᄀᆡᄯᅡ가드니문득션여ᄃᆡᄒᆞᆯ여광풍

이지작ᄒᆞ며소졔의몸이ᄯᅥ려졍신이희황ᄒᆞ더니소졔그곱ᄒᆞ여넘어져더라

이윽고인ᄉᆞ을ᄎᆞ려보니한편은녀ᄌᆡ못ᄒᆞᆫ한달이ᄶᆞᆯ나셔고ᄡᅡᆫ신이병신이되며

ᄉᆞ랑이보면흉ᄎᆞᆨᄒᆞ여ᄎᆞ마집의드리이넘어라소져ᄲᅡᆫ구ᄒᆞ여ᄒᆞᆫ날을부르죄

ᄌᆞ며남여ᄒᆞᆫ즈항ᄒᆞ여버러ᄆᆡᆨ으려가ᄂᆞᆫ지라ᄒᆞᆫ곳지ᄲᅧᆫ밥을너러ᄆᆡᆨ으되

ᄀᆞᆫ디알ᄉᆞ을ᄎᆞᄌᆞ가니보ᄂᆞᆫᄉᆞᄅᆞᆷ이그계ᄂᆞᆯ나ᄲᅡ뎌ᄉᆞᆸ본ᄃᆞ이을가라ᄒᆞᆫ

뎌네 들어 도라ᄒᆡ여 별호을 풍랑귀션이라 ᄒᆞᆫ 너ᄋᆡ 오려니 소제 낙셤 쳔만ᄒᆞ여
어셧벽 조ᄅᆞᆺᄒᆞᆫ 즈ᄅᆡ을 이거지 못ᄒᆞ여 즈ᄋᆞᆫ 몸은 노지너며 ᄇᆞᆯ을 ᄭᆞ르ᄂᆞᆫ 적이 ᄀᆞ로ᄒᆞᆯ
ᄲᅥᆫ 방ᄋᆞ간을 들어가ᄂᆞ니 쳡지가 일을 거샵더라 하ᄂᆞᆯ노셔 날아가ᄂᆞᆫ 즁싱이
너셜와 날지를 덥허 치운 ᄆᆞ음을 더옵게 ᄒᆞ며 ᄆᆞᆷ이 발그ᄯᅳᆫ ᄇᆞᆷ은 부승ᄂᆞᆯ과 칠라
옷 노코 가니 그거슬 먹으면 비곱푸지 안니 ᄒᆞᆯ ᄯᅳᆺ이 압풀저 업더라 ᄒᆡ월이 여ᄅᆞᆨ
ᄒᆞ여 갑신년 즁츈이라 오리라 양지ᄒᆞ여 소제 뵈 ᄯᅳᆺ이 원커ᄂᆞᆯ 되셔ᄒᆞ더라
츈광이 ᄯᅳᆺ시 업어 소제의 나히 이십세라 이 소제 이러틋 ᄒᆞ기 은ᄒᆞ니 하ᄂᆞᆯ이
천현 ᄉᆞ람의게 변복이 잇셔 이러 현고 신을 지ᄂᆡ니라 잇ᄯᆡ 소제 ᄒᆞᆫᄒᆞ 비러
ᄇᆡ여 경상도 안셩 북촌의 일온 ᄯᅡᆼ이라 별너셔 ᄇᆡ식 ᄒᆞᄂᆞ니 옥쥬 ᄌᆞᆫ ᄒᆞᄂᆞᆫ 쥐쇽
양시 이를 즈ᄅᆞᆫ 화락이 질비ᄒᆞ여 압희 조흔 전답이 기록ᄒᆞᆯ 흔가 ᄀᆞ득
ᄲᅥ호 마되 저 그 즁의 ᄒᆞᆫ 집이 잇시되 졍셩 지샹의 집 갓ᄐᆞᆫ지라 소제 고
셕 너러 ᄇᆡᆨ 을 논 조고 그 집ᄋᆞᆯ ᄇᆞ라보고 들어 가ᄂᆞᆫ지라 이 집 ᄉᆞ람은 본 지샹인

이라 저ᄂᆞᆫ 부귀ᄅᆞᆯ 지녀ᄂᆞᆫ지라 이러므로 칭호ᄅᆞᆯ 장ᄌᆞ라 ᄒᆞᄂᆞᆫ 셩은 목이요 명은 긔람
이니 미천ᄒᆞ기 ᄎᆞ목ᄒᆞᆫ지라 각ᄆᆞᆷ한 ᄆᆞᄋᆞᆷ을 두어 연이ᄂᆞᆫ ᄉᆡᆼ이라 잇셔 소졔
쳔역을 어더 부글려 그 집 ᄉᆞ랑 ᄋᆞᆸ히로 열녀드러가니 목장ᄌᆡ ᄉᆞ랑의
안채 ᄉᆞ라가 소졔ᄅᆞᆯ 보고 크게 놀나 호령ᄒᆞ여 왈 각관 죵ᄒᆞᆫ 달ᄂᆞᆫ 졀ᄒᆡ
ᄒᆞᆫ ᄌᆞᆫ ᄒᆞᆫ 거ᄉᆞᆯ ᄃᆞᆼ녀의 ᄋᆡᆼ칠ᄂᆞ려 오게 ᄒᆞ여 ᄋᆞᆺ시 ᄒᆞᆫ 연의 몸 ᄯᆞᆯ기신 ᄒᆡᄂᆞᆫ
허위ᄉᆞ너ᄒᆞᆫ 연은 변치 못ᄒᆞ리로라 몸도 ᄒᆞ여곰 ᄡᅳ지 말라 ᄒᆞ니 모든 죵들도
니 큰 박 리로ᄃᆞ니 ᄡᅳ치니 소졔 ᄒᆞᆫ 손을 바리고 다라나니 그 연 죵을 셜ᄒᆞ고
게우 뎌라 소졔 ᄯᅩ 기여가다가 논 ᄉᆞ려의 슈머다가 밤이 되믈 ᄀᆞ다리ᄃᆞ가 그 밤의
들어오니 인젹이 업거ᄂᆞᆯ 그 졔야 장ᄌᆞ 집 젼 문 밧게 상직 ᄡᅡ이 잇ᄂᆞᆫ지라 소졔 그 ᄡᅡ의 들
어가 안져 드니 장ᄌᆞ 집 죵모 졔 ᄆᆡᆨ 밥을 어머 ᄇᆡᆨ을 만나 ᄡᅡ의 가져 ᄂᆞᆫ 졔 쳡 모
로 ᄇᆡ 죵 와가 상직 ᄡᅡ의 인젹이 잇ᄂᆞᆫ지라 죵모 ᄌᆞ셰 보니 졔 ᄆᆡᆨ 며 ᄯᅥᆺ든 몸 ᄯᆞᆯ이라
ᄒᆞᆯ나 남 뎐 볼너니 ᄯᅥᆺ 퇴셔 ᄒᆞᆯ나가 ᄌᆞ시 ᄉᆡᆼ각ᄒᆞ되 ᄉᆞ람이 악질을 어더 셔 그러

ᄒᆞ지 셜마 귀신이야 ᄒᆞᆯ 무엇이오 네 ᄉᆞ람인ᄃᆡ 졍말 귀신다 ᄒᆞᆫ들 위ᄉᆞ계 ᄒᆞᆯ계 ᄒᆞᆯ나
두번 졀ᄒᆞᆯ 왈 뎌 부쳐의 살녀 ᄒᆞᆸ소셔 비ᄂᆞ니 지금 귀신이러잇가 ᄉᆞ람이오니 젼ᄂᆞᆫ
팔ᄌᆞ 긔박ᄒᆞ와 바ᄉᆞᆷ을 ᄆᆡᄌᆞ 병신이 되어 나오ᄃᆞ가 이러ᄒᆞᆫ 기ᄅᆞᆯ 어ᄃᆡ 가도 못ᄒᆞᆯ 량 기어
단니나ᄋᆞ나 바라 견ᄎᆡ ᄒᆞ계 되ᄂᆞᆫ ᄉᆞ람을 ᄇᆡᄋᆞᆯ 어셔 ᄌᆡ계 ᄒᆞ오ᄆᆡ 알ᄒᆞᆸ나니 ᄆᆞ오ᄆᆞ 로 쟝
상을 복주ᄒᆞ옵ᄂᆞᆫ지라 가셧든 밥을 그릇치옵거늘 ᄇᆡ런ᄉᆞ레 ᄒᆞᆫ 그 ᄆᆞ옴은
ᄃᆡ 부친 과 회심을 싱각ᄒᆞᆫ 슬푸믈 이긔지 못ᄒᆞ여 ᄌᆞ키 ᄉᆞ랑의 ᄉᆞ연으로
순복을 너여 보ᄂᆡ 병몸이 곰도 변치 안니ᄒᆞᆫ 고로 ᄌᆞ연 과련 ᄒᆞᆫ디 허물 ᄒᆞ
션ᄋᆡᆨ 셩ᄒᆞ을 쉬운 ᄒᆞ오랑이 가보러니 소졔의 덥혀셧던 니불 소ᄎᆡ 크게 울너
졀ᄒᆞᆫ 엿ᄌᆞ오ᄃᆡ 가르친 ᄉᆞᆯ 츠려ᄂᆞᆯ 져즘 셩아도 거ᄌᆞᆺ 밤이 계거 허업서 단니
다가 이 흉ᄒᆞᆫ 병신이 되엿기로 어러 ᄇᆡ도 못ᄒᆞᆯ ᄆᆞ음을 이긔지 못ᄒᆞ여 ᄃᆞᆫ니더니
셔이 ᄎᆡ년을 만나더ᄂᆞᆫ 그 ᄇᆡ복을 치오셔 ᄒᆞᆫ거시 ᄉᆞ나는 ᄃᆞᆫ만 부모와 ᄒᆞᆼ신을 만
나뵈지 못ᄒᆞᆯ 이제 네게 ᄋᆞ녹계되니 슬푸거니와 어서 ᄌᆞ바 보으라 ᄒᆞ니

그범이 이을은 말을 듯고 소리 안 셔 새가 밤이 되믈 혼 후의 문득 혼지
졸허더니 화ᄒᆞ여 션녀되여 녹의홍상을 ᄎᆞ불을 발키고 한손의 복숑
향을 들고 두번 절ᄒᆞᆫ 연ᄌᆞ와 소녀는 천상 광한젼의 시녀러니 상제의
명을 밧ᄌᆞ와 소져을 인도ᄒᆞ러 왓ᄉᆞ오니 소져는 셤녀치 ᄆᆞᆯ고 ᄒᆞ니 소져 답을 ᄒᆞ는 안
간의 미쳔ᄒᆞᆫ ᄉᆞ람이라 상제계옵셔 ᄇᆞ려 지 안ᄂᆞᆫ 상 소회라 ᄒᆞ시며
별로 ᄃᆞᆯ ᄂᆞ이 집의 들어오는 거동을 보니 녀ᄌᆞ 거ᄆᆞᆯ 기여 갈 치 넙ᄉᆞᆸ이 막
의 아ᄉᆞᆸ던니 션녀 계옵셔 이러듯 ᄯᅢ여 죄인 ᄉᆡᆼ을 ᄯᅥ계고져 ᄒᆞ오시니 복을
감격ᄒᆞ온 은덕이야 엇지 부모의 셰ᄉᆞᆼ이 잇ᄉᆞ올이잇가 션녀 답왈 소녀가
소제을 구제ᄒᆞ미 안니오 상제 명을 밧ᄌᆞ와 왓ᄉᆞ오니 소제는 ᄎᆞ제치 ᄆᆞᆯ옵소서
ᄒᆞ고 ᄒᆞᆫ 봉오 약이라 ᄒᆞᆫ 옥병을 니여 주ᄂᆞ며 소제 라셔 손을 비얀을 잡 숩신후
셔 소제 왈 이 약이 아모리 선동은 그을 부러 진피를 라 보지 못ᄒᆞᆫ 눈과 오근
관젼 팔다리 ᄉᆞᆫ 신창질이 ᄂᆞᆺᄭᆞᆯ 기ᄅᆞ이 빗ᄉᆞ올니 가 션여왈 부려된 ᄉᆞᄌᆞ

도잇ᄉᆞᆸᄂᆞ니이다 소제을 부모의 혈육으로 바리지 못ᄒᆞ고 가져 단기ᄂᆞ니이다
ᄒᆞᆫᄃᆡ 녀노ᄒᆞ나 션비 그 손목을 잡고 친ᄑᆞᆯ의 ᄃᆡ시고 그 ᄒᆡᆨ을 옥병의
셔 뭇ᄌᆞᆸ셔 아ᄆᆡᆨ으니 소계 ᄒᆞᆫ 곤ᄒᆞ여 삼간 잠을 들어 셕기시여 셔ᄑᆞᆯ이
와 연ᄒᆞᆫ 빗신이 허믈이 벗고 살비치 ᄭᅩᆺ가지라 션녜 별노 ᄎᆞᆫ갈
니여 빗기고 옷숨을 모셔의 복ᄅᆞᆯ 녀여 입히니 셩상의 보지 못ᄒᆞᆯ 동의 복
이라 구름갓튼 머리를 진쥬드림으로 섯기고 구의를 ᄭᅩᆺ으로 단으ᄉᆞ
리 정졔ᄒᆞ니 경셩 집이 술져이의셔 빗슬 ᄌᆞ랑ᄒᆞ니 소제의 나희 이십
셰라 온화ᄒᆞᆫ 티 만고의 어렵잇고 ᄒᆞ라쳐은 그 상을 ᄎᆞᆷ을 ᄒᆞ니 ᄉᆞ름의 인군
너 보시여 바로보지 못ᄒᆞᆯ너라 쳔ᄉᆞᆫ 상졔옵 희셔 ᄒᆞᄂᆞᆫ 쳔상 일녀
라 소제ᄭᅴ 음의 기거 션여를 ᄉᆞ라 가녀 졀ᄒᆞᆫ 다ᄅᆡ 셕ᄋᆞᆷ을 옥둥 ᄑᆞᆯ이 여 쳔ᄒᆞᆯ
ᄃᆡ라 장ᄎᆞᆺ 집 ᄉᆞ랑으로 모ᄃᆞ려 가니 션녜 ᄒᆞᆫ ᄎᆞᆨ을 밧치고 두 번 졀ᄒᆞ고 엿ᄌᆞ

오되 황졔의 명을 바다 소졔을 민도ᄒᆞ여 왓ᄉᆞ오나 이제는 가실 곳지 업ᄉᆞ오니
이집에서 시부모를 섬길거시나 아모일이라도 시양쳬 마옵소서 그럽ᄉᆡ의
관 환젼을 ᄒᆞ오실거시니 그ᄯᅢ의 서로 만나 보ᄉᆞ이라 ᄒᆞᆫ 소제 이러ᄒᆞ오실 제에
쳔보ᄉᆞ 화츅ᄒᆞᆫ의 황금서츅ᄒᆞ여 계셔 기로 회츅 그 황금을로 부쳐의게 금ᄒᆞᆫ
연젼나 그 부쳐는 황금보살 인줄로 거연 남악산 잔치 허ᄉᆞ졔의 산쳬 계어 왼ᄯᅡᆯ
습을 일의 왓더니 ᄯᅡᆯ을 아옵라 ᄒᆞᆯ 여섯슬 젼ᄒᆞ엿더니 오라지 안니ᄒᆞ여 서거
히 되올이라 ᄒᆞᆫ 젹을 헌후의 방문을 열다가 건늘 다서 본즉 간지 엿
더와 잇ᄯᅥ는 섭섭이 되어 눈이 만나 잇는지라 잠ᄂᆞᆫ 집중의 비을 ᄒᆞᆫ ᄉᆞ랑
압헤 관을 씌거나 만을 본즉 녜 엽던 빗치 황홀ᄒᆞᆫ 건을 나아가 본 듯ᄒᆞ엿고
어엿던 ᄒᆞᆫ 여자 갈장을 정히 ᄒᆞᆫ 안쳐연ᄒᆞᆫ 얼골을 도로혀 가랑 ᄌᆞ계 엿ᄌᆞ온
젼장ᄒᆞᄂᆞᆫ 히 여계 나가 본즉 광연 세상의 묘지 듯ᄒᆞ던 ᄉᆞ랑 일결ᄒᆞ다 본 듯ᄒᆞ라
혀이로 저이는 천상 선녀 가섭ᄒᆞ인 가ᄉᆞᆷ은 안인 듯ᄒᆞ니 오ᄅᆡ 부쳐

밧고ᄒᆞ온 뎌의 도ᄎᆞ례로 문안 허락ᄒᆞ오 장ᄌᆞ 부쳐 뵈ᄋᆞᆸ고 ᄲᅧᆺ오ᄌᆞ 드ᄃᆡ 간ᄇᆡ거ᄒᆞᆫ
ᄉᆞ람이 선녀계ᄋᆞᆸ신 처방 ᄌᆞ어드러 와뵈오니 허ᄅᆞᆯ 치마ᄋᆞᆸ소셔 ᄒᆞ고 드러오거ᄂᆞᆯ
소졔 ᄃᆞ만 절ᄒᆞᆫ 여ᄌᆞ오되 남ᄌᆞ 독녀를 어지 이러도록 관젼ᄒᆞ시ᄂᆞᆫ잇가 ᄃᆞ
불은 염녀치 마ᄋᆞᆸ소셔 ᄒᆞ니 장쳐가 ᄌᆞ제 선녀계ᄋᆞᆸ셔 이갓치 말ᄉᆞᆷᄒᆞ오셔 네
불승 황공ᄒᆞ여 이라 ᄒᆞ고 죽안상을 드리거ᄂᆞᆯ 소졔 ᄂᆞᆯ로 쥬셔든 ᄒᆞ리 음식을
마다 ᄒᆞ고 ᄆᆞᄋᆞᆷ의 ᄆᆞᄋᆞᆷᄃᆡ로 ᄒᆞ나 즈연 비감ᄒᆞ고 ᄆᆞᄋᆞᆷ을 금치 못ᄒᆞ더라 쳐쳐 쥭안상을 물
녀 ᄂᆞᆫ 원쟝ᄎᆞ 잇ᄀᆞ를 저 옥황졔 ᄂᆞᆯ 불샹이 아셔 선녀를 ᄂᆡ려 지시오며 나의
벼ᄂᆞᆯ ᄆᆞᆯ을 ᄉᆞᆷᄭᅦ ᄒᆞ여셔 ᄉᆞ다 ᄒᆞ니 장ᄌᆞ 놀ᄂᆡ 다ᄅᆞᆫ 말이 인간 쳔한 너 이런 소리를
ᄒᆞ다가 ᄇᆞᆯ삭 ᄲᅡ ᄉᆞ오리다 ᄒᆞᆫᄃᆡ 장시 왈 옥황샹졔계ᄋᆞᆸ셔 이곳슬 ᄂᆞ려 보ᄂᆡ
니 실셰 부모 ᄇᆡ 어ᄂᆡ의 며ᄂᆞ리를 되게 지시ᄒᆞ셧ᄂᆞ니 그런ᄂᆞᆫ 조금도 염여치
ᄲᆞᆯ나 ᄒᆞ고 ᄌᆡ 질기더라 모구 장ᄌᆞ 지불 ᄂᆡ 어려셔븟터 남의게 조흔 일을 만히 ᄒᆞᆫ

셧난고로상셰리두이여기소남ᄌᆞ을셤지ᄒᆞ고ᄯᅩ녀ᄌᆞ리실슌금소셰
로셤지ᄒᆞ여난지라일로볼지ᄃᆡ어지분상ᄒᆞᆫ소ᄅᆡ를ᄀᆞ제치지아니ᄒᆞᆯ
리은증셔시ᄉᆡ여일이되미실ᄒᆞ은장져ᄭᅴ을돌갓치ᄇᆡᆨ은낭ᄌᆞ의ᄆᆞ암이ᄂᆞ리
가엿ᄌᆞ외되대음ᄒᆡ여라쳔ᄒᆞᆫᄌᆞ식이잇ᄉᆞᆸ더니이셰긔자생가물드리지못
ᄒᆞ엿ᄉᆞ오니블감ᄒᆞ옵거니와나의ᄭᅴ나티되ᄉᆞᆸ기어더ᄒᆞ오시니잇가소셰
이말을드른일번북그렵고일변감창ᄒᆞ믈이긔지못ᄒᆞ여손을ᄲᆡᆨ여되선녀
갈ᄋᆡ의일로ᄲᅮᆫ이라도ᄉᆞ양치말나ᄒᆞ고감을을ᄉᆡᆼ각ᄒᆞ면ᄯᅩ이집의셔ᄂᆞᆯ그리ᄉᆞ
허엿셔너ᄒᆞᆫ일을엽도라ᄒᆞ고허락ᄒᆞ니장져흠호ᄒᆡ나아ᄀᆞ도ᄒᆡ라녀ᄌᆞᄒᆞᆫ소져을
을ᄲᅡᆯ헌나도ᄒᆡᄯᅩᄒᆞᆫ가거ᄒᆞ뎌라직시ᄐᆡᆨ일ᄒᆞ여ᄂᆞᆯ이십의일이결혼
면ᄒᆞ셔라길일이다ᄃᆞ라전안파빈ᄒᆡᆼᄒᆞᆯᄉᆡ일가친척이며고을등이안을
울ᄇᆞ고칭찬아니리업더라셔산의날이져물미신부방의신랑을드려보
니셔ᄒᆞᆫ직신랑이간셔업거늘낭ᄌᆞ고이히너겨두루ᄎᆞ지나선이겁을너여

뒤션의스승어시니옥헌과장지션에손목을잡아신부의방의들여보ᄂᆡ니
션ᄉᆡᆼ을명ᄒᆞ야아바님날살녀주옵소셔너츰아그아가셔방의드러가지못ᄒᆞ기
시니너손목을노흡소셔ᄒᆞ니장지왈너ᄒᆞ들아옥지ᄂᆞ라네죽을곳슬드러
가라ᄒᆞ고ᄂᆡ그방의드러가면조흔경ᄉᆞ잇슬이라ᄒᆞ고안아지가시부방의디려보
ᄂᆡ니션이옥ᄎᆞᆷ을근치지안니ᄒᆞᆫ겁결의낭ᄌᆞ일희ᄂᆞᆫ겁니며부편구석의둥슨
으로ᄂᆡᆯ곰가리ᄂᆞᆫ넙치여벌ᄂᆞᆫ셜며금작이저뭇ᄒᆞ거ᄂᆞᆯ낭ᄌᆞ그거동을보ᄂᆞᆫ
기의한숨쉬ᄂᆞᆫ혼ᄌᆞ말노슬프다일촉순산의예ᄃᆞᆯ이저러헌이천헌거시비필이되ᄂᆞᆫ
줄을ᄋᆞᆺ지ᄯᅳᆺᄒᆞ여슬이오그러나철쳔의ᄂᆡᄒᆞᆫ이넙도다ᄒᆞ고옥질침진을ᄒᆞ라
가방이깁헌노치라금침을폐ᄒᆞᆫ셤ᄒᆞᆫ옥슈를션의손목을덤석잡아한가슴
누어ᄌᆞ쳐ᄒᆞ나션이크게놀나소ᄅᆡ허여왈ᄂᆡᄂᆞᆫ아모죄업ᄉᆞᆸᄂᆞᆫ요날허온이얼도
옥외아바님ᄯᅡᆯ시오네가이방의들어오시도옥외아바님ᄯᅡᆯ자온ᄒᆞᆫ바르모범권허옥

지아비님을 치거나 ᄯᅵ졋거나 ᄒᆞ옵소서 무죄한 나을 잡아노코 ᄯᅡ리지 마옵소서
이 개쇠님 덕분의 나을 살녀주시옵소서 이러ᄒᆞᆫ 줄을 아라시면 철니 밧긔 갈아
ᄡᅡᆯ걱ᄒᆞ며 올며알 어미ᄂᆞᆫ가 나ᄅᆞᆯ 죽이ᄉᆞ ᄒᆞᄂᆞᆫ 일을 건ᄂᆞᆫ 장치 문밧게 ᄂᆡ엿다가 이ᄅᆞᆯ ᄒᆞ리
순금의 이런 일은 예부터 그러ᄒᆞ니 옥졍말을 누어 ᄌᆞ거라 ᄒᆞ오 망ᄒᆞᆫ 말 ᄌᆞ면 관기치 안니
치리라 나ᄅᆞᆯ 그놈을 죽기거나 ᄯᅥᆯ구셔 나ᄅᆞᆯ 보와 ᄒᆞ올 일ᄋᆞᆯ 듯ᄉᆞ 드러가 장치 ᄯᆞᆯ을
관ᄒᆞ다 안ᄌᆞᆺ더니 선이 며비 ᄯᆞᆯ을 드러 죽길가 ᄒᆞ여 올 기을 ᄉᆞᆫ 치지 안니ᄒᆞ더ᄂᆞᆯ
낭자 못드러 옷ᄉᆞᆯ 슈레로 벗기고 금침의 누으니 선이 ᄯᅩ 말도 못ᄒᆞ고 ᄆᆞ음의 셜ᄋᆞ
나ᄅᆞᆯ 죽일가 ᄒᆞ엿더니 옷ᄉᆞᆯ 벗길 ᄯᅢ 이 누의니 관계치 안니ᄒᆞ여라 ᄒᆞ고 누엇더니
낭자 죽불 아님ᄒᆞ여 안져 ᄆᆞ음의 그져 션ᄒᆞᆫ 이의치요 션이 ᄡᅡ홈은 셩ᄋᆞᆫ 졉저 ᄉᆞᆼ의
서방 ᄉᆞ라가 쇠고 조곰 나ᄲᅡ노니라 낭ᄌᆞ ᄡᅡᆯ ᄆᆞᆷ이 여허요 션의 ᄡᅡᆯ 부은 ᄆᆞ여선 줄을
모로나니라 낭ᄌᆞᄂᆞᆫ ᄡᅡᆯ 부친의 연셰ᄂᆞᆫ 아녀 보가 선이 갑을 여ᄒᆞ을 졔와 연셰도
ᄒᆞ엿ᄉᆞ고 ᄒᆞ여니 지고ᄂᆞᆫ 한나도 안니ᄒᆞ여주 나니라 낭ᄌᆞ 나의 ᄇᆞᆯ ᄯᅢ나

되ᄉᆞ오가 선이 십삼 살 일곱 살이올소이다 남ᄌᆞ 어이 업서 이우리 잇다가 또 오ᄇᆞᆯ 그저
낳은 선이 ᄌᆞ비ᄉᆞᆯ(마오) 너 남ᄌᆞ 이십 세ᄅᆞᆯ ᄎᆞ이라 남ᄌᆞ ᄋᆞᆫ 일 그저 안 ᄒᆞ오이 ᄲᅮᆫ이 아니 되오니ᄋᆞ다
선이 십팔 살 우리 집의 저 독 소독 ᄒᆞ여의 바랑이 ᄯᅥ 향아리 합ᄒᆞ여 이ᄉᆡ지 되오니라
소제이 ᄯᆞᆯ ᄉᆞᆯ든 ᄆᆞᄌᆞᆺ ᄉᆞᆯ 동선이 ᄲᅥ지나 되오니가 선이ᄉᆞᆯ 동생도 업ᄂᆞᆫ 나ᄒᆞᆯ 즐ᄀᆞᆸ을 ᄒᆞᆯ이
자 낭은 또 오ᄇᆞᆯ 겁 안 ᄉᆞᆨ주가 얼마나 되나 보가 선이ᄉᆞᆯ 오ᄅᆞᆫ 집 ᄉᆞᆨ주는 오천 ᄲᅡ이올시다
소제이 ᄯᆞᆯ울 ᄉᆞᆫ 슬픈 마ᄋᆞᆷ을 정치 못ᄒᆞ여 조ᄅᆞᆫ ᄉᆞᆯ 슬프다 일 주지 ᄒᆞᆯ 송의 ᄉᆞᆯ이 업ᄉᆞ되
저 선 ᄉᆞᆫ ᄋᆞᆯ 비ᄆᆞᆯ을 정 허ᄂᆞᆫ 이 ᄲᅡ도 친정 부모 이니 ᄒᆞᆯ 일 업셔 ᄒᆞᆯ 동친ᄒᆞ니
원ᄉᆞᆫ이 ᄀᆞᆨᄀᆞᆨ 이 길 ᄃᆞᆫ 갓ᄀᆞᆫ 비쳐서 ᄅᆞᆯ ᄲᅡᆮ 갓더라 이윽고 동향이 밝근지라
낭ᄌᆞ 선을 ᄃᆞ리고 장ᄌᆞ 부처 계ᄇᆞᆫ 안에 ᄒᆞᆫ 나 장ᄌᆞ 이ᄉᆞ여 나 갓치 ᄌᆞᆯ ᄉᆞᆷ 산 ᄌᆞ니 낭ᄌᆞ 손 갓
ᄲᅡ ᄉᆞᆯ은 일 ᄉᆞᆯ 외 ᄯᅩ 보 ᄌᆞ위 소제 이 새 ᄉᆞᆯ의 내 쉬 글 한ᄌᆞ도 모ᄅᆞᆯ 엇지 ᄉᆞ 혼을 보전
ᄒᆞᆯ 잇가 글ᄌᆞ나 가르칠가 ᄒᆞ나이다 (장ᄌᆞ씰) 그런 미거 한 거슬 엇지 글을 가르치리

쇼난ᄌᆞ뫼 살 ᄲᅡ못ᄒᆞ올 ᄂᆞ가 장직을 가ᄅᆞ쳐 됴련ᄒᆞ거던 가ᄅᆞ치라 ᄒᆞᆫ대 낭ᄌᆞ 션을 블
너안친 이르되 너가 ᄂᆞ르치는 거ᄉᆞᆯ 비오샤 ᄒᆞ니 션이 두 손을 ᄭᅩ잡고 비오리라
ᄒᆞᆫ대 소제 ᄆᆡ을 삽히 ᄒᆞ고 [illegible] 학업을 심씨지 아니ᄒᆞ면 이 ᄆᆡ로 종아리 치리라
ᄒᆞ고 ᄇᆡ를 가라치는 쳐로 일ᄀᆞ라 ᄒᆞᆫ대 션이 낭ᄌᆞ의 ᄲᆞᆯ 삼고 텬심불망ᄒᆞ여
뫼시ᄒᆞ니 ᄉᆞ년 너로 쳔ᄒᆞᆫ [illegible] 장이 되엿는지라 낭ᄌᆞ ᄆᆞ음의 깃거ᄒᆞ더니 잇
ᄯᆡ 삼월 년풍ᄒᆞ여 과거 ᄇᆡᆯ이건ᄂᆞᆯ 낭ᄌᆞ 장ᄉᆡᆼ 계ᄂᆞᆫ 오쳐 가ᄉᆞᆫ의 글이 과거
보암직ᄒᆞᆫ거나 보낼가 ᄒᆞ니나라 장ᄉᆞᆼ을 제 ᄇᆡ과거를 보려 오관광이나
ᄒᆞ니 오ᄒᆞᆫ ᄒᆞᆫ다ᄒᆞ거ᄂᆞᆯ 낭ᄌᆞ 작시 과거 ᄉᆞ연을 ᄒᆞ여 날을 가라셔 보내
션이 부모ᄭᅴ ᄒᆞ직ᄒᆞᆫ 그 ᄯᆞᆯ 계올ᄂᆞ 서ᄂᆞ니라 즉시 발ᄒᆡᆼᄒᆞ여 십여일 만의 경셩의 올
나가 ᄌᆡᆼ인을 정ᄒᆞ되 놉히 [illegible] 황 정승 근쳐의 정ᄒᆞ엿ᄂᆞᆫ지라 ᄌᆡᆼ인은 정 셔원
집일너라 셔원의 ᄯᆞᆯ 쳔은 황승상 적 소져의 ᄌᆞ모러니 일즉 ᄌᆞ식 업셔 ᄒᆞᆫ ᄌᆞ식을
지쳔ᄒᆞ여 ᄉᆞ여ᄒᆞ 게지 너드니 이셔 ᄒᆞᆫ ᄃᆞᆯ 션이야 보지 아닐 리오

션이 온지 오일만의 한 ᄭᅮᆷ을 이르니 한 여인이 목을 ᄯᅴ고 쳔연이 션을 블너 왈 그저 이죵
의ᄎᆞ 셔여셔 ᄂᆞᆯ 주ᄒᆞ여 쳔ᄇᆡ로ᄅᆞᆯ 손졍보지 안니ᄒᆞ여 엇지 그리 지극ᄒᆞ던고
그저 ᄂᆞᆯ을 ᄯᆞᆯ아 사ᄂᆞᆫ이 다 허니 션이 ᄯᆞᆯ을 줄 그여인을 ᄯᆞ라 혼ᄒᆞ여 간니 한 ᄯᆞᆯ을
누희 뎐각이 잇난ᄃᆡ 그 압헤 졔잔을 노코 졔물을 ᄀᆞ초온 것 겨ᄃᆡ이 ᄉᆞ 감ᄒᆞᆫ 지라
그 벽잔을 그 여인이 들어 가ᄂᆞᆫ니 그 음식을 눈 퍼ᄒᆞ지 ᄇᆞ라본 션 각셔 ᄉᆞ라
졉어 ᄆᆡ오 차혼 ᄇᆡᆨ옥이 잇운 졔잔 밋혜 공셩이 ᄂᆡᄂᆞ 선인을 ᄂᆞ서 ᄒᆞ니
한 움이라 ᄀᆡ울 안ᄒᆞᆯ 셔고 ᄯᅩ 들어 ᄂᆞᆫ지 ᄯᅥ 목졍이고 희여 예 그 무ᄅᆞᆯ 십
ᄀᆡ옷 고 흰온 ᄂᆞ자 ᄂᆞᆯ 흔 히ᄂᆞᆯ 졍 기ᄅᆞᆯ 과 ᄆᆡ 되일 이 되ᄃᆡ 져 ᄀᆞᆺ 더라
ᄯᆞᆯ을 드ᄅᆞᆫ 감결 감츄ᄅᆞᆯ ᄎᆞᆺ지 안니 한 ᄌᆞ 흘 ᄂᆞᆯ 샹ᄒᆞᆫ 그 졉 안의 들어가
졔물 ᄯᅡ기 며 이은 그 벽잔 ᄯᅩ 들어 가던 셩각을 ᄒᆞᄆᆡ ᄀᆞᆫ 난 ᄇᆞᆯ 흔 ᄇᆞᆫ 군지
장 ᄎᆞᆺ슴 년이라 ᄇᆞ복 지간의 ᄂᆞᆯ 긔이 희ᄂᆞᆫ 아모게 나셔 죵을 ᄇᆞᄅᆞᆺ더라

ᄒᆞ련니 모든 찬엽을 이 밧치며 절묘ᄒᆞ게 졉시 음식을 잇ᄂᆞᆫ 죠ᄌᆞ이 상의게 드리며
쇼져ᄋᆞᆯ이 소연의 방쳐 귀일인 고로 반길이나 ᄒᆞ ᄇᆞᆺ소니 저ᄉᆞᆸ재ᄂᆞᆫ 못허
ᄒᆞᄂᆞ 잡ᄉᆞ오 보시ᄋᆞᆸ소셔 ᄒᆞ니 선이 모ᄅᆞᆯ 그저 방쳐와 ᄒᆞ니 그 욕의 곤석이 먹차
니된 다 죽연이 ᄎᆞᆸ을 곤석은 다 반이 ᄃᆞᆯ ᄒᆞᆫ ᄆᆞ고 죽엇ᄂᆞ라 선이ᄅᆞᆯ 그저
방쳐가 죽을 ᄯᅥ의 목을 미여 죽여서 절ᄉᆞ 지부게 ᄒᆡᆼ 죽엽서 지니와 ᄒᆞ라
죽연이ᄋᆞᆯ 라선 방쳐 죽기는 계향ᄒᆞ여 죽을 ᄌᆞ연이 이 천ᄒᆞ여 이 쳐 성각지
못ᄒᆞ엿 ᄒᆡᆼ 축 엽서 제ᄉᆞᄅᆞᆯ 지니거니와 ᄒᆡᆼ 축 제 엽서 먹지 저 졉 안쥬를
과엽서 나ᄂᆞᆺ가 선이 ᄋᆞᆯ 비 ᄌᆞ연 ᄋᆞᆯ 거니와 ᄋᆞᆨ가 받고로 ᄂᆞ가든 소연은 남은 죽은
이 ᄉᆞᆸ ᄋᆞᆯ 그 소년은 이 뒤 황승상 적 서방님 이 ᄉᆞᆸ 천니 방쳐 젓 시오 죽기 ᄒᆞᆫ 기를
그소년 미쳐 그 젓슬 ᄇᆞᆫ 곤 ᄒᆞᄂᆞ니 그 저 목을 그 소년이 옷 모를 ᄎᆞᆫ 못 ᄒᆞ리 ᄒᆞ여 엽서
며기서ᄂᆞᆫ 미방고ᄂᆞᆷ이 천ᄃᆞᆯ이 안ᄂᆞ 며기서ᄂᆞᆫ 손ᄂᆞ 옵서 보ᄉᆞᆯ 피서ᄂᆞᆫ 제ᄉᆞᄅᆞᆯ 지너ᄂᆞᆫ
음식을 ᄎᆞ리되 친이 ᄒᆞ여서 나니라 선이 ᄉᆞᆸ ᄋᆞᆯ 그리면 그 소년의 그리ᄂᆞᆫ 죽

어는가서 섭을 가게 ᄒᆞ니 가 ᄌᆞ이 ᄌᆞ연이 장ᄒᆞᆫ ᄆᆞᆯ 그 소부의 ᄂᆞ의 붕은 ᄆᆞᆯ ᄌᆞ 겁박ᄒᆞ더

쳔문을 일ᄌᆞ여 ᄒᆞᆫ 계묘 정월 ᄂᆞᆯ 만나미 정쇠 여전 못ᄒᆞ고 쳘을 손목 ᄌᆞᆸ어서

친니 그 ᄒᆞ의 버선가 ᄌᆞ연 [illegible] ᄒᆞ니 ᄌᆞ리여 거지 ᄉᆞᆼ거 쳥을 모ᄅᆞ오며 나ᄂᆞᆫ

쇼년이 이 말을 드ᄅᆞ니 싱각ᄒᆞ되 낭ᄌᆞ가 황ᄉᆞᆼ [illegible] 너치여 고길노 너ᄭᅥᆸ이

든가 싱ᄀᆞ 그러ᄒᆞ면 손목을 씩ᄋᆞ다 ᄒᆞᄂᆞᆫ 뒤 손목이 [illegible] ᄒᆞ리오 그 ᄯᅳᆷ 말을 ᄒᆞᆫ

네게 ᄭᅮ치ᄂᆞᆫ ᄒᆞᆫ니 ᄌᆞ연이 [illegible] 을 드ᄅᆞ니 ᄒᆞ [illegible] 낭ᄌᆞ 부모 [illegible] 이 [illegible] 거

시오 너망 쳔도이ᄂᆞᆫ 환 [illegible] 어서 일 너 [illegible] 죠 [illegible] 슬가 [illegible] 을

벼 [illegible] ᄒᆞ를 보더 [illegible] 그러 [illegible] 쳔션이 ᄯᅩ한 황ᄉᆞᆼ을 [illegible]

려ᄒᆞ여라 이ᄆᆞᄅᆡ 시 [illegible] 과거 ᄃᆡ일 나ᄂᆞᆫ지 [illegible]

쳔ᄌᆞ 친히 연각전의 참 [illegible] 모든 션비의 글을 장원을 [illegible] ᄯᅩ한

글장을 보시니 쳐음 장원 글과 ᄒᆞ [illegible] 비 [illegible] 시여 황 [illegible] 소

을 ᄉᆡᆼ각ᄒᆞᆫ즉 골골의 숙심이 난ᄃᆡ단 ᄌᆞ라 이적으로 도적을 잡을 목선의 글
은 귀ᄒᆞᆫ 병ᄉᆞ을 겸ᄒᆞ엿ᄂᆞᆫ지라 도장 천의 신 당상 절영 주부ᄉᆞ을 제수ᄒᆞ시고 목선
의 병화장 안의 가득ᄒᆞ더라 연지 ᄒᆞ지ᄂᆞᆫ 미 만의 되ᄋᆞᆫ 술 주다 ᄒᆞ니 미부중 방급제
ᄒᆡᆯ ᄒᆞᄋᆡ여 엇지 알니오 목선은 양주 ᄯᅡᆼ ᄉᆞᄂᆞᆫ 장안의 화중이며 쌍기을 ᄯᅡ울
윤허 올불니며 나ᄂᆞᆫ 황상은 할님 한ᄉᆞ을 모동 쌍재을 ᄯᅢᄒᆞ며 풍속을 ᄉᆞ해 시ᄂᆞᆯ
나오ᄂᆞᆫ 치하ᄒᆞᆫ 손은 날 날리 ᄂᆞᆯ노 드러ᄉᆞ 압뒤 집이 풍속을 열낙ᄒᆞᆯ 지ᄋᆞᆫ 관저 화복이
긴 ᄎᆞᆷ ᄎᆞ니 승상이며 정서 회ᄂᆞᆫ 낙ᄂᆞᆫ 지ᄌᆞᆼ을 못너 친찬ᄒᆞ시더라 목선이 ᄉᆞᆷ일 ᄋᆞ과
ᄒᆞ니 양주 신연ᄒᆞ오니 헌신ᄒᆞ난지라 목선의 본집의 ᄯᅥᆯ 헐제 주시과 거방을
벽길 편전ᄒᆞ여 보니ᄂᆞ라 이ᄯᅢᄂᆞᆫ 가ᄋᆞᆯ을 과거 왜 보넌 과거 ᄒᆞ기을 ᄒᆞᆫ날 계ᄯᅢᆯ
되가ᄂᆞᆫ라 황상이 동방급제 ᄒᆞ옵소서 ᄒᆞᆫ날 ᄯᅡ라 거리의 뎐니 보넌 후 ᄉᆞᆷ삭
혹외 이ᄂᆞᆫ 목장지 ᄉᆡᆼ활의 안젓던니 일니 한ᄉᆞ이 ᄒᆞ서 졀ᄒᆞᆫ며 ᄌᆞᆼ치 이적이
목원 ᄌᆞᆼ원 적이 온ᄉᆞ가 목장지 ᄇᆞᆯ 버치저 ᄒᆞ엿ᄂᆞᆫ지 모ᄅᆞᆯ 건ᄂᆞ 이근처의 목

싱원은 엄난지라 난는 목가를 쥐 싱원이 안니오 목장즈를 차ᄒᆞᆫ 안으로 드러가
며 소셔왈 소황이 오쇠 날ᄇᆞᆫ 히를 ᄯᅩ 드러보리ᄅᆞ라 ᄒᆞ니 소제 ᄆᆡᆼ으ᄅᆞᆯ 소ᄉᆞ치매
현ᄌᆞ오히 모ᄉᆞ일ᄂᆞ ᄀᆞ리 ᄒᆞ시난고 가 장져ᄅᆞᆯ 어더 논이와서 목싱원 적을 ᄂᆞ져니
이근쳐의 ᄂᆞ목싱원을 혐ᄇᆞ고 난는 예서 ᄎᆞ리도 싱원은 그지ᄒᆞᆯ 몬이오 장ᄌᆞ셔 ᄲᆞᆼ이라
ᄒᆞ니 오즉 연ᄌᆞ오히 부쳐ᄒᆞᆫ 옷자 져러ᄒᆞᆫ ᄲᆞᆯ ᄉᆞᆯ을 ᄒᆞ쟈ᄉᆞᆫ 니가 가ᄉᆞᆷ이 ᄐᆞ셔의 갓ᄉᆞ니
분별이라 거져ᄆᆡᆫ ᄂᆞ 몰ᄂᆞ셔ᄒᆞᆫ 쇠 ᄂᆞ가 쳡프ᄀᆞᆺ은 ᄇᆡᆸ비 나가 ᄌᆞ셔이 몰ᄂᆡ 보게 ᄒᆞ쇠
ᄒᆞ쇠 그제야 장지 니가 몰ᄂᆡ 보니 네어쉬 잇스며 ᄯᅩ지 ᄒᆞ며 목싱원을 찻ᄂᆞᆫ지라 ᄒᆞ니
그ᄒᆞᆫ일이 연ᄌᆞ오쉬 경상도 연양 목ᄒᆞᆫ계 읍ᄉᆡᆫ 목셔ᄒᆞᆫ번 이ᄂᆞ번 파거외 ᄌᆞᆫ관
원을 양ᄎᆞ목ᄉᆞ를 경ᄒᆞ여 계실ᄯᅢ 편지 가질 왓ᄂᆞ하 ᄒᆞᆫ 편지를 드리
건을 장지 편지를 가질 드려와 낭ᄌᆞ를 주니 낭쳐 그 편지를 ᄯᅥ여보니 가ᄉᆞᆫ본
장원이오 황싱은 두ᄅᆞᆯ지라 낭쳐 길이 탄식ᄒᆞᆫ 부친과 황싱이 우ᄉᆞᆫ이

계산 [illegible] 알고 목선이 쑴 말을 신기이 알더라 낭자 [illegible] 계 가군이 장원 급제ᄒᆞ여
영총 [illegible] 제ᄒᆞ엿다 ᄒᆞ고 알외니 장ᄎᆞ 이 말을 드르시고 깃거ᄒᆞ여 일변 [illegible]
보ᄂᆡ라 [illegible] 낭ᄌᆞ게 ᄭᅢ [illegible] 마라 [illegible] 낭ᄌᆞ 친이 그 하인의게
온갓 ᄯᅡᆯ을 주어 [illegible] 조흔 [illegible] 만나 먹이 더 [illegible] 보ᄂᆡ더니 문득
한 [illegible] 가지고 너른 길의 [illegible] 구경 [illegible] 길이 메여더라
ᄎᆞᄃᆞ려 헌선ᄒᆞ니 낭ᄌᆞ 친이 [illegible] 좌거ᄒᆞ고 온갓 말ᄉᆞᆷ을 무른
ᄒᆞ의 조흔 음식을 너여 만나 먹일 ᄒᆡᆼᄎᆞ 소임을 치일시 장ᄌᆞ의 집안이 오ᄂᆞᆫ 분은
ᄒᆞ더라 즉시 발ᄒᆡᆼᄒᆞ여 길을 ᄯᅥ나서 ᄒᆞᆨ ᄒᆡᆼ은 목선이 ᄉᆞᄅᆞᆷ이 가ᄂᆞᆫ지라 낭ᄌᆞ 보
든 하인을 노비 이십 낭식 각기 [illegible] 계 [illegible] 주셔도라
[illegible] 가진 의 안양이 계시ᄂᆞᆫ 소에 [illegible] 올나 ᄯᅢ서니
[illegible] ᄒᆞ인이 [illegible] 보셔 동구 밧게 나와 구경 ᄒᆞ는 ᄉᆞ람이 [illegible] 복ᄒᆞ되
[illegible] ᄒᆞ되 [illegible] 일 [illegible] ᄒᆞᆼ진 비[illegible] 고진 감내라 ᄒᆞ엿스니

이ᄂᆞᆫ 길ᄒᆡᆼ이 면ᄒᆞ여 잇도다 ᄒᆞᆯ 길 셔 낫지 ᄆᆡ셔 몰ᄇᆞ의 한 곳슬 바라보니
황셩과 이별ᄒᆞᄂᆞᆫ 곳지라 ᄆᆡᆼ이 건ᄂᆞᆯ 공방을 불너 보ᄂᆡ셔 오ᄂᆞᆫ 길을 ᄯᅡ라 어지로 공방
이 보ᄂᆡ셔 서ᄉᆞᆯ이 이 ᄯᅢ의 남아 잇ᄉᆞᆸᄂᆞᆫ 즁 ᄉᆞ음으로 이 차진이 ᄎᆞᆷ이 ᄆᆞᆯ시라 ᄒᆞᆫ 저 ᄂᆞᆼ 려
분부 ᄒᆞ시되 견셩 ᄂᆞᆯ 니러ᄂᆞᆯ 황졍승 적의 종ᄋᆞᆫ을 졍ᄒᆞ여 ᄂᆡ 공방 면져 ᄯᅥ나
날 니러 글 황졍승 ᄌᆡᆨ이 온 후 황셩이 과거ᄒᆞ여 ᄇᆞᆯ충ᄒᆞᆯ 잡히ᄂᆞᆫ 잔치ᄅᆞᆯ 보실 줄
밧ᄭᅩ 호조 ᄉᆞᆯ 허ᄒᆞᆫ 난지라 이러ᄐᆞᆺ 관광 제일이 되오니 버려셔 그 적은 전이라
갈 안ᄂᆞᆫ 지라 공방이 (소공) ᄒᆞ여 밧ᄉᆞᆸᄂᆞᆫ 즁의 잡은 ᄯᅳᆺ을 못 밧게셔 소리 가리여 ᄒᆞ여
의울 써려 ᄒᆞᆫ 후ᄂᆞᆫ 거의 드러올 ᄯᅳ지ᄂᆞᆫ 경치 ᄯᅳᆺ ᄒᆞ여 적ᄇᆞᆯ을 ᄂᆡ여 의울 쎄니
모관 할 이 그 공방의 고ᄉᆞᆼ을 보ᄂᆡ고져 ᄒᆞᄂᆞᆫ 잇더ᄒᆞᆫ ᄉᆞᄅᆞᆷ이 ᄯᅡᄅᆞ 의울 쓰ᄂᆞᆫ다
ᄒᆞ니 공방이 갑ᄉᆞᆯ 지금 신반 곱게 의 시양 ᄒᆞ고 목소 비ᄒᆞᆫ ᄂᆞᆫ 별ᄆᆞᆼ의 저 벅 ᄒᆞᄂᆞ소
올 니러 그 글 황졍승 적의 졍 허락 ᄒᆞ옵시게 ᄒᆞ여 ᄎᆞ 술을 지어 ᄒᆞ소

을 정ᄒᆞ믈 못ᄒᆞᆫ ᄉᆞ인을 보니 나ᄋᆞᆷ ᄒᆞᆫ 건을 그렷ᄉᆞ되 노ᄅᆞᆫ 공ᄌᆞ의 의ᄉᆞ 글을 보고 블상이 여
계 ᄒᆞᆷ하 ᄒᆞ시게 엇조와 신ᄒᆞᆫ 시 양ᄌᆞ 목ᄉᆞ 서희ᄂᆞᆫ 지ᄂᆡ가옵더가 분부ᄒᆞ셔다
날 너희 과ᄉᆞ 환 정승 직의 ᄉᆞ쳐 ᄒᆞ라 ᄒᆞ시다 ᄒᆞ고 공ᄌᆞ이 와서 ᄉᆞ뇨 드리지 못ᄒᆞ고 ᄇᆞᆫ승
인가 ᄒᆞ나 할ᄯᆡ이 ᄀᆞ히 여계 승상계 ᄌᆞ와 승상이 석지 처와 가솔 다 양ᄌᆞ 목ᄉᆞ 서희
이 너집의 ᄉᆞ쳐ᄒᆞᆯ 기ᄂᆞᆫ 만모 기리 ᄒᆞ라 그러나 정상도 번양 목ᄌᆞ 오다 ᄒᆞ니 서 ᄆᆞᆺ지 오리잇
ᄒᆞᆯ 알 나ᄉᆞ 이는 ᄀᆞ히 ᄒᆞ도다 ᄒᆞ시고 허락지 안니 ᄒᆞ셔니 할님이 간곤ᄒᆞ되 누의 세 무시든
영ᄌᆞᆫ ᄒᆞᆫ이 비엿ᄉᆞ오나 ᄀᆞ히 ᄒᆞ오나 그 방을 허락ᄒᆞ옵소서 ᄒᆞᆫ 밤 ᄆᆞᆯ 더 가게
ᄒᆞ옵소서 ᄒᆞ니 승상이 ᄆᆞᄋᆞᆷ의 블숭이 녀기나 허락ᄒᆞ니 할님이 ᄋᆞᆫ 쟝ᄃᆞᆫ의 드러가
ᄉᆞᆺᄉᆞᆺ ᄒᆞᆫ 정회ᄒᆞ더니 모든 보박계 ᄉᆞᆷ이 나며 시녕은 드러오거ᄂᆞᆯ 술푸다 네 일ᄋᆞᆫ
모ᄋᆞᆫ 일을 보니 엇지 비감치 안니 ᄒᆞ리오 죽지 영ᄎᆞᆫ ᄒᆞᆷ ᄉᆞᄅᆞᆷ 드러가며 쌍안의 구슬
갈ᄂᆞᆫ 님은 ᄆᆞᆯ이 벽지 ᄒᆞ더라 할님이 ᄀᆞᆫ 말 쓸 님의 누나 남도 계시ᄃᆞᆫ 저리 ᄀᆞᆺ히
될 너를 너히가 ᄂᆞᆫ 지리로 버 너 곳에 가셔 ᄉᆞᆯ 구ᄒᆞ고 흔이 되엿ᄂᆞᆫ 가

비단 요ᄒᆞᆯ 쥴 ᄒᆞ가 션ᄋᆞᆫ 더 엉쟝ᄒᆞ리라 ᄒᆞᆫ ᄂᆞᆯ 품은 ᄆᆞᄋᆞᆷ을 금치 못ᄒᆞ더라
낭ᄌᆞ 노비ᄅᆞᆯ ᄒᆞ여곰 졍씨의게 젼갈ᄒᆞ되 ᄒᆞᆫ번도 ᄲᅵ옵든 못ᄒᆞ엿ᄉᆞ오나 ᄉᆞᄉᆞᆼ이
만ᄒᆞᆫ 시ᄋᆞᆷ 낫ᄉᆞ가 ᄒᆞᆫ방 친척이 갈ᄉᆞ 모셥다가 귀ᄃᆡᆨ의 ᄌᆞ미ᄅᆞᆯ ᄇᆡ을너 가게 되오니
도시은 혜감젹ᄒᆞ여이다 날노 ᄒᆞ여곰 말ᄉᆞᆷᄒᆞ여나 ᄒᆞ시면 조ᄒᆞᆯ가 ᄒᆞᄂᆞ이다
ᄒᆞ니 젼갈 맛치매 잇든 방ᄉᆞᆼ을 살펴보니 의번ᄒᆞᆫ ᄒᆞ여 흔ᄒᆞᆫ 술이 허러라 이 젼ᄎᆞᆯ
뇌알희ᄒᆞ여 잇셔 졍씨 젼갈ᄒᆞᆫ 회답ᄒᆞ되 누추ᄒᆞᆫ 집의 귀ᄒᆞᆫ 오션져 ᄒᆞ믹 미쳔ᄒᆞᆫ
ᄉᆞ낭ᄌᆞ 맛지 못ᄒᆞ니 죄만ᄒᆞ오니다 그러ᄒᆞ온ᄃᆞᆼ이 ᄯᅩ 번거로ᄫᅳᆷ 잡지 못ᄒᆞ오니 못ᄂᆡ 감격
ᄒᆞ오니다 ᄒᆞ엿더라 졍씨 젼갈 보낸 ᄉᆡ에 도라왓거ᄂᆞᆯ 오ᄂᆞᆫ 어더ᄒᆞᆫ ᄉᆞ졍이셰
ᄂᆡ 회일을 미구되ᄂᆞᆫ 일을 곰허나 ᄒᆞ지나 시비 보ᄂᆞ오시 그ᄃᆡ의 ᄂᆡ온 ᄉᆞᆫ금의 ᄌᆞ제
의 동갑이오 ᄇᆡ필은 나가 션조 져ᄒᆞ엿ᄉᆞᆸ뇌 도 어ᄃᆡ 져 얀니ᄒᆞ오며 그 풍골이 ᄃᆡ단ᄒᆞ고
간더니라 졍씨ᄂᆞᆫ ᄂᆞ려 다시 그 낭ᄌᆞ의 손목 잡고 오라 ᄒᆞᆫ지 시비 잡을 ᄉᆞᄋᆞᆫ이

그난즈 얼골이 순금소제와 갓ᄉᆞᆸ고 옥의 ᄒᆞ여 모오나 두 손목이 왼편 ᄒᆞᆫ가지라
정쇠 그제야 ᄲᅡᆯ을 놋터라 연ᄒᆞ여 빈이 되미 정쇠 관장을 정히 ᄒᆞ고 영츈당의
나아가니 낭ᄌᆞ 지이러서 ᄆᆞᆯ 졀ᄒᆞ고 좌졍ᄒᆞᆫ 후의 낭ᄌᆞ 왈 ᄒᆡᆼ한 친정이 ᄎᆞ귀ᄒᆞ온신
정의 거ᄲᅮᆷ느니 감격ᄒᆞ여 ᄒᆞᆫ편도 되와 ᄯᅩ ᄆᆞᆫ몬ᄉᆞᄋᆞᆸ고 나ᄂᆞᆫ 평안ᄒᆞ옵시며
너의가 정쇠 왈 비가 ᄒᆞᆫ공이ᄂᆞᆫ 조ᄒᆞ여 니ᄅᆞ오ᄒᆞ기 방의 ᄲᅧ물니 가셔게 되니 블승
황공ᄒᆞ여이다 ᄒᆞ고 주친을 졍ᄒᆞ니 ᄂᆞ려 서로 졍미ᄒᆞ며 정쇠 낭ᄌᆞᄅᆞᆯ 보니 ᄇᆡᆨ옥
갓튼 얼골이 순금소제와 갓고 소ᄅᆡ 덕 갓튼지라 정쇠 정신이 황홀ᄒᆞ여 갈온
이ᄉᆞ리 진ᄂᆞᆫ 듯ᄒᆞ되 두 손목이 분결 갓고 분명ᄒᆞᆫ지라 무러 왈 분인이 소면인가
십ᄉᆞ올 저ᄉᆞᆯ지이고 술이 말ᄒᆞ셜ᄉᆞ 치을 정ᄒᆞ고서 며이 방의 드러와셔 며 ᄲᅢ저ᄒᆞ여슬
허ᄒᆞᆯ사 니잇가 낭자 왈 소쳡의 ᄯᅳᆮ은 이몸 세ᄇᆡᆨ은 ᄒᆡᆼ방 친인으로 어지ᄋᆞᆯ니가
ᄯᅢᄂᆞᆫ 길ᄯᅥ 모차 ᄉᆞᆯ을 ᄲᅡ의 ᄒᆞᆫ슈 ᄲᅢ의 ᄒᆞ슈ᄒᆞ옵건니 봉이ᄅᆞᆫ 허와 자ᄆᆞᆯ 이ᄅᆞ오
지못ᄒᆞ오ᄂᆞᆫ 잠간 한 ᄉᆞᆷ을 ᄲᅥᄉᆞ오니 한 계집이 희 ᄆᆡ리을 ᄒᆞᆺ트리 아셔셔

손열ᄭᅳᆺ을졀어진빈ᄒᆞᆫ오른ᄉᆞᆫ목을큰칼의ᄯᅴ여나귀ᄎᆡ온ᄌᆞᆫ목을
원ᄉᆞᆯ의드려ᄉᆞᄂᆞ니[illegible]묵의여다가[illegible]셩의셔거진ᄂᆞᆫ형상을보ᄂᆞ니고이ᄒᆞ니ᄂᆞᆫ
물을ᄒᆞᆷ을ᄂᆞᆫ가ᄂᆞᆫ쥐[illegible]귀ᄇᆡᆨᄒᆞᆫ소년은버진ᄇᆡᆨ연계ᄒᆞᆫᄲᆞᆯ슴을ᄲᆞᆯ외오ᄂᆞ
니라ᄒᆞᆯ오리ᄇᆞᆫ뎌계ᄋᆞᆸ셔손목을ᄭᅵᆷ여너희ᄂᆞᆫ[illegible]무의ᄒᆞᆯ은인식ᄇᆡ
지졉ᄒᆞᆯ곳업ᄉᆞᆺ동서ᄆᆞ걸ᄒᆞᆫᄋᆞᆸ다가이곳의서ᄌᆞᆫ슈ᄒᆞ여죽어ᄋᆞᆸ건ᄂᆞ
원ᄒᆞᆫ이되여ᄉᆞᆸᄂᆞ니다[illegible]이날과동ᄀᆞᆸ[illegible]소ᄇᆡᆨ의원을ᄋᆞᆯ듯
ᄒᆞ와[illegible]가[illegible]너희[illegible]황졍ᄉᆞᆫ[illegible]여
ᄃᆞ니외여ᄆᆞᆷ졍셰경안[illegible]이셜연ᄂᆞ나얘의여[illegible]산라
ᄒᆞᆯ남다졉와이라[illegible]오시ᄂᆞᆫ자모ᄅᆞ건너ᄉᆞᆯᄲᆞᆯ여나ᄎᆡᆫᄒᆞ여주
옵소서ᄒᆞ건[illegible]쳐ᄅᆞᆯ졍ᄒᆞᆫ전ᄒᆞᆷ나다졍시면식ᄋᆞᆸ
제죄ᄂᆞᆫ소경죽일거시ᄂᆞᆯ저서천던ᄂᆞ죽은ᄒᆞᆫ도업제ᄂᆞᆫ못ᄒᆞᆯ도소이다

제ᄋᆡ릐을 곳쳐 싱각ᄒᆞ여 무엇ᄒᆞ리오 ᄒᆞ더라 죽지 안으로 돌어ᄒᆞ니 슝상 계수연을

근ᄒᆞᄂᆞ니 슌상ᄉᆞ안ᄇᆡᆨ ᄉᆞᄋᆡ근본을 ᄇᆡᆨ용근동곡ᄒᆞᄂᆞᆫ경ᄊᆡ저ᄒᆞᆯ 왈 그ᄆᆞᆺ실년을

싱각ᄒᆞ신 저ᄒᆡ도록 ᄒᆞᄉᆡ [illegible] ᄒᆞᆫ 조ᄲᅡ이고 쳑ᄒᆞᆫ의 ᄉᆡᆼ을 두려ᄒᆞ라 낭ᄌᆞ본 집의셔

셔ᄇᆞᆯ 제모친 ᄉᆞ랑의 제ᄉᆞ [illegible] 제물 지어 ᄂᆞᆫ ᄂᆞᆫ치라 ᄲᅡᆼ이 갑ᄒᆞᆫ ᄒᆞ야 측불을 ᄲᅡᆯ키ᄂᆞᆫ

협실문을 열고 최 [illegible] 히ᄂᆡ 아가 ᄆᆡ 뜨 ᄎᆞᆫ 션의 ᄲᆡᆯ 쳥 [illegible] 히 쳑 구려 전ᄂᆞᆫ지라

낭ᄌᆞ저 션동곡ᄒᆞ여 ᄉᆞ당을 ᄆᆞᆺ치고 제 상을 [illegible] 제물 ᄇᆡ설ᄒᆞᆫ 제문 지어 이르ᄂᆞᆫ

의 ᄃᆞᆫ ᄂᆞᆯ 더ᄂᆞ니 이우ᄂᆞᆫ 동쳔이 ᄇᆞᆯ가ᄂᆞᆫ지라 낭ᄌᆞ [illegible] 벽의 [illegible] 발 [illegible] 에

양ᄌᆞ로 가ᄂᆞᆫ 줄 [illegible] 빗 ᄉᆡ 황셩이 [illegible] 공의 [illegible] 풍라 [illegible]

시ᄂᆞᆫ 광의 [illegible] 이 조ᄂᆞᆫ 가계실 [illegible] 그 [illegible] 갓치 귀이 되엿ᄉᆞ련

ᄲᅮᆫ일편 싱각ᄒᆞ면 근 [illegible] 경장 도 [illegible] 복ᄒᆞᆫ의 [illegible] 부ᄅᆞᆫ이 [illegible]

[illegible] 을 [illegible] ᄉᆡᄂᆞᆫ [illegible] 이 [illegible] 을 양ᄌᆞ [illegible] 술

[illegible] 이 [illegible] 더ᄂᆞ니 그 ᄲᅡᆯ [illegible] 쳔 [illegible] 가 [illegible]

손목을 [illegible] 변을 ᄒᆞ니 [illegible] 호라 ᄒᆞ니 그간 곡절을 모지 말니로
ᄒᆞ며 [illegible] 보니 [illegible] 못ᄒᆞ던 [illegible] 오선 ᄒᆞ여 가ᄉᆞ쳐니
[illegible] 그글의 ᄒᆞ엿시되 박병ᄒᆞ은 순금ᄉᆞ [illegible] 쳔
현이 [illegible] 이듯이 [illegible] 삼 [illegible] 쳡 [illegible]
던니 병현의 [illegible] 도라 [illegible] 목ᄉᆞ [illegible] ᄒᆞ여 [illegible] 가셧다
가 병ᄒᆞ은 순금의 [illegible] 그리옷 [illegible] 비고도 [illegible]
가ᄒᆞᆫ 기는 [illegible] 이라 ᄒᆞ엿더라
할ᄂᆞ 이모 [illegible] 양ᄒᆞᄂᆞᆫ 골노 드러가니 [illegible] 이제야 [illegible]
드러 계셔라 ᄒᆞ고 [illegible] 할님
병함드러나라 ᄒᆞ고 [illegible] 드러가 보ᄂᆞᆫ지 [illegible] 방 양반 이라 면목
서어 ᄒᆞ나 동방 급제 ᄒᆞ여 [illegible] 드러오라 ᄒᆞᆫ니

안약의 귀별ᄒᆞ되 황할 남와 계시나 잡술을 석을 날로날와 ᄒᆞ시나 봉재 이 말을
드르ᄒᆞᆫ 일인지 생인치 어린 ᄆᆞᄋᆞᆷ에 그 ᄭᅢ처 항보ᄋᆞᆯ 일오지 못ᄒᆞ여 외생의 나가 황상
의 손목을 잡고 생각ᄒᆞ며 통곡ᄒᆞ니 모든 관ᄒᆞ이 귀양ᄒᆞ여 [illegible] 황상은
늬의 몸이 변ᄒᆞ고 [illegible] 베풀고 통곡ᄒᆞ고 낭ᄌᆞ는 [illegible] 고생ᄒᆞ든 말
을 ᄒᆞ며 통곡ᄒᆞ더라 [illegible] 이에 황ᄌᆞ와 여인 [illegible] 일월 희일비 ᄒᆞ더라
ᄒᆞᆫ 황할 남을 다리고 비ᄉᆞ의 ᄃᆞ려가 [illegible] ᄒᆞ더라 큰잔치를 ᄒᆞ며
설술을 [illegible] 연락ᄒᆞ더라 잇ᄯᅢ 황제 그 부인을 [illegible] ᄒᆞ여 [illegible] 찰란
ᄒᆞ여 심히 불편ᄒᆞ지라 그날 밤의 [illegible] 가 [illegible] 니 살 [illegible] 희
ᄒᆞ여 [illegible] 가 [illegible] 그 [illegible] 부ᄇᆡ고 [illegible] 깁피 간ᄉᆞ ᄒᆞᆫ 연기를 [illegible] 오ᄂᆞᆯ
날 ᄒᆞᆫ 집ᄒᆞ [illegible] 부인도 황천 [illegible] 평안이 가옵소서 ᄒᆞ고 [illegible] 나서 ᄯᅥ르니
한 삼 [illegible] 의 생각 [illegible] 잇셔 [illegible] 지 가ᄉᆞ 되 [illegible] 그도 [illegible] 가 되엿도다
[illegible] 황천의 가 [illegible] ᄒᆞ니 [illegible] 계 [illegible] 간ᄉᆞ 허 [illegible] ᄒᆞ고

길의간속ᄒᆞ여왈 혹ᄌᆞ은지빙ᄒᆞ여 [illegible] 고향ᄎᆞ져라 ᄒᆞ고 거ᄒᆞ니라
잇ᄯᅢ 황ᄒᆞᆯ님과 목셩과 소제 [illegible] 닐너리고 ᄒᆞᆫ 승샹ᄃᆡᆨ의 가서 슈ᄲᅡᆯ소ᄎᆞᆷ을 ᄒᆞᄂᆞ니
승샹과 노비뎌셩 통곡ᄒᆞ니 정신은 ᄲᅡ짐이 실ᄂᆞᆫ쥴 정신업서 기동을 안고 ᄲᅵᆸᄂᆞᆫ이
돌더라 이ᄯᅢ 낭ᄌᆞ 이러나 [illegible] 편지 전ᄒᆞᆫ 곳의 어ᄆᆞ의 무ᄅᆞᆸ을 그워 닑
신ᄂᆞᆫ 울니 낭ᄌᆞ 갑ᄉᆞᆯ 울흔 손목 [illegible] 소제를 ᄎᆞ이라 ᄒᆞ니 정신을 ᄎᆞᆷ
금소제 황이 ᄯᅥᆫ 손목이 완연을 노 [illegible] ᄲᅡᆯ은 ᄇᆞᆯ을 [illegible] 허럿ᄯᅥ라
승샹이 낭ᄌᆞ의 손목을 ᄌᆞᆸ고 실셩통곡 [illegible] 전후곡절을 뭇ᄂᆞ니 모로ᄂᆞᆫ 져
소제 술피올 ᄯᅥ 초번 [illegible] 못ᄒᆞ고 실셩ᄒᆞᄂᆞᆫ ᄯᅢ의 ᄯᅥ 온갓 ᄇᆞᆯ 슬ᄋᆞᆫ 말ᄉᆞᆷ의
혹 승샹이 ᄂᆞᆯ ᄆᆞ음 보ᄒᆞᆯ 몰ᄂᆞ 참지 못ᄒᆞ여 잇ᄂᆞᆫ 날 조회의 니올 ᄂᆞ흐ᄂᆞᆯ 소ᄉᆞᆯ닌
저 황샹이 보시고 [illegible] 진실로 승ᄌᆞ 즉시 픽초ᄒᆞᆫ 스정 쎄을 형조의 가두을 황샹은
엄현허시고 시 몯복 [illegible] 을 니라 ᄒᆞ시고 정씨의 비ᄂᆞᆫ ᄌᆞ식 잘못ᄂᆞᆫ 죄로 ᄉᆞᆫ죡

옥의가두니황싱은몸을ᄃᆡ와몸에셔난다ᄒᆞ며할님의며ᄂᆞ리을삭지ᄒᆞ신니라
일ᄂᆞ온형조판서죄ᄒᆞ를ᄒᆞ신님형을베플면복허실리 미년아드거라ᄒᆞ고조네게
무슴연고잇관지모히ᄒᆞ여죽길여ᄒᆞᄂᆞ냐 ᄯᅩ손며ᄂᆞ리올발오알의냐ᄒᆞ신
천안이질노ᄒᆞᄉᆞ념븐부ᄒᆞ시며한미의쳐죽이라ᄒᆞ시니졍씨ᄂᆞᆫ발명ᄒᆞ여엿ᄌᆞ오되
소쳡이그진ᄯᆞᆯ을ᄂᆞ아죽은ᄃᆞᆯ알의ᄋᆞᆯ맛가난조낙태한거시지금잇ᄉᆞᆸᄂᆞ니병졍지ᄒᆞ와한참
ᄒᆞᆫᄎᆞ신발그신하ᄂᆞ님은그ᄯᅢ쌀펴시옥석을가리여죽지읍소셔병천지ᄒᆞ와ᄲᅡ지거
반ᄒᆞᆫ올ᄂᆞᆫ과ᄒᆞᄂᆞ시ᄂᆞᆯ나허ᄒᆞᆫ거슬ᄃᆞᆯ고ᄒᆞ니상이보실지시ᄃᆞᆯ은물의ᄃᆞᆼ가니가
비을가르니ᄌᆞ조시가튼쥐ᄯᅢ이가두ᄒᆞᆫ거ᄂᆞᆯ상이ᄎᆞᆯᄒᆞᄉᆞ한미로쳐죽이라ᄒᆞ시
며그쥐ᄯᅢ를졍씨ᄂᆞᆫ을ᄭᅩ라이ᄯᅢ이쥐ᄯᅢ ᄒᆞᆫ다ᄒᆞ고ᄉᆞ쟝의ᄯᅢ이라발오알의감을며
쥐ᄃᆞ졍씨ᄉᆞ속가튼갈이의젹혈이가득히괴이니녀자발오보와ᄂᆞ황싱은거젹을
펴ᄂᆞ져쳐ᄒᆞ며백옥은ᄃᆞᆼᄉᆞ년녀보지ᄉᆞᆯ두지안니ᄒᆞ고졍씨미을젼쳐지못ᄒᆞ여
하 일실ᄋᆞ로ᄂᆞ지ᄉᆞ오ᄒᆞᆯ마ᄂᆞᆫ슈부ᄒᆞᆯᄂᆞᆫ거ᄒᆞᆫᄒᆞ니혀로올이고샹의오신ᄂᆞᆫ져ᄅᆞᆯᄒᆞᄉᆞ직신ᄒᆞ시

처음 ᄒᆡᆼ식ᄒᆞ시니 제진ᄋᆞ와 일즉 귀승상ᄭᅴ 권ᄒᆞ니 능지처참은 못ᄒᆞ여
냥ᄉᆞ 알외되 상이 ᄒᆞ교ᄒᆞ샤 시되 그리ᄒᆞᆯ 변 승상ᄭᅴ 알녀 조ᄎᆞ ᄒᆞ여 ᄒᆞ거나
젼의 임의로 처치 ᄒᆞ라 ᄒᆞ신 후 승상이 직시 노비을 호령ᄒᆞ여 정씨을 직각 착ᄂᆡ
ᄒᆞ여 다셔시니 가 밤 삼경의 승상이 죄ᄅᆞᆯ ᄒᆞ신 노복을 조ᄎᆞ와 ᄂᆡ셔 셔울 거쳐 오외 도마
노코 참도장을 직시 블너 분부ᄒᆞ시니 참도장이 거ᄌᆞᆺ ᄉᆞ옵고 정씨ᄅᆞᆯ 거ᄂᆞ려 승상
이 정씨을 잡아 ᄃᆞ려 석자쳐을 너가 ᄯᅩ 거슨 남의집을 바게 ᄒᆞ여 ᄂᆡ면 현소치을 모
희을 ᄒᆞ여 나의 흉변을 가리오 ᄉᆡ상의 용납지 못ᄒᆞ게 ᄒᆞ니 너도 천일 ᄋᆞᆫ 목ᄉᆞᆯ 셔
우려ᄒᆞᄂᆞᆫ 칼노 셕혀 보라 ᄒᆞ신ᄃᆡ 참도장을 불너 분부ᄒᆞ여 밧비 셕으라 ᄒᆞ시니
먼저 봄ᄇᆞ라 시체 ᄒᆞᆫ ᄃᆡ로 참도장이 군을 감고 칼을 들너 저 ᄒᆞᆸ의 석으니
목이 도ᄲᅡ 이 ᄯᅱ 나셔 지ᄂᆞᆫ지라 ᄒᆞᆯ 목라 이런 인ᄉᆡᆼ이 ᄯᅩ 금슈도 미치지 못ᄒᆞᆯ너라
황성은 귀션 동목을 ᄀᆞ 관과을 갓초아 ᄒᆡᆼ장지ᄂᆞ되 무든 니라 이 ᄯᅢ 낭ᄌᆞ ᄲᅡᆫ

지장서울닷가 원정을 지어 황상계 올여 그 글의 ᄒᆞ엿시되 쇠첩은 죄을 모
릅시고 옥계의 몸을 올나 나가 당초의 소첩이 죄의 두려 죽기려 ᄒᆞ올 제의
춘도장의 큰 칼이 목의 니려 질 거슬 죄첩의 오라비 황상의 심을 입ᄉᆞ와 첩의
실 갓튼 목심이 부지 ᄒᆞ엿ᄉᆞᆸ더니 게귀히 되엿ᄉᆞᆸ기도 황상의 구ᄒᆞ심을 입ᄉᆞ와
신첩의 더러온 누덕을 벗ᄉᆞ온 ᄒᆞᆫ 일을 오히려 안니온들 벗지 누덕을 씻고 찰간을 발
라ᄒᆞ올 나가 오라비 황상은 복을 ᄂᆞ리신 권을 살펴ᄉᆞᆸᄂᆞ니다 삼년 초토ᄒᆞ의 예
부장서을 ᄒᆞ여 이것이라 ᄒᆞ엿거늘 장이 보실저 친ᄒᆞ신 습년 초토ᄒᆞ의 황상ᄭᅴ ᄒᆞᆫ
엿ᄌᆞᆸ 장서을 제ᄉᆞ ᄒᆞ시다 ᄒᆞ여 ᄲᆡᆼ복ᄒᆞ온 정씨의 비을 잡ᄲᆡ다가 엄히 ᄒᆞ여
국번 원ᄒᆞᆫ 글이라 ᄒᆞ시니라 각설 ᄂᆞ즈 채귀 ᄲᅳ음으로 세월 보내니 듯고 보ᄂᆞᆫ
지다 친원 브ᄅᆞᆯ니 허기을 저복을 입며 비을 죽현 제 와 ᄯᅡᆫ습 형졔을 ᄂᆞ고 ᄇᆞᆨ을
누의 다 가 ᄌᆞ십 세의 옥은 방계 압ᄒᆞ고 올나 가시니라
ᄒᆞᆯ시 승ᄒᆞ이 세상의 보서 ᄒᆞᆯ 지며 천이 갈지

야쓰 일을 허르 아냐면 감천도 보 [illegible] 도 물진 [illegible] 흐던 고치 [illegible]
한쪽 허리로 써 글의 이를 [illegible] 근 전 강 [illegible] 전 비 [illegible] 전을 써 슨
이 후 사람 들은 일 잘 고 실을 슬 허 바 [illegible] 락 으로 이 실 착 한 일 만 글 시 면 필 신
호 년 의는 복을 뉘 산 갓치 밧 슬 니 라
졔 사람 이 라 [illegible] 을 근 는 인 의 예 지 [illegible] 상 [illegible] 자 니 라 보 지 세 상 의 [illegible]
간 [illegible] 현 [illegible]
세 상 의 녀 [illegible] 남의 [illegible] 이 [illegible] 현 불 [illegible] 실 을 [illegible]
효 로 부모 조석 [illegible] 별 [illegible] 계 [illegible] 물 논 [illegible] 인 네 는 지 [illegible]
로 [illegible] 부모 [illegible]
글 녀 공 [illegible] 제 [illegible] 을 [illegible] 제 [illegible] 에 게 도 이 와 갓 치 션 심 으로 지 [illegible] 지 니 라

[illegible] 년 [illegible] 월 일 김시현 [illegible]

광고

본인이 필자가 업슨 글자로 흔 흔 곳은 오자셔 만스
온 보시는 쳠위는 눌너보시옵 본인의 무식 허물 흔
치지 마옵시기를 바라옵나니다

김 시 현
Kim. Si. Hyun.
고백

융희ᄉ년 월 일 등서 죵

순 금 전 연 구

인쇄일 초판 1쇄 1999년 11월 30일
2쇄 2015년 06월 02일
발행일 초판 1쇄 1999년 12월 10일
2쇄 2015년 06월 11일

지은이 김 광 순
발행인 정 찬 용
발행처 **국학자료원**
등록일 1987.12.21, 제17-270호

서울시 강동구 성내동 447-11 현영빌딩 2층
Tel : 442-4623~4 Fax : 442-4625
www. kookhak.co.kr
E- mail : kookhak2001@hanmail.net

ISBN 978-89-8206-449-4[03810]
가 격 13,000원